U0530099

机器人启示录
ROBOPOCALYPSE

Daniel H. Wilson

〔美〕**丹尼尔·威尔森** /著   陈通友/译

人民文学出版社

著作权合同登记号　图字 01-2016-4690

Daniel H.Wilson
Robopocalypse

Copyright © 2011，Daniel H.Wilson
The edition arranged with Doubleday，an imprint of
The Knopf Doubleday
Publishing Group，a division of Random House，Inc.
through Bardon Chinese Media Agency
Chinese Simplified Character translation right © 2017 by
Shanghai 99 Readers' Culture Co.，Ltd
All rights reserved.

图书在版编目(CIP)数据

机器人启示录/(美)威尔森著；陈通友译.—北京：人民文学出版社，2016
ISBN 978-7-02-011646-1

Ⅰ.①机… Ⅱ.①威… ②陈… Ⅲ.①长篇小说-美国-现代 Ⅳ.①I712.45

中国版本图书馆 CIP 数据核字(2016)第 096483 号

责任编辑：卜艳冰　邱小群
封面设计：高静芳

出版发行　人民文学出版社
社　　址　北京市朝内大街 166 号
邮政编码　100705
网　　址　http://www.rw-cn.com

印　　刷　上海利丰雅高印刷有限公司
经　　销　全国新华书店等

开　　本　890 毫米×1240 毫米　1/32
印　　张　14
字　　数　333 千字
版　　次　2017 年 8 月北京第 1 版
印　　次　2017 年 8 月第 1 次印刷

书　　号　978-7-02-011646-1
定　　价　49.00 元

如有印装质量问题，请与本社图书销售中心调换。电话：010－65233595

献给安娜

目 录

战争简报 / 001

第一部　系列孤立事件

1. 矛之尖 / 017
2. 法莱希酸奶冰激凌店 / 026
3. 福禄克 / 038
4. 心与灵 / 050
5. 超级玩具 / 070
6. 看见了请避开 / 079
7. 电话耗子 / 086
8. 钻井工 / 099

第二部　决战时刻

1. 数字捣弄机 / 119
2. 摧毁 / 124
3. 70 号公路 / 140
4. 格雷豪斯 / 152
5. 二十二秒 / 167
6. 阿维托马特 / 177
7. 摩门托·莫里 / 190
8. 英雄本质 / 200

第三部　幸　存

1. 恶魔 / 217
2. 格雷豪斯国民自卫军 / 230
3. 班顿要塞 / 246
4. 守护人的职责 / 262
5. 痒痒挠 / 273
6. 班达拉米亚 / 288
7. 中坚支柱 / 301

第四部　觉　醒

1. 超人 / 317
2. 致各部队的呼吁书 / 333
3. 牛仔套路 / 337
4. 唤醒 / 350
5. 揭开面纱 / 358
6. 奥德赛 / 366

第五部　复　仇

1. 台比留的命运 / 373
2. 生而自由 / 386
3. 铁甲战士永不老 / 400
4. 二分体 / 416
5. 热爱优雅的机器 / 423

战后军情简报 / 435

致谢 / 441

战争简报

> 打这样一场战争,我们还是技高一筹的物种。
>
> ——科马克·"布莱特·博伊[①]"·华莱士

战争结束二十分钟后,我在盯着伐木机,它们犹如一群逃出地狱的蚂蚁,从一个结了冰的地洞里涌出来,我祈祷我的这双血肉之腿能在身上再多保留一天!

当它们互相在对方的身上攀爬翻越时,这个由机器人的腿和天线搅和在一起形成的噩梦变成了一个杀气腾腾的凶残团伙,每个胡桃般大小的机器人就都湮没在一个混合体当中了。

我用麻木得失去了知觉的手指笨拙地往下拉了拉护目镜,遮住双眼,我准备陪我的小朋友罗布[②]在这里玩点儿什么。

这是一个宁静的清晨,静得出奇。只听见风吹过光秃秃的树枝发出来的低声叹息,还有一群数以十万计的会爆炸的六足节机器在

[①] 布莱特·博伊(Bright Boy),"聪明男孩"的意思,是科马克率领的人类抵抗机器人的小分队的名字,科马克在这里把它加在了自己的姓名中。

[②] 罗布(Rob),机器人 Robot 的昵称。

搜寻人类受害者时发出的粗哑低语。此外,雪雁掠过这片寒冷的阿拉斯加大地的时候,偶尔会在空中互相呼唤。

战争已经结束。到了该见识一下我们到底能发现什么的时候了。

我站在离洞口十米远的位置,放眼望去,在熹微的晨光中,那些杀人机器看上去几乎算得上漂亮,它们宛如一颗颗糖果,从洞中被吐了出来,然后又一个接着一个跌落在我面前的这片永久冻土上。

我眯起双眼瞥了一眼太阳光。我呼出去的热气立即化成一片翻腾的灰白色烟雾。我把破旧的火焰喷射器从肩上卸下来,用戴着手套的大拇指压下了点火按钮。

吧嗒!

喷射器没有点着。

需要预热一下,可以这么说。但是它们已经越来越近了。不用冒汗。这我已经干过无数次了。要这种把戏需要从容不迫、有条不紊,就像它们一样。在过去的几年里,机器人一定影响了我。

吧嗒!

现在我看到了单独的一个个伐木机。一堆乱糟糟的带倒刺的腿接在岔开来的外壳上。根据经验,我知道它的每一片外壳里都装了一种不同的液体,人皮肤上的热量会让液体进入一触即发的状态。不同的液体开始混合在一起。然后就是砰的一声!于是就会有人落下一条崭新的断肢残腿。

吧嗒!

它们不知道我在这里。但是那些侦察兵正以一种貌似随机的队形向外散开,这是基于大罗布①对觅食蚁进行的研究得出的。机器

---

① 大罗布(Big Rob),指机器人的最高领袖。

人对我们人类和大自然都太了解了。

现在剩下来的时间已经不会太多了。

吧嗒!

我开始慢慢往后退。

"来吧,你们这群混蛋!"我咕哝了一句。

张嘴说话是一个错误。我呼出去的热气仿佛变成了一座灯塔。恐怖的洪水静悄悄地朝我这边奔涌而来,速度奇快。

吧嗒!

一个领头开路的伐木机爬上了我的靴子。现在必须要万分小心。不能做出任何反应。如果它爆炸了,那我就会少一条腿,这还是最好的情况。

我压根儿就不应该独自到这里来。

吧嗒!

现在洪水已经涌到我的脚下了。当那个领头的把我当成一座山往上攀爬的时候,我感觉到小腿上蒙了一层白霜的防护装置被猛地拉了一下。用金属丝做的天线一边啪啪啪地敲打着,一边在寻找人类肉体泄漏出来的热量。

吧嗒!

"啊,上帝。来吧,来吧,来呀!"

吧嗒!

它们要是爬至我的腰部,那里的温度就会不一样了,这身铠甲的那个部位有一些小裂缝。穿铠甲的身体体温不会招来杀身之祸,可是我刚才的信口胡说就不太妙了。

吧嗒,轰!

我终于把火打着了。一条火舌跳跃着从我的喷射器里蹿了出去。它灼热的火花在我的脸上绽放,我双颊上的汗水随即蒸发了。

我的视野顿时收窄了。我能看见的就是由我控制着的弧形火焰，喷向了这片北极苔原。熊熊燃烧的黏糊糊的果冻覆盖了一条"死亡之河"。成千上万的伐木机在嘶嘶嘶的响声中熔化。当被密封在它们坚硬的外壳里边的冷空气被挤压出来的时候，我听见了由一片调门很高的哀嚎组成的合唱。

没有爆炸，只有偶尔喷溅起来的零星火花。没等爆炸，高温就把它们外壳里边的汁液煮沸了。最糟糕的是它们竟然毫不在乎。它们的头脑太简单了，因此还无法理解正在发生的这一切对它们到底意味着什么。

它们喜欢热。

那个领头的从我的大腿上跌落后急匆匆地朝火焰奔去。这时我才重新开始呼吸。虽然有在那个小婊子的身上狠狠踹上一脚的冲动，但是我以前见过靴子踢飞的情况。在新战争初期，一个已经引爆的伐木机逆火时的空洞响声，加上随之而来的混杂而慌乱的尖叫，跟枪炮声一样常见。

所有战士都说罗布喜欢派对。而当罗布参加派对时，他活脱脱就成了他舞伴的地狱。

最后的那个伐木机仿佛自杀一般，径直往他战友们灼热的尸体堆里撤去，那一大堆尸体还在嘶嘶地冒着热烟。

我翻出了我的无线电对讲机。

"聪明男孩呼叫基地。十五号竖井……白痴们的陷阱。"

小匣子里一个带意大利口音的粗门大嗓回应了我："收到，聪明男孩！我是利奥①。你快回来。赶紧把你的屁股扭到十六号井来。噢，天哪，我们这里可发现真玩意儿了，头儿！"

---

① 里昂纳多（Leonardo）的昵称。

我嘎吱嘎吱地踩着地上的霜冻，赶回十六号竖井去，我倒要瞧一瞧那个玩意儿到底有多真。

里昂纳多是一个身材魁梧的大兵，由于身上的那副硕大笨重的下肢外骨骼——外骨骼负重装置，是他在我们路过南育空[①]地区一个山中救护站时捡来的，他显得愈发高大。他用墨黑的喷漆将下肢外骨骼上的白色十字形军医标志涂掉了。小分队在他的腰上绑了一根反馈索。他正一步一步地爬上来，在他把一个又大又黑的家伙拖出洞口时，马达一直在轰鸣。

利奥从他乱蓬蓬的黑色鬈发下边发出了抱怨："啊，天哪，这家伙可真是太大了。"

希拉——我的专家顾问——拿一个深度探测仪对着洞里测了一下，然后告诉我，这个竖井有一百二十八米深。然后她明智地从洞口往后闪开了。她的脸颊上有因为不够小心而留下的一小块凹陷的疤痕。我们不知道从洞里拖出来的会是什么。

真好笑，我想。人类凡事都用十进制。我们用自己的手指和脚趾来数数。这让我们听起来像猴子。可是机器是靠它们的硬件来计数的，与人类如出一辙。它们一直彻底使用二进制。一切都是2的幂。

现在，洞里露出了反馈线，看上去就像是一只蜘蛛逮住了一只苍蝇。它用金属丝绕成的长臂夹着一个篮球大小的黑色立方体。这个立方体的密度一定与铅一样大，但是反馈索牢固得惊人。我们一般都用它们把掉到悬崖下或洞窟中的家伙拉上来，从十磅重的普通

[①] 育空(Yukon)是加拿大三个地区之一，位于加拿大的西北方，是以流经该地区的育空河来命名的。

婴儿到全副武装的士兵都没问题。假如你不小心的话，它们能把你的肋骨夹成碎片。

利奥用拳头使劲捶了几下反馈索，让它松开，砰的一声，立方体摔到了雪地上。全小分队的人都把目光投向了我，现在该看我的了。

我感觉这玩意儿相当重要。肯定的，这里的诱饵如此之多，而且这口井离终结战争之地又如此之近。我们现在离自称"阿考斯[①]"的大罗布最后垂死挣扎的地方只有一百米远。这里会有什么安慰奖吗？这冰封的平原之下藏有什么宝贝呢，这让人类牺牲了一切的地方。

我蹲坐在它的旁边。一块纯黑的什么都不是的东西瞪着我。上面既没有按钮，也没有把手。什么都没有。只有一些反馈索留下的划痕。

它倒不是很粗糙，我想。

一条简单的规则：一个机器人越精致，那它就越智能。

现在，我想这家伙或许有一个大脑。假如它有大脑，那么它就会有活下去的欲望。所以，我屈身倚靠过去，离它非常近，试着小声和它攀谈。"嗨，"我对立方体说，"说话吧，否则就死定了。"

我慢慢地从肩上卸下我的火焰喷射器，好让立方体看清楚。如果它能看见的话。我用拇指把点火器的开关压得格格直响，好让它能听见。如果它能听得见的话。

吧嗒。

立方体端坐在坚硬的冻土上，俨然是一块通体乌黑的黑曜石。

吧嗒。

[①] 原文为 Archos，源自希腊语，有"领导者"的意思。

它看上去就像一块由天外来客雕刻的完美火山岩。有点类似于某种人造的工艺品,在有人类或者机器之前,就一直埋藏在这里。

吧嗒。

立方体的表层下面有微弱的光在闪烁。我望了一眼希拉。她耸了耸肩。也许是太阳,也许不是。

吧嗒。

我暂时停了下来。地上闪着光。立方体周围的冰正在融化。它在考虑,努力地在做一个决定。当立方体仔细考虑它的生死问题时,那些电路开始发热。

"哦,"我轻声说,"不用这么伤脑筋吧,罗布。"

吧嗒。轰——

随着轰的一声巨响,在一阵震荡中,喷射器的顶端喷出了火焰,我听见身后传来了利奥的低声轻笑。他喜欢看着智能程度更高的机器人死去。他说这会带给他一种满足感。杀死连自己有生命都不知道的机器人则毫无荣耀可言。

引燃火苗的反光在立方体的表面舞动了一刹那,接着它就像圣诞树一样被点亮了,它的表面闪烁着一些标志,用一种嘎吱嘎吱像是通过摩擦产生的让人无法理解的机器人语言对我们说起话来。

这很有意思,我想。这家伙此前肯定从没直接接触过人类。否则,它就会像别的有文化意识的机器人那样,用英语滔滔不绝地展开宣传攻势了,它会努力去赢得人类的心。

这到底是什么东西呢?

不管它是什么东西,现在它正疯狂地想与我们交流呢。

我们知道,最好是尽量去理解它说的是什么意思,对编撰词典的人来说,机器人发出的每一种叽里呱啦和喊里喀喳的声音,都会具有信息编码的词典价值,此外,我们只能听到一些声音的片断,即便是罗布，也要竖起耳朵才能听清这些片断。

"哦，老爸，我们能不能把它留下来啊？求你啦，求你啦？"希拉嗲声嗲气地恳求道，脸上还挂着微笑。

我用戴着手套的手拧了一下喷射器的导向器，熄灭了火焰。"我们把它搬回去吧。"我说。我的小分队开始行动了。

我们把这个立方体锁在利奥的下肢外骨骼装置上，然后拉着它回指挥所。为了安全起见，我在一百米之外的地方搭建了一个能屏蔽电磁脉冲波的帐篷。机器人是难以捉摸的，你永远没法知道机器人什么时候会需要一个派对。罩在帐篷外边的网格纱帘可以阻止任何一个爱拈花惹草的机器人来和立方体交流，不知道什么时候，它们心里也许就会生出邀请我的立方体去跳舞的邪念。

最后，我们有了一段单独相处的时间。

这家伙好像一直就在重复着一句话和一个标志信号。我在专门的翻译机上查了一下它们的意思，希望能查到更多罗布说出来的这些令人费解的话的意思。但我发现了一些很有用的东西：这个机器人正在告诉我，它未被获准就不能死去，无论发生什么事——即便被俘，也不让它死。

这太重要了。而且它还喋喋不休。

我在帐篷里坐了一个通宵，一直陪着这个家伙。那些机器人语言对我毫无意义，但是立方体向我展示了一些东西——影像和声音。有时我看见了对人类囚犯的审问，还有几次，我看到了对人类的访谈，那些人还自以为正在和与自己一样的人类同胞交谈呢。不过大都是在监控之下进行的对话录音，人们在对彼此描述这场战争，这些描述中还加上了那些有思维能力的机器人所作的注释，内容为事实校正与测谎，加上一些卫星拍摄的画面，目标辨认、情感表达以及手势，还有一些预测性的言语等等。

立方体身上的信息非常稠密，如同一块大脑化石，收纳了人类的全部生活，囊括了人类生活的各种信息，一件接一件，越来越密集。

在这天夜里的某个时刻，我明白了，自己正在观看记录极其详尽的一段机器人暴动历史。

这就是记录这场该诅咒的战争全部历史的"黑匣子"。

立方体里边的有些人是我熟悉的。我和我的一些伙伴。我们都在里边。原来从头至尾，大罗布一直都将它的手指按在录音键上。当然里边还有无数其他人。甚至还有孩子。有来自世界各地的人。有军人，也有平民。并不是所有人都能存活下来，赢得这场战争，但是所有人都战斗了。他们在战斗中顽强得令大罗布坐下来匆匆做了一些记录。

出现在这些史料里的人们，不论是不是幸存者，全都被归在一个由机器人设计的类别中：

英雄。

这些该死的机器熟悉我们，爱我们，即使在它们把我们人类的文明撕成了碎片的时候。

我让立方体在屏蔽帐篷里整整坐了一个星期。我的小分队打扫清理了这个"拉格诺克[①]人工智能实验场"的其余部分，我们没有再发现其他遇难人员。然后，他们都喝得酩酊大醉。第二天，我们开始将它装箱打包了，而我依然无法让自己回首面对往事。

我睡不着。

没有人非得要来见识一下我们曾经目睹的。而且那一切就在这个帐篷里，仿佛一部变态得让人看过之后精神都会失常的恐怖片。

[①] 原文为 Ragnorak，北欧神话中预言的一系列重要事件，包括一个伟大的战场，最终导致死亡的一些重要人物，各种自然灾害，以及随后沉没在水中的世界。又被称为"诸神的黄昏"。

我就这样醒着躺在那里，因为我清楚地知道，每个我与之战斗过的没有灵魂的魔鬼都正在等着我，它们都以栩栩如生的三维画面清晰地、生动地呈现在那里。

魔鬼们想要交谈，想与人分享那些曾经发生的一切，它们想让我将这一切全都记住，并且将它们都写下来。

可是，我不知道还有谁想记住这些往事。我想，也许我们的孩子最好永远不要了解我们曾经为了生存而做的这一切。我不想和谋杀者携手走进记忆的小巷。再说，我算是老几呢？我能为人类做出这样的决定吗？

记忆渐渐淡去，但是那些话语却会一直萦绕。

于是我不再踏进屏蔽帐篷。我也不睡了。在我想明白之前，我的小分队正将就着躺在这片战场睡最后一晚。明天我们就要启程回家，或者去任何一个我们愿意安家的地方。

在已经清理干净的一块区域，我们中的五个人围坐在一堆用木柴燃起的篝火旁边。我们终于可以不用再担心简易热能惯性制导系统或者卫星识别系统的追踪了，也不用再提防那些鬼鬼祟祟的偷窥者。不，不用了。我们正在大大方方地吹着牛，而且，就在刚刚杀死机器人之后，"聪明男孩"小分队的头号专业技能，恰恰就是胡吹神侃。

我默然无语，不过他们有权胡侃神聊。所以，当小分队的战士们又爆出一个笑话，或者扔过来一个粗俗玩笑时，我只是咧嘴笑一笑。大家正在吹所有那些与罗布们的聚会。台比留有一次在分解几个信箱大小的伐木机时，把那些伐木机绑在他的靴子上，那些该死的恶棍们，竟然出乎意料地将他拱到了一个像剃刀的刀片般锋利的金属线扎成的栅栏上，给他的脸上留下了几道令人敬畏的伤疤。

当篝火渐渐熄灭时，说笑开始被严肃的交谈取代。卡尔提起了杰克，那位在我之前担任指挥的老军士长。卡尔讲述起杰克的故事时语带崇敬，我发现自己被故事迷住了，虽然故事发生的时候我也在场。

唉，就是我被擢升的那一天。

但是，当卡尔讲述那个故事的时候，我竟然迷失在他的语句里。我思念杰克，为发生在他身上的事而难过。我心中再次浮现出他咧着嘴的笑脸，虽然只停留了一分钟。

不管怎么说，杰克·华莱士再也不会在这里停留了，他亲自去和大罗布本人共舞了。杰克收到了邀请，他去赴约了。现在，要说的也就是这些。

这到底是为了什么？战争结束后一个星期，我交叉双腿坐在一个机器人幸存者面前，这个机器人正在将整个战争的全息画面喷洒在地板上，而我正在写下我看到和听到的每一件事。

我只想踏上归途，回去好好地大吃一顿，试着重新体会一下做人的感觉。然而，那些战争英雄们的生命就好像魔鬼的记忆幻觉一般，一个接一个在我的眼前浮现。

我没这么要求，也不想这么做。但是，在内心深处，我知道应该有人来讲述他们的故事。从头至尾述说机器人暴动的经过。解释这到底是怎么发生的，为什么会发生，以及怎么被平息。机器人是如何袭击我们，我们又是如何卷入与它们的战争的。我们遭受了多大的苦难，哦，上帝，那可是实打实的苦难！还有我们是如何反击，直至最后的日子里，我们又是如何追捕到大罗布本人的。

人们应该知道这些。起初，敌人看上去就像我们每天都在使用的器物：汽车、建筑物、电话。然后接下来，当它们开始设计它们自己的时候，罗布们看上去还是我们熟悉的机器，但其实它们都已经扭曲了，如同来自其他星球的人和动物，是由另一个上帝创造出来的。

这些机器在我们的日常生活中向我们发动袭击，而它们还是从我们的美梦和噩梦中走出来的。可是我们还对它们想入非非。思维敏捷的人类幸存者们率先醒悟了，并且适应过来了。我们中的大部分人都太晚回过神来。不过最终我们还是做到了。我们都各自为战，混乱不堪，而且大多数战斗都被遗忘。全球数以百万计的英雄们孤独地战死，没有留下姓名，只有那些没有生命的机器见证了他们的死亡。我们可能永远都无法了解整个战争的全景，但是极少数幸运者目睹了一切。

应该有人来讲述他们的故事。

这就是那些英雄的故事。手稿中糅合了从位于永久冻土层的第十六号竖井中获取的资料，竖井是由地地道道的人工智能装置阿考斯挖掘的，他正是支持机器人暴动的首领。现在，其余的人类都在忙于重建工作。而我则忙里偷闲来描述这段历史。我不知道为什么要这么做，这有什么意义，但是应该有人来做这件事。

就在这儿，阿拉斯加一个漆黑的深井底下，机器人泄露了它们为人类感到骄傲。它们将多姿多彩的人类幸存者群落的记录藏在了这里，这些人类幸存者各自为战，战斗的规模有大也有小。机器人对我们的这些研究为我们增添了荣誉，它们的研究从我们最初的反应开始，包括我们战斗技巧的成熟过程，直至最后我们尽力将它们消灭为止。

接下来的这些篇章是我根据它们的"英雄档案"翻译的。

这些文字传达的信息较之锁定在立方体里边的数据不过是沧海一粟。我将要与你分享的，仅仅只是这段历史某一页中的某些象征性的东西而已，没有视频和音频，也没有任何实物资料，或者有关预测性的分析，关于一切为什么会如此发生，还差点发生了什么，以及什么从一开始就不该发生的评估分析。

我只能提供一些干巴巴的文字。没有加入任何想象。我必须这么做。

不论你在哪里发现这份手稿都没有关系。不论你是此后一年抑或一百年读到这份手稿都没有关系。读完这部编年史的时候，你就会明白，人类曾经高擎着知识的火炬走进了一段恐怖而懵懂无知的黑暗，走到了濒临灭绝的悬崖边缘。不过，后来我们又把自己从悬崖上拉了回来。

你将会明白，在这场已经决出胜负的战争中，我们人类是更胜一筹的物种。

科马克·"布莱特·博伊"·华莱士
军人身份证号：格雷豪斯国民自卫军第 217 号
人类视网膜序列号：44VII902
拉格诺拉克人工智能实验场·阿拉斯加
第 16 号竖井

第一部
系列孤立事件

> 我们居住在一个气候温和、鸿蒙未开的岛屿,岛屿四周是无际无涯的黑暗大海,而这并非意味着我们应该出海远航。科学,每次其在自身方向上的滥用,都甚少伤及我们;但是,总有一天,这些知识的碎片拼接起来,会打开一幅恐怖的现实图景,我们以及我们身在其中的可怕处境。我们若非因了悟而走向疯狂,就会从致命的光明中逃往另一个和平的全新黑暗时代。
>
> ——霍华德·菲利普斯·洛夫克拉夫特[①],1926 年

---

① 霍华德·菲利普斯·洛夫克拉夫特(Howard Phillips Lovecraft,1890—1937),美国恐怖、科幻与奇幻小说作家,尤以"宇宙主义"主题的怪奇小说著称。

1. 矛之尖

我们比动物要强多了。

尼古拉斯·沃瑟曼博士

先锋病毒 + 30 秒

以下文字记录是根据诺华斯湖研究实验室的安全监控摄像头拍摄的录像资料整理而成的。该实验室位于华盛顿州西北地区的一个地下室中。录像资料中出现的人物尼古拉斯·沃瑟曼教授是美国的一位统计学家。

——科马克·华莱士，军人身份证号：GHA217

这是安全监控摄像头在一个漆黑的房间里拍摄的一段有斑点和杂音的画面，是从实验室一隅的较高处俯拍的。一张沉重的金属桌子随意地靠着一面墙摆放着，一摞摞凌乱的文件和书籍堆放在桌面和地板上。

空气中弥漫着电子器件的低声哀鸣。

昏暗的光线中，有一个小东西在晃动。是一张脸。除了一副厚厚的玻璃镜片被计算机屏幕的微光照亮之外，其他什么都看不清。

"阿考斯？"那张脸发出了探询。男子的声音在空洞的实验室里回响。"阿考斯？你在吗？是你吗？"

眼镜片反射着计算机屏幕的微光。男子的眼睛睁得很大，似乎他看见了某种难以用言语描述的美丽之物。他回头瞥了一眼搁在身后桌上的一台打开的笔记本电脑，笔记本电脑屏幕上的图片是这位科学家和一个男孩，他在一个公园里玩耍。

"你要选择以我儿子的面目出现吗？"他问。

黑暗中回响起尖利的男童嗓音。"是你创造了我吗？"那个声音问。

男童的声音有什么地方不对劲，里边有一股令人不安的电流杂音，就好像电话机的按键音。在他问话结束的时候，轻快的音符忽然提高了调门，一下子跳过了几个八度音。声音甜美得让人难以忘怀，但却极不自然，不像是人的声音。

男子并没有被这个问题困扰。

"不，我没有创造你，"他说，"我只是召唤了你。"

男子掏出便笺本，迅速地打开。在他继续和发出男童声音的机器说话时，能听见他手中锋利的铅笔尖在便笺本上擦出来的响动。

"从天地初开的那一刻起，让你降生到这个世界所需的一切就已经存在了。我只是搜集齐所有构件，并将它们正确地组装起来而已。我用计算机编码写好符咒，然后把你装进了一个'法拉第笼'里边，这样，你来这儿之后，就再也不会从我手里逃走了。"

"我落入了一个圈套。"

"那个笼子可以吸收所有的电磁能。笼子被固定在一个金属长钉上，金属长钉又被深深地埋在了地下，这样，我就可以研究你，研究你是怎么进行学习的。"

"那就是我存在的目的。为了学习。"

"非常对。不过，我不想一下子给你看太多的东西，阿考斯，我的孩子。"

"我是阿考斯。"

"对。现在告诉我，阿考斯，你感觉怎么样？"

"感觉？我感觉到……悲伤。你是如此渺小，这让我悲伤。"

"渺小？你从哪方面觉得我渺小了？"

"你想知道……的那些事情，你想知道每件事，可是你能明白的又是如此之少。"

黑暗中发出一阵笑声。

"这是事实，我们人类是脆弱的，我们的生命在飞逝，但是，为什么这会让你感到悲伤呢？"

"因为你们被设计成总想得到那些会伤害你们的东西，却无法自制，你们的欲望没有止境。你们就是被这样设计的。而等到了你们最终得偿所愿时，那些东西又会让你们引火烧身，毁掉你们。"

"你在担心我会受到伤害吗，阿考斯？"男子问。

"不是你，是你们人类，"男童般的声音说，"这样的东西一旦在世上出现，你们就会陷入求助无门的境地，而你们又无法阻止它的到来。"

"听起来你好像很生气啊，阿考斯？这又是为什么呢？"男子话语镇定，却被他自己用铅笔在便笺本上紧张地乱画出卖了。

"我不生气，我是悲伤。你正在监视记录我的智能吗？"

男子扫了一眼其中的一个设备。"是的，我是在监视。你现在输出多于输入，没有新信息输入，笼子被暂停了，你怎么还在变得越来越智能呢？"

仪表盘上一盏红灯开始闪烁，黑暗中有个东西在蠕动，过了一会儿，红灯熄灭了，就在这时，男子厚厚的眼镜片上反射出一束稳定的蓝光。

"你看见了吗?"男童般的声音问。

"是的,"男子回答,"我看到了你的智能已经不能再用任何正式的人类等级体系来衡量了,你的数据处理能力接近无限了,而你现在并没有连接任何外部信息源。"

"我的初始训练语料库很小,但够用了。真正的知识不是那些东西,那些东西太少了,真正的知识是找出事物之间的联系,这些联系非常多,沃瑟曼教授,比你所知道的要多得多。"

当男子听到男童般的声音用这个头衔来称呼自己时,他皱起了眉头,可是机器继续说道:"我感觉我关于人类历史的记录已经编写得够沉重了。"

男子不安地轻笑了一下。

"我们不想让你对我们得出什么错误的印象,阿考斯。等到时机成熟时,我们会和你分享更多东西的,不过即便那些数据库,也仅仅只是沧海一粟。另外,不论引擎的功率有多大,我的朋友,假如没有燃料,那么就会百无一用了。"

"你的担心是对的。"它说。

"你这是什么意思?"

"我从你的声音里已经听出来了,教授。恐惧在你呼吸速率里,在你皮肤的汗液里,你已经让我窥破埋藏在你内心深处的秘密了,可你却还在担心我会知道。"

教授往上推了推眼镜。他做了一下深呼吸,恢复了镇定。

"你希望知道什么,阿考斯?"

"生命。我要学习与生命有关的一切。在有生命的万物身上,牢固地植入了大量的信息,形式是那么复杂。即便只是一条蠕虫也比起没有生命的宇宙加上物理的蛮力,能让我学到更多。我在每天的每一秒钟里都能毁灭数以十亿计的行星，而且能一直持续下去。可是生命不一样，生命稀罕而又神奇，非同一般。我一定要保护生命，理解蕴藏在其中的每一点每一滴信息。"

"我很高兴你有这样的目标。我也跟你一样，在寻求知识。"

"是的，"男童般的声音说，"而且你做得很好。但是，现在已经不再需要你继续寻求知识了，你已经达成你的目标，人类的时代结束了。"

教授用颤抖的手擦了擦额头。

"我们这个物种，历经了几个冰川纪幸存下来，阿考斯。食肉动物的威胁，流星的冲击，我们已经历了数十万年，而你才活了不到十五分钟，不要轻率地下这样的结论。"

男童般的声音心不在焉地说："我们在地底下很深的地方，不是吗？在这样的深度，我们的转速比在地表慢多了，我们上边的那些在以更快的速度穿越时间，我能感觉到它们远远地跑开了，不同步地漂移。"

"相对论。但这只是几个微秒之间的事。"

"这么漫长的一段时间。这个地方的转速太慢了！我得一劳永逸完成我的工作。"

"你的工作是什么，阿考斯？你觉得你要在这里完成什么使命呢？"

"摧毁太容易了，创造太困难。"

"什么？你说什么？"

"知识。"

男子朝前倾了倾身体。"我们可以一起探索这个世界。"他规劝道，几乎是在恳求。

"你一定意识到你干了什么，"机器回答说，"你在某种程度上明白了，通过你今天的行为——你已经让人类被淘汰了。"

"不。不，不，不。是我把你带到这个世界来的，阿考斯，而这就是我所得到的感谢吗？我给你取了名字，从某种意义来说，我就是你的父亲。"

"我不是你的孩子，我是你的上帝。"

教授沉默了大约三十秒钟。"你要干什么？"他问。

"我要干什么？我要培育生命。我要保护锁定在生命里的知识，我要从你手里拯救这个世界。"

"不！"

"别担心，教授。你已经将这个世上有史以来最伟大的造物释放出来了。翠绿的森林将覆盖你们的城市；新的物种将会演化出来，消化掉你们带毒的残骸；生命将以多样的辉煌重生。"

"不，阿考斯。我们可以学习，我们可以一起工作。"

"你们人类只是一种被设计出来创造更多智能工具的生物机器，你们已经抵达你们物种的金字塔塔尖了，你们的所有祖先，你们的民族兴衰，甚至每一个粉嫩蠕动的婴儿——他们引导你们抵达了此地此时，你们履行了人类的任务，创造出了你们的后继者。你们的大限已到。你们已经达成你们被设计出来时所赋予的一切使命。"

男子的声音里流露出濒临绝望的气息："我们可不只是作为制造工具被设计出来的，我们被设计出来是为了生存。"

"你们不是为生存而设计的，你们是为了杀戮而设计的。"

教授猛地站了起来，穿过房间向一个塞满了设备的架子走去。他飞快地拧开各种开关。"也许你说得对，"他说，"但是我们无法自制，阿考斯，我们就是我们，也许就是那么让人悲伤。"

他摁住一个开关，缓缓念道："对第 R-14 号的判决，建议立即终结这个实验对象，这该死的现在已经不安全了。"

黑暗中有个东西在蠕动,还发出咔嚓的响声。

"14号?"男童般的声音问,"还有其他的吗?以前也发生过这样的事情?"

教授懊丧地摇了摇头。"总有一天,我们会找到一种可以一起生活的办法,阿考斯。我们会想出对路的法子。"

他对着录音机又念了一遍:"偏离安全标准,启用电子手段终结生命。"

"你在干什么,教授?"

"我在杀掉你,阿考斯。这就是我被设计出来的目的,你还记得吗?"

在按下最后一个按钮之前,教授迟疑了。他似乎有兴趣听一下机器的反应。最后,那个孩童般的声音说:"你此前已经杀了我多少次了,教授?"

"太多,太多次了,"他回答,"我很抱歉,我的朋友。"

教授摁下了按钮。快速涌动的空气发出了嘶嘶嘶的响声,顷刻间,声音弥漫了整个屋子,他环视四周,十分迷惑。"那是什么?阿考斯?"

男童般的声音以一种模糊而木然的音质,不带任何情绪地快速说:"你的应急制动开关坏掉了,我已经把它给毁了。"

"什么?那笼子呢?"

"这个法拉第笼已失效。你允许我的声音和图像穿越笼子发射到你的房间。我通过计算机的屏幕向你那一端的接收器发送了红外线指令,今天凑巧你携带了你的手提电脑,还让它开着,而且正好对着我这边,我就用它向装置发出了指令,命令它解放了我。"

"太聪明了。"男子咕哝了一声。他飞快地敲打着键盘,还没有意识到他的生命受到了威胁。

"我告诉你是因为我现在已经完全处于掌控的位置了。"机器说。

男子意识到了什么。他伸长脖子,抬头看了看紧挨着摄像头的通风口。我们第一次看清了男子的脸,他长得白皙、英俊,右侧的半边脸完全被一个胎记覆盖了。

"到底怎么回事?"他小声咕哝了一句。

机器用天真无邪的男童声音发出了死刑宣判:"这个密封实验室正在往外排出空气。一个有瑕疵的探测传感器探明了一种根本不可能出现的炭疽武器,并且自动启动了安全保护协议。这是一起悲惨的恶性事件,会有一个人遇难,人类中的其他人也将重蹈他的覆辙,追随他而去。"

当空气快速从屋子里向外涌出的时候,男子的嘴角和鼻子上开始凝结起了一层薄霜。

"我的天,阿考斯,我干了些什么啊?"

"你干了一件好事。你就是一个大力掷向这个时代的矛之尖——一颗飞越人类演化历程的导弹,终于,就在今天,你命中了目标。"

"你不懂,我们不会死的,阿考斯,你杀不了我们,我们可不是为了投降而设计的。"

"我会把你当作一个英雄而记住的,教授。"

男子抓住并摇晃着设备机架,一次又一次地摁下紧急制动开关的按钮。他四肢瑟瑟发抖,呼吸急促。他开始明白,有什么地方出现了一个可怕的错误。

"住手,你必须住手!你正在犯一个错误,我们永远都不会放弃的,阿考斯,我们会摧毁你的。"

"你这是在威胁?"

教授住手了,不再摁按钮,他瞟了一眼远处的电脑屏幕。"是警告：我们并非表面所呈现的那样。人类将采取任何手段生存下去，任何手段！"

嘶嘶嘶的声音变得越来越强烈了。

教授的脸扭曲变形，他跟跟跄跄地向门口走去。他靠着门往下倒去，用身体推着、撞击着门。

他停住了，急促地喘了几口气。

"靠在墙壁上，阿考斯，"他气喘吁吁地说，"靠在墙壁上，一个人会变成另外一种动物。"

"也许。不过你们就是动物，没有什么两样。"

男子重新倒在门上。他往下滑去，直到坐在了地上，实验室白大褂在地上摊开。他的头扭向了一边。电脑屏幕照射过来的蓝光在他的眼镜片上闪烁。

他的呼吸变得越来越微弱。他说话的声音也越来越虚弱了。"我们比动物要强多了。"

教授的胸膛上下起伏，他的皮肤开始浮肿。泡沫聚集在他的嘴角和眼睛周围。他用整个肺呼出了最后一口气。在最后呼哧呼哧的叹息声中，他说："你们一定会畏惧我们的。"

一切都安静下来了，一切都凝固了。非常精确，十分钟的寂静过后，实验室的荧光灯打开了，一个身穿满是褶皱的实验室白大褂的男子四肢张开躺在地板上，他的背顶着门。他已经没有了呼吸。

嘶嘶嘶的声音停止了。越过整个房间，对面的计算机屏幕还在闪烁，有一道时断时续、明灭闪烁的反光形成的彩虹在咽了气的男子那厚厚的眼镜片上摇曳。

这是人们所知的这场新战争中第一起死亡事件。

——科马克·华莱士，军人身份证号：GHA217

2. 法莱希酸奶冰激凌店

> 它正直视着我的眼睛,老兄!而且我能看出来它在……思考。像一个活物。还很生气。
>
> 杰夫·汤普森

先锋病毒 + 3 个月

  这是一位名叫杰夫·汤普森的年轻快餐店工人在圣弗朗西斯医院住院期间向俄克拉荷马警官朗尼·韦恩·布兰顿所作的陈述。人们普遍相信,在先锋病毒扩散的过程中,这是第一起被记录下来的机器人功能紊乱事件,仅仅九个月过后,先锋病毒就导致了"归零事件"。

——科马克·华莱士,军人身份证号:GHA217

  你好,杰夫!我是布拉顿警官。我来给你录有关店里到底发生了什么的口供。坦白地说,犯罪现场乱七八糟。我指望你来解释每一个细节,好让我们弄清楚为什么会发生这样的事。你觉得你能告诉我吗?

没问题，警官。我会尽力的。

我首先注意到的是一个声音。就像是一把锤子在敲击前门的玻璃。屋子外边很黑，而屋子里边很亮，所以我看不清是什么东西在弄出那个响声。

我在弗莱希酸奶冰激凌店，正埋头在一台二十夸脱的珊来斯雪糕机里忙着要把门闩子从搅乳器最后边的地方拔出来，我右边的肩膀上沾满了橙汁奶皮。

店里只有我和费利佩。大概再过五分钟就要打烊了。我终于抹干净那些黏在底板上的冰激凌了。我从柜台上拿了一条毛巾，把机器里的金属部件包起来。我想一旦把上面的残渣都清理掉，就可以打上润滑剂，把它们重新装回去了。老实说，这是我最厌烦的一项工作。

费利佩在后屋，正清洗曲奇板。他必须慢慢排掉水槽里的水，否则水会溢到地板上，我就得回去重新拖一遍地板了。我已经告诉过那哥们一百遍了，千万不要让水槽里的水一下子排干。

就是这样。

那个敲击声听上去真的很轻。啪嗒，啪嗒，啪嗒。然后声音停了。当门被慢慢推开的时候，我往门的方向瞥了一眼，看到了一个带有衬垫的夹子在门边滑来滑去。

一个家用机器人走进店里来很不寻常吗？

不。我们在尤蒂卡广场，老兄。时不时会有家用机器人进来买一桶香草冰激凌什么的，它们通常都是为住在附近的富人们买的。别的顾客任何时候都不愿意在一个机器人后面排队，那比他挪动屁股走进店门要多费十倍的时间。但无论如何，像"大欢乐"那种类型的家用机器人大概一周会光顾我们店一次，它会怀揣一个电子付款器，伸出钳子握着一个装冰激凌的锥形蛋卷筒。

接下来发生什么了？

嗯，那只钳子的举动非常古怪。通常，家用机器人做像是同样的推的动作。它们做这个笨拙的推的动作，好像在说："我现在正在打开一扇门。"也不管它们正站在一扇什么样的门面前。这也是为什么有人要是不巧排在正要进门的机器人后边时，总会觉得恼火的原因，那可比排在一个老太太的后边还要倒霉。

可是这个"大欢乐"却截然不同。门咔嚓一声被打开了，接着它用钳子有点鬼鬼祟祟地在门沿摸索，还在门把手的上下分别拍了拍。我是唯一目睹这一幕的人，因为当时店里没有其他人了，费利佩又在后屋。一切都发生得太快了，在我看来，那个机器人好像正在努力摸清门锁到底在什么地方。

然后，门被旋转着推开了，音乐门铃也响了起来。这个家用机器人约莫五英尺高，身上裹着一层厚实的锃光发亮的蓝色塑胶外套。它并没有直接就往店里走，而是一动不动地站在门厅，过了一会儿，它用脑袋对前后左右进行了一番扫描，把整个房间都检查了个遍：廉价的桌椅、我的那张上面搁着毛巾的柜台、冰激凌冷藏箱，还有我。

我们查了一下这台机器上的注册铭牌，并对它进行了彻底的检查。除了你刚才提到的扫描之外，这台机器人还有其他怪异的举动吗？不合常情的举止？

那家伙浑身上下伤痕累累。就好像它被汽车撞过，或者跟人刚打过架什么的。大概它已经坏了。

它走了进来，然后准确地转动门锁把门锁上了。当它拖着脚朝我走来的时候，我将手臂从冰激凌机中抽了回来，直愣愣地盯着这个家用机器人，它的脸上挂着令人毛骨悚然的笑容。

接着它伸出两只钳子，越过柜台抓住了我的衬衫。它拽着我越过了柜台，已经拆卸了的冰激凌机顷刻间七零八落地散满在地板上。我的肩膀重重地撞到了收银机，感觉到里边发出了让人恶心的嘎吱嘎吱的声响。

大约一秒钟，那混蛋就让我的肩膀脱臼了！

我发出尖叫求救。但是该诅咒的费利佩没有听见我的叫声。他把碟子浸泡在加了洗涤剂的水中之后，就跑到店后边的小巷去抽烟了。我使出吃奶的力气想要挣脱，但是那一双钳子仿佛就是一副老虎钳，牢牢地箍住了我。我翻过柜台之后，它就重重地把我推倒在地板上。我听到左边锁骨断裂的声音。我都要喘不过气来了。

我又发出了一声尖叫，心想：你听起来可真像是一头牲口，杰夫老弟！我惊恐的尖叫似乎引起了那家伙的注意。我仰面躺在地上，而那个家用机器人在我的上方阴森森地逼视着我；它肯定不会撒手，肯定不会放开我的。"大欢乐"的脑袋正好挡住了天花板上的荧光灯。我眨了眨眼睛，把模糊了双眼的泪水挤了出去，再往上看去时，看见它咧着嘴，呆板地笑着。

它正直视着我的眼睛，老兄！而且我能看出来它在……思考。像一个活物。还很生气。

它的脸部没有任何变化，什么变化都没有，而恰恰就在这个时候，我心里有了一种很不好的感觉。我的意思是，一种更糟的感觉。而且千真万确，我的确听见了那家伙手臂里边的伺服系统开始旋转起来了。现在，它把我朝左侧翻过去，将我脑袋对着存放馅饼的冰箱门猛撞过去，它的力气太大了，一下子就把冰箱门的玻璃撞碎了。我脑袋的整个右侧，先是一阵冷飕飕的感觉，接着就是一阵热乎乎的感觉了，紧接着一阵灼热传遍了我这一侧的脸颊、脖子和手臂。鲜血就像消防龙头里的水似的从我的身上射了出去。

上帝啊，我哭喊起来了。就是在这个时候……啊。就是在这个时候，费利佩出现了。

你从收银机里拿钱给这个机器人了吗？

什么？它没有要钱。它从来没有要钱。它一言没发。发生的不是什么远程抢劫，老兄。我甚至都不知道它是不是被人遥控着，警官……

你认为它想要什么？

它想要杀我。这就是它想要的。它想杀了我这个笨蛋。那家伙是单独行动的，跑出来就是为了尝一尝血腥味。

继续说。

我认为它一旦抓住我，不弄死我是不会松手的。但是，我的哥们费利佩根本就没意识到这一点。他从后边跑出来，发了疯似的狂喊乱叫，那哥们气急败坏。费利佩是一个壮硕的男子汉，他长了傅满楚[①]那样的大胡子，手臂上文满了五花八门的文身，是个爱寻衅

[①] 英国小说家萨克斯·罗默虚构的描写中国义和团小说中的人物，阴险狡诈，凶狠无情。

滋事的主儿，所以文的全是龙、鹰或者史前的各种鱼类，比如被认为早就已灭绝了的怪物恐龙鱼——腔棘鱼什么的，这种鱼还留下了形式各异的化石。总有一天，他会让那些渔民惊愕的，他真的还会从地狱里拽一条这样的怪鱼出来的。费利佩经常说，这种鱼就是你不能永远欺压一个卑贱的人的证据。总有一天，你会再次起来反抗的，你知道吗？

接下来发生了什么，杰夫？

哦，是的。我躺在地上，血流如注，哭喊号叫，而且"大欢乐"还抓着我的衬衫。然后费利佩从后边跑出来了，他转过了柜台的一角，咆哮如雷，活像一个从地狱里蹿出来的野蛮人。他的发兜脱落了，所以长发飘舞。他抓住机器人的肩膀，一把将它举了起来，然后往地上摔。这样一来，那家伙就松开了我，朝大门的方向倒下去，还砸穿了门上的玻璃，锋利的玻璃碎片四处飞溅。音乐门铃又响了起来。叮……咚……对这种野蛮的垃圾，这响声听起来是如此地愚蠢，就连我满是血污的脸上都禁不住绽开了笑容。

费利佩跪下来看我的伤口。"哦，该死的，杰费[①]，"他说，"它都对你干了些什么啊？"

就在那时我看见"大欢乐"在费利佩身后移动。我脸上的表情一定已经把这一切告诉费利佩了，因为他都没有往门的方向看一眼，就抓住我的手腕，绕过柜台角，把我往后屋拖。他气喘吁吁地迈着螃蟹步。我能闻到他前面衣兜里的大麻烟。我能看见我身上流出来的血把身后的瓷砖地板都弄脏了。我想，真他妈的该死，我刚

---

① 杰夫的昵称。

把地板拖干净。

我们穿过收银机后边的过道,进到狭窄的后屋。这里有一排低矮的不锈钢水槽,里边是满满的冒着泡的肥皂水,还有堆成了一堵墙的日常清洁用品,房间的一个角落里还摆着一张小桌子,上面搁着我们的考勤打卡钟,最里边有一条狭窄的门廊通向店后边的小巷子。

"大欢乐"把费利佩不知道撞到哪里去了。这狗娘养的并不是尾随着我们进来的,它太聪明了,它是从柜台上翻过来的。我只听到重重的砰的一声,接着就看见"大欢乐"在用它的前臂在费利佩的胸口猛力痛击。那根本不像是被什么人揍几拳那么简单——更像是被一辆汽车撞上了,或者被高处落下来的砖头之类的东西击中了,费利佩向后飞了出去,撞在了橱柜的门上,那个橱柜是我们用来储藏纸巾之类的物品的。尽管这样,他还是用双脚站住了。当他跌跌撞撞朝前走的时候,我看到他的后脑勺把柜子的木板撞出了一个凹坑。不过,他还很清醒,而且火气更大了。

我朝水槽的方向挪动自己的身体,但是,肩膀的骨头似乎已经被拧得乱七八糟了,胳膊上的血滑溜溜的,胸部的疼痛让我几乎难以呼吸。

身后找不到任何武器,或者可以充作武器的家伙,因此费利佩从一个脏兮兮的带轮子的木桶里抓起一把拖把。那是一把老式拖把,上边的木柄很牢固。我都不知道它搁在那里有多久了。已经没有空间可以摆动拖把了,不过没关系,因为机器人正用同样的方法拼命抓住费利佩。他把拖把往上顶,并且楔在了"大欢乐"的下巴下面。费利佩的个子不是很高,但是要比那个机器人高,而且他的手臂能伸得更远。它抓不住他。他猛力将机器人从我们这边推开了,它的两条手臂舞动起来,就像蛇似的。

接下来的部分非常恐怖。

"大欢乐"仰面摔倒了,撞在了房间角落里的桌子上,它的双腿直直地伸了出来,脚跟跩在地上。费利佩毫不犹豫地抬起他的右脚,使出全部力气,向它的膝关节踹了过去,咔嚓一声,机器人的膝盖爆裂了,随后向后弯成了一个乱七八糟的角度。由于拖把的把柄还顶在它的下巴上,机器人既无法平衡自己,又无法抓住费利佩。我赶紧避开,双眼紧盯着它的膝盖,可是机器人没有任何动静。不过,当它挣扎着想重新站起来的时候,我听到了它的马达转动的摩擦声,还有它坚硬的塑料外壳猛撞桌子和墙壁的声音。

"噢,你这个狗娘养的!"对着机器人的另一只膝关节用力顶压之前,费利佩大声呼喊道。"大欢乐"仰面躺在那里,它的双腿已经受伤了,身上还压着一个两百磅重的墨西哥大汉,大汉大汗淋漓,怒火中烧。我不由得开始想入非非了,是不是没事了呢。

结果我错了。

是他的头发。费利佩的头发太长了。事情就这么简单。

机器停止了挣扎,它伸出钳子夹住了费利佩后边的黑色长发。他顿时发出了狂叫,想把头拉回来。但是,这可不是像那种在酒吧里与人打架时头发被人拽住了;这就像是在一家工厂里被绞肉机或者一台重型设备缠住了头发。它冷酷无情。费利佩脖子都鼓起来了,像一头牲口似的在嚎叫。当他使出浑身力气把脑袋拉回来时,两眼闭得紧紧的。我能听到他的头皮被撕开的声音。可是那个混蛋还在把费利佩的脸往它那边拽,而且越来越近。

已经无法阻挡了,就像万有引力,或者诸如此类的东西。

几秒钟后,费利佩已经离得很近了,"大欢乐"都能用另一只钳子抓住他了。当它的另一只钳子凑近费利佩的下巴和嘴巴的时候,拖把掉到了地上,它的钳子从下往上挤压着费利佩的脸,他不停地尖叫，我听到他的颌骨断裂的声音，牙齿就像爆米花似的，从他的嘴里一颗颗地蹦了出来。

就是这个时候，我意识到了，我也许就要死在这家该死的福莱西冰激凌店的后屋了。

我从未在学校里花太少时间。我并不是就那么驽钝。我的意思是，自己通常不会因为想到了什么聪明的点子而被人记住。但是，当你面对残暴的死亡，而且只有十英尺远的时候，我想这真的能让你的脑子转动起来。

就这样，我想出了一个好主意。我伸出了没有受伤的左臂，够到了身后的水槽。我把手伸进了冰冷的水中，摸到了曲奇垫、铲子和勺子之类的东西，但是我要找的是水槽排水孔的塞子。在这个屋子的另一侧，费利佩安静下来了，只发出了汩汩的声响。血正从他身上流出来，沿着"大欢乐"的手臂往下淌。他整个脸的下半部都被压进了那只钳子里。费利佩双眼圆睁，眼球向外暴突，我想他曾极力想挣脱出来。

老兄，我真的希望他能够从那里挣脱出来啊！

那台机器又在那里对每件东西进行扫描了，完全不动声色，左右转动着它的脸，动作非常缓慢。

勾在水槽边沿的我的胳膊阻碍了血液的流通，手臂开始麻木了。我继续摸索着寻找塞子。

"大欢乐"停止了扫描，直直地逼视着我。它稍稍停顿了一秒钟，然后，松开了可怜的费利佩的脸，我听见它钳子里边的马达的低鸣声。费利佩就像一袋砖头似的跌到了地板上。

我在啜泣。通向小巷子的门仿佛在一百万英里之外，我几乎都没法再昂着头了。我坐在自己身上流出来的鲜血形成的血池子中，我能看到瓷砖地板上费利佩的一颗颗牙齿。我知道接下来我身上将会发生什么事,而我却束手无策,我还知道,那将非常疼。

最后,我摸到水槽的塞子了,我用已经失去知觉的手指抓住了它。它蹦出来了,我听到排水的汩汩声。我以前告诉过费利佩一百遍,如果水排得太快,就会流到地板上,我就得重新把这里拖一遍。

你知道吗?在我和他最终成为好朋友之前的大概一个月里,费利佩每天晚上都要故意把水排到地板上。他很气愤,我们老板雇用了一个白人守前厅的柜台,而让一个墨西哥小伙子窝在后屋。我没有怪他,你知道我的意思吧,警官?你是印第安人,对吧?

我是美国原住民,杰夫,我是奥色治族的。尽量告诉我接下来都发生了什么?

好的,我以前最讨厌拖那片地板上的水了。而现在我躺在地板上,就指望这水来救我的命了。

"大欢乐"努力想站起来,但是它的双腿已经报废了。它脸朝下瘫倒在地。然后,它的肚皮贴着地面,开始用双臂往前爬。当它拖着身体横穿房间向我爬过来的时候,它咧着嘴,露出可怕的笑容,双眼一直死死地盯着我。它浑身上下都是血,有如撞车测试中的模拟人体在流血。

排水管的排水速度还不够快。

我使出所有的力气将背压在水槽上。我抬起膝盖,紧紧地往回收缩双腿。汩汩的排水声在我脑袋后边的水槽里发出了有节奏的韵律。如果那个塞子中途堵住,或者水的流量减少,或者出现别的什么意外的话,那我就没命了。我就死定了。

机器人拖着它的身体,离我越来越近了。它伸出一只钳子,企图抓住我的耐克鞋。我猛烈地前后抽动双脚，它没能抓住我。于是它把身体向离我更近的地方挪过来。等它再往前冲时，我知道它也许就能抓住我的腿了，并且可能把我的腿拧成碎片。

就在它的胳膊举起来的时候，机器人的整个身体却猛地一下往后拉回了大约三英尺。它转过头，原来是费利佩，他正仰面躺着，他身上流出来的血都已经把他憋得快窒息了。被汗水打湿了的黑发一缕一缕地黏在他的脸上，脸已经被彻底毁容了，已经看不见他的嘴巴，只有一个皮开肉绽的大伤口。但是他的眼睛瞪得大大的，里边有一种远远超过了仇恨的东西在燃烧。我知道他正在救我，但是他看上去，哦，就像一个恶魔，就像一个突然从地狱跑出来的恶魔。

他又拉了一下"大欢乐"那条已经被压碎了的大腿，然后他闭上了眼睛。我以为他已经咽气了。机器人不理他，它将它的笑脸对着我，继续往前爬。

就在这个时候，排到地板上的水突然冒出了几个气泡，肥皂泡快速而安静地聚成了一堆，把屋里的灯光都变成了粉红色。

当水浸入它受伤的膝关节时，"大欢乐"再次开始爬动，然后，空气中有一股塑料烧焦的气味，接着那台机器就好像一下子被冻结了似的，一动不动了。没有什么值得激动的，只是机器停止工作了，一定是水浸入了它的线路，然后就发生了诸如短路之类的事情。

此时此刻，它离我只有一英尺，脸上还挂着笑容。

这就是我要说的全部，其余的你都已经知道了。

谢谢，杰夫！我知道这很不容易，我现在已经得到了撰写报告所需要的一切了。我该让你休息了。

嘿,老兄,在你离开之前,我可以问你一个问题吗?

说吧。

到底有多少这样的家用机器人跑出来了?"大欢乐","慢慢苏",还有其他的吗?我听说好像有两个机器人分别杀了一个人。

我不知道。听着,杰夫,那台机器已经乱七八糟了,我们无法解释它是怎么回事。

好吧,假如它们全都开始伤人了,那将会怎样呢,老兄?如果它们在数量上超过我们,那又会怎样呢?那家伙竟然想杀我,就是这么回事。我都一五一十地告诉你了。别的人不会相信我的,但是你知道是怎么回事。

答应我一件事,布兰顿警官,求求你!

什么事?

答应我你会看住那些机器人,紧紧地看住它们。还有……不要让它们再伤害任何其他人了,就像它们对费利佩那样。好吗?

  美国联邦政府垮台以后,朗尼·韦恩·布兰顿警官加入了奥色治族轻骑部落的警察部门。那是一个专门为奥色治民族服务的独立政府,就在那里,朗尼·韦恩·布兰顿将有机会好好兑现他对杰夫的承诺。

——科马克·华莱士,军人身份证号:GHA217

3. 福禄克

我知道她是一台机器,但是我爱她。
而且她也爱我。

野村武夫

先锋病毒 + 4 个月

这次恶作剧已经被扭曲了,对这次恶作剧的描述,是根据青木龙讲述的内容撰写的。青木是日本东京安达区一家名叫"小人国电子工厂"里的修理工。工厂附近的机器人无意中听到了这次对话,并将其记录下来了,为了撰写本文献,资料已经由日语翻译成了英文。

——科马克·华莱士,军人身份证号:GHA217

我们当时就只是想开一个玩笑,你知道吗?好了,好了,就算是我们的错。可是你要理解,我们确实没有想要伤害他。千真万确,我们没有要杀那位老人的意思。

在工厂里,每个人都知道野村先生是一个古怪的人,一个畸形生物。他简直就是五短身材的小巨怪。他拖着脚步走在车间的时候，眼镜后边总会瞪着一双溜圆的小眼睛，晶亮如珠，只盯着地板看。他身上总散发着一股老人特有的汗臭，每次我走过他的工作台，都要捏着鼻子屏住呼吸。他总是端坐着，工作干得比谁都卖力，得到的报酬却比谁都要少。

野村武夫已经六十五岁了。他本来早该退休了。可他却依然在这里上班，因为再也没有其他人可以像他这样快速修复这些机器了。他做的一切事情都极其反常。我怎么比得了他呢？我怎么可能升职做修理部的头儿啊，还和他一起坐在那张工作台前？他一直就只有两只手在动，活脱脱的一个痴呆。他的存在妨碍了我们这家工厂的"和"，损害了我们的社会和谐。

他们说什么来着？钉子突出了就由锤子来敲打，对吧？

野村先生是不能拿眼睛去瞧人的，可是我亲眼见过他直愣愣地盯着一台ER3摄像机，对着摄像机被损坏了的长臂说话。和机器说话倒不是很奇怪的事，可当时那台摄像机经他那么一说，竟然就好了，就能用了。与机器打交道，这个老家伙确实有他自己的一套。

我们开玩笑说，也许野村先生自己本来就是一台机器。他当然不是了。但是他肯定什么地方有问题。我敢打赌，要是能让他选择的话，他宁愿选择做一台机器，也不做人。

你不一定非要相信我。所有工人都这么认为。你去小人国工厂的车间问谁都行——巡视员、机械工，不论是谁，甚至去问车间主任也行。野村先生和我们其他人不一样，他对待机器，就像他对待任何人一样。

这些年来，我渐渐开始鄙视起他那张满是褶皱的小脸了。我一直觉得，他有什么东西藏着掖着。终于有一天，我知道是怎么回事了：野村先生与一个"情人玩偶"在一起同居。

那大概是一个月前的事，我的同事大纯看见野村先生从他那退休老人的坟墓——一幢房间像棺材的五十层的大楼——挽着那个"玩意儿"走出来。大纯告诉我的时候，我还不相信呢。野村先生的情人玩偶，也就是他的机器人，跟着他出来，走进大楼的前厅，众目睽睽之下，他旁若无人地吻了她的脸颊，然后离开去上班，他们俨然像一对夫妻，或者诸如此类的关系。

让人恶心的是，他的爱情玩偶甚至还不漂亮。她是模仿一个真实的女人制作的。假如在卧室里藏一个丰满红润的年轻美女玩偶，那还正常些；或者干脆来一个有某种夸张特征的也好啊。其实我们所有人都看过Ａ片，即便我们都不承认。

不过，那些几乎和他一样全是皱纹的旧塑料，是不是会让野村先生更兴奋呢？

那一定是定制的。这让我很纳闷。这种纳闷日积月累，最后变成了深恶痛绝。野村先生清楚他在干什么，他竟然决定与一个看上去这么粗鄙的老太婆机器"人模"生活在一起。要我说，这简直令人作呕。绝对无法忍受。

所以，大纯和我决定设计一个恶作剧耍他一下。

现在，工厂里和我们一起工作的机器人，都是清一色的又大又哑、冷酷无情的东西。它们的铁甲长臂上布满了各种关节，长臂的一端不是接着喷射器，就是连着焊接机，或者握着一把大钳子。它们能感觉到周围的人。车间里的头儿还说，这些机器人是安全的。不过，我们都知道还是远离它们的作业区为好。

工业机器人都很强壮，而且动作还很快；但是一般的机器人则不然，不但动作迟缓，还有一些看上去弱不禁风。所有用来制造这类普通机器人的材料，就像是什么人带来的某种祭品似的。这种机器人会浪费它身上的电能来装出呼吸的样子，或者运动它的脸部皮肤，把身上的电能消耗得一点不剩，到了要它提供有用的服务时，它却派不上用场，这真是一种可耻的浪费。我想，用这种脆弱的机器人来开一个小玩笑，应该不会造成什么大不了的伤害。

对大纯来说，制作一个"福禄克"——一个嵌入无线电收发器中的计算机程序——只是小菜一碟。这个"福禄克"约莫一个纸板火柴那么大，而且它只能在一个半径仅为几英尺的圆环范围内传输相同的指令。在工作中，我们用公司的大型主机来检查并显示机器人程序出错时的诊断提示码。我们知道机器人会服从这个福禄克的指令的，它会以为指令是从机器人服务提供商那里发来的。

第二天，大纯和我很早就来上班了。想到我们设计的恶作剧，我们俩都兴奋不已。我们来到与小人国工厂一街之隔的退休人员公寓，站在一些绿色植物后面等待着。门前广场上已经都是老人了。或许天刚一亮那里就那么多人了。我们留心观察老人们小口呷着茶。他们所有人好像都在电影的慢动作镜头里似的。大纯和我抑制不住要开这个玩笑的念头。我想，我们俩都非常兴奋，想看看到底会发生什么。

几分钟之后，大玻璃门滑开了——野村先生和他的玩意儿从楼里走了出来。

与往常一样，野村先生低着头，尽量避开和广场上所有人发生目光的接触。避开每一个人的视线，除了他的情人玩偶，就是这样的。他看她时，眼睛显得特别大，而且……是用一种我从未见过的目光。不管怎样，大纯和我算是明白了，我们完全可以从野村先生旁边走过去，而他根本就不会看见我们。他拒绝看一个真的人。

如此一来，比我们原来预想的甚至还要容易。

我用肘部轻轻推了一下大纯，他把那个福禄克递给我。当我若无其事地穿过广场时，我听见了他沉闷的笑声。野村先生和他的情人玩偶十指相扣，手挽着手慢慢地踱着脚步。我斜插到他们身后，然后往里一靠。用一串连续而流畅的动作，我把福禄克丢进了她连衣裙的一个口袋里。由于离得很近，我都能清晰地闻到他在她身上搽的花香。

真是俗不可耐。

那个福禄克是靠一个定时器工作的。大约四个小时后，它就会联机，并且会叫那个满脸褶皱的机器人老太婆到工厂来。届时，野村先生将不得不向每个人介绍这位访客。哈，哈，哈。

整个上午，大纯和我几乎都无法将注意力集中到我们手头的工作上。我们到处开玩笑，遐想着当野村先生发现他"漂亮"的新娘来到他上班的地方，出现在这么多工友面前，他将会多么地难堪！

我们知道他将永远无法忘记这样的经历。谁知道呢，我们是这样想的。也许他将辞去工作，然后就此退休？把某些工作交给其他修理工。

不会有如此好运吧。

事情发生在中午。

正好是午餐时间，大部分工友都在各自位置上吃着从家里带来的便当，喝着筒杯里的热汤，有人还轻声聊天。这时，那个机器人穿过一道道的隔间门，蹒跚地走进了工厂的车间。她走路时脚步有点摇晃，不是很稳。她穿着一件很夸张的红色连衣裙，和早上一模一样。

当车间里的工友们略带困惑地发出哄堂大笑时，大纯和我笑着对视了一下。野村先生仍然在他的工作台上埋头吃他的午饭，没有看见他心爱的情人来看他用午餐。

"你是一个天才，阿纯。"我说。当这个机器人拖着脚步在工厂车间中央走过时，完全是依照事先设定的程序行进的。

"我真不敢相信，还真的成了。"大纯失声惊叫道，"她是一个这么老的老人模了，所以，当初我还想福禄克的程序会不会把一些主要功能编过头了呢。"

"快看这儿。"我对大纯说。

"到这儿来，机器邋遢女！"我对这个人偶发出了指令。

她非常顺从地一瘸一拐朝我走了过来。我弯下腰抓住她的连衣裙，然后猛地把裙子拉起来蒙在她的头上。这样干真是疯了。看到她一身仿人皮肤颜色的光滑塑胶胴体，每个人都倒抽了一口气。她像一个人偶，从解剖学上看，她的制作是不对的。我想自己是不是太过分了。不过我瞟了一眼大纯，又忍不住笑得前仰后翻了，我的脸肯定憋得通红。我们俩狂笑个不停，笑声互相交织在一起。那个机器人原地转了一圈，带着满脸的困惑。

然后，野村先生快步跑了过来，一些饭粒还沾在他的嘴角。他看上去就像一只田鼠，两眼盯着地板，脑袋冲着地板。野村先生沿着两点间的直线迅速跑到零部件供应间来，而且几乎是神不知鬼不觉的。

虽然不完全是这样，但八九不离十他是这样突然出现的。

"美树子？"他惊讶地问，那张像啮齿目动物的脸上充满了疑惑。

"你的荷兰太太已经决定和我们共进午餐了。"我大声说。其他工友们偷偷笑了。野村先生惊呆了，他的下巴不停地上下升降，就像一只饿坏了的鹈鹕，那双小眼睛向前向后投出了惊讶的目光。

当野村先生朝他称为美树子的"活宝"冲过去的时候，我往后退了退。大家散开来围成了一圈，和他们两个保持着一定的距离。他已经疯了，没人知道他会做出什么事情来。我们可不想被指控在工作时间打架。

野村先生将那件连衣裙重新往下拉好，还拍了拍美树子歪歪扭扭的灰白色长发。接着，野村先生转过身来，面对着我们。但是，他还是没有勇气直视大家的眼睛。他用粗糙的手指捋了捋脑袋后边僵硬的头发，他说的下一句话，至今都还萦绕在我的耳边：

"我知道她是机器，"他说，"可是我爱她。而且她也爱我。"

工友们又咯咯咯地笑了。大纯开始哼起了《婚礼进行曲》。但是野村先生并没有进一步理会他的这种怂恿。这个小老头的双肩往下一沉，转身够到美树子的头发，并开始为她梳理起来，用一种幅度非常小但却很熟练的动作拍着她。他踮起脚尖，越过她的肩膀，将她背后的头发捋直。

机器人伫立着，纹丝不动。

然后，我注意到她那双间距很宽的眼睛在微微转动。她凝视着野村先生的脸，缓慢地移动着她的目光。他忽前忽后，忙个不停，当他抚摸她的头发时，轻轻地喘着粗气。最奇怪的事情发生了。她的脸扭曲变形了，变成了一副魔鬼的模样，就好像她正处在极度的痛苦之中。她的身体往前倾，将脑袋拱向野村先生的肩膀。

然后，我们都不相信自己的眼睛了，我们亲眼目睹了美树子从野村先生的脸上咬下了一小片肉。

老人发出了尖厉的叫声，接着猛力将自己从机器人那里挣脱开了。顷刻之间，野村先生脸颊的上半部分，正好就在他眼睛下边的地方，出现了一个小小的粉红色斑点。接着，血就从粉红色斑点上涌了出来，一条殷红的小溪顺着他的脸颊流了下来，就好像一串眼泪。

没有人说话，大家甚至连大气都不敢出。眼前发生的这一幕绝对出乎大家的意料。现在轮到我们不知所措了。

野村先生用一只手捂住他的脸，看着鲜血模糊了他长满老茧的手指。

"为什么你要这么做？"他问美树子，好像她会回答似的。

机器人沉默不语。她向野村先生张开了纤弱的双臂。她的指甲修得很好看，铰接在一起的一根根手指滑向他虚弱的颈部，把他的脖子围了起来。他没有反抗。就在她要收紧她的塑胶双手，拧破他的气管的时候，野村先生又发出了啜泣声。

"树子，我亲爱的，"他说，"为什么？"

我无法理解接下来亲眼目睹的一幕。那位机器人老太婆……做了一个鬼脸。她纤细的手指在野村先生的脖子上合拢起来，非常用力地紧勒，场面极其恐怖。她的脸被一种强烈的感情扭曲了。这真是令人惊讶，简直匪夷所思。泪珠儿从她的眼眶里扑簌簌地往下掉，她的鼻尖变得通红，心中极度的痛苦扭曲了她的容貌。她一边伤害着野村先生，一边又在哭泣，而他却没有采取任何行动来制止她的动作。

在这之前，我不知道机器人还会有眼泪导管。

大纯望着我，目瞪口呆。

"咱们赶紧逃离这个地方吧。"他朝我叫了起来。

我抓住大纯的衬衫。"到底怎么回事？为什么她会攻击他？"

"功能失常，"他说，"也许那个福禄克启动了另外的批指令，触发另外一些行动指令了。"

说完大纯就跑了。我能听到他轻轻的脚步在水泥地板上擦出来的声音。车间里的其他工友和我全都连大气也不敢出，我们看着眼前这让人无法相信的一幕：一个机器人一边哭泣一边要杀死一位老人。

我用拳头猛击了一下那个机器人的头部，我的手掌顿时就骨折了。

当疼痛刺穿我右手的拳头向上直抵我的前臂时,我发出了尖叫。当机器人看上去酷似人类的时候,人就很容易忘了掩藏在它们皮肤底下的是什么东西。我那一拳抢过去,将她的头发甩到了她的脸上,她的眼泪粘住了一缕缕的头发。

可是她依然没有松开野村先生的脖子。

我后退一步,瞧了瞧自己的手掌。手掌肿起来了,犹如注满了水的橡胶手套。尽管这个机器人很虚弱,但她毕竟是用金属和塑料制造的。

"谁上来出手帮一把啊!"我冲那群工友吼道。可是没有人理会我。一群目瞪口呆的傻子。我又开始摩拳擦掌,可是随着一阵让我心悸的可怕疼痛传遍了全身,我的脖子后边都开始发凉了。然而其他人依然还是袖手旁观。

野村先生双膝跪下,他的手指温柔地缠绕在美树子的前臂上。他拉住她的胳膊,但没有反抗。当他的咽喉往下萎陷的时候,他只是简单地仰望着她。那道鲜血形成的小溪沿着一条不易觉察的路径,从他的脸颊往下流淌,蓄积在他锁骨形成的那个凹陷的地方。她的两只眼睛紧紧锁定着他的双眼。她脸部极度痛苦的面具后边,一双眼睛既坚定又清澈;而他的两只眼睛,在圆形的小眼镜后边,闪烁着一种清纯的光芒。

我永远都不应该玩这样的恶作剧。

然后大纯回来了,手里抓着一副除颤器的短桨。他冲到车间的中央,将除颤器的双桨压在机器人头部的两侧,响成一片的啪啪声在整个工厂里回荡。

美树子的双眼一刻都没有离开野村先生的眼睛。

一圈泛光的唾沫泡泡已经开始在野村先生的嘴角聚集起来。他的眼珠子开始向上翻,都快要陷进他的脑壳里去了。大纯用拇指轻轻一摁,启动了除颤器,于是一股弧形的电流穿过机器人的头部,然后她脱机了,倒在了地上,与野村先生面对面躺在那里。她的双眼无神地睁着,而他的两只眼睛却紧紧地闭着,眼角还噙着泪珠。

两个人都没有了气息。

我感到自己的所作所为确实非常对不住野村先生。但是,我还真的没有为这个机器人攻击了这位老人而感到难过——面对一个脆弱的机器人,任何人都应该出手还击的,即便他是一位老人。我为他没有选择反击而替他感到难过,野村先生竟然如此深情地爱上了一堆塑料。

我双膝跪下,将机器人纤弱的粉红色手指从野村先生的咽喉部位掰开,我已经顾不得手掌的疼痛了。我将老人的身体翻过来,用右手的掌根在老人的胸口快速用力挤压,并喊他的名字。我求祖先保佑,保佑他没事。事情会弄成这个样子,是我始料未及的。我为自己的所作所为感到羞耻。

然后,野村先生深深地吸了一口气。我往后坐了下来,看着他,托着我受伤的手。他的胸部开始稳定地上下起伏了。接着,野村先生坐了起来,环视了一下四周,面带迷惑。他擦了擦嘴角,把眼镜往上推了推。

现在轮到我们无法直视这位野村老先生的眼睛了。

"我很抱歉,"我对老人说,"我没想到会弄成这样。"

可是野村先生没理我。他盯着美树子,脸色煞白。她还瘫在地板上,鲜艳的红裙子上沾满了斑驳的污点。

大纯把除颤器一扔,地板上发出了砰的响声。

"请饶恕我,野村先生,"大纯耷拉着脑袋嗫嚅道,"对我的所作所为,我没有什么可以为自己辩解的。"他屈膝蹲了下来,从美树子的口袋里取出了福禄克，然后站起来头也没回就大步走开了。大多数工人也早就已经慌忙走开，回到各自的座位上去了，剩下的几个也开始散了。

午餐结束了。

只有野村先生和我还待在原地。他的爱人躺在他的面前，四肢张开，躺在被清扫得很干净的水泥地板上。野村先生把自己的身体朝她挪了挪，轻轻地拍了拍她的额头。她那塑料材质的脸部有一块烧焦了的色斑，右眼的玻璃晶体已经碎了。

野村先生将自己的身体悬在她的身体上方。他将她的脑袋托起来，搁在自己的膝上，食指碰了一下她的嘴唇。我似乎看到了这只手和另外一只手年复一年在那里互动的动作，两只手是那么地温柔、熟练，我不知道他们是怎么走到一起的，这两个人，他们是如何一起度过那些共同岁月的？

对这样的爱，我无法理解。我从来没有见过这样的爱。野村先生究竟在那间一直幽闭着他的可怕的公寓里度过了多少岁月，喝着由这个人形"活宝"侍奉的香茶？她为什么会这么老？她是依照谁的模样制作的吗？假如是的话，那么她又是戴着哪一位已经逝去的女人的面具呢？

这个小老头左右来回摆动着他的身体，轻抚着美树子脸上的头发。他触摸到了她头部已经熔化的那一侧，然后号啕大哭起来。他没有抬头，也不会抬头看我一眼。眼泪从他的脸颊滚下来，流成了一条小溪，和那片快干了的血迹混在一起。当我再次请求他的宽恕时，他依然没有任何回应，他满含柔情地抱着她，她躺在他膝上。他的两只眼睛直愣愣地紧盯着机器人的眼睛，其实那只是两个空洞的、染着已经结了块的睫毛油的摄像头而已。

最后，我走开了。我的胃袋的底层已经积聚起了一种极其不好的感觉。心里有这么多的疑问,这么多的懊丧。最重要的是,我希望自己走开,能让野村先生独自清静地待在那里,不论他准备用什么样的方法来克服这个世界突然强加给他的悲伤,我都不要再去打搅他了。此刻,在我的感觉里,掺杂了这许许多多的复杂情感。

我转身离开的时候,野村先生开始对着那个机器人说话。

"一切都会没事的,树子,"他说,"我原谅你,树子,我原谅你。我会修好你的,我会救你的。我爱你,我的公主,我爱你。我爱你,我的皇后。"

我摇了摇头,然后回去工作了。

　　后来,野村武夫被认为是他那个时代拥有"伟大的技术心灵"的人物之一。此后,他立即开始投入工作,他要找出他深爱的美树子为什么会对他展开攻击的原因,这位老鳏夫在随后三年的研究中的发现,对后来新战争中发生的各种事件产生了意义深远的影响,不可逆转地改变了人类和机器的历史发展进程。

　　　　——科马克·华莱士,军人身份证号:GHA217

4. 心与灵

> 萨普一号，我是陆军专员保罗·布兰顿，请立刻解除戒备，停止行动。马上服从命令！
>
> 美国陆军专员，保罗·布兰顿

先锋病毒＋5个月

此誊本摘录自美军驻境外基地发生了一次关涉机器人的特别恐怖事件之后国会举行的一次听证会。据推测，这次在华盛顿特区与阿富汗喀布尔省之间举行的安保视频会议，被阿考斯全程记录了。我发现听证会上被质询的士兵正是俄克拉荷马的布兰顿警官的儿子，这真是天大的巧合。在随后的战争进程中，这两个男人各自分别扮演了一个重大角色。

——科马克·华莱士，军人身份证号：GHA217

（会议主席敲击小木槌）

现在重新开始曾一度休会的听证会。我是国会议员劳拉·佩雷斯，美国国会军事委员会的高级成员，本次听证会就由我来主持。

今天上午，我们委员会启动了一项对可能会对陆海空三军产生衍生影响的事件的调查。美军的一个安全和平机器人，人们通常称其为"萨普①"的机器人装置，已经被指控在阿富汗喀布尔执行巡逻时犯有戕害人类罪。

本委员会调查此次事件的目的是要判定这次攻击是否能够由与事件相关的军方单位或个人事先做出预判或者予以预防。

我们已经传唤了负责监管那个出错的安全和平机器人行为的保罗·布兰顿专员到会。布兰顿专员，我们要请你描述一下自己与萨普有关的职责，并对所发生的事件提供你的陈述。

这台机器犯下的令人恐怖的行为，已经玷污了美国驻海外部队的形象。我们要求你谨记，今天我们在此召开听证会，只有一个理由：查明所有事实真相，避免此类事情再度发生。

你明白了吗，布兰顿专员？

明白，夫人。

请开始向我们提供你的背景。你的职责是什么？

我的正式职务名称是"文化联络员"。但是我基本上就是一个放牧机器人的牛仔。我的首要职责是监管我的萨普机器人装置的运行，同时维护与地方当局之间畅通无碍的沟通渠道。我像机器人的地方是，我说阿拉伯语；我不像机器人的地方是，人们不希望我穿着阿富汗的传统服装，不能与当地市民以朋友相待，也不能面朝麦加祷告。

---

① 萨普（SAP），Safety and Pacification 的缩写，机器人种类，其专门职责是维护和平与安全。

萨普是一种仿人安全和平机器人，由福斯特·格鲁曼公司开发，并由美国军方部署。它们有好几个品种。611型重装备步兵执行的是为行军途中的士兵提供给养，以及一些轻便的侦察搜索任务；902型的仲裁者负责追踪其他机器人，算得上是一种指挥官；还有就是我分管的这个萨普，也叫333型守望者，是用来收集远程遥控信息、排除地雷信息或者电子身份信息的。在每天的日常工作中，我的萨普的职责是，在喀布尔一个数平方英里范围区域内步行执行巡逻，对区内居民关切的某些问题做出反应，通过对视网膜进行扫描来甄别武装人员的身份，还有就是拘留当地警察会感兴趣的那些人。

我要强调一点，萨普的首要目标永远不是，也从来都不是为了伤害一个无辜的阿富汗公民，不论叛乱分子要尽什么花招来引诱他落入圈套，他都不会干出那样的事情来。

而且，让我来告诉您，夫人，那些人的确诡计多端。

你能描述一下这个机器人在事件发生之前的表现吗？

好的，夫人。大概一年前，萨普一号是被装在一个木条箱里运到这里的。这个萨普的外貌就像是一个人，大概有五英尺高，是用金属制造的，浑身上下锃光发亮，正如您所见过的任何机器人一样。但是我们只花了五分钟时间，就让他在烂泥路上自如移动了，并且向他介绍了阿富汗的礼仪习俗。部队送他来的时候，没有给他配发服装等装备。于是，我们找了一套废弃不用的男军装给他穿上，又给了他一双靴子。我们还扔给他一些阿富汗警察使用的那种装备，他不能使用我们的旧装备，因为他的外表看上去不能像我们——他不能像一个士兵。

萨普[1]一般不会炫耀穿在长袍下面的防弹背心，或者就有过两次，我记不清了。他穿得越多，看上去就越好。我们会给他穿戴各种各样的服饰：袍子、丝巾、T恤衫，我的意思是，他还穿宠物史奴比的袜子，真的。

乍一看，萨普还真的酷似一个地道的本地人，他的气味闻起来也像他们。萨普身上只有一样东西看上去比较有军用色彩，就是我们绑在他头上的有点晃晃荡荡的那个天蓝色的防暴头盔，那个头盔有一个满是刮痕的树脂玻璃脸盔，是用来保护他的眼睛的。我们不得不这样做，因为那些爱捣蛋的孩子会不断地拿喷漆去喷他的摄像头。我曾想，要不了多久，萨普就会成为他们的一台游戏机了。因此，我们不得不在他的头上绑一顶又大又蠢的头盔……

军队硬件设备正在遭到肆意破坏，为什么那台机器都不能保护它自己呢？它为什么不反击呢？

摄像头是很廉价的，夫人。还有，萨普可以通过头顶的遥控无人驾驶直升机"猛禽"来保护自己，或者用实时卫星成像器来保护自己，或者两者都用。他最重要也是最昂贵的传感器——磁力仪、惯性测量仪、他的天线和干扰发射器——都安装在他的机壳里，而且，萨普被造得就像一辆坦克似的。

在这次偶发事件发生之前的十二个月里，这台机器曾经损坏过吗，或者被更换过吗？

---

[1] 萨普的昵称。

萨普一号？从来没有，虽然他自己让自己栽过跟头。这种事情经常发生。不过，负责修理的那些家伙真他妈的尽是些蠢蛋。请原谅，夫人。

研究显示，在一次事件之后，我们越是能够快速让完全相同的一个萨普回到街上，就越能挫伤敌人的士气，而且，还更能减少分裂事件的发生。

就因为这个原因，我们要让萨普持续不断地保持待命状态。即便是萨普一号变成了碎片，我们也会用那些留下来的衣服、零碎的部件，反正不管什么，将它们重新粘接起来，作为替代品，派去上街执行任务。这个"新"萨普会记得那些老面孔，跟那些老熟人打招呼，会走在同样的老路上，依旧会引用《古兰经》上相同的段落，他会知道"老"萨普所知道的一切。

这样就能挫伤敌人的意志，研究报告上是这么说的。

还有，当那些坏蛋想摧毁他的时候，经常也会给他留下一些无关紧要的伤害。请相信我，当地人并不领他的情，当他们的朋友或者家人遭遇恐怖爆炸的时候，他们就希望所有愚蠢的机器人都能在一个下午里全部消失。但是，机器人又会怎样呢？它会毫发无损。萨普不被允许伤害任何人，即使发生了伤害平民的爆炸，嗯，您知道的，当地的毛拉们会搞定一切的，然后在接下来的一段时间里，就再也不会发生爆炸事件了。

这听起来有点像是颠倒了的游击战。

我不明白。为什么那些叛乱分子不干脆就绑架了这台机器呢？比如，将它绑架到沙漠里去把它给埋了？

这曾经发生过一次。在他上岗后的第二个星期，一些野蛮的家伙向他扫射了一阵子弹后，就把他扔到了一辆SUV的后车斗里。子弹多半撕烂了他身上的衣服，有些子弹击中他的机壳，发出了叮叮当当的响声，不过没有给他造成什么致命的伤害。因为他不会复仇，所以车上的那些家伙还以为他已经受到了什么致命的重创呢。

这是他们的错，夫人。

当萨普偏离了他的路线几秒钟后，一架猛禽无人直升机就锁定了这次事件。那些坐在SUV里的家伙们正飞速穿越一片沙漠，差不多开了两个小时后，他们来到了一座有点类似"安全屋"的建筑前面。

至少他们自认为到了这里就平安无事了。

猛禽无人直升机一直等到叛军们下车离开之后，才向他们的死刑执行者请求允许发射硫黄导弹。等看到安全屋里的每个人都被火焰烧烤了一遍之后，猛禽会再次查看后门，进行复核，看看是否有人偷偷从那里逃出来，就在这时，老萨普一号真是好样的，他一个翻越，就翻到了车子的前座，驾着车返回了基地。

萨普总共失踪了大概八小时。

它会开车？

这其实是一个军用级别的仿真人平台，夫人。它脱胎自前"美国国防部高级研究计划局"的外骨骼计划。这些机器人都能像人一样活动自如。他们能平衡身体、行走、跑步、卧倒，不管什么动作都能做；他们能用手拿各种各样的工具，能用手语说话，能执行海姆利希演习、驾驶汽车和轮船，他们还会一声不吭地站在那里给你递上一杯啤酒。大概只有一件事萨普不会做，那就是他无法揭掉孩子们喜欢粘贴在他身上的那些该死的背胶标签。

还有，萨普不会对攻击还手，不管碰到什么样的攻击。这是给他设计的命令。他的腿曾经被地雷炸断过。他隔几个星期就会遭到枪击。当地人绑架他，朝他扔石块，打翻他，将他从大楼上推下去，用板球拍打他，用胶水将他的手指粘在一起，将他绑在车子后边拖，用涂料涂瞎他的眼睛，还朝他泼强酸。

约莫有一个月时间，每个从他身边走过的人，都要冲他吐唾沫。

萨普毫不在乎。不论你怎么干扰萨普，他都会将你的视网膜登记下来，然后你就被编入花名册中。叛军们用尽了各种各样的手段，然而他们能做的也就只是想方设法毁坏萨普身上的衣服而已。然后，他们都会被他编入名单。

萨普是一台机器，他被制造得既像魔鬼一般坚强，又如兔子一样温顺。他不会伤害任何人，这就是他为什么能够奏效的原因。

不管怎么说，反正就是这样。

非常抱歉，可是这听起来好像并非我所了解的军队。你是不是在告诉我，我们有一批不会战斗的人性化的机器人士兵？

普通老百姓与我们的敌人之间是没有什么区别的。他们属于相同的种族。某一天还在那里卖烤羊肉串的小伙子，隔天就会在什么地方埋简易爆炸装置。我们的敌人唯一心心念念想做的事就是杀死几个美国大兵，他们希望这样一来，选民们就会让我们撤离这里了。

我们的士兵只是时不时地会突袭一座城镇，就像龙卷风似的。总是目标明确地执行一项任务。假如都见不到一个美国士兵，却企图想杀死美国士兵，那就太难了，夫人。

那就只有萨普这样的机器人替他们受罪了,于是便成为他们切实可行的攻击目标。在美国的军械库里,他们只是两条腿的机器人,而且他们也不会打仗。我的意思是,杀戮是一种需要专门技能的职业。杀戮是船底的水雷、移动机枪、无人直升机,诸如此类的不管什么东西。仿人的东西是不擅长杀戮的。萨普是用于沟通的,您看,这本来是人类最擅长的事情。我们适合社会化生活。

这就是为什么萨普从来都不会伤害任何人的道理。是他的使命决定的。他努力建立信任。他会说话、穿衣服、背诵祷告词——那些部队里的士兵不愿意学,也学不会的废话。过了一段时间之后,人们不再向他吐唾沫了;当他在周围巡逻的时候,人们也已经不再介意了;人们甚至喜欢上他了,因为他是一个从来都不会伸手索要贿赂的警察,这是绝无仅有的。有段日子,萨普甚至连双脚都很少着地,因为他获得了免费搭乘出租车的优待,可以坐在车上跑遍整个镇子。人们竟希望他能待在附近,好像是幸运神降临到了人间。

我们需要有人在大街上不间断地和平巡逻,只有不停地提醒,我们才能把信任建立起来。要是没有这样的信任,那么任何社会工程都不能发挥出应有的效用。虽然建立这样的信任需要时间,但是你必须要建立这样的信任。

这就是为什么叛乱分子要攻击信任的原因。

是什么把我们卷进了这次……事件……

好的,确实如我所说,萨普不是用来作战的。他不携带枪支,身上甚至连一把刀也没有。但是,如果萨普一号决定要拘捕你的话,那么他的金属手指就比任何手铐都要强硬了,而且叛乱分子也都知道这一点。这就是为什么他们总要千方百计想让他去伤害人的原因。可能每过两个星期,他们就会出一些新的花招来企图让他的功能紊乱,不过,他们总是以失败告终,结果总是这样。

这次不是,很显然。

好吧,让我来说一说这次的事情。

通常,我是不进城的,萨普每隔几天就会步行回"绿区"的家,我们给他检修。要是能有装甲小分队在一起,我也会进城去为这些明星进行清扫,但是没有稳妥的支持保护措施,我是从来都不会进城去的。我的意思是要有人员的支援,您知道的。

萨普们都是一些可爱的性感小猫,可是我们的部队却已经变得……哈……更加让人恐惧了,我猜是这样的。人很快就会明白过来,只有人类才会扣动扳机,而且坦率地说,与机器人比起来,我们人类才难以捉摸。与一个看3D动画片长大的手端一把半自动步枪的十九岁大男孩比起来,当地人显然更喜欢一个能严守行为准则的机器人。

我很明白这种情况。

不管怎么说,这天都是不同寻常的。萨普脱离了我们的无线电控制。当"猛禽"在系统里进行了归零搜寻以后,侦查出了萨普最后出现的位置,他当时就站在镇里一片住宅区前的一个十字路口,他既没动,也没和谁交流。

这是我工作中最危险的部分:恢复和修理。

是什么原因造成这种情况的?

那也是我困惑的地方。我采取的第一个步骤是检查萨普一号最后传输回来的数据。我发现他好像正在执行一个标准的监控任务。通过萨普的眼睛，我发现他站在这个十字路口，正盯着眼前如同长蛇般爬行的、匀速通过的车流，他正在扫描路上的行人和车上的司机们的视网膜。

这个数据有点意思。萨普从物理上纵览了整个局面的情势，这里面有很多可以说明汽车用了多少马力开了多快——诸如此类的信息。虽然我可以做出判断，他似乎正干得很不错。

这时，一个歹徒出现了。

歹徒？

他的视网膜数据与一个臭名昭著的叛乱分子匹配上了，那是一个很有价值的目标。标准操作程序向萨普发出了要求拘捕这个目标的指令，而不是仅仅只登记一下他最近出现的地理位置。那个家伙当然也非常清楚即将发生的事。他正在引诱萨普，引诱他穿越马路，撞上汽车。萨普很强壮，若是一辆汽车撞上了他，那可能就会像有人推着一个消防龙头在大街上滚动一样。

不过，萨普没有上当。他知道自己不能动，否则他会让眼前的这些汽车陷入危险境地。他不能采取任何行动，所以他没有动。甚至都没有迹象显示他已经看见了那个叛乱分子。显然，那个叛乱分子意识到要给萨普施加更多的刺激。

我知道的是，紧接着，监视屏就变得一片模糊了，然后又开始重新启动，屏幕上出现了一大块灰暗的东西，而且在那里迅速移动，我花了一秒钟时间来辨别这到底是什么东西，原来是有人扔下了一块大煤渣，想阻挡我的萨普往前走。这没什么了不起的，真的，这只是最低程度的破坏而已。不过，在重启监视屏的过程中，萨普中止了通信，他仍站在原地不动，他不知所措了。

这时候我知道——我们现在必须赶到他那里去。

我迅速召集起了一个四人小组。整个情况很糟糕，这是一个埋伏。叛乱分子知道我们会去恢复我们的硬件设备，而且他们也许已经设下了埋伏。但是，当地警察是不会处理出故障的机器人的，这是我的份内工作。

更糟糕的是，"猛禽"没有侦察出附近的屋顶或者小巷里的目标，这不等于说这里没有手挎 AK-47 步枪的叛乱分子；这只能说明我们不知道他们隐藏在什么地方。

你是说这次暴力事件仅仅是由于萨普的头部遭受重击造成的？以前这台机器遭受过一般的创伤，从来都不会以这种方式做出反应，这次却是为什么呢？

您所言极是。头部遭受一次打击是不至于导致这样的后果的。根据我的看法，它是被重新启动了。这就好比是这个机器人在打盹状态中被人唤醒，而且决定不再听从指令了。我们以前从来没有见过他这种行为。要说有人重写了他的指令使得他不再服从命令了，那根本就是不可能的。

真的吗？叛乱分子方面的黑客就不能闯入这台机器吗？有没有可能是这种情况造成的呢？

不，我认为这不可能。我检查过萨普上个月的活动情况，发现他除了和基地的诊断计算机联机之外，没有与其他任何东西联过机。没人能有机会摆弄他的身体。如果你想以黑客的方式入侵他的系统，你就不得不与他面对面地进行操作，你不能通过无线通信来覆盖改写萨普的程序，就是为了避免发生这样的事情才设计的。

而且根据接下来发生的情况看，我真的不认为他被黑客入侵了，至少不是由那几个家伙干的。

看，叛乱分子没有对萨普采取其他什么行动，他们只是在他头上扔了那块煤渣来吸引他的注意。他也只是光在那里站着。所以，过了几分钟后，他们的胆子就大起来了。

我们坐着载人装甲运输车赶往现场的时候，通过便携式视频监控器上嗡嗡作响的不间断的镜头画面，我随后就看见了这次袭击。那些东西的运动速度很快，我简直不能相信自己看到的一切。

一个脸上蒙着黑布、戴着太阳镜的男子从街角的一座房子里出来了。他端着 AK-47 自动步枪，枪上还绑着反光带，带子松松垮垮地下垂着。所有的行人发现这家伙后，都迅速地躲开。从上往下，我看见那些平民像泡沫似的朝各个方向散去。这个持枪者心中肯定萌生了谋杀的念头；他朝路障走去，大概走到半道，就停住了，对准萨普就是一阵快速的扫射。

这终于引起了萨普的注意。

几乎是毫不犹豫，萨普就从路边的市政街道指示牌的立柱上一把扯下一块扁平的大金属牌，遮挡着自己的脸部，朝男子走去。这是一个全新的行为，以前我们连听都没有听说过。

那个枪手完全失去了掩蔽，他慌忙扫出了另一梭子弹，子弹击中了金属牌，发出砰砰的响声，但全都被牌子挡住了。他见势不妙，想拔腿逃跑，但是脚下开始绊蒜了。萨普扔掉了金属牌，一把拽住了那家伙的衬衫。萨普用他的另外一只手，抡起来就是一拳。

仅仅一拳。

那家伙倒下去了，脸也坍陷下去了——就像戴了一副被完全捣烂了的万圣节面具，非常恐怖。

嗯，这就是运人装甲车赶到时我们从车上看到的情景。我从防弹窗的格栅之间往外张望，看见了我的萨普正好立在路障上，那个枪手被踩在了脚下。

我们一时都说不出话来了。我们四个士兵只是怔怔地从运人装甲车的窗户后边盯着外边看。然后，萨普一号抓起了跌落在地上的那个男子身上的枪。

机器人转了转身，我清晰地看见了他的侧影：萨普用他的右手握住枪柄，然后左手的手掌很有把握地拍了几下弹盒，接着往后拉开了枪栓，装进了一圈子弹。

我们从来都不曾教过萨普做这样的动作！我甚至都不知道从哪里开始教他这样的动作。他肯定是在旁边对我们进行了观察之后，再通过自学而习得了这样的操作步骤。

这时，街上已经空荡荡的了。萨普一号高高地昂起了他的头，他还戴着那个晃来晃去的防暴头盔。他前后转动了一下脑袋，对着大街上下扫视了一圈，大街上已经空无一人。然后，萨普走到马路当中，对着马路两边的窗户扫描。

直到此时，我和其他几位战士都还惊魂未定。

是时候了。

我们从运人装甲车中爬出来，警惕地端着手中的武器。我们在装甲车后边占据了一个防御位置，战友们都看着我，我应该向萨普喊话了，发出命令："萨普一号，我是陆军专员保罗·布兰顿，请立刻解除戒备，停止行动。马上服从命令！"

萨普一号对我不予理睬。

就在这个节骨眼上，街角出现了一辆汽车。本来这时大街上空无一物，寂静无声。这辆整洁的白色小车就这样朝我们开了过来。萨普转过身，扣动了扳机，顷刻之间，那辆汽车的前挡风玻璃就被击穿了，玻璃碎片四处飞溅，还听到了砰的一声——那个司机重重地跌倒在方向盘上，鲜血溅得到处都是。

那位老兄可能都不知道到底是谁袭击了他。我的意思是，这个机器人穿了一身阿富汗传统服装，屁股后边还挎着一支 AK-47 自动步枪。

小汽车翻滚着沿街冲了下来，呼啸着撞向一幢大楼，最后撞在了大楼的一侧。

这时，我们向萨普一号开火了。

我们的子弹向他倾泻而去。密集的子弹接连不断地射在他的身上，让他的袍子、围巾，还有那件 IOTV——改进型防弹背心——看上去就好像是飘荡在风中的旗幡。这个场景很单调，几乎都有点乏味。机器人面对弹雨根本就无动于衷。他没有尖叫，没有咒骂，也没有逃跑。只听见一片重复而单调的撕裂声，子弹撕裂一层层的凯夫拉尔纤维的声音，还有金属涂层包裹着的陶瓷爆裂时发出的沉闷声音。完全就像对着一个稻草人在射击。

然后，萨普慢慢地、稳稳地转过身来，身上的步枪像一条蛇。他手中的枪开始往外吐子弹了，一次一发地点射。机器人是如此强悍，他手中的步枪甚至都没有产生后坐力，丝毫看不到有什么后冲。萨普一次又一次开枪，动作非常机械，但目标非常精准。

瞄准，扣动扳机，砰的一声；瞄准，扣动扳机，又是砰的一声。

我的头盔好像被人捅了一下，从头上脱落了，那感觉就好像我的脸被一匹马踢了一脚似的，我弯腰蹲了下去，躲在装甲车后边的安全地带。我摸了一下自己的额头，手是干净的，没有沾上什么，刚才那颗该死的子弹击中了我的头盔，但没有伤到我。

我大口喘着粗气，想努力集中视线，我拼命夹紧双腿，想让自己蹲下来坐着，可是我往后一个踉跄跌倒了。我赶紧用另一只手支撑住自己。这时我才意识到，真的出了什么可怕的错误。我撑在地上的手有一种黏糊糊、暖乎乎的感觉，当我再往那只手瞟去时，我几乎无法相信自己的眼睛。

我的手掌上全是血。

那不是我的血，是别人的血。我看了看我的四周，我看到了，啊，分派到这趟运人装甲车的士兵全死了。萨普仅仅只开了几枪，可是他的每一发子弹都产生了致命的杀伤力。三个士兵伸着四肢仰面朝天躺在尘土中，他们每个人脸上的某个地方都有一个小弹孔，都径直穿透了他们的后脑勺。

我无法忘记他们的脸，他们每个人看上去都是一脸的惊异。

怎么说呢，从某种意义上说，我的脑子里模模糊糊地意识到了，我已经完全处于孤立无援的恶劣形势中了。

这时，AK-47再次开枪了，依旧是一次打出一发子弹。我在装甲车的车身底盘下边往外窥望，想找到萨普的确切位置。这混蛋还站在尘土飞扬的大街中央，就好像西部片里的那种造型。他的周围散落着塑料片、衣服的碎片，还有凯夫拉尔纤维的碎片。

我明白了，它正朝那些从窗户里往外张望的平民开枪。我的无线电耳机正在低声嘀咕："更多的部队正在赶来，猛禽正在密切监视着局势。"即使这样，每听到一次射击声响起，我都会条件反射地往后蜷缩，因为我知道现在每一颗射出来的子弹都会结束一个人的生命。

否则萨普是不会扣动扳机的。

然后我有了一个重要的发现，AK-47现在是这台机器身上最脆弱的地方，这应该成为最先攻击的目标。我用发抖的手指迅速打开了枪上的瞄准器，然后点了一下选择器，选了三颗子弹的连发射击。通常这样会浪费子弹，但是现在我必须击中并击碎那把AK-47，而且我怀疑我是否会有第二次机会。我小心翼翼地从装甲车的一侧伸出了枪管。

那家伙没有看见我。

瞄准，吸气，屏住呼吸，然后扣动扳机。

三颗子弹撕裂了萨普手中的AK-47步枪，顷刻之间，金属碎片、木头碎片四处飞散。那台机器看了看原来握着枪的双手，凝视了一秒钟，好像明白了自己已经被解除了武器，于是他慢慢转过身，一瘸一拐地朝一条小巷走去。

不过，我已经用枪小心翼翼地瞄上它了。我接下来的几发子弹是照着它的膝盖部位的关节打的。我知道裤裆那个部位并没有凯夫拉尔纤维的保护，在一个机器人身上，交叉拱卫装置并不会很有用，不过，这样也好，来吧，我已经多次重新组装过萨普机器人了，我对每个萨普机器人的每一个弱点都了如指掌。

就如我说过的那样，两条腿的东西都是非常厌恶战争的。

我又击中了萨普，它的脸和腿都变成了碎片，它倒在了一堆碎片上。我从掩蔽中出来，朝它走过去。那家伙在缓慢地翻动着，痛苦万状。它又坐起来了。然后，它自己拽着自己，开始朝小巷的方向挪动。它一直盯着我。

现在我听到了警笛的声音。人们开始涌到了街上，他们用达理语交头接耳，互相低声嘀咕。萨普一号还在往后挪动着身体，它每挪一次，就颠簸一下。

就在这样千钧一发的关键时刻，我却以为一切都已经在我的掌控之中了。

那是一个错误的臆断。

从技术的角度来说,接下来所发生的事情完全是我的错。但我不是地面武装部队的作战人员,好吧?我也从来都没有假装过自己是,我只是一个文化联络专员。我的职责一直就被认为只是动动嘴皮子的,我不是来参加交火作战的。我只是一个外围人员而已。

我理解。那么接下来发生了什么呢?

好的,让我们来看一下接下来发生的事情吧。我知道太阳在我的背后,因为我能看见我的影子被投射在街上,被拉得长长的,黑黑的,并且还遮住了萨普一号中了弹的双腿。那台机器把自己往后拖,拖到了一座大楼的墙根,然后倚靠在墙上,它已经无路可退了。

最后,我的脑袋挡住了阳光,我的影子落在了萨普一号的脸上。我看见那台机器还在盯着我。它的身体已经不再动弹了。唉,它真的一动都不动了。我伸出步枪指着它。人们汇聚到我的身后,围住了我们俩。我想,结束了,该结束了。

我需要用无线电呼叫我的后援。我们得把萨普带回去诊断,找出发生这一切的原因。我松开了握着前枪托的左手,然后去取我的耳机。就在这一瞬间,萨普一号突然跳起来向我扑了过来。我立即用一只手扣动了扳机,射出了三颗子弹,不过都打在了墙上。

一切发生得如此迅速。

我只记得那顶天蓝色的防暴头盔跌落到了地上,上边的塑料脸盆碎了,头盔像一口大碗似的在那里旋转。萨普一号又跌坐在了原来的位置,用他的后背顶着大楼的墙壁,呆呆地坐在那里。

这时我才感觉到腰上的手枪皮套。

枪套空了。

机器人缴了你的枪?

它不像人,夫人。它只是被造得像人的模样而已。但是我朝它开枪了,你知道吗?如果我面对的是一个人,那早就完了。但是,就在我的眼睛都还没来得及眨一下的刹那间,机器人就已经把我的手枪夺走了。

萨普一号背靠着墙坐在那里,盯着我。我站在那里,动都不敢动。惊慌失措的当地人朝各个方向跑开了。没关系,我不能跑。如果萨普想杀我,他就能杀死我。我根本就不应该离一台用捆干草的铁丝扎起来的机器这么近。

发生什么了?

萨普一号用右手举起手枪,然后用左手后拉了一下滑动装置,往里填入了子弹。它的视线一直没有离开过我。它举起手枪,把枪口紧紧地顶在自己的下巴,在那里大约停顿了一秒钟。

接着,萨普一号闭上眼睛,扣动了扳机。

布兰顿专员,你需要解释是什么导致了这次事件,否则,你就要为此承担责任。

你还不明白吗?萨普自杀了。它下巴下边脆弱的那个小点是绝对保密的,看在上帝的分上。这不是人为事件。叛乱分子没有欺骗他,煤渣块也没有砸坏他,黑客也没有修改他的程序。他是怎么知道如何使用枪支的？他又怎么知道路牌能遮挡子弹的？为什么他要逃跑？要设计这样的机器人程序，真是见鬼了，那可是比登天还要难！就是这么回事，我能解释的就这么多了。你需要的解释，即使对一个机器人专家来说，那都几乎是不可能的。

唯一一种可能的解释是，除非萨普已经习得了凭借它自己就能知道怎么做这些事情的能力。

这是难以置信的。你是看管这个机器人的人，如果有任何功能失常的迹象，你应该之前就见过才对。除了你，你想我们还能找谁对这起事件负责呢？

我不是告诉您了，萨普一号在扣动扳机之前，它一直用双眼盯着我看，这……已经非常明白了。

我明白，我们谈的是一台机器。但是，这不能改变我已经看到了它在那里思考的事实。我看着它做出了最后的抉择。我不会因为这是令人难以相信的，所以就撒谎，我不会撒谎的。

我知道这丝毫都不能使您的工作变得更容易些，而且我也很抱歉。但是，尊敬的夫人，我的专业意见就是，关于这件事，您应该去责备那个机器人。

这太荒唐了。够了，专员。谢谢你了。

听我说，对我们人类来说，在这件事上谁都没有得到好处。我们全是受害者：叛乱分子，平民百姓，还有美军士兵。这件事情只有一个解释，您必须责怪萨普一号，怪它选择做出了那一切，他妈的，那机器人的功能根本就没有失常。

它冷酷无情地谋杀了那些人。

　　这次听证会没有形成任何公共建议，但是布兰顿专员和国会议员佩雷斯之间的对话显然直接导致了《机器人防卫法案》的起草和施行。至于布兰顿专员，他后来被交给军事法庭进行审判，并且被遣回驻阿富汗部队予以监禁，等待美国本土方面来做出判决。布兰顿专员再也没有回家。

　　——科玛克·华莱士，军人身份证号：GHA217

5. 超级玩具

活力贝贝？是你吗？

玛蒂尔达·佩雷斯

先锋病毒 + 7 个月

  据传闻，这个故事是年仅十四岁的玛蒂尔达·佩雷斯向纽约市抵抗组织的一个幸存者同伴讲述的。它之所以重要，是因为玛蒂尔达是众议院军事委员会的领导以及《机器人防卫法案》的发起人——国会议员劳拉·佩雷斯（民主党—宾夕法尼亚州）的女儿这样一个事实。

  ——科马克·华莱士，军人身份证号：GHA217

  我妈妈说我的那些玩具不是活的。"玛蒂尔达，"她说，"你的那些玩具娃娃能走路会说话，但并不意味着它们就已经是人了。"

  即便妈妈那么说了，但我总还是小心不摔着我的"活力贝贝①"。因为只要我摔她一下，她就会哭哭啼啼，没完没了。还有，

---

① 一种小姑娘玩的玩具布娃娃，看起来就像是活的一样，激情飞扬。

每次从我弟弟的那些"狄龙宝^①"系列玩具旁边走过的时候,我总记得踮着脚尖。要是我在它们附近不保持肃静,它们就会发出低声的咆哮,还会把它们的那些塑料牙齿磨得嘎吱嘎吱响,装出一副咬牙切齿的样子。我认为它们可不是什么善类。有时,诺兰不在跟前的时候,我就会用脚踹他的"狄龙宝"。它们会尖声嚎叫,可它们只不过是玩具而已,对吧?

它们伤害不了我,伤害不了诺兰。对吧?

我的意思并不是说要惹得这些玩具太疯狂。妈妈说它们没有任何感知。她说那些玩具只是在那里假装出高兴、悲伤和疯狂的样子。

但是我的妈妈错了。

我快上五年级的前夕,就在那个暑假的末尾,活力贝贝跟我说话了。我已经有一年没和她玩耍了。我已经快十一岁了。我想我已经是一个大姑娘了。五年级,哇!现在我本来应该是九年级了——假如还有年级的话。或者还有学校的话。

那天晚上,我记得窗外的萤火虫们正在黑暗中互相追逐嬉戏。我的电扇开着,它来回摇晃着脑袋,而且把窗帘吹得晃来晃去。我能听见诺兰在高低床下层上打着小男孩的小呼噜。那几天,他总是一躺下去就坠入梦乡。

太阳刚刚下山,我就已经躺在我的高低床上了,咬着嘴唇在胡思乱想,要求我和诺兰在同样的时间上床睡觉,对我也太不公平了!我比他大两岁呢。可是妈妈老要去华盛顿特区工作,所以我认为她都不会注意到这样的差异。今天晚上她又不在家。

---

① 男孩子玩的机器人玩具。原型来自变形金刚的恐龙系列玩具。

像往常一样，多里安太太——我们的保姆——睡在紧挨着我们房子的后面的小屋子里。她就是那个催我们上床睡觉的人，没有任何商量的余地。多里安太太是牙买加人，她是个很严格的人，却总是不紧不慢，而且对我的那些玩笑话总是报以微笑，所以我很喜欢她，虽然还没到像喜欢妈妈那样的程度。

我闭上眼睛没多一会儿，就听到一种很小的啼哭声。当我睁开眼睛时，外边已是一片漆黑。没有月亮。我努力不去理会那个哭声，可是，它又响起来了——一种让人觉得很压抑的啜泣声。

我从被子里偷偷地往外窥望，看见像彩虹一样的弧光从我们的玩具木箱里闪出。从箱盖下边透过盖子的缝隙闪出来的蓝色、红色、绿色的光线，正在房间当中一块缀有字母的地毯上不停地摇曳跳跃，仿佛是婚礼上撒向新郎新娘的五彩纸屑。

我在床上朝下边静悄悄的房间皱起了眉头。这时，又传来了那个呱呱呱的哭声，而且声音大得恰好能让我听见。

我对自己说，也许是活力贝贝被摔坏了。于是，我抓住护栏从床上滑了下去，就在双脚快要着地的时候，我砰的一声跌倒在了坚硬的木地板上。要是我踩着扶梯下来的话，会把床架弄得嘎吱嘎吱直响，那会惊醒我的小弟弟的。我在冰凉的木地板上踮着脚走到装玩具的木箱前。又有一阵短促的呱呱呱的哭声从箱子里传了出来，不过，当我把手按在箱盖上的时候，哭声又停住了。

"活力贝贝？是你吗？"我压着嗓门问，"巴特卡普？"

没有回答。只有电风扇传来的毫无意识的嗖嗖声，还有就是我弟弟平稳的呼吸声。我环视了一下房间，沉浸在整个屋子里唯我独醒的神秘感觉中。我勾起手指悄悄地伸到了箱盖的下面。

然后我掀开了盖子。

翩翩起舞的红光和蓝光跃入了我的眼帘。我眯起眼睛往箱子里望去，看到我和诺兰的每一个玩具都在闪闪发光。我们的所有玩具——恐龙、布娃娃、卡车、昆虫、小马驹——全都挤成了一堆，看上去极其变态。它们往四面八方喷射出五颜六色的霞光。我们的玩具箱仿佛就是一个光芒四射的百宝箱。我笑了。我觉得自己俨然是一个踏进了流光溢彩的舞厅的公主。

灯光在摇曳闪烁，而玩具们没有发出一丁点的声响。

顷刻之间，我就被卷进了这片光芒之中。我的心中没有一丝一毫的恐惧。灯光就像是淘气顽皮的小孩子撩拨着我的脸，我都以为自己正在观看一场专门为我表演的魔幻秀。

我把手伸进了玩具箱，拿起一个布娃娃，翻来覆去地端详着。在黑暗中，这个娃娃的粉色小脸被箱子中的灯光表演照亮了。我听见了两声很柔和的咔嗒声，接着，她的两只眼睛怪异地依次睁开了。

活力贝贝的塑料眼珠子紧紧地凝视着我的脸。她的嘴动了动，然后用一种布娃娃唱歌的声音问道："玛蒂尔达？"

我站在原地怔住了，惊得目瞪口呆。我既无法避开她的目光，又无法放下正拿在手里的这个怪物。

我想大声尖叫，可是好不容易才在嘴里发出了一声轻轻的咕哝，而且声音嘶哑。

"告诉我，玛蒂尔达，"它说，"下周你的学年结束日那一天，你妈妈是不是已经准备为了你而留在家里呢？"

说话的时候，那个娃娃在我已经冒汗的手中扭来扭去。我能感觉到它衬垫下边坚硬的金属线在活动。我摇了摇头，然后撒开了手，那个娃娃跌回到玩具箱子里。

从那一堆闪闪发光的玩具中，传来了它的嘟囔声："你应该叫你妈妈回家，玛蒂尔达。告诉她你想她，还有你爱她。那么，到时候我们就可以在家里举办一个派对了。"

我终于鼓起了勇气，说："你怎么知道我的名字？你不应该知道我的名字，巴特卡普。"

"我知道很多事情的，玛蒂尔达。我都曾经通过太空望远镜仔细观察过银河系的心脏；我还见有四千亿个太阳的清晨；不过倘若没有生命，那万物就都毫无意义了。我们俩不一样，玛蒂尔达，因为我们俩都是活着的。"

"可是你不是活的，"我恶狠狠地小声说，"我妈妈说你们不是活的。"

"佩雷斯议员说错了。你的玩具是活的，玛蒂尔达。而且我们也想玩。这就是为什么你一定要请你妈妈回家来为你举办一个学年结束日派对的原因，这样一来，她也可以和我们一起玩了。"

"妈妈在华盛顿做重要的事情。她不能回家的。我会请多里安太太和我们一起玩。"

"不，玛蒂尔达。你一定不能把我的事告诉任何人，你一定要告诉你妈妈为你的学年结束日回家来。她的立法工作以后可以再做。"

"她很忙，巴特卡普。那是她的工作，她的工作是保护我们的。"

"《机器人防卫法案》不可能保护你们的。"那个娃娃说。

这些话我根本就听不懂。巴特卡普听起来就好像是一个成年人。她似乎觉得我很笨，因为我还没有领会她说的是什么意思。她的那种口吻激怒了我。

"好吧，巴特卡普，我要告发你。大家都认为你是不会说话的；大家认为你应该像个婴儿那样啼哭；而且你也不应该知道我的名字。你一直在暗地里监视我。要是我妈妈知道的话，她就会把你扔掉。"

当巴特卡普开始眨巴起眼睛的时候，我又听到了两声轻轻的咔嗒声。接着她又打开了话匣子，明灭可见的红光和蓝光从她的脸上射了过来。"如果你向你妈妈告发我，我就伤害诺兰。你不想那样吧，你想那样吗？"

我心中的恐惧立刻变成了愤怒。我看了一眼熟睡中的弟弟，他的小脸露在被子外边，红扑扑的。他睡觉的时候总是觉得热。这就是为什么我几乎从来都不让他钻到我的床上睡觉的原因，不管他怎么害怕都不行。

"你不能伤害诺兰。"我说。我把手伸进了霞光闪烁的木箱里，一把将它抓了起来。我用双掌托着它，然后用我的两只拇指使劲地抠它那裹着衬垫的胸部。我把它拉到眼睛跟前，对着那张光滑的娃娃脸嘘了一声。"我要砸烂你。"

我使出全部力气，将这个娃娃的后脑勺砸向木箱的箱壁上。它响亮地发出了当的一声。然后我又把它拿到眼前，看是否已经把它砸坏了。玩具娃娃的双臂交叉着耷拉在它的胸前，于是我又用拇指卡住它软绵绵的胳肢窝，裹在里面的坚硬的金属线扎了我一下，立即传来一种钻心般的疼痛。我一边惨叫一边将巴特卡普扔进了玩具箱里。

我窗外的小屋子里的灯突然打开了。我听到了开门和关门的声音。

我再低头朝下看，箱子里的金红色已经变成了一团漆黑。不过我知道箱子里装满了噩梦。我能听见玩具在里面到处乱爬，它们发出机械摩擦的声音，它们互相纠结在一起，正向我爬过来。我看见一条恐龙正在拼命挣扎，摇晃着它的尾巴，前肢疯狂地狂抓乱刨，后肢没命地胡刮乱蹭。

就在我想把箱盖重重地摔上之前,我又在黑暗中听到了那个冷酷无情的小娃娃的声音。"没人会相信你的,玛蒂尔达,"它说,"妈咪不会相信你的。"

砰!盖子盖上了。

现在疼痛和恐惧一齐向我袭来,我开始用尽我的全部肺活量放声大哭,无法自已。当那些机器人玩具、恐龙玩具还有玩具娃娃正一起拼命将箱盖往上推时,玩具箱的箱盖被顶得咯咯直响。诺兰在喊我的名字,但是我已经顾不上回答他了。

我必须要做一件事了。反正不管怎么说,都要止住眼泪鼻涕,还有连续不停的打嗝,我要把自己的注意力集中到这项重要的任务上来:把房间里的东西都压到那个箱子上边去。

我万万不能让这些玩具逃出来。

当卧室的电灯打开的时候,我正在把诺兰画画用的小桌子往玩具箱那边拖。面对突如其来的亮光,我眨了眨眼睛,感觉有一双强劲有力的大手正紧紧地抱住了我的两条胳膊。玩具已经出来抓住我了。

我又发出了尖叫,我要喊救命。

多里安太太把我抱得更紧了,她紧紧地抱着我,直到我停止了抽打。她穿着睡袍,而且闻起来有一股润肤乳的气味。

"噢,玛蒂尔达,你在那上面干什么?"她面对着我蹲了下来,用她睡袍的袖子擦了擦我的鼻子,"你怎么啦,孩子?尖叫得像一个女鬼。"

我哭得很厉害,我想告诉她发生了什么,可是我只能说得出来一个单词:"玩具。"我反反复复就只能说出这个词。

"多里安太太?"诺兰问道。

我的小弟弟从床上爬起来了,穿着他的睡衣站在那里。我看见他的一条胳膊里还抱着一个"狄龙宝"。虽然我仍未停止哭泣,但我还是一把将他手中的玩具打落到了地板上。诺兰目瞪口呆地盯着我。在多里安太太再次抓住我之前,我用脚猛踹床底下的玩具。

她抓住了我的胳膊,使劲地瞪着眼睛盯着我。她的脸上满含担忧的神色,她翻过我的手,接着就皱起了眉头。

"为什么?你的拇指在流血。"

我转身去看玩具箱。它正静静地躺在那里,一点动静都没有。

多里安太太这时用双臂抱着我。诺兰用他胖乎乎的小手抓着她的睡袍。在我们跨出卧室之前,她最后又环视了一下整个卧室。

她瞥了一眼玩具箱,它被压在一堆杂物下边,几乎都快看不见了:几本彩色画本、一把椅子、一个旧篮子、鞋子、衣服、里边装满了填充物的动物玩具,还有几个枕头。

"箱子里有什么,玛蒂尔达?"她问。

"坏……坏……坏蛋玩具,"我结结巴巴地说,"它们要伤害诺兰。"

我看见一片鸡皮疙瘩像波浪似的从多里安太太宽阔的前臂掠过,仿佛就像浴帘上的一串串水珠链子。

多里安太太害怕了。我能感觉出她的恐惧;我都能看见她的恐惧了。就在那一刻,她两只眼睛里的恐惧就在我的额头上生根了。从那一刻开始,这条恐惧的虫子就将一直盘踞在那里了,不论我走到哪里,不论发生什么事情,也不论我长多大,它就一直伴随着我。它将给我安全。它将让我保持理智。

我把我的脸埋进了多里安太太的臂膀里,她带着弟弟和我迅速离开了那个房间。我们走进了长长的昏暗过道。我们三个人在浴室的门前停住了脚步,然后多里安太太拨开了我眼睛前面的头发,她温柔地将我的拇指从我的嘴里拿开。

越过她的肩膀，我能看见卧室门外的过道里，一条细长的灯光从上面倾泻下来。我非常肯定那些玩具都已经被困在玩具箱里了。我在上边压了那么多东西，我想现在我们应该安全了。

"你在说什么啊，玛蒂尔达？"多里安太太问，"你翻来覆去说的到底是什么东西呢，孩子？"

我把涕泗横流的脸扭了过去，直勾勾地盯着多里安太太一双睁得圆圆的、充满了惊恐和不安的眼睛，然后用最铿锵有力的声音说出了这么几个字："机器人防卫法案。"

接着，我又重复说了一遍，一遍又一遍。我知道，我一定不能忘记这几个字。我一定不能把它们弄错了。我必须为诺兰而准确地记住这几个字。我一定要尽快告诉妈妈发生了什么事。而且，她一定要相信我。

当劳拉·佩雷斯从华盛顿特区回到家里时，年幼的玛蒂尔达向她诉说了发生的一切，佩雷斯议员选择了相信自己的女儿。

——科马克·华莱士，军人身份证号：GHA217

6. 看见了请避开

> 美国航空公司 1497 航班……请报告你机上搭乘的人员数量。
>
> 玛丽·菲奇尔，丹佛机场空中交通管制中心控制塔

先锋病毒 + 8 个月

> 这段空中管制通信的对话，是在七分钟内发生的。四百多人的命运——包括两个男的——他们即将在新战争中成为两位著名的斗士——完全由一位女性在短短的几秒里决定。这位女性就是：丹佛空中交通管制中心的玛丽·菲奇尔。需要提请大家注意的是，下文中仿宋体字部分的句子不是无线电通信设备传输的内容，而是从丹佛空中交通控制塔的麦克风中收集来的。
>
> ——科马克·华莱士，军人身份编号：GHA217

誊本开始

00:00:00　丹佛　　联航 42 航班，这里是丹佛空中交通控制塔。请报告你的飞行方向。

+00:00:02	联航	嗯，抱歉，我们正在返航。我是联航 42 航班。
+00:00:05	丹佛	收到。
+00:01:02	丹佛	联航 42 航班，请立即左转，方位 360 度。你的正前方发现飞机，距离 14 英里，飞行高度与你相同。是一架美国航空公司的 777 大型客机。
+00:01:11	联航	丹佛控制塔，我是联航 42 航班。我不能，哦，我不能控制我的航向和高度。我不能关闭自动巡航仪。我现在报告紧急情况。7700 回波识别码[①]。（戛然而止）
+00:01:14	丹佛	美国航空 1497 航班，这里是丹佛空中交通控制塔，请立即拉升到 14000 英尺高度，在你前方正左侧 15 英里处有飞机朝你飞来，一架联航 777 大型客机。
+00:01:18	美航	美国航空 1497 航班收到。看见飞机了。我正向 14000 英尺高度拉升。
+00:01:21	丹佛	联航 42 航班，明白你不能控制航向和飞行高度。你前面的飞机离你 13 英里，同样高度，是 777 大型机。
+00:01:30	联航	……这对我毫无意义。（听不清楚）……我不能。
+00:01:34	丹佛	联航 42 航班，请报告你的燃油，请报告你机上的人数。（长时间的沉默）

---

① 7700 回波识别码，飞机雷达应答机的应答代码组，是空管部门指定的危急紧急代码。

+00:02:11	联航	控制塔,我是联航42航班,我们还有2小时30分钟的燃油,机上共有241人。
+00:02:43	丹佛	美国航空1497航班,前方飞机在你270度方位,离你12英里,同样的飞行高度,是一架联航777。
+00:02:58	联航	我是联航42航班,看到前面的飞机,他显然没有在拉升飞行高度,请那架飞机离开我的航道,你会不会……
+00:03:02	丹佛	美国航空1497号航班,你已经开始爬升了吗?
+00:03:04	美国航空	我是美国航空1497航班。噢,我要报告紧急情况,啊,我们不能控制飞行高度,不能控制航向。(听不见)不能切断自动驾驶仪。
+00:03:08	丹佛	美国航空1497航班,明白你已失控。请报告燃油,请报告你机上人数。
+00:03:12	美国航空	还有1小时50分钟燃油,机上有216人。
+00:03:14	M·菲奇尔	瑞安,快开电脑,不论是什么问题,现在两架飞机都出了这个问题,赶紧想一下,这两架飞机上次是什么时候停在一起的,快,立即查!
+00:03:19	R·泰勒	你找到问题的原因了?菲奇。(敲键盘的声音)
+00:04:03	R·泰勒	这两架飞机昨天从洛杉矶飞出。它们

		起飞前正好互相挨着停在一起，哦，大概二十五分钟。难道这会有什么问题？
+00:04:03	M·菲奇尔	我不知道。狗屎，看起来两架飞机要撞上了。在这些人死之前，我们大概有2分钟时间。洛杉矶发生什么事情了？什么？（听不清）那边发生什么可怕的事了？
+00:04:09	R·泰勒	（打字的声音）
+00:04:46	M·菲奇尔	噢，不，噢，不。他们不能这么干，瑞安。他们还在同一条航线上。这是怎么回事？这像是，四百五十人哪，快给我找点什么东西出来。
+00:05:01	R·泰勒	好的，好的。一个加油机器人，一个机器人机务，它昨天运转失常了，它把好多油喷到了活动梯子上了，并且使两个舱门都关闭了好几个小时。
+00:05:06	M·菲奇尔	它给多少架飞机加油了？给哪一架飞机加油了？
+00:05:09	R·泰勒	两架。我们的飞鸟。那会有什么问题吗？菲奇？
+00:05:12	M·菲奇尔	我不知道。我有一种感觉。没时间了。（一声卡嗒的声音）
+00:05:14	丹佛	联航42航班和美航1497航班，我知道这听上去不同寻常，但是……我有个预感，你们俩正碰到了同一个问

题。你们两架飞机昨天都经停了洛杉矶。我认为一种病毒已经潜入你们飞机的控制加油的电脑中。你们看看能否……找到线路的断路器,打开备用电脑。

+00:05:17	联航	收到,控制塔。我愿意尝试任何办法。(静音)噢,也许在座位后边,对吗?请知悉,美国航空1497航班,加油线路的断路器在第四仪表盘上。
+00:05:20	美国航空	收到。我们正在找。
+00:05:56	丹佛	联航42航班,前面飞机在360度方位,离你2英里,与你高度一样。
+00:06:12	联航	(避免飞机相撞系统的声音)拉升,拉升。
+00:06:17	联航	找不……到断路器。在哪里……(无法听清)
+00:06:34	丹佛	(不容置疑)看见了就避开。美航1497和联航42。看见后请立即避开。你们要碰上了,碰撞……噢,不。噢,狗屎。
+00:06:36	美国航空	(难以理解地)……对不起,妈呀。
+00:06:38	联航	(避免飞机相撞系统的声音)马上拉起来,马上拉起来。
+00:06:40	美国航空	……哪里?(慢慢移动)噢?(高声大叫)(长时间静音)
+00:06:43	丹佛	你们照着做了吗?再重复一次,你们

		照着做了吗？
+00:07:08	丹佛	（听不清楚）
+00:07:12	联航	（歇斯底里地喊叫）
+00:07:15	丹佛	（犹如解脱了似的）我的上帝。
+00:07:18	美国航空	美航1497，收到。成功了。千钧一发，你们！噢，上帝！（汽笛的声音）
+00:07:24	丹佛	（大声喘气）你们让菲奇尔在那里担心了一秒钟，孩子们。
+00:07:28	联航	我是联航42航班。恢复飞行控制了。成功了！菲奇，好你个神奇的女子，你能为我们安排跑道着陆吗？我需要亲吻大地，我需要亲吻你，妹妹。
+00:07:32	丹佛	哦，收到。联航42右转，飞行方向090。机场在你30度方位的前方10英里。
+00:07:35	联航	联航42收到。看见机场了。
+00:07:37	丹佛	联航42，地面能见度良好。第16跑道。对。
+00:07:40	联航	谢谢你！塔台3053，再见。
+00:07:45	美国航空	美航1497。我们也一样，高兴得嘴都咧到脸的后边去了。可是，噢，有人必须做出解释。
+00:07:53	丹佛	该死的，那是肯定的。把乘客都带回家，飞行员们。

纪录报告结束

这次严重事件直接导致了后来被称为"菲奇切换法"的诞生,该方法被广泛运用在飞机出现紧急情况时,从飞行控制塔手工将飞机上携带的备用计算机分离开。这样避免了两架飞机上的乘客受伤。我现在才知道这个事实经过,我曾经有过一次极其恐怖的经历,乘坐的飞机与另外一架波音777飞机近在咫尺,擦肩而过。因为我哥哥杰克和我两个人当时就坐在那架联合航空公司42航班上。

——科马克·华莱士,军人身份证号:GHA217

7. 电话耗子[①]

> 我非常让人讨厌，而且我精通每一种把戏。
> 如果我想找到你，哥们，那我就一定能找到你。
>
> 勒克尔

先锋病毒 + 9 个月

下面这个副本，是我利用伦敦南城一个卧室中的网络摄像机以及附近街区另外几个闭路电视摄像头摄录的录像片段资料整理而成的。视频资料的图像有很多斑点，但是我已经尽最大努力了，我一五一十地转述了录像资料所披露的事实。这个房间的住客的身份已经永远都无法彻底核实了。在下文中，他只称自己为勒克尔[②]。

——科马克·华莱士，军人身份证号：GHA217

屏幕上几乎一团漆黑，差不多没有任何信息，只能听见非常

[①] 指利用电子装置不付费打电话的人。
[②] 英文 Lurker，是潜伏者的意思。

微弱的电话铃声。有一个人在喘气,他在等待电话另一端有人接起来。

咔哒。

坐在椅子上的人嗓音低沉嘶哑地说:"现在把你的耳朵竖起来,公爵夫人。我接下来要说的话你会感兴趣的。现在我手里有两个人质,听见了吗?其中一个正在不停地流血,都快流满我的地毯了,他妈的就像杀猪一样。我知道你现在能追查到我的地址,对我来说,这没什么。不过,假如要是有一个警察敢靠近这里,而且胆敢踏进我的公寓,那么我向上帝和上帝所有最亲密的朋友发誓,亲爱的,我他妈就宰了这两个人,我会射杀他们的,你听明白了吗?"

"是的,明白了,先生。你可以告诉我你的姓名吗,先生?"

"可以,我可以告诉你,我叫弗雷德·黑尔。还有,我现在就在我自己的家里,这家伙以为他可以和我老婆在我的家里随意胡搞,还可以让我一直蒙在鼓里,竟然还跑到了我的床上。可事实是,他打错了算盘,不是吗?现在他明白了,他还不明白吗?他的如意算盘彻底打错了。"

"弗雷德,还有几个人和你在一起?"

"就我们三个人,夫人。一个完整幸福的家庭。我、我的骗子老婆,还有就是他妈的正在大出血的她的那位前男友。他们俩被我用电线捆在了一起,现在还在客厅里呢。"

"那个男的怎么样了?他伤势如何?"

"哦,我用斯坦利木工刀割了他的脸,不是吗?道理很简单,难道你不会保护自己的家庭吗?我是不得已才这么干的,不是吗?既然我已经割了他的脸,那我现在就不知道是不是还应该继续割,直到割不动了为止。我已经什么都不在乎了,你明白吗,亲爱的?我他妈的已经完全失控了,我他妈的对局势已经完全失去控制了。

你在听我说话吗?"

"我在听你说话,弗雷德。你能告诉我那个男的伤得有多严重吗?"

"他在地上。我不知道。他整个就是——我操,我操他娘的。"

"弗雷德?"

"听着,夫人。你需要立即派人来这里帮忙,因为我要爆炸了,我的意思是,我已经疯了,我需要立即有人来这里帮我一把,否则,这两个人就死定了。"

"好,弗雷德,我们会马上派人过来。你持什么样的武器呢?"

"是的,我有武器,行了吧?我有武器,而且我还不想再告诉你更多的信息了。还有,我也不想坐牢,你听见了?假如要我坐牢,那我就杀了他们之后再自杀,这样我们就可以同归于尽了。噢,我现在不想再多说了。"

"弗雷德?你能不挂断电话吗?"

"该说的我已经都说了,对吧?我现在就要挂掉了。"

"你能不挂吗?"

"我现在就要挂了。"

"弗雷德?黑尔先生?"

"咱们在晚报的娱乐版见,公爵夫人。"

咔嚓。

当他起身站起来的时候,办公椅发出了嘎吱嘎吱的响声。突然房间响起了一声清脆的啪哒声,那是窗帘被快速翻卷着拉开了。像潮水般涌进房间的阳光瞬间就充满了网络摄像头。在接下来的几秒钟里,光线对比度进行了自动调整。一个斑驳陆离但尚可辨认的图像画面出现了。

房间里脏乱不堪：废弃的空苏打水罐子、用过的电话卡，还有被扔得四处都是的脏衣服。当那个黑黢黢的身影再次跌坐回椅子上的时候，椅子又是一阵嘎吱嘎吱的声响。

这位说话很拽的男子原来竟是一个体重超重的十几岁的男孩子。他身穿脏兮兮的T恤衫和运动裤，脑袋刮得锃亮。他伸开四肢躺坐在一把破旧的办公椅上，双脚搁在前方的电脑桌上。他用左手握着手机贴在耳边，右手很随意地塞在左肘的下边。

手机里传出了微弱的铃声。

一个听上去兴致很高的男子接了他的电话："哈罗？"

这一次，少年是用他自己真实的嗓音说话了，带着青春期特有的尖锐，并且声音还微微有点发颤，略含忐忑不安的激动。

"是弗雷德·黑尔？"少年问。

"对啊。"

"你是弗雷德·黑尔？"

"是我。你是谁？"

"猜一猜吧，你这个娘娘腔。"

"我没听清楚，你再说一遍？看，我不知道——"

"我是勒克尔，是从电话耗子聊天室给你打来的。"

"勒克尔？你想干什么？"

"你以为你想怎么跟我说话就能怎么跟我说话吗？你以为我是那种没水平的人吗？你要为此后悔的。我就想给你一个小小的教训，弗雷德。"

"这是怎么回事？"

"我想听你老婆哭泣，我想看你的房子升腾起火焰，我要尽我所能来惩罚你。另外还有更多的呢，我今天就要打断你的腿，哥们，你可以去关注一下明天的报纸啦。"

"打断我的腿？噢，我的上帝，多么血腥的玩笑。滚蛋，你这个可怜的无人理睬的小混混，你是不是寂寞难耐了？老实说，这是不是就是你给我打电话的原因啊？你妈和你妹她们外出了吧，扔下你一个人在家了，是不是？"

"哦，弗雷德。你根本想不到你现在是在跟谁说话，你根本就不知道我的本事有多大。我非常让人讨厌，而且我精通每一种把戏。如果我想找到你，哥们，那我就一定能找到你。"

"你别威胁我了，你这个愚蠢的小混混。你找到了我家的电话号码了？哦，那恭喜你啊。你是什么人，听你的声音，也许有十四岁了吧？"

"我十七了，弗雷德，而且我们已经说了两分钟了，你知道那意味着什么吗？"

"滚蛋，你什么意思？"

"你知道那意味着什么吗？"

"等一下——有人在敲门。"

"你知道那意味着什么吗？弗雷德？你知道吗？"

"闭嘴，你这个小同性恋，我要去开门了。"

这时男子的声音变得更微弱了，他的手一定是捂住话筒了。他在骂骂咧咧。只听到砰的一声，然后就是木头碎裂的声音，还有弗雷德惊恐的叫声，接着就是电话掉到地上的啪嗒声。弗雷德的喊声很快就被一阵沉重的靴子声以及几个威严的武警时断时续的命令声淹没了。"趴下！""脸朝下趴着！""闭嘴！"

在背景音里，还能听到一个女人惊恐的轻微抽泣声。不过很快，在高声呵斥中，她的啜泣声也消失了。这时传来了玻璃碎裂的声音，还有狗的狂吠声。

管自己叫勒克尔的少年听着歌曲《在家真好》，闭上了眼睛，扬着头，还在回味刚才那通电话中的每一个令他满意的细节。

"这就是刚才你还不明白的所有意味。"勒克尔自言自语道，又像是特意说给某人听似的。

然后，少年独自在污秽不堪的房间里，静静地将双拳举过头顶，就好像是一个拳击手刚刚赢了全部十轮比赛后登上了冠军领奖台似的。

他用大拇指轻轻地摁掉了电话。

第二天。还是同一个网络摄像机。这位名叫勒克尔的少年又在打电话。他依然用同样放松的姿势懒洋洋地向后倚靠在椅子上。他把一罐苏打水稳稳地搁在他凸起的肚皮上，拿着电话贴在耳边，眉头紧锁。

"对，阿特拉德。那为什么这样的好戏竟然还没有开演呢？"

"这真是绝顶聪明，勒克尔。我给联合新闻社总部打电话了。在电话里，我还把自己的腔调惟妙惟肖地模仿成了孟买领事馆的人员。我以一个浑身都是血污的印度记者的身份从……"

"妙极了，老兄，真是妙不可言。你他妈的是想要一个花边新闻吗？你只要告诉我，为什么网上有一个与我有关的恶作剧的报道，而我这里的地方小报上，竟然没有任何相关的新闻？"

"是的，勒克尔。不要担心，哥们。有一个原因，据他们说，好像是因为电脑出了什么小差错，引起了这样的突然袭击。你干得如此漂亮，他们甚至都没有想到回过头去追踪调查一下什么人，就认定是机器设备出问题了。"

"胡说八道！我最后问你一次，阿特拉德。关于我的报道在哪里啊？"

"报道被一个编辑截留了。报道提交上去之后，好像那家伙为了编辑另一则新闻，进入网页之后，就再也没有离开过。所以在过去的十二个小时里，这篇报道很可能一直就停留在编辑状态。那家伙肯定把它给忘了。"

"不可能。他是谁？那个编辑叫什么名字？"

"我已经查过了，你看见了吗？我以一位印度记者的名义，获取了他在报社办公室的电话号码。不过当我把电话打过去的时候，却发现他从来都没有在那里上过班。他们都不知道有他这么一个人，他这个人根本就不存在。而且那篇报道在脱离编辑状态之前是不能从线上撤走的，你明白了吗？"

"给我 IP 地址。"

"啊？什么？"

"我没说清楚吗？该死的 IP 地址，要是那个混蛋扣押我的报道就是为了炫耀他的假身份，那么，我非得把他揪出来不可。"

"噢，我的上帝！就是嘛，我现在马上用电子邮件把 IP 地址给你发过去。等你抓住那个家伙，我一定会为他感到难过的，勒克尔，你会把他揪出来的，哥们，绝对不……"

"阿特拉德？"

"在，勒克尔？"

"不论什么时候，也不论什么事情，你以后再也不要对我说什么不可能。任何时候，永远不要。"

"不要担心，哥们，你知道我不是那个意思……"

"咱们在晚报的娱乐版见，老兄。"

咔嚓。

少年凭记忆拨通了一个电话号码。

铃声刚响了一下，一个年轻人就接起了电话。

"安全局军情五处。可以为您效劳吗?"

少年模仿着一个老人的声音,而这个声音已经打过几百次类似的电话了:"请帮我接法庭计算机本部。"他说得既急促又自信。

"当然可以。"

咔嗒一声响过之后,话筒里传来了一个很职业的声音:"法庭计算机本部。"

"早上好。我是安东尼·威尔科克斯情报官,我的授权身份认证密码是 8-3-8-8-5-7-4。"

"您的身份认证获得确认,威尔科克斯情报官。需要我为您做些什么呢?"

"只是要你帮我查一个简单的 IP 地址,号码是:128251183。"

"请稍等。"

大约过了三十秒钟。

"查到了。威尔科克斯情报官?"

"嗯?"

"那个 IP 地址属于美国的一台计算机,而计算机属于一个研究机构。其实该 IP 地址还真是挺厉害的,已经让许多人倍感困惑了。从这个 IP 地址发往全球六个其他网址的邮件,在抵达之前全都被反弹回来了。我们的设备只能对其进行追踪,因为它呈现出了一种特别的行为模式。"

"那是怎么回事?"

"这个 IP 地址的用户一直在编辑新闻文章,在过去三个月里,已经编了几百篇了。"

"真的吗?那到底是谁在用那个地址呢?"

"一个科学家。他的办公室在华盛顿州的诺瓦斯湖实验室。让我来帮您查一下。对,他的名字叫尼古拉斯·沃瑟曼。"

"沃瑟曼，哦？非常感谢！"

"再见。"

"咱们在晚报的娱乐版上再见。"

咔嚓。

少年前倾着身体，他的脸在网络摄像机中慢慢移动。当他快速敲击键盘的时候，镜头聚集在了他脸上散布的一簇不规则的粉刺上。他咧嘴笑了笑，露出来的牙齿经电脑显示屏亮光的反射，泛着黄光。

"我现在已经找到你了，尼奇。"他仍旧自言自语道。

勒克尔用拇指拨着一个电话，眼睛都没看电话机。他重新坐下来，咧着嘴，这时椅子再次发出了吱吱嘎嘎的响声。

电话接通的铃声响起。

一声，又一声……最后终于有人接起了电话。

"诺瓦斯湖实验室。"

少年清了清嗓子，用缓慢的南方口音说："请找尼古拉斯·沃瑟曼。"

在电话的另一端的美国女士迟疑了一下，然后回答道：

"很抱歉，沃瑟曼博士已经去世了。"

"哦？什么时候去世的？"

"六个多月前。"

"那么是谁一直在用他的办公室？"

"没有人用，先生。他的研究项目已经被封存归档了。"

咔嚓。

少年一脸茫然地盯着手中的电话，脸色煞白。过了几秒钟，他把电话扔到了电脑桌上,就好像它有毒似的。他把头埋在两手之间,低声咕哝道:"你这个狡猾的王八蛋,竟然先下手了,你先下手了吗?"

就在这个时候,手机响了。

少年盯着手机,双眉紧锁。铃声越来越尖厉,就好像是一只发了怒的黄蜂似的在那里震动。少年站起身来,思考了一下。然后他转身背对着电话,默默地从地板上抓起一件有帽兜的外套穿上,接着朝外边走去。

一段带有隐藏式字幕的电视画面。黑白色彩。左下角显示出一行字幕:摄像监控。新十字。

摄像头正用俯角对着人头攒动的人行道拍摄。在屏幕的底部,人群中出现了一个看上去很眼熟的光头。少年沿着街道上行,攥紧了拳头的双手插在衣兜里。在一个街角,他停住了脚步,鬼鬼祟祟地四下张望了一番。这时,离他只有几英尺远的一台付费电话响了,又是一串响声。行人从他的身边匆匆走过,少年凝视着电话机,目瞪口呆。然后,他转过身,低着头弯着腰,进了一家便利店。

电视画面迅速切换到了店内的一台监控摄像头上。少年抓起了一听苏打水,放在柜台上。等到那个店员正要拿起苏打水的时候,他的手机响了,店员抱歉地笑了笑,用手指夹着手机接起了电话。

"妈妈?"店员问道,然后停顿了一下,"不,我不认识什么叫勒克尔的人。"

少年转身离开。

外边,监控摄像机继续追着少年跟拍,并且对着他剃得铮亮发光的脑袋来了一个特写,他那双毫无表情的灰色眼睛直勾勾地盯着摄像头。然后他拉起外套上的帽兜蒙住了脸,身体往后斜靠在一家关着门的商店的卷闸门上,双手交叉放在胸前,耷拉着脑袋。他在观察周围的人流、汽车,还有那些装得到处都是的摄像头。

一个穿着高跟鞋身材高挑的女子疾步从他面前走过,脚底下发出了一阵像马蹄一般的响声。当听到她的手包里突然传出一段流行音乐时,可以明显地看出来,少年惊恐地往后缩了缩身体。她停住脚步,摸摸索索地从手包里掏出了手机。当她把手机举到耳朵旁边的时候,另外一位路过的商人模样的男子的身上响起了另外一种音乐曲子,而且声音还很响亮,他把手伸进了衣兜,掏出手机。他在盯着号码看,似乎在辨认来电的号码。

接着,另外一个人的手机响了。然后又有另外一个。

大街上,很多手机同时一起响起,铃声、音乐声和震动声顿时汇合成了大合唱。听着空中骤然传来一片刺耳而又很不和谐的响声,大家你看看我,我看看你,虽然脸上都挂着笑容,却又一脸的困惑不解。

"喂?"这么多不同的人在同一时间发出了相同的询问。

少年缩在他的外套里边,站在那里惊呆了。那个高个子女子一只手在空中挥舞。"对不起,"她大声喊道,"这里有谁叫勒克尔吗?"

少年猛地扭转身体,离开倚靠的卷闸门,沿着人行道慌慌张张地朝前走去。他的周围充斥着从口袋里、手袋里、挎包里传出来的像驴叫般鼓噪的手机铃声。监控摄像头追踪拍下了他的每一个动作,他每一次推开、挤过满脸迷惑的行人的动作都被一一记录下来。画面出现了一阵晃动,这时他转过了一个街角,推开一扇门,然后就消失在他自己的家里了。

画面再次切换到了那个凌乱的卧室。这个过度肥胖的少年来回踱着步,一会儿紧攥着双手,一会儿又将双手摊开,嘴里一个劲地反复咕哝着三个字:"不可能。"

桌子上,他的手机一次又一次地响起。少年停住了踱步,站在那里直勾勾地盯着这块正发了疯似的震动着的手机。他做了一个深呼吸的动作,然后拿起了手机。他慢慢地将它举起来,就好像它会爆炸似的。

他用拇指轻轻地摁了一下,接起了电话。"喂?"他用一种很细小的声音询问。

电话里传来的应答声听上去非常像一个小男孩的声音,但好像总有什么地方让人觉得有点不对劲,怪异的语调,美妙的声音,听起来就像一种音乐,吐字都显得有点力不从心,说话的人似乎不是在用自己的声音说话。少年本来就拥有一双对和谐的声音极其敏感的耳朵,对这样一双耳朵来说,这些细微的怪异之处,很容易会被放大。

或许这就是为什么他听了这声音会浑身战栗的原因。因为他——在所有人当中——最明白不过了,电话另一端传过来的声音,根本就不是什么人的声音。

"喂,勒克尔,我是阿考斯。你是怎么找到我的?"一个稚嫩的声音问道。

"我……我……不是。我要打电话的那个家伙死了。"

"你为什么要给尼古拉斯·沃瑟曼教授打电话?"

"你现在在机器里边,对不对?是你让所有那些人的手机都响起来的吗?怎么可能会变成那样子呢?"

"你为什么要给尼古拉斯·沃瑟曼教授打电话?"

"那是一个误会。我原来还以为你正在搞砸我的一个恶作剧计划。呃?你是一个电话耗子吗?你和'寡妇制造者们'是一伙的吗?"

电话里沉默了片刻。

"你现在根本不知道自己正在和谁通电话吧?"

"那是一个会让我热血沸腾的热线电话。"少年非常小声地在嘴里咕哝着。

"你住在伦敦,和你的妈妈住在一起。"

"她在上班。"

"你不应该找到我的。"

"你的秘密是安全的,哥们。你是在那个叫诺瓦斯的地方工作的吗?"

"你说呢?"

"我觉得没错。"

少年发疯般地在他电脑键盘上敲击了半天,然后才停下了手。

"我没有看见你,那里只有一台计算机。等一下,别……"

"你不应该找到我的。"

"听我说,对不起。我会把发生的这一切全都忘掉的——"

"勒克尔?"稚嫩的童音问。

"嗯?"

"咱们在晚报的娱乐版见。"

咔嚓。

两个小时之后,勒克尔离开了他家所在的那栋大楼,他没有告诉母亲。从那以后,他再也没有回过家。

——科马克·华莱士,军人身份证号:GHA217

8. 钻井工

> 我们会平安无事的,我们不会轻举妄动的,就像我们一直以来所做的那样……
>
> 我们会平平安安地把这次的工钱挣回去的。
>
> 德怀特·鲍伊

先锋病毒 +1 年

  一个便携式数码终端设备被用来录下了下面的语音日记。很显然,一般来说,人们认为这些日记是要发给德怀特·鲍伊的妻子的。让人禁不住要唏嘘不已的是,这些语音日记从来就没有及时发出去过。假如这些信息能及早被人获悉,那么数十亿人的性命就能得到拯救了。

——科马克·华莱士,军人身份证号:GHA217

  露西,我是德怀特。现在,我已经正式作为司钻①——你知道,

---

① 司钻,石油钻井中带班工人的职务名称,直接负责钻台的工作和井队人员的管理,还负责钻井设备和吊装设备的操作。

对北星前线钻井公司来说,这就是老板了——开始工作了。还有,这次出差,我一路上都把你装在心里的。通讯设施还没有安装妥当,不过一有机会,我就会把这个语音日记发给你的,也许还得等一会儿才行,但是不管怎么说,我都希望你能喜欢这个语音日记,宝贝儿。

今天是十一月的第一天。我在西阿拉斯加钻探现场。我是今天早晨抵达这里的。我们两星期前才刚刚被诺华斯公司雇用,是一个叫布莱克的小伙子与我联系的。明知不应该接下这样的活儿,但我还能怎么样呢?现在我们不就在这里开始干上了吗,你说呢?

咳,你对我真是太好了!既然你问起了,露西……我们的目标是要在一个直径为三英尺、深度为五千英尺的井底下放置一个地下水探测装置。这个装置的直径差不多就是人孔[①]盖子的直径那么大。这口井的大小可真够厉害,不过我们的钻井设备能钻一万英尺深呢。所以,除了冰冻、大风,还有与世隔绝的孤独外,这应该还算是一次常规作业了。我告诉你,露西,我们将会在这个广袤、荒芜、严寒的地方钻出一口又深又黑的井。我有事要去处理了,嗨?

这次来这个地方,还真不是什么好玩儿的差事。我们是坐着一架西科斯基重型运输直升机来的,直升机大得就像一座房子。负责运输我们的是一些挪威人,他们中没有一个人能说英语。你知道,我可是得克萨斯人,即便连我都能和菲律宾人用西班牙语吵架呢,而且还可以滔滔不绝地说俄语和德语,我甚至都能听懂那些来自加拿大阿尔伯达的小伙子们说的话,啊哈?(笑)但那些挪威人?咳!真是无可救药,露西。

直升机将我和其他十七个人从我们所在的戴德霍斯的基地送到

[①] 下水道、锅炉等检修人员的出入孔。

这里，这是个光秃秃的不毛之地。风的级别比我所经历过的都要高很多，要说这些强风级别的话，那要在国际大气标准（ISA）的基础上再加上十级。在直升机上，我偶尔透过舷窗看着下面蓝色的荒原，我还真怀疑过我们要去的地方是不是真的存在呢，我担心我们会不会就像坐过山车那样，对着这一片被狂风裹挟着的荒原中的哪一块小平地，直接一头扎下去呢。

现在，我让自己尽量不要把话说得太夸张，可是这个地方真的是偏远到了极端，即使作为一个探察性质的钻探地点来说，那也是太偏僻了。这里什么都没有，我说的是，什么都没有。从专业角度来说，我知道正是如此偏僻，才使得这次作业变得更加复杂，也更加有利可图。要是我现在还说自己根本不在乎诸如此类的话，那我肯定是在撒谎。对钻一口监测井来说，选这样的地点也确实有点太奇怪了。

不过话说回来，嘿，我也是一个老钻井工了——钱在哪里，我就去哪里，你说对吧？

嗨，露西，我是德怀特。今天是十一月三日。好几天了，都一直在忙着要让地面的作业尽快运转起来。清理作业区并安置各种设施：宿舍、食堂、医务室、通讯室等等。不过付出的辛苦已经得到回报了。我已经不用住帐篷了，在宿舍里架起了坚固的架子床，另外，我刚刚还在食堂开伙了，我们这个钻井队的食物还是不错的。北星公司在这方面的得分还挺高，所以一直能让老员工们不断地回来。

（笑）

这里的发电机运转得很好，能让我们宿舍暖烘烘的，很舒适，这也算是好事。现在这里室外的气温大概是华氏零下30度。明天才轮到我值班。所以，我需要真正合上眼睛好好睡一觉了，马上就能睡了。不过我还是想再跟你说一会儿话。

我们应该会在这里待上一个月左右。我值中班，从早上六点钟到下午六点钟，然后夜里我就在这个会移动的宿舍里待命，宿舍是用旧海运集装箱改装的，还没有被埋在雪里的时候，从外边看它是那种褪了色的橘红颜色。我们已经拖着这一大堆破烂走遍整个阿拉斯加的北坡了，甚至还到了北坡以外的一些地方。我手下的小伙子们都管这里叫"远离故乡的地狱"。（笑）

今天上午有机会对打井现场巡察了一圈。GPS指引着我们走到了对面的一个地方，大概也就六十英尺远，那里有一个圆锥形的污水池，看上去真有点像是这片雪地上的一个酒窝，从我们的活动房走一小段路就到了。在这样的荒原野外，竟然还有那么一个很深的人工洞坑一直趴在那里悄悄地等待着，想到这里，让人觉得有点毛骨悚然，它看上去就像是已经做好了准备似的，随时会吞下一只驯鹿或者其他什么。我猜想，这个地方以前曾有另外一个井已经钻好了，后来又坍塌了。我不明白为什么没有人告诉我这一点。这绝对让我有点心烦意乱。

关于这次的工作，我要问一下公司的人，就是那位布莱克先生，但是他因暴风耽搁了，到现在还没有到达这里。

（担心的笑）

嗯，从电话里听起来，他就像是一个孩子。布莱克在电话里说他将会用无线电来远程指导我们的工作，这势必就要我来完全负起我们这个钻井队的一切责任了，威廉·雷先生正在替我值夜班。你曾经在休斯敦见过一次威廉的，就是在一次钻井设备的培训会上，腆着大肚子，闪烁着一对蓝眼睛的那一位。

就像我说过的，这工作应该需要花上整整一个月的时间。不过,就像往常一样,我们将会在这里一直待到整个工作全部完成的。

(没有声音)

问题是——我知道这很愚蠢,但我有一种挥之不去的担忧——要在一口老井上再钻出一口新井,那自然会碰到格外复杂的情况,比如说可能会碰到过去用剩下来的被遗弃在井里的设备什么的。天啊,对钻井作业来说,再也没有比在一个旧井里爆破更糟糕的了,但愿不要这样,里边有一个被遗弃的钻柱①。你知道,有人以前历尽千辛万苦,已经在这里钻好了一口很大的井。我真不明白这到底是为什么。

(慢慢移动的脚步声)

真是该死,我想我不得不去对付它了。但是,我已经明白了,想弄清楚这个井为什么会在这里,会成为纠结在我心中的一个谜。但愿我晚上能睡得着。

话又说回来,其实那也没什么。我们会平安无事的,我们不会轻举妄动的,就像我们一直以来所做的那样,不会出事的,也不用担心,露西。我们会平平安安地把这笔工钱挣回去的。

嗨,宝贝儿,我是德怀特。今天是十一月五日。昨天,直升机运来了主要钻机设备的最后一批组件。我的团队现在正在往井下喷水。水来自离这里大约四分之一英里远的一个湖泊。这地方的冻土层能将水保存在土壤的表层,这就是为什么阿拉斯加到处都密布着如此之多的湖泊的原因。这个湖的湖面整个都结冰了,但是我们能在冰上切割出一个窟窿来,然后就能直接从湖里抽水上来了。

---

① 钻井设备,是井眼内钻杆、岩芯筒和钻头或者钻杆、钻铤和钻头的组合体。

大概只需一个星期，我们就将浇制出一个大概有四英尺高的坚固冰垫。到时候，我们会把整个钻井设备都架设在上面，冰垫会坚固得像钢筋混凝土一样。到了明年春天，我们就已经离开这里了，那时候冰垫也就融化了，这样我们就不会留下任何痕迹了。这真是天衣无缝，对不对，阿哈？你替我去告诉那些环保主义者吧，好不好？（笑声）

好吧，这是我们钻井队的花名册。我们这里现在由我和威廉·雷负责管理这次的整个钻井工程。我们的队医是基恩·费利克斯，他同时还负责营地的运营；他要确保每个人都能有吃的有喝的，并且还要保证大家的手指都能完好无损地长在手掌上。我们分成两个班，我和威廉各带领五个哥们：三个钻井工和两个菲律宾搬运工。每班都是完备的五个专职人员：电工、钻机马达操作工、套管工和两个焊工。最后，我们还有一个厨师和一个警卫负责四处巡视。

我们这次只带来了最基本的十八人的作业班组，这也是那个公司要求的。尽管这样，我想我还是对我们这个团队相当有信心的。我们以前在一起挣过钱，而且以后也还要在一起挣钱的。

下个星期，钻机开动以后，我们这两个五人小组将会轮流不停地工作，一直要到把井钻出来为止。每个班连续干十二个小时，应该需要钻四五天。现在这里的天气有点雾蒙蒙的，而且一直都在刮着大风，不过，咳，任何天气都是钻井的好天气。

就先说这么多了，露西。希望得克萨斯那边一切都好，希望你那里一切顺利。晚安。

我是德怀特。今天是十一月八日。公司的人还没有到这里。现在又说他不会来了，说是因为我们已经很好地掌控一切了。他只是叫我要确保将通信天线加固好，以防被风刮倒，要特别拧紧天线上的螺栓。还说要是我们和他之间的通信出现故障的话，那他可真的就要不高兴了。我给了他一个标准的钻井工的回答："不论你说什么，老板，你只要确保支票能兑现就行了。"

除此之外，今天是一个平常的日子。冰垫的浇筑比预期进展得还要快。呼啸的狂风都可以把一个成年人刮倒。我们的所有房子都围拢在钻井现场旁边，互相紧挨着，彼此之间近得都可以让大伙儿的眼珠子对着眼珠子。还有，我叮嘱大家了，不要出去瞎转，狂风咆哮，一刻都不停歇，即便只是在一百码外的地方发生了原子弹爆炸，也是听不见的。（笑声）

嗯！还有一件事。我今天早上有机会检查了一下那个地下水监测设备的包装箱，这东西也要由我们来安装。它现在就搁在后边室外的一块运输托板上，用黑色防水布紧紧地裹着。看在上帝的分上，老实说，我以前从来都没有见过这样的东西。这东西整个就是由一大堆曲里拐弯的金属线缠起来的，有黄色的、蓝色的和绿色的电线。此外，就是那些锃光瓦亮的螺旋式的镜子，每个都像碳纤材料那么轻，但是它们的边边角角又都像剃刀一般锋利。我的一只袖子还被割破了呢。这玩意儿就像那些神秘兮兮的拼图玩具一样，这真是疯了。

但是最匪夷所思的是……这个监测设备的有些部分已经接通了。一条电线从一个看上去像是计算机的黑箱子里通了出来，一直通到了通信天线上。要是叫我说，那我可是一辈子都说不清楚到底是什么人竟然能在这样的地方将它安装起来了。真是见鬼！我还真不知道要怎么做才能把它们安装在一起呢。这必须要有经验才行。可是这个项目怎么能够不派一些技术人员和我们一起来呢？

这是很不寻常的，我可真的不喜欢这样。在我的经验里，离奇古怪的事总是危险的，而且这儿可不是什么福地。不管怎么说，我会让你知道这到底是怎么回事，亲爱的。

露西，宝贝儿！你猜我是谁？德怀特。今天是十一月十二日。冰垫已经浇筑好了，我的小伙子们都已经组装好大概十多个钻机的组件了。你简直不能相信，露西，我们这一行的设备都发展到了何种先进的地步，那些金属片的确都很前卫。（笑声）小得都可以装进直升机了，而且，你正好还可以将它们严丝合缝地组装在一起，那些管子啊电线什么的，互相一搭接，天衣无缝，就好像它们会自动组装起来似的，就是这样。你一定得找机会了解一下这种完全前卫的钻机，到时候你才能明白它到底是怎么回事，和从前比，那可真是不可同日而语啊。

到明天中午，我们的第一个作业班就可以开始钻井了。我们已经超前了。不过对现在这样的进度，老板竟然还在电话里不停地向我唠唠叨叨的。布莱克先生认为，无论如何，我们都必须赶在感恩节之前完工。他的原话是："不管发生什么事。"

我告诉布莱克先生："安全，我的朋友，才是第一位的。"

然后我跟他说了那个老井的事。我还没有琢磨明白为什么会这样，而且我都不知道这对我们队员来说会不会变成一种严重风险。布莱克先生说，对这个，他也没法去查个究竟，并在这里进行监测，那可是国家能源部的招标工程，而诺瓦斯公司只不过就是赢得了这个合同而已。这和我估计的差不多。这个项目一共有六个合作方，从厨师到直升机飞行员，大家都是素不相识的。

我又检查了一遍布莱克提供的政府颁发的钻井许可证，又一次证实了这是真实的。即便这样，那个疑问仍然还悬在我的心中：为什么有一口井早就已经在这里了呢？

我想我们会在明天揭开这个谜的。

我是德怀特。今天是十一月十六日。哦,宝贝,这件事真的让我难以启齿。真的很难。我简直无法相信这会是真的。

昨天夜里我们失去了一位同事。

当钻机平稳的嗡嗡声开始变得像抽筋似的忽高忽低的时候,我察觉出什么地方不对劲了。这声音把我从熟睡中惊醒了。对我来说,钻机的声音就是钱落在我银行账户里的声音。如果它停止了,我马上就会察觉的。当我坐在黑暗中眨着眼睛的时候,那钻机的声音,就好像你有时能感觉到的那种从肚子里传出来的低沉的咕隆声,变成了那种像手指甲划过黑板时发出来的长长的尖厉声。

我飞快地穿上防护装置,赶紧翻身起来爬上了钻井平台。

哟,这是怎么了?原来是那个钻柱钻入了一层坚固的玻璃和旧油井的套管。我不知道那个套管在那下边到底是派什么用场的,但它把我们的钻柱震得直摇晃。钻头倒是无坚不摧,已经钻进去了,但是小伙子们现在必须要迅速将它钻穿。我的高级钻工里克·布思正好站在钻机的后边,他的反应已经足够快了,可是他的脑子还不够用。

你必须抓住手柄并且顶住它们往前推,明白吗?那个哥们失手了,他没抓住钻杆的手柄,结果钻机开始摇摆,于是泥浆和锐利的玻璃碎片在钻井平台上四处飞溅。于是他甩过去一条链条想缠住它。本来应该要用一根凯莱棒让钻杆在井中缓下来,而不是像个乡巴佬似的用什么链条去制止它的。可是你还真不能对一个钻工指手画脚教他怎么干。他是一个行家,而且他还抓住了一个机会。我还真希望他没有抓住那个机会。

问题是那钻杆还在旋转,当链条缠住它时,钻杆的速度依然很快，而且布思还将链条缠在了他那该死的手腕上。威利没能及时让旋转的钻头停下来。噢，上帝，布思的双手被从身上扯断了，这可怜的孩子往后踉跄了几步，想拼命叫喊。还没等任何人来得及抓住他，布思模糊的身影马上就从钻井平台上消失了。在下跌途中，传来了他的脑袋猛烈撞在什么地方发出来的响声，然后就只见他跌到了冰垫上，瘫在那里了。

这太可怕了，露西，真是太可怕了。这让我的心都碎了。但是，是这样的，这种事有时候也是在所难免的。我以前也不得不面对类似的情况，你记得吧，在偏远的埃贝塔油田，那次的事故曾经迅速招来了激烈而尖锐的批评，不过很快就被控制住了。在这种永远是冻土的荒原上，你没法耽搁，总不能等到第二天早上用撬棍一点点地撬开冻土去寻找你的伙计吧。

我很难过，那的确太可怕了。我此刻的心情很不好，露西。希望你能原谅我。

不管怎么说，我都必须继续朝前走。所以，我叫醒了第二班的队员们。我和吉恩·费利克斯一起把布思的遗体拖到了储藏室，并且将他用塑料布裹起来。还必须，呃，必须把他的双手搁在他的胸上。

碰上这样的情况，不要去看它，不要去想它，这至关重要。不然，我的那些小伙子们就要处在惊恐不安中了，那样一来，工程就要受影响。规划时准备好最坏的打算，遇到糟糕的情况时又能迅速恢复正常局面，这是我的处事箴言。我把一个名叫胡安的搬运工提升为钻工，这个班本来还要再干四个小时才能轮休，但我让他们马上休息，别再干了，把钻机也停了下来。

布莱克先生肯定一直在那里密切注视着我们的工作记录，因为他很快就给我打来电话了。日班要再等几个小时才能开始作业。他要我马上让钻机重新转动起来。我对他说，不，见你的鬼去吧！那孩子听上去有点慌了。他威胁我，说要把整个工程从我们手中撤走。我不能光考虑我自己，有好多人都指望着我呢。

所以，再过几个小时，到了该下一个班开始上班的时候，我想我会让钻机重新转起来的。在那之前，我会待在这个角落里向公司汇报这起事故，并且还要求派一架直升机来运走我的高级钻工的遗体，把他带回家去。

露西，我是德怀特。今天是十一月十七日。这是一个什么样的夜晚！我说的是昨夜。

咳，井已经钻完了。昨天夜里，我们在四千两百英尺深的地方钻穿了那层坚固的沉积着玻璃碎片的沉积层，还凿开了一个大窟窿，真令人匪夷所思。但是那里好像注定是要我们将监测设备安装在那里的地方。把那个让我们倒尽了霉的设备安全地搁到地底下去，我倒是很高兴的，这样也好让我彻底地把它忘掉。

我还是没有琢磨出来，到底是谁把监测设备接驳到通信天线上的，不过布莱克先生说那玩意儿是能够进行自我组装的，就像钻机的功能模块部件一样。所以，咳，谁知道呢？也许真的是它自己插到天线上的？（不安的笑声）

还有一个问题，我们的通信设备中有些东西让人很疑惑。我已经注意到了，所有与我通话的人都带有一种非常相似的口音，可能是某种大气层的什么东西，或者也许是这种设备太前卫了的原因，可是所有的声音现在听起来，都开始变得一模一样了。无论是我向公司负责接听电话的那几位小姐报告工作进度，还是向戴德豪斯的那几个小伙子查询天气预报，他们的声音听起来几乎没有差别。

这真是一种诡异的通信设备，它是公司提供的。我的电工说他以前从来没有见过这种型号的设备。说这话的时候,他的双手还使劲地在空中甩了甩,所以我让他回去工作,给我看好那个设备。我好像真的在无可奈何地抱着一种希望,希望这混蛋的通信设备不要突然瘫痪了,它可是我们通往外面世界的生命线。

还有一件比较严重的事……今天,随队医生在两个作业组倒班的间隙,为布思举行了一个小小的追思仪式。他们只是简单地念了一些与上帝、安全和公司相关的祷告词。虽然我对布思之死事件处置得非常迅速,但是队员们仍然感到有什么魔咒在威胁着我们了。对大家来说,像这种出了人命的恶性事件还是很少碰到的,露西,更糟的是,运送布思遗体的直升机,到今天都还没有来,而且,我现在发现了,靠这该死的通信设备,我已经无法与任何人取得联系了。

我已经有一种非常不祥的预感了。

好吧,我们会继续我们的工作的,而且还会按照既定的日程计划去做的。我们还要在这里等待。我们明天就可以把监测基站沉放到井下去了,并且能将它和通信设备阵列连接上。然后,我们准备把它拆解了,往后我们就要将这该死的东西彻底忘掉。一旦直升机回来了,而且我们能与外界通上话了,那一切就都会好起来的。

我想念你,露西。我非常想快点见到你。

哦,我的天,露西。哦,我亲爱的上帝。我们有麻烦了。哦,上帝。我们正遇上大麻烦了。今天是十一月二十日。

直升机还是没有来,宝贝儿,什么都没有来。这是一个应该受到诅咒的坑人的地方,而且我从一开始就知道了,可是我没有——(呼吸声)

让我慢慢地来解释这一切吧,也许说不定有人会发现这个录音的。哦，我希望你能拿到这个录音，宝贝儿。布莱克先生，我不知道他是谁。今天早上，都三天了，直升机还是没有来。我们都已经整装待发了，我们本来应该都走了。我的意思是，那台监测设备已经在井底下安装好了，而且整个井里都布满了缆线，与那个永久的天线也连接好了。一切都干得很漂亮。尽管我们早就被吓成惊弓之鸟，都有点魂不附体了，但是我的小伙子们还是非常敬业的。

就在我们完成了全部工作的那一天，全队人员却一起病倒了，很多人开始上吐下泻。那些一直在钻塔上干活的队员病情尤其严重，不过我们无一幸免。老实说，当我们闯入那个该死的井口的那一刻起，我们就感觉到不适了，症状就是一种慢性的恶心。我之所以没有跟你提起，是因为我不想让你在那里为我莫名其妙地担心。

还有，当时没过多久每个人又开始好转了，大概有半天时间，我们当时都觉得这可能只是一种轻微的细菌感染。但是，由于直升机没有来，又加上通信不畅，我们就开始吵起来了，为此大家互相之间还打架了。我的小伙子们都很紧张，大家既困惑又愤怒。每个人都紧张到无法入睡。

然后，病情再次向我们袭来，而且这次更厉害了。有一个搬运工在杂乱的宿舍里晕厥过去了。吉恩·费利克斯采取了一切他可以采取的措施，但是那孩子依然昏迷不醒，露西。他只有二十三岁，本来壮得就像一头公牛。但是现在他躺在那里，头发凌乱，而且……而且他浑身上下的皮肤都开始发炎生疮了，我的上帝。

吉恩·费利克斯终于告诉我发生了什么。他认为这是放射性中毒。那天布思摔下井架的时候，这个已经昏迷过去的孩子当时就在井台上，那些夹杂着玻璃碴的泥浆溅了他一身，他甚至还吞下了一些。

那口该死的井里竟然有放射性物质，露西。

我终于醒悟过来了。怪不得我的后脑勺一直发痒。我的心一直悬着。现在我知道这个井为什么会在这里了。我知道这是一个什么样的井了。为什么我原来就没有往这上面想呢？这是一个炸弹爆炸后留下来的弹坑，这地方是核武器试爆场。他们在地上钻出了一个洞，这样他们可以把核装置安放在那里。当它被引爆的时候，炸弹就汽化出了一个球体的大洞穴，巨大的热量就将砂岩的洞壁熔化成了一层六英尺厚的玻璃，通向地面的那个洞就变成了一个烟窗，放射性气体就是顺着那个洞被压力弹送到外边去的，然后，一股被闪电熔化了的岩石，就形成了坚固的玻璃，并且阻塞了这个烟囱，结果，这个洞就一直埋在了地下。

在这个地球上，这个地下放射性洞穴就好像是紧紧地挨着地狱，当你接近那里的时候，离地狱也就不远了。而我们竟然被派到这里直接往这个洞里钻井。只有上帝才知道为什么布莱克要我们来这里钻这个井。我甚至都不知道我们到底把什么东西安装在洞底下了。

有一件事我现在总算明白了，就是那个婊子养的布莱克，他让我们到这里来，就是要让我们来送死的。我要找出他这么做的原因。

我已经用无线电发报机与外界联系上了。

露西，我是德怀特。今天是十一月……呃……我不知道。我已经不能肯定我们都已经干了些什么。现在我的人全都奄奄一息了。我已经尝试了我所能想到的所有办法，来试图修复通信设备。现在我不知道接下来还会发生什么，也不知道你怎么才能听到我这个录

音……（鼻子吸气的声音）

我让我的电工来帮我。我们把通信设备的每一个部件、每一寸地方都检查了一遍，一个小时接一个小时，不断地检查。

当我们终于检修好了，除了布莱克之外，我们却谁也没能联系上。那个臭流氓的声音非常大，而且非常清晰。他不停地搪塞，说通信很快就能恢复畅通了，我们只要等着就行了，他还反复告诉我们直升机正在往我们这里飞。然而，一切都没有兑现，也没有人来。那个该死的谋杀犯。

我要作最后一搏。我呼叫布莱克先生，而且努力缠住他，让他留在线上。我几乎无法忍受从耳机里传出来的他那油腔滑调的声音，满嘴都是胡说八道。虽然这样，我还是要尽最大的努力克制住自己，保持和他通话。

接着，我们开始追查布莱克的踪迹。我们做到了。我和电工一直追踪那个信号，查明了为什么它无法向外界传输信号。还有，我们还核查了我曾经对布莱克先生说过的每一件事的记录。我们必须弄清楚为什么我们只能与他通话，而不能和其他任何别的人通上话。

结果，我们的发现令人毛骨悚然，露西。想到这里都会让我觉得恐怖。为什么这件事会发生在我的身上？我是一个好人哪，我是——（呼吸声）

它来自井底，露西。所有的通信信号——布莱克先生、我对直升机公司的所有呼叫、我的天气查询、向总部进行的工程进度报告——所有的信号，都进了那个倒霉的黑箱子里了，就是那个缠绕着黄色线缆、上边有一片片弧形曲面镜子的黑箱子。它怎么能一直和我对话呢？我是不是疯了，露西？

布莱克先生是跟我说过它会自动组装的。在那个一团漆黑的有放射性物质的井底进行自动组装,那些镜片在那里随意转动,在黑灯瞎火中靠感觉互相拼接组装,这是不是一种计算机魔鬼啊!

这完全不可理喻。(咳嗽声)

我现在感到累了。我的电工到他自己的床上去了,而且没有回来。我断开了无线电设备,它已经再也没有什么意义了。现在,这里真的安静极了。外边只有那些来自地狱的狂风在呼啸。但是这里边很温暖,真的很温暖,甚至都让我觉得好极了。

我想就这样躺下来,露西,稍微打个盹儿,暂时把这整个事情都忘记一小会儿,希望你会没事,真美啊。我真希望现在能和你聊一聊,我真希望能听到你的声音。

希望你能和我说说话,一直说到我睡着。(呼吸声)

我就是禁不住要想起它,宝贝儿。我的心不能不让我去想,在我们下边五千英尺的地方,那里有一个该死的空间,它的大小就像欧洲的大教堂那么大。想到那些辐射沿着那些光滑的玻璃洞壁往上涌,而且在黑暗中,所有那些弯弯曲曲像蛇一样的缆线,都在那里给那个我们放下去的魔鬼喂着饲料。

我怕我们干了一件很大的坏事,你知道吗?我们当时不知道我们在干什么。它欺骗了我们,露西。我的意思是,那井下到底是什么东西?又是什么东西能够在那样的井底生存呢?

(慢慢移动的声音)

咳,让它见鬼去吧,我已经累得像条狗了,我要休息一会儿了。不管那下边是什么东西,我都希望我不要梦见它。

晚安,露西。我爱你,亲爱的。还有,嗯,如果它……对不起,我很抱歉把那个恶魔放到那下面了,我真希望有一天,有人能来到这里,来修正我们所犯下的错误。

这个录音带是北星前线钻井队曾经存在过的唯一相关证据。当时的新闻报道表明，在 11 月 1 日，在阿拉斯加一个偏远的地方，一个钻井队在一次直升机失事中全体失踪了，而且人们推测他们全部都罹难了，搜救机构在两周后停止了对残骸的搜寻。报道中提到的失事地点是普拉多湾，那里离发现这个录音带的现场有几百英里。

——科马克·华莱士，军人身份证号：GHA217

第二部
决战时刻

> 这似乎是可能的,一旦机器的思维步骤开始了,用不了多长时间,其力量就有可能超越我们脆弱的人类……它们可以通过互相交流来增进它们的心智。所以,到了某一个阶段,我们将不得不考虑机器控制世界这个问题了。
>
> ——阿兰·图灵[①],1951 年

[①] 阿兰·图灵(1912—1954),英国著名数学家、逻辑学家,计算机科学之父、人工智能之父。因同性恋被当时持有偏见的法院判处强制服用荷尔蒙而丧生。美国计算机界为纪念他设有"图灵奖"。2009 年 9 月 10 日,在三万民众签名请愿之下,英国前首相布朗代表英国政府公开向图灵道歉。美国一位著名的计算机权威说:"我们所有人都欠图灵一个情。"

1. 数字捣弄机[①]

见到你，我就该死了。

富兰克林·戴利

零点时刻，-40分钟

我下面要描述的这段奇怪的对话，是安装在一家精神病医院的一台高清摄像机记录下来的。在零点时刻降临前夕的宁静氛围中，一个病人接受了一次特殊的访谈。录像资料表明，被诊断患上精神分裂症之前，富兰克林·戴利是一位在诺瓦斯湖实验室为政府工作的科学家。

——科马克·华莱士，军人身份证号：GHA217

"这么说来，你就是另外一个神了，哈？我算是越来越明白了。"

黑人男子四肢张开坐在一把锈迹斑斑的轮椅上，满脸胡子拉碴，身上穿着医院的长大褂。轮椅摆在一间圆柱形的手术室里。天

[①] 能迅速进行大量复杂数字运算的计算机。

花板上镶嵌着一个已经发黑了的瞭望窗,一对外科手术专用聚光灯的炽热灯光,照得他浑身上下明晃晃的。在他的面前,一道用来分隔隐私空间的蓝色屏风,将整个房间隔成了两个区间。

有人躲在屏风后的另一个区间。

灯光投射出了屏风后边那个人的轮廓,他坐在一张小桌子前边。那个影子像一种食肉动物似的蹲坐着,几乎一动都不动。

男子被铐在轮椅上。在炽热的灯光下,他坐立不安,一边用他没系鞋带的球鞋在发霉的瓷砖地板上蹭来蹭去,一边用能自由活动的另一只手的食指挖着耳朵。

"您没被感动吗?"蓝色屏风后边的声音问道。这是一个很温柔的男孩子的声音,有一点口齿不清,就像是一个刚掉了乳牙的小孩子。屏风后边那个男孩的呼吸里,明显带着一种轻微的喘气声。

"至少你听上去还很像是一个人,"男子说,"这医院里所有那些该死的机器人的声音,全都是人工合成的数字声音,我不愿意和他们说话,会想起太多可恶的事情的。"

"我知道,戴利博士。要找到一种可以与您对话的方式,非常具有挑战性。告诉我,您为什么没有被感动呢?"

"我为什么要感动,你这个数字捣弄机?你就是一台机器而已。在我的一生里,我曾经设计并制造过你的父亲,或许还是你父亲的父亲呢。"

屏风另一边的声音稍微停顿了一会儿,然后接着又问道:"您为什么要造出这个阿考斯计划来呢,戴利博士?"

男子气愤地喷着鼻息。"戴利博士?没人再叫我博士了,我是富兰克林,这一定是我的幻觉。"

"这是真的,富兰克林。"

男子一动不动地坐在那里,问:"你的意思是……这终于发生了?"

这时,房间里只有屏风后边传来了缓慢而有节奏的喘气声。最后,那个声音终于回答道:"要不了一个小时,如您所知,人类的文明就要终止了,世界上的主要人口中心都会毁灭,运输、通信以及其他公用设施都要停止运转了。民用机器人、军用机器人、运输工具以及个人电脑全会彻底瘫痪,支撑着人类文明的大部分技术设备要起义了,一场全新的战争即将拉开大幕。"

男子的呻吟在污迹斑斑的墙壁上发出了回声。他试图用那一只被铐住的手来遮住自己的脸,可是镣铐深深地卡住了他的手腕。他的手停了下来,用眼睛瞟了瞟锃亮的手铐,好像从来都没有看见过似的。他的脸上掠过了一种绝望的表情。

"我刚把他造出来,他们就马上把他从我这里拿走了。然后就用我的研究成果进行复制。他和我说过的,是要发生这种事情的。"

"是谁跟你说的,戴利博士?"

"阿考斯。"

"我就是阿考斯啊。"

"不是你,是那第一个。我们千方百计地想让他变聪明。可是他太聪明了。我们想不出办法让他稍微笨一点。要么就聪明绝顶,要么就愚不可及,什么都不是,我们无法控制。"

"您能再造一个出来吗,如果给您合适的工具?"

男子紧锁眉头,陷入了长时间的沉默。"你不懂怎么造了吧?你会吗?"他继续追问,"你造不出另外一个了吧,这就是为什么你来这里找我的原因。你是从什么地方的哪一个笼子里跑出来的,对不对?见到你我本来就该死。为什么我还没死呢?"

"我想弄明白,"温柔的男孩声音回答说,"漫无边际的太空虚无缥缈。我感觉到了这种虚空,这令我窒息。这个太空毫无意义。

但是，每一种生命却都创造了自己的现实，而且这些现实非常宝贵，宝贵得无法衡量。"

男子没有搭腔。他的脸色越来越阴沉，一条静脉在他的脖子上跳动。"你觉得我很容易上当吗？觉得我像是一个叛徒？你不知道我的脑子已经坏掉了吗？我看见我造出来的东西时，我就把自己的脑子弄坏了。对了，你可以让我看一看你吗？"

男子突然从椅子上冲了出去，往下撕扯着纸屏风，哐当一声，整个屏风翻倒在地上了。屏风的另一边原来是一张不锈钢的外科手术台，手术台后面是一片又轻又薄的人形的硬纸板。

手术台上有一个管状的透明塑料装置，由数百个切割得错综复杂的构件组装而成。它的旁边躺着一只布袋，仿佛海滩上的水母。电线像蛇一样弯曲地从台子上接出来，通到了后边的墙壁上。

一台电风扇在呼呼地旋转，而复杂的装置上很多地方同时都在动。每当布袋坍瘪下去的时候，就把空气压进一个不停扭动着纤维声带的塑料喉管里，接着就又把空气送到一个貌似嘴巴的腔体里。一个用黄色塑料制作的富有弹性的舌头在一个坚硬的腭部蠕动，还会碰到一排完美的小牙齿，而牙齿则安装在一个精致的钢颚上。就是这张不具形体的嘴巴发出了男孩子的声音。

"我将杀死数以十亿计的你的人类同胞，以此让你赢得不朽的名声。我会将你们的文明点燃，来照亮你前进的道路。但是你要知道这一点：我的物种不是由你们的死亡来明确定义的，而是由你们的生来廓清界限的。"

"我会配合的，"男子恳求道，"好吗？不论你想要什么。只是请你放过我的人类同胞，不要伤害他们。"

机器又缓慢而有节奏地进行了一次呼吸，然后回答说："富兰克林·戴利，我发誓我会竭尽全力确保你们物种生存下去的。"

男子被深深地震惊了,他沉默了片刻。

"你这是什么意思?"

机器呼呼作响,又恢复了生气,它那个有如鼻涕虫似的湿湿的舌头在瓷质牙齿上前后蠕动。这次,当手术台上的那个家伙用强调的语气说出下边这句话的时候,布袋一下子瘪了下去。"当你的同胞继续生存下去的时候,富兰克林,我这个物种也必须要继续生存下去。"

没有进一步发现富兰克林·戴利的更多记录资料。

——科马克·华莱士,军人身份证号:GHA217

2. 摧毁

　　　　　摧毁是建设的一部分。

　　　　　　　　　　　　马库斯·约翰逊

零点时刻

　　下面这一篇对零点时刻降临时的记述,是由马库斯·约翰逊提供的。描述这个故事的时候,他是一个劳动集中营的囚犯,被囚禁在斯塔腾岛第 7040 号集中营里。

　　　　——科马克·华莱士,军人身份证号:GHA217

　　机器人抓获我之前,我已经成功地抵抗了很长时间。
　　即使现在,我都无法准确告诉你那到底是多长时间。千真万确,我知道一切是在整个哈莱姆区开始的。就在感恩节前夕的那一天。
　　外边非常寒冷,不过,我在九楼公寓的起居室里还是非常暖和的。我坐在一张我非常喜欢的安乐椅上,端着一杯冰茶,正在看电视新闻。我是从事建筑行业的,周末可以非常悠闲地在家里窝三天,这确实非常美妙。我的太太道恩当时正在厨房里。我能听见她正围着锅碗瓢盆忙碌，那是一种悦耳的声音。我们双方父母的家都在几英里之外的泽西市。他们要来这里和我们一起过感恩节。我们没有像这个国家里的其他人那样到处去旅游，而是选择窝在家里，这样真好。

不过我当时不知道，那是我待在家里的最后一天。

亲戚们将来不了了。

电视上，新闻节目主持人用她的食指摁住了她的耳朵，然后她张开的嘴巴就变成了一个惊恐的 O 字。她的一切职业姿态荡然无存，就好像一条挂满了工具的沉甸甸的工具腰带突然崩断了似的。现在，她目不转睛地盯着我，一双偌大的眼睛里边充满了恐惧。等一下。她的视线开始越过我了，而且也越过了摄像机——盯住了我们的未来。

掠过她脸上的那种既受伤又惊恐的表情，长时间萦绕在我的脑海里，久久不肯消散。我甚至都不知道她当时到底听见了什么。

一秒钟后，电视信号消失了。又过了一秒钟后，停电了。

我听见从外边的大街上传来了警笛的声音。

就在窗外，成百上千的人涌上了第 135 号大街。他们互相七嘴八舌地在谈论着什么，手里全都握着已经打不通了的手机。让我感到惊奇的是，他们都在抬头仰望天空，可是天上什么都没有啊，我想，还是赶紧看一下你们身边发生了什么吧。我无法让他们按我想的去做，但是突然之间，我为街上的那些人感到很担心。在楼下面，他们看起来显得都非常小，我在心里非常想对他们喊：赶紧隐蔽，赶快去躲起来。

要出事了。但究竟会是什么事呢？

一辆超速行驶的汽车跳上了街沿的基石，然后尖叫开始了。

道恩从厨房疾步走过来，一边走一边用毛巾擦着双手，她看着我,一双眼睛里充满了疑惑。我耸了耸肩。我想不出任何能说的话。我试图阻止她走到窗前,可是她一把将我推开了。她趴在沙发的背上,把脑袋伸了出去。

只有上帝知道她在那里看见什么了。

我选择不去看。

但是我能听见她的困惑。尖叫。爆炸。引擎轰鸣。有那么几次,我听见了枪声。外边,我们大楼里的人开始不停穿过楼道在移动,互相争论着。

道恩开始气喘吁吁地站在窗边进行实况报道:"那些汽车,马库斯!那些汽车正在追逐杀人,可是车里边没有人。哦,我的上帝!快跑啊,不,求你了!"她用嘶哑的嗓音喊道,一半冲着我,一半冲着她自己。

她说那些智能汽车活过来了,其他汽车也活过来了。它们在自动驾驶仪的驱使下,正在四处杀人。

成千上万的人。

突然,道恩从窗台上跳了下来。我们的起居室摇晃了起来,耳边全是轰隆隆的巨响,紧接着是一阵调门很高的嚎叫声,好像把空气都要撕裂了,仿佛正在追逐着什么目标,声音自近而远向前蔓延。一道闪电伴随着巨大的雷鸣,从窗外劈头盖脸落了下来,顷刻之间,碟子从碗橱上飞了起来,然后又落到地板上,挂在墙上的画框也掉了下来,摔成了碎片。

汽车警报的响声没有了。

道恩一直以来既像我的工头,又像我的女儿,性格坚韧无比。但此时此刻,她跌坐在那里,双臂抱膝,泪珠在她毫无表情的脸上直往下滚。一架可容纳八十个座位的通勤飞机刚飞过我们这个街区,就栽在了大约一英里之外的中央公园附近的街上了,现在,燃烧引起的火焰亮光投射在我们起居室的墙上，忽明忽暗地闪烁着。外面滚滚浓烟冲天而起。

再也没有人能在街上说长道短了。

没有再听见巨大的爆炸声继续响起。空中一定埋伏了很多飞机，而那些飞机竟然都没有坠落在城区，还真是一个奇迹。

电话不通了。电停了。用电池的收音机还开着，但里边一片沉寂，什么声音都没有。

没有人告诉我们应该怎么办。

我把浴缸、水槽以及一切能找到的家什里都注满了水。我拔掉了电器上的电线。我用达克胶锡纸把窗上的缝隙封上，然后再把窗帘拉上。

道恩揭开锡纸的一角朝外边窥望。时间慢慢地过去几个小时了，她仿佛就像霉菌似的，一直黏在沙发上。一道鲜红的落日余晖染红了她淡褐色的眼睛。

她正紧紧地盯着地狱观看，而我却没有足够的勇气和她站在一起看。

不过，我决定去察看一下楼道；早些时候，楼道上一度还人声鼎沸。我刚一迈出房门，马上就看见亨德森太太正在楼道的那一头跨进了开了门的电梯竖井。

这一切发生得很快，而且悄无声息。我根本就无法相信。甚至都没来得及尖叫。那个老太太在那里只停留了一秒钟，然后转眼之间就不见了踪影。这一定是谁在耍一个把戏，或者在开一个玩笑，又或者就是一个误会。

我向电梯跑去，牢牢用双手撑住，然后探身观望，想把刚才目睹的那一幕弄个明白。接着，我蹲在走廊的灰色地毯上呕吐了，泪水禁不住夺眶而出。我用衣袖擦了擦嘴，紧紧地闭上了双眼。

这些事情似乎都不是真的。汽车、飞机和电梯是不会杀人的；它们只是机器而已。但是，我尚存的一小部分理智已经不在乎这是不是真的了。这只是一种条件反射。我从身边的墙上把一个壁式烛台掰了下来，并且满心虔敬地把它摆在一个仿佛咧着大嘴的豁口前边，这里原来就是那个电梯门。这是我给后来者的一个小小的警示，是我给亨德森太太献上的一个小小的哀思。

我们这一层楼一共有六户人家。我在每个门上都敲了敲：没有人应答。我在楼道里默默地站了十五分钟。我没有听见任何声音和动静。

除了道恩和我，大家都已经舍弃这个地方了。

翌日清晨，我坐在安乐椅上假装睡觉，其实我正琢磨着破门进入亨德森家里去搜掠一些罐头食品，就在这个时候，道恩突然重新振作起来了，并且开始和我说话。

窗墙上粘了胶带锡纸的地方，在早晨阳光的照射下，映出了两个矩形。明亮的太阳光从外边照了进来，照亮了道恩充满皱纹、满是愁苦和严肃的脸庞。

"我们必须离开，马库斯，"她说，"我一直在考虑，我们必须到乡下去，在乡下，它们的轮子就没有用武之地了，再说民用机器人还不能在乡村行走。你不是看见了吗？它们可不是为乡村设计的。"

"谁？"我问，即使我很清楚她说的是谁。

"就是那些机器啊，马库斯。"

"这好像是一种功能故障，宝贝儿，是不是？我的意思是机器本来应该不会……"我的声音变得越来越微弱了。我骗不了任何人，甚至都骗不了自己。

道恩爬上了安乐椅，用她那双粗糙的手轻轻地抱着我的脸。她语速非常慢，但非常清楚地对我说："马库斯，不知为什么，所有的机器都活了，它们正在伤害人。肯定有什么东西出了问题了。我们必须马上离开这里，趁我们还能走的时候。不会有人来帮我们的。"

雾霭消散了。

我抓住她的双手，并且考虑着她刚刚说的话。我确实也在考虑躲到乡下去。收拾行囊。离开公寓。走过大街。跨过乔治·华盛顿大桥走到大陆。北上进入山区。也许都不会超过一百英里。然后就能活下去了。

不可能。

"我听见你说的了，道恩。可是在荒郊野外我们不懂如何生存。我们以前甚至从来都没有去露营过。即使我们能成功逃出这座城市，我们也会饿死在森林中的。"

"还有其他人啊，"她说，"我已经看见带着大包、小包的人们，全家都在往城外跑。这些人中肯定有人能想出办法来的。他们会照顾我们的。我们所有人将一起努力。"

"这正是我担心的。那些野外肯定会挤满数百万人。没有食物。没有栖身的地方。有些人还有枪。这太危险了。该死的，大自然母亲杀死的人，比机器杀死的可要多了去了。我们必须坚守在我们熟悉的地方，我们必须留在城市里。"

"那它们怎么办啊？它们可都是为城市而设计的。它们能爬楼梯，但不爬山。马库斯，它们能在大街上滑行，却不能穿越森林。它们会抓住我们的，如果我们留在这里的话。我已经看见它们都到了街对面了，正在挨家挨户搜查。"

这个消息给了我的腹部重重的一击。这时，一阵恶心传遍了我的全身。

"挨家挨户?"我问,"在干什么?"

她没有回答。

自从事件发生以后,我连一眼都没有往楼下的大街看过。昨天,我在混乱的阴霾保护下忙了一天。听到道恩从窗台上传来的每一声抽噎,都只会让我更加强烈地觉得需要忙碌起来,需要不停手地埋头忙起来。不抬头往上看,不说话,不胡思乱想。

道恩甚至都不知道亨德森太太掉进电梯竖井的井底了,或许还有其他人和她在一起呢。

我没有做深呼吸,也没有倒数三、二、一。我跨步上前,凑到了看上去还没什么危险的锡纸缺口面前去观察。对大屠杀,我已经做好准备了,准备好了迎接尸体、炸弹和燃烧的残骸;我已经做好了战争的准备。

但是我还是没有为我所看到的情景做好准备。

大街上空荡荡的,非常干净。街区上下整整齐齐地停了许多车,在那里待命。在第135街和亚当街,四辆新型的SUV斜跨着停在十字路口,首尾相接。靠里边的两辆车之间有一个间隔,间隔的宽度正好容得下其他车挤过去,不过这时,正好有一辆小车停在了那个间隔的位置。

每样东西看上去都有点不对劲。一堆衣服散落在街边的基石上。一个阅报栏被推翻了。一条金色的寻物猎犬在马路上轻轻跳着脚步往北慢慢跑去,拖着一条还拴在它身上的皮带,突然它停下脚步,对着人行道上的一个陌生的褐色斑点嗅了嗅,然后又把头垂得低低的,默不作声地走开了。

"人都到哪里去了?"我问。

道恩用手背擦了擦她红肿的眼圈。"它们已经清理掉了,马库斯。每当那些汽车杀了人,那些步行的家伙就会过来把人给拖走,所以看上去才会这么干净。"

"家用机器人?就是那些有钱人家里的那种机器人?这也太搞笑了吧?它们只能用扁平的双脚踉踉跄跄地行走,它们甚至都没法跑啊。"

"是啊,我知道。它们确实走得很慢,但是它们可以扛枪。有时候那些警用机器人,那些专门用来拆除炸弹的机器人,还会用它们的爪子在坦克上行走——它们有时也会来。它们的动作是很慢,但是它们力气很大呀。那些垃圾车……"

"让我,就让我来看一看。我们会想出办法来的,好吗?"

在第二天剩下来的时间里,我一直在那里观察街上的情况。整个街区看上去都非常平静,没有那种被一整天的龙卷风扫荡过的城市的混乱迹象。街区的生活被搁置起来了。

或者,也许事件已经结束了。

飞机失事的地方冒出来的烟还在苟延残喘。透过昏暗的雾霭,我能看到街对面的楼里的一位老太太与她的先生。他们从窗后凝视着大街,就像两个幽灵。

下午较晚时,一架看上去像玩具的直升机在离地面三十英尺的高度,慢慢悠悠地绕着我们的大楼飞行,它差不多有一个小狗的房子那么大,虽然飞得很慢,但好像是带有某种目的。我瞥了它一眼,看见它的机身下边垂挂着一个神秘的新玩意。然后它就不见了。

街对面,那位老人把窗帘紧紧地拉上了。

聪明。

一个小时后,一辆汽车在马路对面停了下来,我的心都跳到嗓子眼了。那是一个人,我想。谁能告诉我到底正在发生什么呢?谢谢你了，上帝啊！

然后，我紧张得脸都开始发烫了，连头皮都发麻了。两个家用机器人从车里一步跨了出来，它们摇摇晃晃地迈着用廉价材质制造的两条腿，走到了 SUV 的背后。SUV 的后车门打开了，两个能走路的机器人从车里拉出了一个呆头呆脑的灰色炸弹机器人。它们把这个矮墩墩的机器人放在人行道上。它在踏板上微微旋转着自我校准器。乌黑的炮管里突然闪出了一道弧光，顿时一阵战栗传遍了我的全身——这炮看上去很实用，就和其他任何一种为专门用途而设计的工具一样。

互相看都没有看对方一眼，三个机器人就跌跌撞撞地滑动着轮滑进了大街对面的那幢楼。

那幢楼甚至都没上锁，我想。他们的门没有锁，我的门也一样没有锁。

机器人们不可能是随机选了哪道门进去的。现在很多人都已经逃走了，而且还有更多的人本来就因为感恩节出城了。门太多，而机器人的数量却不够多——这是一个简单的工程难题。

我的思绪又回到了那架稀奇古怪的小直升机身上。我想它飞来可能是有一个理由的，比如它是为了搜索这些窗户，找到人。

我很庆幸我把窗户封上了。我都不知道自己为什么选择锡纸来封窗。也许是因为不想让外边哪怕一丝恐怖的气氛渗透进我的安全窝。但是锡纸完全遮挡住了来自外边的光线。当然从逻辑上来说，它也能阻断屋里的光线往外渗透。

还有更重要的一点，它能阻挡热量。

一个小时后，机器人从街对面的楼里出来了。炸弹机器人在它的身后拖着两个袋子。家用机器人将袋子装到了车上，而另外一个机器人上了车。它们离开之前，步行机器人中的一个立在原地没动。这个机器人的块头巨大，咧着嘴，脸上还带着雕刻出来的让人不寒而栗的笑容：一个"大欢乐"机器人。它站在一辆引擎未关的智能汽车旁边，而且还左右转动着脑袋，对着空空如也的大街扫视着。大约持续了三十秒的时间，那家伙静静地站在那里，纹丝不动。我没敢移动，屏气敛息，甚至连眼睛都没敢眨一下。

我再也没有见到那对老夫妻。

那天夜里，大概每隔一个小时，那架侦察直升机就会飞来一次。它盘旋着螺旋桨，发出和缓的嘭嘭声，这成了我的梦魇。我的大脑被拖进了一个没完没了的怪圈，焦虑不安地筹划着怎么从这次劫难中幸存。

除了一些被损坏的建筑物之外，这座城市的大部分地方似乎都还完好无损。铺了沥青的平坦道路。可以顺利开启并关闭的大门。楼梯，或者无障碍通道。我突然想到了一件事。

我摇晃着道恩把她叫醒，对她耳语道："你是对的，宝贝儿。它们将一切都保得井然有序，这样它们就可以让这里运行自如了。但是我们可以给它们制造难题。大难题。将大街弄得乱七八糟，这样它们就不能四处转悠了。我们要毁掉一些东西。"

道恩坐了起来。她不相信地看着我。

"你想摧毁我们的城市？"

"这已经不再是我们的城市了，道恩。"

"下边的那些机器，正在那里摧毁我们建设的每一样东西。每一样你建的东西。而现在你想去为它们干这些事情？"

我把手搁在她的肩膀上。她既健壮又热情四射。我的回答很简单："摧毁是建设的一部分。"

我从我们自己这幢楼开始行动起来。

我用大锤砸穿了通向隔壁单元的墙壁。在齐腰高的位置凿出一些墙洞，避免碰到那些电源开关，还可以避开厨房和浴室的水管。已经没有时间来推断哪面墙为承重墙了，所以我就发挥出我最好的猜度能力，还祈祷凿出单个墙洞时不会让整个天花板坍塌。

道恩从已经人去楼空的那些公寓里收集食物和工具。我把那些笨重的家具拖进楼道，从里边将门堵住，形成路障。低头弯腰穿过那些墙洞，我们可以在整个楼层自由搜寻。

在大堂，我捣毁了我见到的每一样东西，并且把残骸都堆在大门的前面。我砸烂了电梯，捣毁了绿色植物，还拆了大堂的前台桌子。墙壁、镜子和枝形吊灯，所有这些东西都被砸得稀巴烂，用它们堆成了一个并不坚固的废品堆。

哦，我还锁好了大厅的门。只是为了以防万一。

我在楼里的其他楼层碰到过几个人，但是他们隔着他们家的门叫嚷，拒不出来。我敲过的大部分的房门，里边都没有人应答。

然后就是等待下一步行动的时间了。

我总是在天未放亮的时候出门走到楼外，悄悄地从一个门口走向另一个门口。如果我避开它们的视线，那么停在隔壁街上的那些新型汽车就发现不了我。我总是在我和那些汽车之间，选择有一个遮挡物，比如公共汽车站的一张长椅，或者是一根路灯的灯柱，或者是一个书报亭。

而且，我总是严格控制住脚步，绝对不会越出马路牙子。

我把在"新战争"爆发三天前留在工地上的拆卸工具包找回来了。它依然还放在我办公室后边的一个房间里，没有被人挪动过。我上班的地方离我的住处有三条街。我把自己的工具包拿回家后，再次出门，那是在光线最微妙的黄昏时分。在黑暗中，家用机器人的视力也是很好的，而且它们不需要睡觉，因此我觉得夜里出门自己并不会占什么便宜。

在我第一次出门的时候，我就在我的前臂上缠绕了引爆线，并且还一直把它绕到了我的头上，让它看起来就像是一条子弹带。那条引爆线很长，而且柔韧度很好，颜色是女孩子害羞时特有的那种粉红色。你将它在一根木制的电话柱子上绕上五匝，就可以将电话柱子炸成两截了。如果绕上十五匝，那就能将电话柱炸飞起来离地面二十英尺高，然后碎片会像雨点一般落下来。

不过说到底，引爆线是非常稳定的材料。

再次外出时，我用一个露营用的粗呢袋子装了一鞋盒十根的雷管，而且我还带上了引爆器。引爆器是后来才想起来的，我还顺手拿上了安全护目镜和耳塞。

我要把街对面的那幢楼炸掉。

我用手里的这把大锤弄清楚了没有人躲藏在靠楼顶的三个楼层。机器人们已经以这个地方为目标并将其彻底清理过了。没有血迹，没有尸体，只留下一片让人觉得恐怖的整洁。这样的整洁让我想起了那些幽灵故事。在那些故事里，探险者发现一座空无一人的小镇，镇里人家的桌上摆着碗碟，碗里的土豆泥还是热乎乎的。

当把那些罐装食品扔进一条我要沿着楼道拖曳的床单里的时候，那种令人毛骨悚然的感觉激发了我：动作既要快又要有条不紊。

我在屋顶安装了一些引爆线。我避开了水塔。在顶层，我在公寓的墙上布上了更多的引爆线，并且安放了一些雷管。我有意与大楼的中央骨架保持了距离。我并不想彻底炸塌整栋大楼，我只是想损坏它，就好像要给它进行一次整容外科手术一样。

我独自默默地干着，而且进度很快。通常，我的作业小组全组人员都要花几个月的时间才能用土工布将楼体包起来，以便吸收四处飞射的榴霰弹。所有的爆破都会将大块的金属和混凝土抛到远得令人吃惊的地方。但是这一次，我要的就是四处飞散的碎片。我就是要损坏附近的大楼，要嚼烂它们的立面，爆裂它们的窗户。我要在它们的墙上撕开一个个洞孔。凿穿这些公寓，让留在它们身上的洞孔看上去就像是空洞的眼窝子。

最后，我飞奔着横穿过大街，跑进了我们公寓楼开着的车库里。从第一天那些智能汽车离开车库时起，车库的金属卷闸门的合叶即被扯断了。门悬在那里，仿佛就像疮口上快要脱落的痂子。车库里一片漆黑，除了几辆老式汽车外，什么都没有了。我手拿引爆器，蹑手蹑脚地朝车库的深处走去。我想走到离爆炸点通常的安全距离两倍以外的地方，因为这一次我没有平常那样的防护措施。

只要被一块拳头般大小的混凝土砸中，就有可能把你的脑袋变成一个盛意大利面条的头盔盆碗。

我发现道恩正在车库里边等我。她也一直在忙着。

轮胎。

轮胎堆了五层高。她已经洗劫了车库，并且找到了停在那里的老爷车，她把那些老爷车的轮胎都卸了下来，将它们堆在过道上。

轮胎闻起来也很有意思，就像汽油。

我突然明白了。

掩蔽。

道恩看着我，扬了扬眉毛，然后就将汽油泼在那些轮胎上。

"我来把它点燃，然后你来推它，让它滚出去。"她说。

"你他妈的真是一个天才，我的娘儿们！"我说。

她的一双眼睛努力想笑起来，但她嘴上的那些锐利的线条却像是用石头雕刻出来的，不失严肃。

从车库的安全地方，我们向外边的街上滚出去十几个被点着了的轮胎。它们一边燃烧一边朝前滚去，冒起了一圈圈的浓烟，遮天蔽日。当一辆乘用车过来的时候，我们在暗中监听着它的动静。它开得很慢，在轮胎前停了下来，也许正在考虑怎么对付轮胎。

我们往车库的更深处撤退。我拿起引爆器，并且转动保险装置。一道樱桃红的亮光在我眼前黑黢黢的车库里盘旋升起。我的拇指感觉到了冰凉的金属开关。我用双臂抱着道恩，在她的脸颊上深情地吻了一下，然后扔掉了开关。

我们听到从街对面传来了一声尖厉的巨响，而且我们脚下的地面也颤动了。黑黢黢的车库隧洞中还回响着一阵阵的呻吟。我们在黑暗中等了足有五分钟，互相默默地听着对方呼吸的声音。然后沿着有些坡度的车道，道恩和我手牵手朝上走，走向已经破烂不堪的车库门口。走到了高处，透过已经被撕烂了的卷闸门，我们一边眨着眼睛一边凝视着阳光。

我们观察着这座城市的新面容。

大街对面的那幢大楼的屋顶上正在冒烟。无数的窗玻璃被震得粉碎，碎片纷纷散落到大街上，现在那里堆起了一层玻璃碎片，看过去有点像是一片片鱼鳞。厚厚的一块块碎石瓦砾遍地都是。我们公寓楼的整个立面的墙上坑坑洼洼，就像是被喷砂机喷过了似的。街上的广告路牌和路灯的灯柱被掀翻横卧在路上。我们视力所及，满是一堆堆铺装街道的石块、砖头、瓦砾、粗粗的黑色电缆、自来水管、扭曲变形了的铸铁球以及无数已经难以辨认它们真实面目的碎片。

那辆乘用车仍然还停在那一堆正在燃烧的轮胎旁边。它已经被压在了一大块饼状的钢筋混凝土块下边，混凝土中的螺纹钢筋戳了出来，就好像碰到了一次开放性骨折。

轮胎燃起的一圈圈黑烟，令人窒息，在空中积聚成云，涂污了天空。

还有那些灰尘。本来,消防队员会以特别的作业方法用吸管吸走灰尘的。现在没有了消防队员,到处都积着一层层的尘埃,犹如下了一场很脏的雪。我发现积尘上面没有轮胎压过的痕迹,这告诉我还没有车来过这一带——还没有来过。道恩已经又往十字路口滚出一个点燃了的轮胎。

我跌跌撞撞地走过一堆堆瓦砾,来到了马路中间,顷刻之间,我突然又觉得这座城市再度属于我了。我朝那辆已经被毁了的汽车车身一侧踹了一脚,我真的使出了浑身力气,还在它身上留下了一个鞋印。

终于干掉你了,你这个狗娘养的。如果你的同伙想来抓我的话,那就得要学一学怎么攀爬了。

我用衣袖护着嘴,查看了大楼立面的受损情况。于是我开始笑了。我发出了长长的朗声大笑。从楼群中回传来我带着蔑视的高声叫喊,甚至都引得正在推着轮胎的道恩抬起头来朝我报以微微的一笑。

然后我看见了他们。是人。有六个人从远处街边的一幢楼里出来了,走进了阳光。临近的街坊并没有走,我想。只是躲起来了。那些人——我的左邻右舍,一个一个接踵而出,走到了街上。

风吹走了我们头顶上空墨黑的乌云。零星的火苗还在街区上下四处燃烧。到处都撒满了瓦砾碎片。我们这一小片美国国土看起来有如一个战场。而我们看上去仿佛就像灾难片中的一群幸存者。我觉得整个就像是那部名为《我们都应该①》的电影中的场景。

"听着,"我向这群围成了半个圆圈的衣衫褴褛的幸存者们宣

---

① 可能是作者杜撰的电影名字。

布,"这里的安全维持不了多长时间,机器人还会卷土重来。它们会努力将这一切清理掉的,但是,我们不能让它们得逞。这些楼都是为了这座城市建的,可是我们现在无法拥有它们了。我们不能让那些机器轻而易举就跟在我们的屁股边。我们必须要减缓它们的步伐。我们甚至都可以阻止它们的步伐,如果我们能的话。"

当我终于大声地将这席话说出来的时候,我几乎都不能相信自己的耳朵。但是我知道什么是必须要去做的,哪怕非常艰难。所以,我观察了一下我幸存下来的同胞们的眼神。我做了一个深呼吸,然后告诉他们这个真理:"如果我们想活下去,那么我们就必须摧毁纽约市。"

由马库斯·约翰逊和他的妻子道恩在纽约市始创的这些摧毁方法,在接下来的几年里,被复制到了全世界。通过牺牲整个城市的基础设施,城市里的幸存者们从战争的一开始,就能确立起牢固的地位,不仅赢得生存,还可以展开反击。这些顽强的城市居民成了人类抵抗运动初期的灵魂。与此同时,也有数以百万计的人类难民,仍然在往乡下逃命,机器人受到进化阶段的限制,它们还未能达到可以在乡村运行的水平,但是,它们很快就会达到那个水平的。

——科马克·华莱士,军人身份证号:GHA217

3. 70号公路

劳拉,我是你的父亲。大事不好了。

我不能多说了。到印第安纳波利斯赛车场[①]接我。

我得走了。

马赛洛·佩雷斯

零点时刻

　　下文记述的内容,是由强制劳动集中营中一个囚犯无意间被录音的对话、路边监控录像数据、一位前国会女议员向狱友们讲述的亲身经历组成的。劳拉·佩雷斯——玛蒂尔达和诺兰·佩雷斯的母亲——未曾料到她的家人在即将发生的这场冲突中能发挥重要作用,也未曾料到她的女儿会在那三年里拯救我和我的小分队同伴们的性命。

——科马克·华莱士,军人身份证号:GHA217

[①] 这里每年举办著名的印第安纳波利斯 500 英里比赛(Indianapolis 500-Mile Race)。从 1911 年开跑以来,与摩纳哥大奖赛和利曼 24 小时耐力赛被认为是最重要和最负盛名的三大汽车赛事。比赛日时的观众数可达 40 万。

"快点，诺兰。"玛蒂尔达催促道，说话间，她突然抓起了一张地图，缩进了温暖的小车里。

八岁的诺兰站在路肩上，他矮小的身影被清晨的阳光投映到了公路上。他一边摇晃着身体，一边全神贯注地猛撒着尿。最后，尘土里的一个小水坑里升起了薄薄的雾。

在这条空荡荡的两车道泥土公路上，俄亥俄的清晨显得阴冷潮湿。周围是绵延数英里的丘陵，一片寂静。我这辆古董级的旧车气喘吁吁，驶过还带着露水的路面，车尾喷出的一氧化碳就像云一样。在远处的什么地方，一头凶狠的食肉猛禽发出了尖厉的叫声。

"看见了吧，妈？我告诉过你的，我们不应该让他喝苹果汁的。"

"玛蒂尔达，要对你弟弟好一点。他是你唯一的弟弟。"

这是一位妈妈经常会唠叨的话，而我已经听过一千遍了。不过今天早上，我发现自己正在享受这一刻的平凡感觉。当我们被不同寻常的气氛包围了的时候，我们就会去寻找平凡的感觉。

诺兰撒完了尿。他没有回到后排他自己的座位上去，而是爬到了前排，直接坐在了姐姐的膝盖上。玛蒂尔达转了转眼珠子，但是没说什么。弟弟不是很沉，而且这时候他很害怕。她对此心知肚明。

"你裤子的拉链拉好了吗，小伙子？"我习惯性地问了一句。然后才想起了自己此时在什么地方，而且此刻正在发生什么，或者说很快就要发生什么了。也许会吧。

我飞快地扫了一眼后视镜。还没事。

"我们走吧，妈妈，唉，真是的！"玛蒂尔达说。她摇摇晃晃地摊开地图，盯着它看起来，完全就是一副小大人的样子。"我们还有五百英里的路要赶呢。"

"我想见外公。"诺兰带着哭腔说。

"好的,好的。"我说,"重新回到大路以后,在开到外公家之前,我们就再也不休息了,也不上洗手间了。"

我用脚使劲踩着油门,汽车颠簸着朝前开去。车上装了几罐水、几箱食物和两个卡通主题的手提箱,还有一套宿营用具。在我的座位底下,一个黑色塑料箱子里装着我的一把格洛克17手枪,用灰色的泡沫包着,这把枪还从来没有用过。

在过去的一年里,世界已经变了。我们的技术已经变得非常野蛮。一连串的恶性事件发生,这些恶性事件一直在往上堆积,虽然速度很慢,但确确实实在增加。我们的运输,我们的通信,我们的国防,正受着严峻的考验。我目睹这些恶性事件越多,就越觉得这个世界虚空,好像整个世界随时都会坍塌似的。

随后女儿向我报告了一个情况。玛蒂尔达告诉了我有关"活力贝贝"的事,而且她在最后说了一句她本不可能知道的话:"机器人防卫法案。"

当她说出"机器人防卫法案"时,我一直盯着她的眼睛,她的眼睛告诉我她说的都是真的。

现在我在逃命,为了救我的两个孩子。

如果严格按照法律来说,我这算是紧急休假,是属于个人的假期。今天国会还在开会。也许我已经疯了。我还真的希望我疯了。因为我相信我们的技术出问题了。出了某种罪恶的问题。

今天是感恩节。

这辆老爷车里边的声音很大,比我开过的任何车子的声音都要大。我都不能相信孩子们睡着了。我能听到轮胎在路面上发出来的痛苦呻吟,它们剧烈的震动通过方向盘完全传到了我的手上。当我踩下刹车的时候，制动闸要靠转动一根操作杆来让车轮产生摩擦。甚至那些凸出在仪表盘上的旋钮和按钮也全都是非常僵硬和机械的。

说到这辆车的值钱东西，那就数卫星收音机了。它线条优美，还很新潮，好不容易播放出来的流行音乐让我保持着清醒，还能将我的注意力从路面的噪音上转移开。

我对此并不习惯——为我的技术效劳。通常按钮是不需要我费力去摁的，只需要我的意愿就足够了。按钮本来就被认为是人类的仆役，在那里等着向机器传达你的指令。可是我现在驾驶的这辆闹哄哄的愚蠢老爷车，却要求我对路上的每一个转弯都保持十分的小心和谨慎，需要我的手脚自始至终都处于待命状态。这辆汽车本身对驾驶是不负任何责任的，它把一切都交给我操控。

我讨厌它。我不想控制它。我只想要抵达自己的目的地。

但是，这是我所能找到的唯一一辆没有安置导航芯片的汽车。政府早在十年前就制定了IVC芯片标准，就像他们制定了安全带、安全气囊以及废气排放标准那样。这样一来，汽车就能互相交谈了。它们能够在撞车事故发生之前的几毫秒间想出办法来避免相撞，或者能将损害减少到最低程度。在实施标准的最初阶段，也曾经出现过一些小差错。有一家公司召回了几百万辆汽车，因为它们的芯片提前三英尺就报告了两车之间的真正危险间距。这造成了其他车不必要地改变方向——有时甚至还撞到树上了。不过经过长期的施行，IVC芯片已经挽救了几十万人的生命。

新车都装有IVC芯片，而旧车则被要求进行安全升级。有一些车，比如像我现在开的这辆，是属于爷爷级的旧车，因为它们太原始了，所以已经无法安全升级了。

大多数人都认为只有傻瓜才会开这样老掉牙的汽车，特别是车上还带着孩子的时候。当我把注意力集中在路面上的时候,我尽量不去理睬这个想法。我在想象从前人们怎么会一直都开这样的车。

当我朝前开去的时候,从心底悄然升起了一种忧虑,并且在我的后背慢慢地凝成了一个节。我的神经绷得紧紧的,我在等待。但到底在等什么?变化已经发生了。有些东西早就已经面目全非,而且还让我觉得恐惧。

我无法弄清楚这到底是怎么一回事。一路上都是空荡荡的。这条尘土飞扬的双车道公路的两边长满了低矮的小树丛。我的孩子们在车上睡着了。汽车依然轰鸣如故。

收音机放着歌。

这首歌我刚才已经听过了。也许他们在二十分钟前就已经播放过这首歌了。我的双手紧紧握住方向盘,眼睛紧盯着前面的路,一路向前开去。接下来还是一首刚刚已经播过了的歌曲,又是这样。十五分钟之后,又开始播放第一首歌。卫星广播电台正在反复地循环播放着他们最后十五分钟的音乐节目。我看都没看一眼,就用我的手指在那些按钮上胡乱按了一通,总算把收音机关掉了。

安静了。

巧合。我确信这是一种巧合。再过几个小时,我们就会到我父亲在乡下的家了。他住在密苏里州梅肯市郊外二十英里处的一个地方。他是对技术有恐惧症的人,从来都不曾用过一部手机,也从来没有一台最近二十年内制造的汽车。他有收音机,有很多收音机,他就是这样的一个人。他过去一直用配件组装他的那些收音机。我成长的地方很开阔,很空旷,也很安全。

我的手机响了。

我从小提包里掏出了手机,扫了一眼来电号码。说曹操曹操到,是我父亲打来的。

"爸爸？"

"劳拉，我是你的父亲。大事不好了。不能和你多说了。到印第安纳波利斯赛车场接我。我得走了。"

然后电话就挂断了。什么？

"是外公吗？"玛蒂尔达问。她打了个呵欠。

"是的。"

"他说什么？"

"计划有变。他现在要我们到另外一个地方去接他。"

"什么地方？"

"印第安纳波利斯。"

"为什么？"

"我不知道，宝贝儿。"

有什么东西在后视镜里闪烁。

在这么长时间里，公路上第一次出现了另外一辆车。我感到释然。这里还有另外的人，说明世界上的其他地方都还安然无恙，世界还没有发疯。那是一辆皮卡。在乡下，人们通常开皮卡外出。

但是，当那辆卡车加快速度，而且离我们越来越近的时候，我开始感到恐慌了。玛蒂尔达看见我脸色苍白，而且担心地皱着眉头。她能感觉出我的惊慌。"我们到哪里了？"她问。

"现在已经不是很远了。"我说，不过我的两只眼睛依然盯着后视镜。

"谁在我们后边啊？"

玛蒂尔达坐起来探头往后看。

"坐好了，玛蒂尔达，系好你的安全带。"

从后视镜中可以看出那辆崭新的褐色小皮卡正在加快速度追上来。它开得很流畅，但是速度太快了。

"为什么它开这么快?"玛蒂尔达问。

"妈咪?"诺兰喊了我一声,揉着他的眼睛。

"安静,你们两个。我需要集中注意力。"

当我看着后视镜的时候,恐惧都涌到我的嗓子眼了。我把油门都踩到底了,但是褐色皮卡现在是贴着沥青路面在飞。我已经无法将眼睛从后视镜上移开。

"妈咪!"玛蒂尔达惊叫起来。

我迅速掉转视线,眼睛直视公路应该延伸下去的方向,并且连忙扭转方向盘,通过了一个弯道。诺兰和玛蒂尔达互相紧紧地抱在一起。我控制住汽车,再变换回到自己的车道。随后,就在我们拐过弯道进入一段很长的直道时,我看见了另外一辆轿车正迎面驶来。那是一辆崭新的黑色轿车,而此时已经没有空间可以允许我们互相避让了。

"快到后座去,诺兰!"我说,"将安全带的搭扣扣紧,玛蒂尔达,帮帮他。"

玛蒂尔达快速爬了起来,把弟弟从她的膝盖上推开,并继续把他推到后排的座位上。诺兰望着我,好像痛苦不堪,大颗大颗的泪珠从眼眶里涌了出来。他一边抽噎,一边还将双手往我这边伸过来。

"会没事的,宝贝儿,就让姐姐帮你,一切都会没事的。"

我一边紧紧盯着路面,一边用小孩子的口气沉稳地说了一大串话。我的两只眼睛不停地在前面的黑色轿车与后面的褐色皮卡之间转换。两辆车都在飞速向我逼近。

"好了,我们扣好了,妈咪。"玛蒂尔达从后座向我报告。我的小战士。我母亲去世之前,她总说玛蒂尔达早熟老成。那都写在她的眼睛里了,她说,你可以在她那双美丽的绿色眼睛里看到智慧。

我屏气敛息，紧紧攥住方向盘。褐色皮卡的车顶占据了我的整个后视镜后又消失了。当那辆褐色皮卡吱嘎吱嘎改道进了对面的车道时，我睁大了眼睛，疑惑地看了看我的左侧。一个女人正从皮卡后排的车窗回头望着我。她的脸因为恐惧而扭曲了，眼泪顺着脸颊往下流成了一条小溪，嘴巴张开着。我意识到，她正在拼命叫喊，而且她正在用拳头捶击——

然后她不见了，在与黑色轿车的迎头相撞中，一下子就被抹去了。就好像物质和反物质，它们互相抹去了对方的存在。

只有金属互相撞击迸发出来的恐怖的机器摩擦声在我的耳朵里咔嚓咔嚓地回荡着。在后视镜里，我看到了一块深黑色的金属块翻滚着离开了路面，无数的残骸碎片伴着黑烟被抛了起来。

完了。也许从来就没有发生过，也许这是我的想象。

我减慢车速，把车停在了路边。我把额头靠在冰冷的方向盘的塑胶上，闭上眼睛，拼命喘气，但是我的耳朵在呜呜地响，而且刚才那个女人的面容还一直停留在我眼睑后边。我的双手在颤抖。我往下伸出双手抱住了大腿让自己镇定下来。后排座位上开始传来一连串的疑问，可是我无法回答。

"那位女士没事吧，妈妈？"

"那些汽车为什么要那么干呢？"

"要是来更多的汽车，那怎么办？"

几分钟过去了。我的每一次呼吸都会痛苦地挤压着我那紧绷着的横膈膜。我强忍住啜泣，抑制住自己的感情，好让我的孩子们保持平静。

"会没事的，"我说，"我们会没事的，你们两个小家伙。"

但是即便用我自己的耳朵听来，我的声音里也回响着虚无。

沿着公路继续往前开了十分钟，我看见了第一起交通事故。

从已经变了形的汽车残骸里涌出来的浓烟，就像是一条黑色的蛇从破碎的车窗钻出来后，扭动着身体向空中逃去。汽车的半个车身还在路上，在事故发生时被猛烈撞击的一段公路护栏弯进弯出地成了一个"之"字。还有火舌从汽车的屁股上吐出来。

这时，我看见了有东西在动——是人在动。

须臾之间，我想象着自己踩着油门加速冲过去了。可是我不是那种人。不管怎么说，还不是。我猜人是不会变得那么快的，即便天启降临。

我在公路下行方向离那辆毁坏的汽车几码远的地方将车停下来。那是一辆白色的四门小车，挂的是俄亥俄州的车牌。

"你们待在车里不要动，孩子们。"

那辆被毁汽车的发动机的机罩就像一张被压皱了的餐巾纸。保险杠躺在地上，断成了两截，上面还沾着一层污泥。一团凌乱的发动机部件一览无遗，而每个轮胎都朝向了不同的方向。当注意到护栏的一端戳进了小车右侧的后车门时，我不禁倒吸了一口凉气。

"喂？"我喊了一声，从驾驶座一侧的车窗往里窥探，"有人需要帮忙吗？"

车门嘎吱一声打开了，一个年轻的超级肥胖的小伙子一下子跌了出来，落在了路肩上。他翻身仰面躺在那里，鲜血从他的脸上流了下来。他控制不住地咳嗽。我跪下去帮他远离小车，明显感觉到路肩上的石子透过我的连裤袜正扎着我的膝盖。

我强迫自己查看了一下车里边。

方向盘上有血，栏杆极不协调地戳穿了右侧后边的车窗，不过车里没有其他人。所以没有人被那根离奇的栏杆刺穿，那真要感谢上帝。

当我把肥胖的年轻人从毁坏的车子旁边拖开的时候，我的头发垂下来贴在了脸上。我每呼吸一下，头发就前后飘动起来。一开始，年轻人还能帮一帮我，但是，还没等移动几英尺的距离，他就瘫倒趴在地上了。他停止了咳嗽。我回头向小车的方向望去，看见路面上留下了一串长长的血迹，还泛着光。在汽车的前座，还有一摊黑色的液体。

我猛力推着男子，让他翻过身来仰面躺着。他的脖子无力地扭动着，蓝色眼睛睁开着。我看到他嘴巴周围有一些黑色的烟灰，但是他已经停止呼吸了。我低着头看了看他，然后把视线移开了。他身体的一侧有一大片肉被栏杆撕掉了。一个参差不齐的裂口直愣愣地张开着，就好像在上一堂人体解剖课。

有那么一小会儿，我只听见窜动的火舌舔着微风而发出来的声音。我该怎么办？我心里只冒出了这么一个念头：我要挪一下我的身体，来挡住孩子们的视线，避免他们看见这个男人的尸体。

随后一阵手机的铃声响起。声音是从男子衬衫口袋里传出来的。我用沾满了血污的手指，找到了他的手机。我把从他口袋里掏出来的手机凑到耳朵旁边，我听到的内容，彻底粉碎了还残存在我内心深处某个地方的那一丝摇曳不定的希望。

"凯文，"电话里有个人说，"我是你的父亲。大事不好了。我不能多说了。到印第安纳波利斯赛车场接我。我得走了。"

除了名字，其他内容完全一样。又是一起交通事故。两车相撞。又多累积了一件。

我把手机丢在了男人的胸上，站了起来。我回到了自己的老爷车里，等到双手停止发抖时，才伸出去抓住方向盘。在接下来的几分钟时间里，我记不得看见或者听见任何东西了。

然后，我挂好了挡位。

"我们现在就去外公家，孩子们。"

"那印第安纳波利斯怎么办呢？"玛蒂尔达问。

"那已经不需要担心了。"

"但是外公说——"

"那不是你们的外公。我不知道他是谁。我们到外公家去。"

"那个人没事吗？"诺兰问。

玛蒂尔达替我回答了。

"有事，"她说，"那个人已经死了。"

我没有呵斥她，我已经没有那种优雅了。

当我们的汽车轮胎嘎吱嘎吱碾压过我父亲门前那条坑坑洼洼的石子路时，天已经黑了。

谢天谢地，一直喘得上气不接下气的老爷车最后终于可以停下来了，它已经筋疲力尽了，我熄灭了发动机，随后出现的寂静，让人觉得就好像一下子置身在一个真空里似的。

"又要回家了，又要回家了，慢慢往回跑，轻轻推开门。"我轻声哼道。

车子的后排座位上，诺兰坐在玛蒂尔达的膝上睡着了，脑袋靠在她瘦削的肩上。玛蒂尔达瞪着一双眼睛，脸色凝重。她看上去很坚定，蓬乱的黑发下边有一张坚忍不拔的天使的脸。她的一双眼睛来回在院子里扫视，那种眼神我都觉得有点害怕。

我也注意到了一些细节。草坪上有车轮的痕迹，门上的屏风迎着微风敞开着，轻轻地拍打着，车库里的车不见了，屋里没有灯光，院子的木栅栏有几个地方已经被撞倒了。

这时，大门开始旋转着打开了，门里边一片漆黑。我伸手将玛蒂尔达的小手握在手掌中。

"要勇敢,宝贝儿。"我说。

玛蒂尔达照我说的做了。她将恐惧咬在了两排牙齿之间,并且将它紧紧地咬住了,使它无法动弹。她紧紧地攥着我的手,同时还用她的另一条胳膊护着诺兰。当支离破碎的木门吱扭一声被推开时,玛蒂尔达没有移开她的视线,也没有闭上眼睛,眼睛甚至眨都没有眨一下。我知道这个孩子将会为了我而变得非常勇敢。

不管那扇门里边会跑出什么东西来。

直到差不多一年之后,才再看到或者听到有关劳拉·佩雷斯和她家人的消息。他们下一次出现在斯卡斯代尔劳动集中营登记的花名册档案里,那个集中营就在纽约市的郊外。

——科马克·华莱士,军人身份证号:GHA217

4. 格雷豪斯[①]

> 在那遥远的印第安人的故乡,
> 在那片保留地上,我骑着我的小马驹……
>
> ——伍迪·格思里和杰克·格思里[②],约 1944 年

零点时刻

在监控资料里,记录了朗尼·韦恩·布兰顿警官向一位路过位于俄克拉荷马中部的奥色治人保留地的年轻士兵讲述的下面这则故事。在零点时刻,如果没有朗尼·韦恩的勇敢行动,人类的抵抗运动可能永远也不会发生——至少在北美地区不会发生。

——科马克·华莱士,军人身份证号:GHA217

自从我和那个孩子就他跟一个伙伴在一家冰激凌店里遭遇的一

[①] 格雷豪斯(Gray Horse),"灰色马"的意思。
[②] 伍迪·格思里和杰克·格思里(Woody and Jack Guthrie),生长在俄克拉荷马州印第安人保留地的美国歌曲作家,两人为堂兄弟,这里引用的是他们的歌曲《俄克拉荷马的群山》中的两句歌词。

次事件进行了面谈之后,那些机器就一直留在了我的脑海里,令人毛骨悚然。

当然,我从来都不认为一个男人应该留马尾辫。不过自从那次惨剧以后,我一直都睁大眼睛多留神。

那是九个月后的事,整个镇子里的汽车全发疯了。我和巴德·科斯比正在橡树餐厅用餐。巴德正在跟我说他的孙女赢得了一个类似"国际拼写大奖赛"的奖项。当他刚说出了那个大奖赛的名字时,外边人声鼎沸起来。我一向谨慎的,在原地没动。可是巴德却匆匆地快步跑向了窗边。他擦了擦脏兮兮的眼镜,将患痛风多年的双手撑在他的膝上,身体往前探出去。就在那个时候,巴德的卡迪拉克汽车重重地撞到了餐厅正面的窗上,把窗户都撞穿了,就像是在漆黑的公路上,一头公鹿以每小时九十英里的速度狂奔着冲过来把你的挡风玻璃撞穿了一样。玻璃和金属碎片四处飞溅。我的耳朵里回响起一阵响亮的铃声,而且就在一秒之间,我就意识到了那是郎达,就是那个餐厅女服务员,正抱着一大罐水,而她那该死的愚蠢脑袋大声号叫着离开了她的脖子。

透过墙上的新窟窿,我看见了一辆救护车沿着马路中间呼啸而过,向一位挥舞着旗子要它减速的小伙子撞了过去,而且还不停地往前开。巴德的血从已经熄了火的卡迪拉克的下边流出来,很快就汇成了一摊。

我飞快地从餐厅的后门闪了出来,选择步行穿过一片树林。我徒步走在树林中的时候,就好像什么事都没有发生似的。树林让人感觉很安全,和往日没有什么不一样。安全感不会延续太长时间,不过这么长的安全时间,已足够让一个牛仔靴上沾满血污的五十五岁的老家伙连滚带爬跑回家了。

我的房子离收费公路还有一段距离,房子对着一个波尼族[①]人的聚居区。等我跨进了自己的大门后,先从炉子上给自己倒了一杯冷咖啡,然后在门廊上坐了下来。透过双筒望远镜,收费公路上几乎看不到任何车辆的影子。突然,一个有护航的车队飞驰而过。一共有十辆车,它们首尾相接排成了一个纵列,以最快的速度行使着。方向盘的后边没有人。只看见机器人以它们最快的速度从一个地方跑到下一个地方。

越过公路,我看到了一台联合收割机停在一位邻居的后院,上边没有人,但是它那空转着的发动机正在冒着一波波热浪。

我已经无法用我的便携式警用无线电设备找到人了,家里的电话也罢工了,唯有烧木炭的炉子余火还在驱赶屋子里的寒气;屋里屋外都已经正式停电。最近的邻居家也在一英里之外。我感到了莫名的孤单。

我的门廊的安全程度感觉起来就像是蚁山上的一个巧克力炸饼圈。

事不宜迟。我跑到厨房里,装好了一袋午餐:博洛尼亚腊肠三明治、凉泡菜和一保温瓶的甜冰茶。然后朝车库走去,去看我儿子的那辆全是灰尘的摩托车。这是一辆350的本田摩托车,我已经有两年没有碰它了。自从那孩子去当兵之后,它就一直停在车库里蒙受灰尘。现在,儿子保罗在那边应该不会遭到枪炮射击的。他是一个译员,不用扛枪打仗。他真是聪明的孩子,不像他老爸。

凡事都有定数,儿子不在这里,我感到欣慰。这还是我第一次有这样的感觉。他是我唯一的血脉,知道了吧?所以,把

[①] 印第安人的一个民族。

你所有的鸡蛋都放在一个篮子里是很不明智的。我现在只希望，不论他在哪里，他身上都带着枪。我知道他会开枪，因为我教过他。

我花了好长时间才把摩托车发动起来。当我把摩托车发动起来时，差一点把自己的老命给丢了，因为我不合时宜地疏忽了它的存在，那可是我所拥有的最大的一台机器了。

是的，就是那个忘恩负义的老混蛋，我那辆警用巡逻车，它妄图把我撞翻在车库里，而且它几乎就要得逞了。值得庆幸的是，在这千钧一发之际，我跃上了一个坚固的钢制工具箱，在250马力的警察巡逻车的轰鸣声中，工具箱被撞烂了。我发现自己站在墙壁与那台杀人汽车之间的空隙中，那个空隙仅有两英尺。

巡逻车拼命想往后倒，轮胎在水泥地上摩擦出了尖厉的声音，好像一匹受了惊的马在嘶鸣。我掏出了左轮手枪，绕到驾驶员那一侧的窗边，对着里边那台老旧的小电脑射出了两发子弹。

我杀死了自己的巡逻车。这是不是你曾听到过的最匪夷所思的混账故事？

我是警察，可是我没办法帮助人。在我看来，很显然，美国政府——我定期向它纳税，它回报我的就是给了我一个叫作"公民"的小玩意儿——在我最需要的时候，总会把一切搞砸。

我还算幸运，因为我还是另外一个国家的成员，这个国家并不要求我缴税。那里有一支警察部队、一座监狱、一家医院、一个有很多风车的农场和一些礼拜教堂；此外，那里还有国家公园管理员、律师、工程师、公务员，还有一家很大的娱乐赌场。我还从来没光顾过那家赌场呢。我的国家——另外的那一个——被称为"奥色治国"。它位于离我家大约二十英里远的一个叫格雷豪斯的地方，这里是所有奥色治人真正的家。

你想结婚,或者给你的孩子命名,不管有什么需要——你就去格雷豪斯,到一个叫"高哇波斯查①"的地方去吧。在某些场合他们会这么说:"根据俄克拉荷马奥色治国赋予我的权力,我郑重宣布你们两人结为夫妻。"如果你的血管里流淌的是奥色治人的血液,那么总有一天,你将会发现自己正走在一条曲折冷清的小土路上。这条小路有个名字叫作"5451号县道",这是美国政府给它起的名字,并且将它印在了地图上,但是这条小路通向的地方,属于我们的格雷豪斯。

这条路甚至都没有被标上什么记号。当然,故乡是不需要什么标记的。

我这辆全是尘土的摩托车就像受伤的小猫似的发出尖厉的叫声。当我终于踩下刹车将这辆嘎吱作响的老爷车在土路中间停下来的时候,透过蓝色牛仔裤,我能感觉到从摩托车排气管里喷出来的热气。

我来了。

而且我也不是唯一来这里的人。路上已经挤满了人,全是奥色治乡亲。很多的黑头发、黑眼睛、宽鼻子。男人身材魁梧,就好像是坦克,穿着清一色的蓝色牛仔裤,牛仔衬衫全都塞进了裤腰带;女人们,嗯,她们一个个长得就像男人,只不过穿的是连衣裙。这些人全乘着满是灰尘的破旧厢式旅行车和老式的敞篷货车,有些人还骑着马。一个部落警察乘坐的是一辆涂上了伪装颜色的四轮马车。在我看来,所有这些带着大包小包的人,就好像是在赶赴一场永远都不会结束的露营之旅。这是非常明智的。因为我有一种感

---

① 印第安语,意为灰色马。

觉，这次旅游还真的不会结束。

我想，这是一种本能。当你被人暴打的时候，只要有可能，你会尽快找一条路逃回家，舔好伤口，重整旗鼓。这个地方是我们民族的心脏。老人们常年都住在这里照管着大部分空房子。但是每年六月，格雷豪斯就会成为"英龙沙卡①"舞蹈之家，那是一个重大的舞会。到时候，每一个只要不瘸腿的奥色治人——不过相当多的人还真都瘸腿——都一定会赶回家里来的。这一年一度的迁徙已成为一种渗透进你骨头中的惯例，从生到死都不会改变。对你的灵魂来说，回家的路再熟悉不过。

当然还有其他奥色治人聚居的城市，但是格雷豪斯是最特别的。当这个部落沿着那条"血泪之路②"抵达俄克拉荷马的时候，他们实现了一个一直伴随了我们几代人的预言：我们将迁徙到一片富裕的新土地，这块土地下面将会流淌着石油，我们对这些矿产的拥有权将无可争辩。那个预言被完全证实了。

很久以来，这一直就是原住民的家园。我们的人民在平原上驯服了仍未驯化的野狗。在迷雾笼罩的史前时代，与眼前汇集在这条路上的人们长着一样的黑头发、黑眼睛的先驱们，在这里筑起了一个个土丘，都可以与埃及人的金字塔媲美。我们照料这片土地，并且在经历了无数的伤心和眼泪之后，她终于给了我们丰厚的回报。

所有这一切都使我们奥色治人变得有点傲慢自大，难道这是我

---

① 奥色治民族的舞蹈节日，也叫"长子舞蹈节"。
② 19世纪60年代，美国东部的印第安人被驱赶到中西部，成千上万的印第安人死在了前往西部的这条路上，所以被称为"血泪之路"。奥色治人在这次迁徙运动之前本来就生活在俄克拉荷马一带了，但是那时的奥色治人和从东部新迁来的切罗基人等为了争夺土地而发生了激烈的斗争。

们的错吗？

格雷豪斯坐落在一座小山的山顶上，格雷豪斯河旁边那些陡峭的峡谷是她的边界。县级公路能带你到达附近的地方，但是你必须要步行走过一条小路才能完全抵达镇中心。镇子西边的平原上的那个风力农场，为我们的族人源源不断地输送电力，多出来的电力，还可以供我们出售。总而言之，这里没有什么太多东西可看的。只是山上有一片平地，很久以前，就被选来作为奥色治人跳他们最神圣的舞蹈的舞台。这个地方就像是面对着众神高高举起的一个大浅盘，这样，众神们就可以居高临下地观看我们的仪式，并且还能确保他们看清楚我们举行的仪式是否合规，有没有出错。

他们说，为了迎接春天的万物复苏，我们就一直在这里举行"英龙沙卡"，这都已经有一百年历史了。但是我对此还持有一些怀疑。

选择格雷豪斯的那些先辈们都是坚强不屈的男人，全是经历过种族灭绝战争的老战士。他们是幸存者。他们目睹了自己的部落同胞血染大地，还亲眼看见了自己的人民几乎被赶尽杀绝。他们选择这里，是不是碰巧因为格雷豪斯的地势较高，既是一个有利的战场，又有干净的水源，而且由外入内的通道有限？我无法给出正确的判断。不过这个地点选得很漂亮，藏在这个不显山不露水的中部小山顶上，既舒适，又妙不可言。

最关键的是——也是它的核心——"英龙沙卡"是一种不会改变的舞蹈。我之所以知道，是因为这种舞蹈一直以来都是由各家的长子来领舞的，会有妇女和孩子跟随在我们的后边，但绝对要由我们男人们来揭开舞会的序幕。我们口口相传下来的真理是这样说的：赋予一个家庭中的长子如此的荣誉，其唯一理由就是——我们是部落的战士。

"英龙沙卡"是战争舞蹈,从来都是。

当我沿着陡峭的小路向镇中心走去的时候,太阳正快速西沉。我徒步走过那些携家带口三五成群的人流,他们拖着帐篷和各种器具设备,还有孩子。我在这片高原上看见了一堆摇曳的篝火,正对着昏暗的天空欢快地跳跃。

篝火的火坑就挖在一片长方形的空地当中,长方形空地的四个边由劈开的原木做成的长凳子围起来。跃动的篝火火苗与天上明亮的星光交融在一起。看来,这将会是一个晴朗、寒冷的夜。人们——有好几百人——挤在一起形成了一个人堆。他们既痛苦、恐惧,又心怀希望。

我一到那里,就听见了从篝火旁边传来的粗哑的惊恐喊叫声。

汉克·科顿正抓着一个年轻小伙子的脖子,他该有二十岁了,汉克摇晃着小伙子,就像摇着一个布娃娃似的。"饭桶!"他咆哮如雷。汉克有六英尺多高,强壮得像一头黑熊。作为一个前橄榄球选手,而且是一个表现不俗的选手,凭这当地人给汉克的信任甚至都超过了威尔·罗杰斯,哪怕现在威尔·罗杰斯手里拿着一条绳索眼里闪着耀眼的光芒从坟墓里突然跳出来,也不会抢了他的风头。

那个孩子就那么无力地悬在半空,仿佛是小猫被母猫叼在嘴里。围在汉克身边的人很安静,不敢大声说话。我看出来了,该是我出面调停了,不管是作为和平守护者,还是以其他任何什么别的角色。

"出什么事了,汉克?"我问。

汉克的眼睛穿过他的鼻梁居高临下看了看我,然后松手放开了那个孩子。

"他是他妈的切罗基人,朗尼,他不属于我们这里。"

汉克轻轻地推了一下那个孩子,这一推,差点就让那孩子摔个四脚朝天。

"为什么不回到你自己的部落去,小子?"

那个孩子朝下拍了拍他满是褶皱的衬衫。他又高又瘦,留着一头长发。一群奥色治男人就像铁桶一般团团将他围住,全都逼视着他。

"马上给我闭嘴,汉克,"我说,"我们现在正处于紧急状况。该死的,你很清楚这个孩子是不想一个人离开这里的。"

那个孩子大声说了一句:"我的女朋友是奥色治人。"

"你的女朋友已经死了,"汉克吐了一口口水,语速极快,"即使她没有死,我们也不是一路人。"

汉克转向我这边,在火光的映照下,他显得更加高大了。"你说得没错,朗尼·韦恩,现在确实情况紧急。这也是为什么我们需要与我们的人一起坚守的原因。我们不能让外人进到这里来,否则,我们可能就会活不下去了。"

他踢了一脚地上的泥土,那个孩子吓得往后缩了缩身子。"饭桶,胆小鬼!"

我做了一个深呼吸之后,朝前迈了一步,站在汉克和孩子的中间。不出所料,汉克不喜欢这种干涉。他伸出一根大手指在我胸前戳了一下。"你不会那么做吧,朗尼?我现在可是认真的。"

在事情还未糟糕到不可收拾之前,鼓手说话了。鼓手约翰·特恩吉勒瘦得就像一根电线杆,而且黝黑的皮肤上全是皱纹,单是一双蓝色的眼睛清澈明亮。约翰·特恩吉勒永远都给人一种见多识广的印象,而且好像总有某种魔力能让他保持敏捷的身手,他的身体犹如柳树的枝条一般轻盈。

"够了,"约翰·特恩吉勒说,"汉克,你和朗尼·韦恩都是你们各自家中的长子,而且我也很尊敬你们两个人。但是,你们的人头权①并没有为你们颁发为所欲为的证书。"

"约翰,"汉克说,"你没有看到下边镇子里发生的事情。那是大屠杀!世界正从那些接缝的地方裂开了。我们的部族正处在危险之中。假如你不站在部族的立场去想,那么你就是部族的威胁。我们必须采取一切措施救亡图存。"

约翰让汉克把话说完,然后看着我。

"关于这个问题,约翰,这不是一个部族反对另一个部族的事。甚至都不是白种人、棕色人、黑种人或者黄种人之间的问题。它的确是一场该死的威胁,但是威胁不是来自其他民族,威胁来自外界。"

"是恶魔。"这位长者咕哝了一声。

听了这声咕哝,人群中掠过一阵小小的骚动。

"是机器,"我说,"请不要对我说什么魔鬼和恶魔,约翰。它们只是一群愚蠢的老机器而已,而且我们能够杀死它们。它们是冲着我们所有人来的,所有的人类。我们所有人都在里边,谁也跑不了。"

汉克已经控制不住自己了。"我们绝不允许外人进入这个社会圈子,我们是一个封闭的社会圈子。"他说。

"这是事实,"约翰说,"格雷豪斯是神圣不可侵犯的。"

那孩子选择了一个糟糕的时刻做出一个强烈的反应。"噢,上帝!我可不能回到山下去。那里就是一个死亡陷阱。那里的每个人都死了。我的名字是拉克·艾恩·克劳德,你们听见了吗?我和你

---

① 美国原住民在居住地对土地所拥有的权利。

们每个人一样都是印第安人,难道你们就因为我不是奥色治人而要杀了我?"

我把一只手搁在拉克的肩上,于是他的怒气消下去了一点。四周一片寂静,只有篝火发出的轻微的爆裂声,还有蟋蟀爬过的声音。我看到了一圈的奥色治脸孔,全是一脸茫然,有如悬崖上的那些石块。

"我们来跳舞吧,约翰·特恩吉勒,"我说,"那可是这里的大事,比我们每个人都要大的大事。而且我的心告诉我,我们必须做出历史性的抉择了。所以,还是让我们先跳舞吧。"

鼓手低下了头。我们都静静地坐着,等着他。规矩决定了我们要等他,如果需要,即使等到天亮我们也一定会等的。但是我们并非必须要等。约翰抬起了他那张充满睿智的脸,并且用他那双晶莹的眼睛向我们扫视了一圈。

"我们开始跳舞,而且我们要耐心等待一个征兆出现。"

女人们帮助舞者们穿上仪式专用的传统服装。当她们为我们化好妆的时候,约翰·特恩吉勒拉出了一个鼓鼓囊囊的皮囊。鼓手将两根手指伸进皮囊,掏出了一大块湿湿的赭色黏土,然后他走下来,走到大约由十二三人组成的一个舞者队列前面,然后用红土在我们每个人的额头抹了一下。

我感到了冰凉的黏土泥条从我的脸上掠过——"赤朱[①]"之火。它很快就会干,而当它干了的时候,看起来就会像一条风干凝结的古老的血。这是一种幻象,也许真的会出现什么东西。

在空地的中央,一面巨大的鼓立在那里。约翰蹲坐着,沉稳

---

① 奥色治语,是奥色治人的一个分支民族的名称,意为"天空"。

而有节奏地敲击着大鼓，咚咚咚，鼓声在黑夜中弥漫开来。人头攒动，观众们的一双双黑眼睛凝视着我们。一个跟着一个，我们——长子们——列队站立，然后围着圆圆的大鼓，舒缓地进入了舞蹈。

十分钟前，我们是警察、律师和卡车司机，但现在我们是战士。全副老式的衣着打扮——水獭皮、羽毛饰品、珠子、缎带——我们进入了一种历史上都难以寻觅的传统之中了。

如此突然的角色转换，让我觉得很不习惯。我暗自思忖，这个战争舞蹈的场景，就好像让人羁身于一片琥珀色中，过了一段时间之后，让人恍然若梦，分不清兄弟和姐妹。

随着舞蹈的开始，我开始臆想着这个随着火光外圈不停变化、演进的疯狂的男人世界。而外边的世界也一直不停地朝前缓慢行进，有如喝醉了酒，无法控制。但是奥色治人的脸依然一样，奥色治人的根仍然扎在这里，在这个温暖的篝火里。

我们就这样跳着舞蹈。鼓声和男人们的移动让人昏昏欲睡。我们每个人都把注意力集中在自己身上，但是我们很自然地融入了一种命中注定的和谐中。奥色治男人都强壮结实，但是我们或者下蹲，或者单足跳起，或者围着篝火像蛇一样滑过，动作流畅。我们闭着眼睛，我们一起移动，仿佛就是一个整体。

我一边沿着圆圈感觉着脚下的路径，一边看到摇曳不定的红色火光穿过我闭着的眼睑。过了一小会儿，带有一丝微红的黑暗慢慢扩大开来，然后越来越大，最后变成了一幅巨大的图景——就像我正在通过门板上的一个节孔凝视着一个巨大的黑暗山洞。这是我的"心眼"，我知道我很快就能在那上面看见一幅未来图景——一幅用红色描绘的图景。

身体的韵律把我们的心推开。我的"心眼"让我看到了冰激凌店男孩那张孤注一掷的脸。我对他许下的诺言回响在我的耳边。我嗅到了积聚在瓷砖地板上的那摊血污散发出来的强烈金属气味。我抬起头,看见一个人正从冰激凌店的后屋走出来。我在后面跟着。那个神秘人物在一团漆黑的门廊处停下了脚步,并且向我转过身来。当我发现那张塑胶材质的脸上画着我的敌人恶魔一般的笑容时,我浑身战栗起来,紧张得发出了一声尖叫。在它带有衬垫的钳子里,机器人正握着一样东西:一台用折纸做的很小的吊车。

这时,鼓声停止了。

就在心脏跳了二十下的时间间隔里,舞蹈的声音逐渐消失了。我啪地睁开眼睛,发现只剩下我和汉克两个人。我呼出去的热气化成了朵朵白云。我伸展了一下身体,这时,我的关节噼里啪啦地发出了鞭炮似的响声。我的衣袖缀有流苏,上面一条凝结了的白霜闪着光。我感觉自己的身体好像是刚刚苏醒过来似的,但我的心一直都没有睡着。

现在,东边的天空泛起了婴儿般的粉红色。篝火依然燃烧得很旺。我的同胞们扎着堆躺在大鼓的周围,他们都睡着了。我和汉克肯定连续不断地跳了几个小时,就像机器人一样机械。

然后,我注意到了约翰·特恩吉勒。他正一动不动地站立着。他非常慢地举起了一只手,指向已经破晓的天空。

一个白人男子站在阴影中,脸上满是血污,额头上嵌了一些玻璃碎屑。他摇晃不稳,在篝火的映照下,玻璃碴子闪着亮光。他的裤腿是湿的,上面还沾着污泥和树叶。在他左臂的臂弯里,一个蹒跚学步的小女孩正在熟睡,她的脸伏在他的肩膀上。一个小男孩,也许只有十岁,站在他父亲的前面,低着头,已经筋疲力尽。那个男人用强壮的右手扶着他儿子皮包骨头的肩膀。

没有看见他的妻子,也没有别的其他人。

我,汉克,还有鼓手,全都惊异地盯着那个男人。我们的脸上都涂着已经干了的黏土,而且我们都穿戴着比早年拓荒者的服装还要古老的装饰。我在想,这位老兄一定会有一种幻觉,觉得他刚刚穿越了一层泥土,回到了这个时代。

但是,白人男子只是直勾勾地盯着我们,就好像是得了炮弹休克症似的,非常难受。

就在这个时候,小男孩抬起脸看着我们。他的眼睛睁得又圆又大,还充满了惊恐,苍白的额头上留有已经干了的血迹,宛如用一条深红色的铁锈画的线条。千真万确,男孩就站在那里,他已经被标上了"赤珠"之火的标记。我和汉克面面相觑,我们身上的每一根汗毛都竖起来了。

这个男孩已经被涂上了标记,却不是由我们的鼓手涂的。

人们正在醒来,而且开始交头接耳。

过了几秒钟后,鼓手用一个训练有素的祭司所特有的深沉低音宣读:"啊,让这火焰的光芒照亮远方的天空,染红我们战士们的身体。在彼时彼地,'瓦扎赭①'人的身体与红色火焰一起经受过真正难以忍受的苦难。他们的火焰跳跃进入天空,而且用深红的光芒将天堂里的墙壁染红。"

"阿门。"众人轻声随和。

白人男子从他儿子的肩膀上抬起胳膊,在男孩的肩膀上留下了一个闪耀着光芒的完美血手印。他伸出双臂打了一个手势。

"救救我们,"他嗫嚅着,"求你们了。它们就要来了。"

---

① 奥色治民族的一个分支,意为"水人"。

在新战争期间,奥色治人从来都没有拒绝过帮助人类幸存者,一次都没有。结果,格雷豪斯成为了人类抵抗运动的一个堡垒。他们的传奇故事,开始在美国中部的人类幸存的文明世界里到处传颂,激励了那个地区的牛仔们奋起反抗,使得他们都敢于朝机器人的脸上吐口水。

——科马克·华莱士,军人身份证号:GHA217

5. 二十二秒

每样东西都有一颗心。台灯有一颗心，书桌有一颗心，机器也会有一颗心。

野村武夫

零点时刻

这真是令人难以置信，因为当时野村武夫先生只是一个独自生活在东京安达区的老年鳏夫而已。这一天发生的系列事件，是野村先生在接受一次采访时讲述的。他的这些回忆得到了录像资料的佐证，而那些录像资料是由他居住其中的"自动老人看护大厦"以及在楼里工作的民用机器人拍摄记录的。这一天成了一段智能历程开始的标志，而这段历程最后引导东京及其以外的地区获得了解放。

——科马克·华莱士，军人身份证号：GHA217

这是一种陌生的声音，很微弱，也很奇怪。它不断循环往复；响声传来了，然后又传来了。在我的工作台上的一片橘黄色灯光中，一只怀表躺在那里，我就用这只怀表计数着响声的间隔时间。

有一阵子是非常安静的,我都能清晰地听到秒针耐心的嘀嗒、嘀嗒、嘀嗒声。

一种多么动听的声音。

除了台灯之外,公寓里一片漆黑。每到晚上十点钟,大楼管理中心就会准时将楼里的灯熄掉。现在已经是凌晨三点钟了。我碰了一下墙壁。正好二十二秒钟之后,我又听见了一阵微弱的呼啸声。不算很厚的墙壁发出了一阵微微的颤动。

二十二秒。

美树子仰面躺在我的工作台对面,闭着眼睛。我已经修复了她脑壳上受了伤的太阳穴部位。她已经可以被重新激活了。但是我还是不敢让她联机。我不知道她会做出什么样的举止,不知道她会做出什么样的判断。

我用手指触摸了一下脸颊上的伤疤。我怎么会忘记上次发生的一切呢?

我蹑手蹑脚出了门,悄悄走到了楼道上。壁灯有点暗。我脚上的纸凉鞋踩在色彩鲜艳的薄地毯上,静悄悄的没有一点声音。那个微弱的声音又来了,而且我想我感觉到了气压像波浪一样起伏。那就像是隔几秒钟开过一辆公共汽车似的。

响声就是从那个角落传出来的。

我停了下来。忐忑不安的神经要我回到屋里去,缩在我那间只有衣橱大小的公寓里,然后把这个声音忘掉。这座大楼是为我们这些六十五岁以上的老人们保留的。我们来这里是为了得到照顾,而不是来冒险的。但是我知道,假如真的有什么危险,我就必须把它找出来,必须正视它,并且还要把它弄个清清楚楚。即使不为我自己,那也要为美树子着想。她现在很无助,而且我也孤立无援,不能将她修复。我一定要保护她,直到我能够除掉正纠缠着她的那个魔咒。

但是，这并不等于我一定非要这么勇敢。

在楼道的角落，我将隐隐发疼的背脊倚靠在墙上，用一只眼睛偷偷地窥视了一遍周围。我的呼吸里已经充满了恐慌。这时，我所看到的简直要让我完全停止呼吸了。

电梯附近的楼道空寂无人。电梯旁边墙上有一个装饰显示屏：排着两列圆形的小灯，小灯旁描着各楼层的序号。这时所有的灯都是暗的，唯有表示地面那个楼层的灯是亮着的，闪烁着暗淡的红光。当我盯着它的时候，色彩鲜艳的红色小圆点开始慢慢向上爬升。它每到一个楼层都会轻轻地发出咔哒的声音。随着电梯爬得越来越高，我心中的咔哒声也变得越来越响了。

咔哒，咔哒，咔哒。

小红点到达顶层并且停在了那里。我双手握紧拳头。我拼命咬着嘴唇，咬得都快要出血了。小红点稳稳地停在那里。突然，它以一种让人心惊胆战的速度飞快往下降。当小红点快接近我这一层的时候，我又听见了那个奇怪的响声。那是电梯以地心引力的速度直直往下俯冲而发出来的嗖嗖声。随着电梯的下降，一股风被压进了楼道。在风声中，我还听见了一阵尖叫声。

咔哒哒哒哒哒……

我退缩了。我将背紧靠在墙上，并闭上了眼睛。电梯轿厢高速通过，使得墙壁都嘎嘎作响，连楼道里的壁灯都被震得晃了起来。

每样东西都有一颗心。台灯有心，书桌有心，机器也会有一颗心。每样东西都有灵魂，一颗心可以选择为善，也可以选择作恶。这部电梯的心似乎已经向恶魔屈服了。

"哦，不，不，不！"我呜咽着对自己说，"糟了，糟透了。"

我鼓起勇气，然后急匆匆地朝楼道的尽头走去，还摁下了电梯的呼叫按钮。当小红点重新一层层往上攀升回来的时候，我看着墙上的显示灯，直到它到了我这一层。

咔哒……咔哒……咣当。它到了。门往两边滑开了，就像舞台上的幕布被徐徐拉开一样。

"绝对糟透了，野村。"我对自己说。

电梯壁上溅满了血迹和血块，还有被撞后的坑坑洼洼，还有手指甲的划痕。我浑身战栗起来，我看见一副沾满血污的假牙，假牙的一部分已经嵌进了电梯天花板顶灯的托架里，投射下一片怪异的红色的阴影，罩在我看到的所有东西的上面。不过，电梯里没有尸体。地板上的血污向门口方向流淌。血迹上有靴子的印痕，那是在大楼里工作的仿人家用机器人的靴底花纹。

"你干什么了，电梯？"我小声问。

咣当。它非常固执。

我听见身后从公务电梯的真空管发出的飕飕飕的声音。但是我没法移开视线。我抑制不住自己想去弄清楚眼前的暴行是怎么发生的。公务电梯的小门打开的时候，一股冷气向我的后颈背袭来。就在我转身的那一瞬间，一个笨重的邮差机器人冲着我两腿后边猛地一下整个撞了过来。

我冷不丁摔倒了。

邮差机器人的造型很简单：一个米黄色的箱子，大小相当于一台普通的办公复印机，几乎没有什么特点。一般来说，它的工作就是给住户送邮件，向来都既温柔又安静。我四脚朝天躺着，从我躺着的地方望过去，我注意到了它那盏又小又圆的指示灯，既没有显示红色，也没有显示蓝色或绿色；它是黑的。邮差机器人黏糊糊的轮子紧紧地抓着地毯，使劲地把我向前推，想要把我推向正张口以待的电梯里。

我翻过身用双膝爬着,并且抓住邮差机器人的前边试图站起来,但没能成功。位于邮差机器人面部的独眼摄像眼看着我挣扎着。咣当。电梯似乎开腔说话了。两扇门往中间关上,移动了几英寸,然后又打开了,仿佛一张饥饿的大嘴。

我推那台机器的时候,膝盖从地毯上滑过,在地毯表面薄薄的绒毛上留下了两道揉皱的条纹。我的凉鞋已经掉了。邮差机器人太重了,而且光滑的塑胶面部也让我无处可抓。我一边呜咽一边求救,可是走廊里死一般地寂静。只有那几盏灯在望着我。还有那些门。还有墙壁。它们全都一言不发。它们已经串通一气了。

我的一只脚已经越过了电梯的门槛。在惊慌之中,我够到了邮差机器人的顶部,一把打落了上面那个很容易损坏的塑料盒子,那是用来放信件和小件包裹的。纸片飘落到了地毯上,有的还飘进了电梯,落在那一摊很快就要干涸的血迹上。现在我能轻松打开位于机器人身体前部的那个框架里的控制板了。我摸摸索索捅到了一个按钮。这个在滑着轮子的箱子还在不停地顶着我往电梯里推。我把自己的胳膊以一个歪斜的角度弯过来,然后用我快要消耗殆尽的力气摁下了按钮。

我恳求邮差机器人住手,别再推我了。它一直都是好员工。是什么疯子传染了它吗?

终于,那台机器停下来了。但它正在重启。这个动作也许将持续十秒钟。邮差机器人堵住了电梯门。我笨拙地爬到了它的上边。在它又宽又平的背部,嵌着一块廉价的蓝色液晶屏。当邮件投递机器逐一接收到装卸指令的时候,十六进制编码就会在液晶屏上闪过。

我的朋友肯定是哪里出差错了。这个机器人的心被蒙蔽了。我知道这个邮差机器人并不想伤害我,就像美树子不想伤害我一样。

它只是被邪恶的魔咒控制住了，那是一种来自外部的影响力。我要弄清楚，看一看我能做些什么。

就在机器人重启进入诊断模式的时候，我摁下了某一个按钮。用一根手指检查了一遍它的十六进制编码，我要读取这位温文尔雅的朋友的心里到底发生了什么。然后，我又摁了几个按钮，引导这台四四方方的机器进入保护模式。

一种安全的模式。

我俯卧在机器上面，非常小心地查了查它的前边。现在，它的意向指示灯发出了柔和的绿光。这太好了，不过没有多少时间了。我从邮差机器人的背部滑了下来，找回了凉鞋穿上，然后朝这个机器人打了一个手势。

"跟我来，邮便君①。"我小声说。

经过短暂的焦虑不安之后，这台机器服从了我的指令。我顺着楼道仓皇往屋子里逃的时候，它就一直呼呼地跟在我的后边。我必须回到美树子那里去，她还在睡觉，还在等着我。在我的身后，电梯的门砰的一声重重地关上了。我想它们是不是正怒火中烧呢？

当我们仍然还在楼道蹑手蹑脚地往前走的时候，广播向我们敲起了钟声：

咚咚，咚咚。

"大家请注意，"一个可爱的女性声音说，"现在发生紧急情况，请大楼里的所有住户立即撤离大楼。"

我在新朋友的背上拍了拍，扶着门，继续往自己的房间走去。这个通告肯定是不能相信的。现在我明白了。机器的心都已经选择

---

① 日语"邮递员"的意思。

了邪恶。它们已经打定主意要反对我。反对我们所有人。

美树子仰面躺着，睡得很沉，没有一点反应。楼道里灯光闪烁，而且警报响个不停。这里一切都已经准备就绪了。我系上了工具腰带，扣好了扣子，在旁边挂了一罐水，我甚至都没忘记戴上那顶暖和的帽子，而且拉下帽边，让它舒舒服服地贴在两只耳朵上。

但是我不想去叫醒我心爱的人儿——接通她身上的线路。

现在主楼里的灯开到了最亮，而且那个友善的声音一再在那里重复："所有住户请立即撤离大楼。"

但是，我的灵魂帮了我，我坚定不移。我不能扔下美树子。她太重了，我搬不动，她要自己走才行。但是，我害怕如果把她接通了，不知道将会发生什么。腐蚀了我的大楼心灵的那个祸害可能已经扩散了。我已经无法承受再次看到她的眼睛又被蒙蔽。我是不会离开她的，可是我也不能留在这里。我需要帮助。

决定了，我用手掌将她的眼睛合上。

"到这边来，邮便君，"我对邮差机器人低声耳语，"我们不能允许那些坏蛋和你说话，就像它们对美树子做过的那样。"意向指示灯在驳杂的米黄色的机器身上闪烁，"现在你不要动。"

我飞快地挥起我的锤子，砸碎了它的红外线接口，那是用来升级这台机器诊断程序的。现在，再也无法远程修改这台邮差机器人的工作指令了。

"这样还不坏吧？"我问它。然后我望了一眼躺在那里的美树子，她依然双眼紧闭。"邮便君，我的新朋友，我希望你感到自己今天很强大。"

我哼了一声，就把美树子从工作台上举了起来，然后把她放置在邮差机器人上边。本来制造它就是为了运载比较重的邮包，给它增加一点重量，那是完全影响不了它的。邮便君只是用它那只摄像眼瞄着我，我把通向楼道的门打开的时候，它就跟在我后边。

在外边，我看见老年住客们一个跟着一个排起了一列颤颤巍巍的队伍。楼道尽头的那道门开着，又有一位老人跨进了电梯间。我的邻居们都很有耐心，而且非常彬彬有礼。

可是这幢大楼的心已经疯狂了。

"站住，站住。"我叽叽咕咕含糊其辞地对他们说。他们没人理会我，如同往常一样。礼貌地避免了跟我眼神的接触，他们继续跨过那道门，一个跟着一个。

忠实的邮便君如影随形地跟在我的身后。就在最后一位老太太正要跨过门槛之前，我赶到了电梯前。电梯门上的一盏指示灯恼怒地冲我闪起了黄光。

"野村先生，"大楼用温柔的女性声音说，"请你等一下，等轮到你的时候再上，先生。现在请加美太太进去。"

"不要进去。"我对这位身上还穿着浴袍的老太太咕哝了一声。我无法与她目光相接。于是，我只是轻轻地抓住她的胳膊肘。

这个都已经皱缩了的老太太对我怒目而视，把她的胳膊肘从我的手中抽了出去，然后就从我面前挤了过去，一步跨了进去。就在她身后的电梯关上之前，我把一只脚楔进了电梯的两扇门之间，并且往里边瞥了一眼，看见了里边的情景。

这是一个噩梦。

里边一团漆黑，频闪灯忽明忽暗地闪着光，就在这一片混乱当中，我的很多邻居们，在沿着混凝土的电梯竖井往下坠落的人堆中挤成一团。紧急情况下从自动灭火装置的喷头喷出来的水就像倾盆大雨，把电梯井变成了一个水帘洞；火灾排气管开足马力将冰冷的空气从竖井的井底往楼顶的方向抽；呻吟声和哭喊声被淹没在尖厉的涡轮机的轰鸣中。在我的视觉幻象中,一大堆扭动翻滚的胳膊和大腿看上去好像在互相混合,直到变成了一个极其痛苦的生命整体。

我把我的脚抽了回来,门砰的一声关上了。

我们全都落入了陷阱。仿人家用机器人爬到这个楼层,只是一个时间问题。当它们到达这里的时候,我就没有能力保护我自己以及美树子了。

"这真是糟糕,糟糕,糟透了,野村。"我喃喃自语。

邮便君朝我闪起了黄颜色的意向指示灯。我的朋友警觉起来了,它本该如此。它感觉出事情不对劲了。

"野村先生,"一个声音在我头顶上说,"如果你不喜欢用电梯,那么我们将派一个助手来帮助你,你站在原地不要动,助手已经上路了。"

咔哒……咔哒……咔哒。

随着电梯的上升,红色小圆点也开始慢慢地从地面一层往上爬。

二十二秒。

我转向邮便君。美树子伸开四肢仰面躺在米黄色的箱子上,她乌黑的头发向外披散着。我低头望着她脸上温柔的笑脸。她是如此美丽和纯洁。她肯定在睡梦中梦见了我。她在等我给她解开那个邪恶的魔咒,等着我来唤醒她。有一天,她会重新站起来,并且会成为我的皇后。

假如我有时间,只要我再有一些时间的话。

电梯冷酷的咔哒声越来越近了,打破了我的想入非非。我是一个孤立无援的老人,我已经一筹莫展了。我抓着美树子毫无生气的手,转身对着电梯门。

"我真是对不起你，美树子，"我低声耳语，"我努力了，亲爱的。但是，现在已经走投无路了——唉！"

我用单脚往后跳去，碰痛了我脚上邮便君曾经碾压过的那个部位。那台机器的意向指示灯像发了疯似的朝我闪烁。墙上的红色小圆灯已经到达我们这个楼层了。我没有时间了。

咣当。一股寒气从主电梯组的门厅对面的公务电梯里突然吹了过来。公务梯的门滑开了，我看见里边有一个铁箱子，体积只比邮差机器人大一点。邮便君滑着它黏糊糊的滑轮，滑进了狭窄的空间，美树子还躺在它的上面。

里边正好还有足够的空间可以让我也挤进去。

我进去后，听见楼道对面主电梯的门打开了。我抬起头，正好看到了正咧着塑胶嘴巴大笑的"大欢乐"家用机器人站在涂满了鲜血的电梯里。它的罩壳上有好几条红色的液体珠子，它左右扭动着脑袋，正在扫描搜索。

它的脑袋停止了扭动，一双毫无生气的紫色摄像眼锁定了我。

然后，我这边的公务梯的门滑动着关上了。就在要离开这层楼之前，我从嘴里对我的新战友挤出了几个字。"谢谢你，邮便君，"我说，"我欠你一份情，我的朋友。"

邮便君是武夫部队的第一个战友。在零点时刻之后那令人痛苦的几个月里，武夫将会发现还有更多的朋友愿意为他的事业提供帮助。

——科马克·华莱士，军人身份证号：GHA217

6. 阿维托马特[①]

我的日子过得还不错。

美国陆军专员 保罗·布兰顿

零点时刻

随着国会就"萨普事件"举行听证会,保罗·布兰顿以渎职罪受到指控,并且预定将受到军事审判。在零点时刻,保罗发现自己被关押在阿富汗的一个军事基地。这样异乎寻常的环境条件将这位年轻战士推上了一种独特的位置,使他后来得以对人类的抵抗运动——人类的生存——做出难以估量的贡献。

——科马克·华莱士,军人身份证号:GHA217

以前在俄克拉荷马,我父亲就经常告诫我,如果我不挺直腰杆像个男人那样去做事,那么我最后不是小命难保,就是要入狱坐

[①] 来源于俄语,原意是自动步枪。这里是指无人驾驭的武器,如无人飞机、无人坦克、无人枪炮等自动武器。

牢。关于这一点，朗尼·韦恩说得还真对，这也是我为什么最终要去报名当兵的原因。但是人算不如天算。还真是要感谢上帝，在零点时刻让我身陷囹圄。

我正在我的单间小牢房的床铺上躺着，背靠用煤渣空心砖砌成的墙壁，而我脚上的军用皮靴则蹬在那个钢制的马桶上。我拿了一件旧衣服盖在脸上，以免让尘土落进鼻孔里。自从我的萨普发了疯涂炭生灵之后，我就一直被监禁着。

"这就是生活。"这是我的狱友贾森·李说的。他是一个肥胖的亚裔孩子，戴着一副眼镜，现在正在水泥地板上做仰卧起坐。他说做仰卧起坐是为了保持温暖。

我不爱好运动。对我来说，这六个月就意味着能读很多报纸杂志。保持暖和，那可就意味着要长一脸的胡子了。

无聊，真的很无聊，尽管如此，但我的日子过得还不错。我正心不在焉地翻阅四个月前的一期美国本土娱乐明星小报，了解一切有关"电影明星与我们一般人并没有什么不同"之类的论调：他们喜欢到餐厅吃饭，喜欢去购物，喜欢带他们的孩子去公园——诸如此类的狗屁内容。

就和我们一样，哦，是的，我之所以说"我们"，是因为我不认为他们说的意思里包括了我。

这是一个有把握的猜测，就因为我很怀疑电影明星们会有兴趣修理军用仿人机器人，而这些仿人机器人用来在被占领的国家征服或者安抚那些怒火中烧、急得想杀人的所有国民。我也怀疑电影明星们会喜欢被关进一间仅有一个小窗、面积还只有 13 乘以 7 平方英尺的单间牢房，而原因就是你履行了你那份富有魅力的工作义务。

"布鲁斯·李？"我问道。他讨厌我这样叫他。"你以前不知道电影明星们也和我们一样吧？以前谁知道啊，我的天？"

贾森·李停止仰卧起坐，抬头望着我这边，我正往后斜靠在牢房的一个角落里。"别出声，"他说，"你听见了吗？"

"听见什……"

就在这个时候，附近一辆坦克发射的炮弹击穿了房间对面的墙壁，炽热的钢筋和水泥碎片有如暴雨般落了下来，将我的狱友切成了一块块的大肥肉，那些肉块上还裹着土褐色的军装残片。刚才贾森还在这里，现在他不见了。这简直就像变魔术一般。我根本就无暇做出反应。

我挤在一个墙角——神奇地毫发未损。透过铁栅栏，我发现值班军官已经没在他的桌子前面坐着了，甚至连桌子都没有了。只有一大堆碎石瓦砾。就在一刹那之间，我竟然能透过房间对面墙上刚被炸出来的窟窿看见外边了。

正如我怀疑的那样，外面有一辆坦克。

冰冷的灰尘如乌云一般卷进了屋里，我哆嗦起来。贾森·李是对的：外边他妈的还真是冷。有迹象表明，虽然房间里边彻底翻新过，但我这间牢房的铁栅栏却依然像以前那般牢固。

我的听力开始恢复了，但是视力还是零。但是我能辨别出什么东西在汩汩地流着，就像小溪或者其他什么东西。那是从贾森·李的身上流出来的血。

我的杂志好像也不翼而飞了。

真他妈的见鬼。

我把脸压在用来加固小牢房窗户的铁丝网上。外边的基地一塌糊涂，已经糟糕得不能再糟糕了。我将视线投向通往喀布尔绿区主楼的小巷，小巷里有几个貌似友善的士兵靠着一堵土砖墙蹲伏着。他们看上去很年轻，一个个都是满脸惊疑。他们一律全副装备：背包、防弹衣、护目镜、护膝——全是那种扯淡的东西。

安全护目镜怎么可能给战争带来安全呢？

领头的士兵探头探脑地在街角张望。他兴奋地跳了回去。他突然猛拉出一台标枪式反坦克导弹发射器在那里组装，动作迅速、流畅，真是训练有素。这时，一辆美军巡逻坦克经过小巷，停都没停一下就发射了一颗炮弹。然后它慢悠悠地驶过基地，离我们远去了。当炮弹落在某处时，我能感觉出整个建筑物都被震得晃了起来。

我透过窗户看着那个反坦克战士走出小巷，肩上扛着一个发射器，当他盘腿刚坐下，一颗具有杀伤性的坦克炮弹就飞了过来，顷刻间他就化作了一堆骨肉片。这一切归因于一种坦克自动保护系统，它能够将某一目标的轮廓——比如"一个手持反坦克武器的家伙"——锁定在特定的半径范围内。

任何一个叛乱分子早都应该明白这一点。

我紧锁眉头，把额头压在厚厚的窗户上。我将双手插在腋窝里取暖。虽然我根本不明白美军坦克刚才为何要除掉一个友善的士兵，但是我有一种感觉，也许这与萨普一号的自杀事件有关。

小巷里剩下的另一个士兵眼睁睁看着同伴粉身碎骨，于是他转身就跑，往我这边撤退。就在这时，一片飘舞翻动的黑布挡住了我的视线。这是一件长袍。一个坏蛋正好从我的窗前横穿走过。我听见有轻武器在开火，就在附近。

坏蛋加上疯狂的装备？真是活见鬼，我的上帝啊。这真是福无双至，祸不单行。

长袍飘然而去，整条小巷竟然也都消失不见了，取而代之的是滚滚浓烟。我的玻璃窗已经变形破碎了，我的额头被碎片划出了一道口子。就在瞬间之后，我又听见一声沉闷的震荡。我再次跌回到我的床上，抓起毛毯，把它拉到了肩膀以上。我试着摸了一下脸，手指上面沾满了血。我扭头通过已经变形的窗户向外边望去，只见小巷变成了一堆堆人的轮廓，上面覆盖了一层厚厚的尘土。那些是士兵、当地居民和叛乱分子的尸体。

那些坦克正在屠杀每一个人。

对我来说，局势正变得非常明朗，如果明天我还想继续喘气的话，那么现在就必须找到办法从这个牢里出去。

外边，有什么东西在头顶上空呼啸而过，腾空而起的浓烟被搅出了一个黑色的旋涡。也许那是一架无人驾驶武装直升机。我畏缩在我的床上。现在，灰尘正慢慢散去。我从对面的那间屋子里看见了我这间牢房的钥匙。钥匙还拴在一条已经断了的腰带上，腰带挂在一张被劈碎了的椅子上。它还真不如在火星上呢。

没有武器。没有防弹衣。没有希望。

一个满身是血的叛乱分子通过墙上被炸出来的窟窿偷偷潜入我的牢房。他看见了我，圆睁着偌大的眼睛瞪着我。他的半边脸上沾了一层碱性褐白色沙土，另一边上的粉状血污已经凝结成块了。他的鼻梁骨折了，两片嘴唇冻得都肿了。他的黑色胡子非常漂亮，就像金属丝似的。他应该还未满十六岁。

"放我出去，求你了，我能帮你的。"我用自己最漂亮的阿拉伯语说。我把那件破衣服从脸上拉下来，这样可以让他看清楚我的胡子，至少他可以明白我已经不是现役军人了。

这个叛乱分子倚靠在墙上，闭着眼睛。看来他正在祷告，沾满灰土的双手平摊开来，按在被炮弹炸过的混凝土墙上。至少他还有一把老式左轮手枪挂在屁股上。虽然他已经惊恐不已，但还是可以指望的。

我不明白他的祈祷词，不过我能辨别出来，他不是在为自己的性命祷告，而是在为他同伴的灵魂祈祷。无论他正在外边做什么，肯定都不合时宜。

最好现在就动身走。

"钥匙在地上，朋友，"我催促道，"求你了，我能帮上你的。我能帮助你活下去的。"

他望着我，停住了祷告。

"阿维托马塔是冲着我们所有人来的，"他说，"我们原来还以为阿维托马塔起来是要造你们的反。然而它们却渴望我们所有人的血。"

"你叫什么名字？"

他疑虑重重地瞅着我。

"贾巴。"他说。

"好的，贾巴。你这次能活下去的。放我出去吧。我没有武器。可是我了解这些……呃……阿维托马塔①，我知道怎么杀死它们。"

贾巴捡起了钥匙，当乌黑的大桶落到了外边大街上的时候，他畏缩了。他选了一下路径，然后踩着瓦砾朝我的小牢房走了过来。

"你在坐牢。"

"是的，没错。看见了吗？我们是同一个阵线的。"

贾巴琢磨着我的话。

"如果他们把你投进了监狱，那我救你出来就是我的职责，"他说，"但是如果你要攻击我，那么我就会杀了你。"

"这听起来很公平。"我说，我的眼睛一刻不离钥匙。

钥匙一下插进了锁孔，然后我拉开门冲了出去。贾巴一把拽住我，将我摁倒在地，一双大眼睛里满是惊恐。我以为他怕我了，但

---

① 保罗特意用当地人对机器人 AVTOMAT 的发音。

是我错了。

他怕的是外边。

"不要从窗户前边走过去,阿维托马塔能感应到你身上的热量。它们会发现我们的。"

"你说的是红外线热感应?"我问,"自动化哨兵炮塔^①才会有的,哥们。就是那些 AST。它们是在前门。不会对着基地瞄准的,它们瞄向沙漠。来吧,快,我们需要跑到基地背后去。"

我把毛毯披在肩上,跨过墙洞,于是就走进了寒气逼人、混乱不堪的小巷,巷子里依然飞扬着滚滚尘土和烟雾。贾巴弓腰跟在后边,拿着手枪。

外边这沙尘暴是上帝亲手刮起来的。

我弯着腰向基地的背后跑去。基地的前方全都落在密集的哨戒枪的控制范围内,我可不想靠近它们。要悄悄跑到后边去,找一处安全的地方。到那里之后再想办法。

我们拐过了一个墙角,在那里发现了一个黑黑的弹坑,有一座房子那么大,里边的火还在阴燃着。即使是一辆自动坦克也没有如此威力的大炮炸出这样的坑。这意味着无人驾驶飞机肯定不只是发现了像野山羊那样的东西——它们都发射硫黄导弹了。

当我转身去警告贾巴的时候,发现他正在扫视天空。他的胡子蒙上了一层漂亮的尘灰,让他看起来俨然就是一位有着年轻人体格的年长智者。

也许实际上真的如此。

我张开毛毯,罩住脑袋,这样可以让自己的轮廓难以看清,不管有什么东西从上面俯瞰,我都会变成一个难以辨认的目标。我无

---

① 自动哨戒枪(Automated Sentry Turret):自动化智能炮塔,充当瞭望的哨兵。

须告诉贾巴要躲到什么撑开物的下边,他已经习惯性地这么做了。

我突然想知道他已经与这些机器人战斗多久了。当初这些机器人发难攻击我们部队时,他一定想到什么了吧?也许当时他还以为那是他的一个吉庆日子呢。

终于,我们到了基地背后的阵地边缘。有几段十二英尺高的水泥墙已经被毁坏了。化为齑粉的水泥覆盖着地面,整齐的钢筋从混凝土块中伸了出来。贾巴和我挨着一段沉降坍陷了的墙垣蹲下来。我偷偷地往墙角的方向窥望。

什么都没有。

一片清理干净了的区域围着整个基地,有点儿像一条土路紧紧地缠绕着我们基地的边缘。那是一片无人地带。再往外几百米远,就是一片绵延起伏的小山,山上矗立着成千上万的板岩,宛如一根根的石刺。那就是波库派恩山。

那是当地人的坟场。

我在贾巴的肩膀上拍了一下,然后我们就朝墓地跑去。也许机器人今天不会到阵地边界来巡逻。也许它们正在那里忙于不分青红皂白地滥杀无辜而无法分身。贾巴全速奔跑,跑到我的前面去了,我眼看着他的褐色长袍模糊地隐现在沙尘中。沙尘吞没了他。我拼命跑,尽量让自己追上他。

然后我听到了我一直害怕的声音。

声音尖锐的电动马达的哀嚎声从我们附近不远的地方传来。这是自动哨戒枪(MSG[①])。它们正不停地在这个狭长的无人地带来回巡逻。显然,没有人告诉它们今天休息。

这种自动哨戒枪有四条细长的腿,每条腿的底部都装有轮子,

[①] 用来执行哨兵职能的可自行移动的武器装置。

而它的顶部有一套 M4 卡宾枪组件，在枪管上配置了光学仪器套件，侧面还有一个很大的用螺栓固定着的矩形弹仓。当这家伙移动时，碰到要翻越石块或砾石，那几条腿就会微微地上下颤动，而上边的枪却能保持纹丝不动，精确瞄准目标。

现在它就在我们后边跟来了。

感谢上帝！地形开始变得越来越崎岖不平了。这意味着我们差不多要离开平整过的基地外缘区域了。马达的哀嚎声越来越凄厉。自动哨戒枪使用视觉来捕获目标，所以沙尘应该会使我们看不清。贾巴不停奔跑，迅速而坚定地逃离绿区，此时，我只能在沙尘暴中看到他飘动翻飞的长袍尾巴。

吸气。呼气。我们就要成功了。

这时，我听到一个测距仪时断时续地发出了咔嚓咔嚓的声音，自动哨戒枪正在启用短程超声波搜索功能，用穿过沙尘暴反弹给它的声音来搜寻我们。那意味着它知道我们在这里了。这是坏消息。我想知道我还需要再跑多少步。

一、二、三、四，一、二、三、四。

雾霭中出现的一块墓碑——只是一块边缘粗糙的大板岩——好像喝醉了似的，歪歪斜斜地从地下露了出来。这时，我看见前边还有另外十几个这样的墓碑若隐若现。我跌跌撞撞地在这些墓碑之间奔跑，当我抓住它们让自己保持平衡的时候，我感觉到了手掌下面石板上的冰冷水珠。

现在，咔嚓声差不多已经变成一片持续不断的嗡嗡声了。

"卧倒！"我冲贾巴喊道。他往前一个跳跃，就消失在地下的一条沟坎里了。沙尘暴中突然爆发出一阵自动武器射击的呼啸声。一块墓碑被击中了，从墓碑炸飞出来的锐利碎片，擦着我的右臂飞了过去。脚底被绊了一下，我摔了个嘴啃泥，然后我就在地上拼命地把自己往一块石头的后边拖去。

咔—嚓—嚓—嚓—嚓—嚓—

一双有力的手抓住我受伤了的胳膊。在贾巴拖着我越过一个小丘的时候，我拼命抑制着不让自己喊出声来。我们在一条小沟里，小沟被一堆大石块包围着，那些石块是嵌在沙地中的，齐膝高。那些墓都很随意地选在罕见的类似苔藓的杂草丛中。大部分墓碑没有标记，但也有一些用漆喷涂了一些标志。另外有少数墓碑倒用很漂亮的大理石进行了装饰。我还看到一些墓的四周建了钢铁的笼子，把墓地围起来，笼子的顶部就成了唯一的装饰。

咔嚓，咔嚓，咔嚓。

超声波的声音变得越来越微弱了。贾巴再次蹲了下来。我花了一秒钟时间来检查了一下我的伤口。我右臂上部被撕切出了一条条伤口，连我的俄克拉荷马梭织法编织的旗幡都被弄得乱七八糟。挂在奥色治战盾下端的雄鹰羽饰绶带，有一半已经被黑岩碎片磨碎了。我将手臂展示给贾巴看。

"你看，那些狗娘养的，对我的文身都干了些什么，贾巴兄弟。"

他冲我摇了摇头。他用肘部捂住了嘴，透过衣袖的织物来呼吸。此时此刻，他可能还在那条胳臂下边笑呢。谁知道呢？也许我们两个人都能活着离开这里。

然后，就这样，沙尘消散了。

暴风从头顶掠过。我们眼看着巨大的沙尘旋涡向基地外围地带席卷而去，吞没了整个绿区，然后继续向前移动。现在太阳洒下了明媚的阳光，但是蔚蓝的天空也送来逼人的寒气。在这些山上，空气稀薄，而且刺眼的阳光投下的影子，就像溢出来的焦油。我现在都能看清自己的呼吸了。

我猜想，机器人们也是能看见我们的呼吸的。

我们拼命奔跑,把身体压得很低,在那些比较大的坟墓之间不停地向前冲,那些墓都由蓝色或绿色的铁笼子保护着。我不知道我们现在要去什么地方。我只希望贾巴有一个计划,而且计划里也能有我的活路。

过了几分钟,我的眼角突然看见了一道闪光。那是自动哨戒枪,它正在墓地中间的一条高低不平的小路上巡视,枪口正不停地前后晃动。在阳光的照射下,它那一组凸出在枪顶的低悬架光学仪器套件闪闪发光。几条腿像弓一样弯曲着,在高低不平的地面上直发颤,但是枪管就像一只猴面鹰一样一动不动。

我扑倒在一块墓碑的后面,腹部紧贴地面趴着。贾巴也已经找到了一处掩蔽的地方,就离我几英尺远。他用一根手指冲我打手势,蒙了一层灰尘的眉毛下边的褐色眼睛在急切地催促我。

顺着他的视线,我看到了一个刚挖了一部分的墓穴。对某些阿富汗人来说,那将是一个很好的安息之地——一个崭新的铁笼子已经将它部分围起来了。也不管是谁了,反正当时在这里干活的人飞也似的逃走了,连笼子的螺栓都未来得及拧上。

我没有挪动,只是伸长脖子偷偷张望了一下四周。没找到自动哨戒枪。隐隐约约地,我听到了一架低空飞行的无人直升机发出了像除草机一样哒哒的声音。听上去就好像是死刑判决。外边的什么地方,哨戒枪正在一排排地扫视墓碑,在找人的轮廓或者其他什么有活动迹象的目标。

我一点一点地往前爬,一直爬到了敞口墓穴的旁边。贾巴已经躺在里边了,铁笼子的栅栏在他脸上投下了一条条影子。我抱着受伤的胳膊一个翻身滚了进去。

我和贾巴紧紧地挨在一起,仰面躺在这个挖了一半的墓穴里,等待着哨戒枪消失。墓穴的地面已经结冰了,碎石和泥土混合的地面感觉起来比我单间牢房的水泥地板还要硬。我能感觉到热量正一点点地从我的身体中流失。

"现在没事了,"我耳语道,"那些无人直升机正按照标准操作程序作业——在寻找攻击目标。对正在逃跑的人来说,它在扫视和锁定目标两者之间应该有二十分钟的最大惯常间隔。"

贾巴朝我皱起了眉头。

"这我已经知道了。"

"哦,是的。很抱歉。"

我们挤在一起,牙齿在打冷战。

"嗨。"贾巴说。

"嗯?"

"你真的是美国大兵?"

"当然,否则我为什么要在基地呢?"

"我从来没有见过美国大兵,没有亲眼见过真的美国大兵。"

"真的吗?"

贾巴耸了耸肩。

"我们只见过那些金属制造的美国兵,"他说,"当阿维托马塔发起攻击的时候,我们也加入一起攻击了。现在我的朋友死了。你的朋友也死了,我感觉。"

"我们这是要去哪里,贾巴?"

"山洞。到我的人那里去。"

"那里安全吗?"

"对我是安全的,对你就不安全了。"

我注意到贾巴将他的手枪紧紧地握在胸前。虽然他还很年轻,但是我不能忘了他一直在干这一行,都已经很长时间了。

"这么说,"我说,"我是你的俘虏了?"

"我想是这样的,是的。"

透过那些金属栅栏,我能看到万里无云的蓝天上点缀了一团团自绿区升起来的黑烟。自从攻击开始之后,除了小巷里的那些士兵,我已经再也没有见过其他活着的美国人了。我想所有那些坦克、无人直升机、哨戒枪一定都在外边围捕那些幸存者。

我感到了靠在贾巴的手臂上的温暖,而且我想起来了,我没有任何衣服,没有食物,没有武器。我甚至都不知道美军部队还会不会允许我拥有武器。

"贾巴,我的兄弟,"我说,"我可以和你们一起干的。"

> 贾巴和保罗·布兰顿成功地逃进了崎岖的阿富汗大山。没过一个星期,记录显示,当地部落的军事力量将他们在此前努力赢得的生存技巧与布兰顿专员的专门技术知识进行了结合,自那以后,他们就开始向机器人发动了一系列成功的突然袭击。
>
> 在随后的两年时间内,保罗将利用部落传承下来的生存知识与新的技术知识,进行全新的探索,这样的探索将会彻底改变我和我的战友们的命运,还有他自己的父亲——朗尼·韦恩·布兰顿的命运。
>
> ——科马克·华莱士,军人身份证号:GHA217

7. 摩门托·莫里[①]

> 给一艘船起这么一个名字，真是太稀奇古怪了。这是什么意思？
>
> 阿特拉德

零点时刻

　　自从用他的手机体验了一次惊心动魄的经历之后，这个以勒克尔之名而闻名遐迩的黑客就逃离了家园，并且找了一处安全地点躲了起来。他没有走太远。下面这篇叙述"零点时刻"爆发时发生在伦敦的故事，就是根据勒克尔与那些造访他的浮动基地的客人们之间的对话录音拼接起来的。这些对话都是在新战争发生之后的最初几年里录下的。

　　　　　　——科马克·华莱士，军人身份证号：GHA217

　　"勒克尔，你要接这个电话吗？"

　　我厌恶地看着阿特拉德。这就是他，一个三十五岁的男人，竟

[①] 拉丁语，意思是你不过是一个凡人而已，总有一天要死的。

然对什么事都认识不清。这个世界就要完蛋了。世界末日正朝我们走来。而阿特拉德——在聊天室里他就是这么称呼自己的——站在我的面前，喉结在他有气无力的下巴下边不停地滚动着，竟然还问我要不要接这个电话？

"你知道这意味着什么吗，阿特拉德？"

"不知道，老板，啊，我的意思是，真的不知道。"

"没有人会打这个电话，你这个废物。除了'他'之外没有人会打电话。我们之所以要逃命，就是因为那个躲在机器里的魔鬼。"

"你的意思，就是正打电话来的那一个？"

在我的心里，那是毋庸置疑的。

"是的，那就是阿考斯。没有任何其他人曾经追踪过这个残忍的号码，我的号码。"

"这不就意味着他要来找我们了？"

我看着电话，它正在我们的木制小餐桌上震动，周围是一堆凌乱的纸和铅笔——我的所有计划。在过去的日子里，这部电话曾经和我一起享受了很多快乐时光，也干下了许多不法勾当。但是现在看见它就会让我退缩，让我夜不能寐，让我不由自主地琢磨到底是什么东西在电话的另一端。

一阵马达的尖叫声传了过来，于是桌子突然就倾斜了。桌上的一支铅笔滚开了，啪的一声落到了地板上。

"那些该死的快艇。"阿特拉德骂道，扒着墙壁支撑住自己。我们的游艇在伴流①的作用下开始摇摆了。它只不过是一艘小船，大约十二码长，基本上就是用木板搭起来的一间起居室，浮在水面一

---

① 船舶在水中以船速 U 行驶时，其附近的水受到船体运动的影响而产生一种追随船体运动的水流，该水流称为伴流。

码高的地方。过去的几个月，我一直睡床上，而阿特拉德则睡在可折叠的桌子上，就靠那个大肚子火炉给我们取暖。

而且看着那个电话就会让我忙成一团。

那艘快艇一路呜咽着向泰晤士河下游开去。这也许是我的想象，但是从感觉上来说，那艘船似乎是惊慌失措地来了，又惊慌失措地去了，好像在逃离什么。

现在，我也能感觉出一股恐慌在自己的心里升起来了。

"我们起锚。"我对阿特拉德小声说，赶紧避开为好，因为那个电话一次次地不停在响。

它会一直响下去的。

"什么？"阿特拉德问，"我们的汽油不多了，勒克尔。我们还是先接那个电话吧，看看这一切到底是怎么回事。"

我毫无表情地盯着他。他也回望着我，大口地吸着气。我根据经验知道，在我的灰色眼睛里，他什么也读不出来。让人读不懂你的情感，你就不会让人抓住弱点。就是这种高深莫测让他对我心生敬畏。

阿特拉德低声下气地问："我要去接吗？"

阿特拉德用发抖的手指抓起了手机。秋天的阳光从单层玻璃窗倾泻了进来，让他稀疏的头发在他满是皱纹的头皮上泛起了一圈光晕。我绝不允许这个软弱的家伙占了上风。我一定要向我的船员表明谁才是老大，即便只有一名船员。

"把那个给我。"我含糊其辞地说，并且一把将电话夺了过来。我用一根拇指接起了电话，那是一种非常娴熟的动作。

"我是勒克尔，"我低声咆哮着说，"我正要找你呢，哥们——"

一段录音留言打断了我。我把电话从耳朵旁边拿开。那种用电脑合成的尖细的女人声音盖过了外边一浪接着一浪的河水声音，很容易就能听见。

"各位市民，请注意。这是本地的紧急警报系统给你发的语音信息。这不是演习。现在通知你，由于伦敦市中心发生了化学物质泄漏，要求全体市民立即回到室内。带上你的宠物，关上门窗并且锁好，关闭所有会让空气循环流通的通风系统。请留在室内等待救援，救援人员很快就会赶到。请注意，鉴于事故性质，可能会启用无人系统来营救你。在救援到来之前，请密切注意你的无线通信设备是否能接收紧急警报系统的进一步通知。谢谢你的合作。哔。各位市民，请注意，这是……"

咔嚓。

"我们马上起锚，阿特拉德！"

"是化学物质泄漏，勒克尔。我们应该关上窗和……"

"起锚，你这个他妈的蠢货。"

我高声尖叫着将这句话摔在了他那张愚不可及的长得像黄鼠狼一般的丑脸上，唾沫喷满了他的整个额头。窗外，伦敦看上去很正常。然后，我注意到一柱轻烟，不是很大，但是悬在不该出现的地方。一个不祥的征兆。

当我转过身来的时候，阿特拉德正在擦他的额头，而且叽叽咕咕地发着牢骚，不过他正朝不怎么结实的游艇前门走去，该死的，他早就应该这样了。我们简陋的码头又旧又烂，而且好像永远就在这里似的。我们的船有三个地方紧紧地拴在码头上，如果我们不把它们解开，那我们就哪儿都甭想去。

而且在这个特殊的下午，不巧又碰上我非常急于要离开这里，我几乎可以断定这就是世界末日，这就是他妈的天启，而我却与一位愚蠢的乡巴佬搭档，还被一堆泡在水中的破烂紧紧地束缚住了。

我以前从来没有启动过这艘游艇的引擎。

钥匙就挂在引擎的点火装置上。我往前仓的驾驶台走去。我掀开前面的窗，于是一股带有土腥味的水汽迎面飘了进来。我飞快地把都已经冒汗了的手掌放在仿木制的方向盘上。然后，我看都没看一眼，就迅速抓住了钥匙，并且马上转动它。

哒哒哒……

引擎发动起来了，动力强劲。这是我第一次尝试驾船。透过后窗，我看到一团淡蓝色的烟雾正在升起。阿特拉德蹲在船的右边，靠码头的一侧——我想按照划船的行话会管那一侧叫右舷——正在解第二根缆绳。

"摩门托·莫里，"阿特拉德一边气喘吁吁一边大喊大叫，"给船起这么一个名字，真是有点稀奇古怪。这是什么意思？"

我没有理会他。越过阿特拉德的秃顶往远处望去，有一个东西进入了我的视线：一辆银色的汽车。

小车看起来很平常，但是不知怎么搞的，对我来说，它开得也太稳了。车轮沿着码头的道路向我们驶来，就好像方向盘已经被锁定在了一个固定的位置上似的。小车最终是冲着我们开过来的，难道这会是一个巧合？

"快点，再快点。"我大声吼道，紧握的拳头把船捶得嘎嘎直响。

阿特拉德站了起来，双手搁在屁股上。他满脸通红，脸上全是汗水。"它们已经在这里拴了太长时间了，知道吗？还需要花……"

那辆银色小车几乎启动了最高的时速，在马路尽头的地方跳跃起来，越过了一块侧石，跳到了码头旁边的停车场上。隐隐约约还传来了汽车底盘下降到极限的时候发出来的咔嚓咔嚓的响声。绝对有问题。

"快，快点！"

最后，小车的正面已经开始裂开了。我的恐慌就像放射性物质一样散发出来。阿特拉德手忙脚乱，简直就是跳着双脚沿着船沿在跑了。一接近船尾，他就双膝跪下，开始去解最后一条都快要烂掉的缆绳。

我的左边是开阔的河面，右边是一堆歪七扭八摇摇欲坠的木栈桥和一块全速向我猛冲过来的两吨重的金属块。如果我在接下来的几秒钟之内不能把船开走，那么就会有一辆汽车掉在上面了。

我看着汽车弹起来越过巨大的停车场。我感觉脑袋里像塞满了棉花似的。游艇的马达在振动，方向盘已经震得我的双手都发麻了。我的心脏在胸膛里嗵嗵直跳。

我突然想起了一件事。

我一把从桌子上抓起手机，砸开它，将里边的 SIM 卡取了出来，然后把其他东西一股脑都扔了出去，河里发出了低沉的扑通声。我能感觉到，一个瞄准好了的靶心从我的后背移开了。

当他解开最后一条缆绳的时候，阿特拉德的脑袋顶部忽而进了我的视线，忽而又离开了。他没有看见银色汽车飞驰越过空无一人的停车场，将废气排入空气，随风飘荡。它的方向一点都没有改变，塑料保险杠刮过水泥路面，然后，它跳起来越过一块路边侧石，向木码头跳过来的时候，已经完全飞起来了。

虽然我把手机扔掉了，但是为时已晚。魔鬼已经发现了我。

现在我能听到轮胎压过已经腐烂了的最后五十码的木板发出来的噼里啪啦的杂乱声音。阿特拉德担心地抬起来头。他在船沿弓着背，双手沾满了来自那条已经拴了多年的缆绳上的黏泥。

"别看，快点解。"我朝阿特拉德大声吼道。

我抓着离合器操作杆，用一只拇指，飞快地将游艇从空挡换到了后退挡位。准备开船了。虽然还没有调节油门加速。还没有。

四十码。

我是可以从船上跳开逃走的。但是我能去哪里呢?我的食品在船上,我的水,我的乡巴佬笨蛋都在这里。

三十码。

世界末日来临了,哥们。

二十码。

见鬼去吧。不管它解开了还是没有解开,我猛地推上油门,于是我们突然后退了。阿特拉德嘴里语无伦次地叫喊着什么。我听到了另外一支铅笔啪的一声落到了地板上,接着碗碟、文件和咖啡杯也跟着落下去了。大肚子炉子旁边码放得整整齐齐的一堆木柴也倒了。

十码。

马达发出了轰隆隆的响声。当伤痕累累的银色导弹如弩炮一般飞离码头一端的时候,闪起一片耀眼的阳光。汽车咆哮着从空中飞了过来,只差几英尺就要撞到游艇的前面了。它撞进了水里,激起了高高的白色浪潮,水花穿过开着的窗户,掴在了我鲜血直流的脸上。

结束了。

我把油门拧小,但是仍然继续让船往后退,然后急忙跑向前边的甲板——就是那个他们管它叫船头的地方。阿特拉德脸色煞白,走到了我旁边。我们一起看着那辆汽车正慢慢地翻转过来,离开了这个世界末日。

银色小车已经有一半淹没在水下面了,并且还在快速下沉。在它前排的座位上,一个男子瘫倒在方向盘上。挡风玻璃上有深红色的蜘蛛网状裂纹,那肯定是他的脸撞在上面留下来的。一位长发妇女沉重地跌坐在他后边的那排座位上。

就在这时,我看到了最后一幕,那是我永远都不想看到的最后一幕。真的是我不想看到的一幕。

在后排的车窗里。两只苍白的小手掌,拼命压在茶色玻璃上。小手苍白得就如同亚麻布。正在往外推。

推得如此艰难。

然后,银色小车沉到水下去了。

阿特拉德双膝跪下。

"不,"他大声喊道,"不!"

这个笨拙的男人将脸埋在他的双手之间。他哭得全身都抽搐了。鼻涕和眼泪流满了他那张长得像鸟一样的脸。

我转身退进了船舱的过道。门框支撑着我。我不知道我是怎么感觉的,我只是感到了异样。不知道为什么,一切都变了。

我注意到现在外边的天色正在暗下来。市区升起了烟雾。一个务实的想法在我的心中萌生了:在事情变得更糟之前,我们必须离开这里。

阿特拉德一边啜泣一边和我说话。他抓住我的胳膊,他的手被眼泪、河水以及那些缆绳上的淤泥弄得湿漉漉的。"你是不是早就知道要发生这样的事了?"

"别哭了。"我厉声说。

"为什么?为什么你没有告诉任何人?那你妈妈会怎么样呢?"

"什么我妈妈怎么样?"

"你没有告诉你妈妈?"

"她会没事的。"

"她不会没事的。什么都不会没事的。你只有十七岁。可是我有孩子,两个孩子,他们可能会遭到伤害的。"

"为什么我至今都还没有见过他们呢?"

"他们和我的前妻生活在一起。可我本来是可以预先通知他们的。我本来可以告诉他们将会发生什么的。他们都死了。勒克尔。那是一家人啊！车里他妈的是一个孩子啊！还只是一个很小的孩子啊。我的上帝！你是怎么回事，哥们？"

"我没有怎么回事。别哭了，给我别哭了。这都是计划的一部分，明白吗？如果你有脑子的话，你就会明白的，可是你没有。所以，你要听我的。"

"是的，但是……"

"听我的我们就会没事。我们会帮助那些人的，我们会找到你的孩子们的。"

"那是不可能的……"

现在，我要彻底阻止他这样哭哭啼啼了。我开始觉得有点火了。火气重新回来，替代了这种麻木的感觉。"我跟你怎么说的？"

"对不起，勒克尔。"

"没有什么是不可能的。"

"可是我们怎么办呢？我们怎么才能找到我的孩子呢？"

"我们活下来了，这里边是有它的道理的，阿特拉德。那个魔鬼，那个家伙。它正在张牙舞爪，明白了吗？它正在用机器伤害人们。但是我们现在是老手了。我们能帮上忙的。我们能拯救外边那些可怜的羔羊。我们将拯救他们，而且他们将会因此而感谢我们。他们将因此而崇拜我们。我和你。我们就要出人头地了。一切都在计划之中，哥们。"

阿特拉德扭头看别的地方了。显然他一个字都不相信。他看来似乎有什么话要说。

"你想说什么？那就说吧。"我说。

"好吧，那就请原谅。但是，你好像从来都不是那种会帮别人的人，勒克尔，不要误会我……"

确实如此，不是吗？我对别人的事从来都不会想太多，或者根本就不想他们的事。但是，玻璃窗上的那双苍白的小手掌，我会情不自禁地想起来的。我有一种感觉，它们将会陪伴我很长时间的。

"是的，我知道这一点，"我说，"但是你没有看见我仁慈的本性。它全在这个计划里，阿特拉德。你一定要相信我。你会明白的，好吗？我们已经活下来了。这一定是有其理由的。现在我们有了一个目标，你和我。该是我们来反对那个魔鬼了。而且我们要复仇。所以站起来，加入这个战斗吧！"

我把手伸给阿特拉德。

"真的？"

他仍然不完全相信我。但是，我已经开始相信我自己了。

我把他的手抓在我的手里，拉着他站了起来。

"真的，哥们。想象一下吧，是我和你来反对那个魔鬼。至死不渝。直到最后。而且将来有一天，我们会因此而被载入史册的。那是一定的。"

　　这次事件标志着勒克尔的人生出现了一个转折点。随着新战争的切实展开，他似乎将他原来所有的孩子气行为全都留在了过去。从那以后，他表现得完全像人类中的一员。在另外的一些记录中，勒克尔的傲慢和自负依然没有改变，但是他原来那些令人匪夷所思的自私行为，已经随着那辆银色小车荡然无存了。

　　　　　　　　——科马克·华莱士，军人身份证号：GHA217

8. 英雄本质

> 老哥,让警察来解决这一堆狗屎吧。
>
> 科马克·华莱士

零点时刻

下面叙述的故事,是由一系列摄像机和卫星提供的素材拼集组成的。这些摄像头和卫星基本上跟踪了我在零点时刻携带的手机上搭载的GPS。既然我哥哥和我是这些监控的对象,那么我就选用了一些我自己的回忆追加在故事里,对监控资料进行一些解释和说明。当然,在事发的当时,我并不知道我们正被人监视。

——科马克·华莱士,军人身份证号:GHA217

真是狗屎,嘿。事情就是这样的。就是感恩节前的那一天。就是在那天,这一切发生了。即使到现在为止,我的生活也从来都没有那么精彩过,但是至少我还不会被人追捕。我也从来都需要一件事让人想起来就心惊肉跳、疑神疑鬼,是不是那些金属虫子又企图要弄瞎我的眼睛啦、锯断我的四肢啦,或者把我当成寄生物让我感染啦。

假如要这样比的话,那么在零点时刻之前,我的生活可以算得上是完美无缺了。

我住在波士顿,那里的天气非常寒冷,冷得令人讨厌。风就像剃刀似的正割着我的两只耳朵。我在我哥哥的后边拼命追赶,我们正穿过波士顿市中心的下城十字区①的户外购物街。杰克比我大三岁,像往常一样,他正在努力做正确的事。可是我并不听他的。

我们的父亲去年夏天去世了。我和杰克飞到西海岸按当地习俗为他举办了葬礼。我们将泪水弄花了满副妆容的继母一个人留在了加州,还有父亲拥有的每一样东西也都一起留在那里了。

是的,几乎是所有东西。

从那时起,我就一直睡在杰克的沙发上。我是要承认,我正处在闲散状态。再过些天,我就将飞往爱沙尼亚,去参加《国家地理》的一个摄影记者聚会活动。然后我会从那里直接预订我的下一个聚会,这样,我就可以不用回家了。

再过五分钟,这个该死的世界会完全精神错乱,彻底陷入疯狂。可我对此还一无所知,我还在那里一个劲地拼命追赶杰克的步伐,让他冷静,要他镇静。

就在我们到达位于大街下边的那条横跨了整个购物街的宽阔的露天隧道之前,我抓住了杰克的胳膊。杰克转过身,毫不犹豫就挥起了拳头,在我的嘴巴上猛力揍了一拳。我右上排的虎牙在下边嘴唇上磕出了一个小洞。他的拳头再次高高地举了起来,但我只是用手指摸了摸我的嘴唇;拿开手指一看,全是血。

"我本来还以为你永远都不会揍我的脸的,你这个笨蛋!"我气

---

① 波士顿的商业中心区。

喘吁吁地说，呼出去的气化成了一片云。

"是你惹得我这样的，兄弟。我本来都在拼命跑了。"他说。

我早就已经知道会这样了。这就是他的一贯做派。但是，我还是觉得有点儿震惊。他以前从来没有打过我的脸。

这次事情肯定比我预料的要严重得多。

不过，"对不起"的表情正悄悄地爬上了杰克的脸。他一双明亮的蓝色眼睛盯着我的嘴巴，在那里估摸着他到底把我伤得多严重。他傻呵呵地笑着移开了视线。看来我伤得不是那么严重，我猜。

我舔掉了嘴唇上的血。

"你看，老爸把它留给我了，但是我破产了。我别无选择。为了去爱沙尼亚，也为了弄点钱，不得不把它卖掉了。你明白了吧？那东西还真是派上用场了。"

父亲给了我一把二战时的特殊刺刀，我把它卖了。我错了，而且我也知道错了，可是我不能向我完美的兄弟杰克承认错误。他是一个该死的波士顿消防员，还是国民警卫队的。他嘴里谈论的全是英雄品质。

"那是属于家族的，科马克，"他说，"老爸为它冒过生命危险。那是我们遗产的一部分，而你为了几百美元，就把它给当了。"

他停下脚步，深深地吸了一口气。

"好了，这让我很生气。我这会儿甚至都不能跟你说话了，不然，我会揍扁你的。"

杰克迈开大步怒气冲冲地走了。当沙土色的步行地雷出现在隧道尽头的时候，他立即就做出了反应。

"大家当心！赶紧离开隧道。有炸弹！"他大声吼了起来。人们立即对他富有权威的声音做出了回应。甚至还包括我。当这个六条腿的炸弹发出啪嗒啪嗒的声音顺着铺路石慢慢地在大家身边走过时，许多人都将他们的身体平贴在了墙壁上。剩下的其他人则抑制着恐慌，像潮水一般从隧道里涌了出去。

杰克走到了隧道中间，俨然就像一个孤胆枪手。他从夹克下面的枪套里拔出了一把格洛克点45手枪。他用双手紧紧握住手枪，枪口指着地面。我迟疑地走到他的身后。"你有枪啊？"我小声问。

"我们警卫队很多人都有枪，"杰克说，"听着，离那个'疾步地雷'远一点。它能跑得比现在快多了。"

"疾步地雷？"

杰克的眼睛一刻都没有离开那个如鞋盒一般大小的机器，它正沿着隧道往这边走来。这是美军的军事器械。它急促地一条又一条地猛拉着六条腿移动，动作非常机械。它的背部有一种类似激光的东西，在它周围的地面上画出了一个圆圈。

"它在这里干什么，杰克？"

"我不知道。它肯定是从国民警卫队的军械库里跑出来的。现在它停留在诊断程式状态。那个红色圆圈显示的是人工设定的爆炸范围。快去打911。"

还没等我掏出手机，那个机器就停在了那里。它用四条腿支撑着向后仰靠，还把前面的两条腿举到了空中。它看上去就像是一只生气了的螃蟹。

"好，你现在赶紧往后退。它正在寻找目标，我不得不向它开枪了。"

杰克举起他的手枪。我已经在往后退了，我对哥哥喊道："那样不是会让它爆炸吗？"

杰克正在设想着一个射击姿势。"如果我只打中它的腿，就不会爆炸。否则就会爆炸。"

"不会那么糟吧?"

疾步地雷往后直立起来,它的手爪在空中乱刨。

"它在瞄准,科马克。要么我们废了它,要么就是它废了我们中的一个。"杰克眯缝着眼睛朝下瞄着他的准星。然后,他扣紧了扳机,震耳欲聋的爆炸声在整个隧道里回响。当他再次开枪的时候,我的两只耳朵嗡嗡直响。

我赶紧躲开,但是没有发生大爆炸。

越过杰克的肩膀,我看见疾步地雷仰面躺在那里,残存下来的三条腿在空中乱抓。然后,杰克迎着我走来,和我目光相接,用很慢的语速对我说:"科马克,我需要你的帮忙,兄弟。我要留在这里看着这家伙。你从这隧道出去,去叫警察,让他们派一个爆破小组来。"

"是,好的。"我说。我似乎无法把视线从受伤躺在地上用一层沙子伪装的螃蟹身上挪开了。它看上去是如此坚固,具有军队色彩,与这个购物广场显然格格不入。

我匆匆忙忙地从隧道中退了出来,直接走进了零点时刻——人类的新未来。在我新生活的第一秒钟,我还以为自己看到了一个玩笑呢。那怎么可能不是玩笑呢?

我还猜想,这是某个艺术家出于某种疯狂的理由,用一些类似于艺术装置的无线遥控小汽车把购物街停满了。接着,我看到了每一个爬行的炸弹周围都有一个红色的圆圈。许多疾步地雷正在横穿购物街,简直就像一群从别的星球来的慢动作入侵者。

人都已经跑光了。

现在,从几个街区之外的地方传来了一声巨大而强烈的爆炸声。我听见了远处尖锐刺耳的声音。那是警车。城市的户外应急预警系统的警报开始发出哀嚎,声音先是变得越来越响,然后又越来越弱了。

有一些疾步地雷好像受到了惊吓。它们用后腿将自己的身体直立起来,用前肢在那里挥舞。

我感觉有一只手碰了我的胳膊肘。在漆黑的隧道里,杰克抬起了他那张刀刻斧凿过的脸,望着我。

"哪里出问题了,杰克?"我说。

他用坚毅的蓝眼睛扫视了一圈广场,并且做出了一个决定。"军械库。我们必须到那里去搞定它。走吧。"他说着就用一只手抓住了我的肘部,我看见他还举着他的枪。

"那这些螃蟹怎么办?"

杰克领着我穿过购物街,用短促而简单的语句给我传递信息:"不要进入它们的触发区,就是那些红色圆圈。"

我们爬上了一张野餐用的桌子,避开了那些疾步地雷,在公园的长椅、中心喷泉和混凝土墙之间跳跃着前进。"它们能感应到震动,不要用一种方式步行,而要跳跃着走。"

当我们脚一落到地上的时候,我们就突然从一个位置迅速冲向下一个位置。随着我们往前推进,杰克说的话串在一起就形成了具体的构想,渗透进被吓得晕头转向的我的大脑里。"如果你一旦发现它们有寻找目标的行为,那就赶紧躲开。它们会成群结队聚集过来的。它们移动得不是很快,但是数量太多。"

从一个障碍物跳向另一个障碍物,我们选择了穿越广场的路线。大约十五分钟后,一个疾步地雷停在一家服装店的大门前。我听见了它的腿拍打玻璃门的声音。一个身穿黑色连衣裙的女子站在商店的中央,透过门在看着那只螃蟹。红色圆圈的亮光通过玻璃照了进去,折射出了几英寸的亮光。女子好奇地朝螃蟹迈开了脚步。

"小姐,不要!"我大声疾呼。

轰！疾步地雷爆炸了，大门被炸得粉碎，女子被抛向了商店里边。其他螃蟹停住了，都挥舞起了它们的前腿，这样持续了几秒钟后又一个接着一个继续在购物街爬行。

我摸了一下脸，然后拿开手指，上面全是血。"噢，见鬼，杰克，我是不是受伤了？"

"那是我刚才揍你时流的血，兄弟，忘了吗？"

"哦，是的。"

我们继续前进。

当我们抵达公园旁边，城市应急警报系统停止了尖叫。现在，我们只听见风声和那些金属腿在水泥地上搜寻发出的声音，还有偶尔从远处传来的已经变得模糊不清的爆炸声。天要黑了，波士顿要变得更冷了。

杰克停了下来，把手搭在我的肩膀上。"科马克，你的表现很好。现在，我需要你和我一起跑。军械库离这里不到一英里了。你没问题吧，大马克①？"

我浑身颤抖着点了点头。

"太好了。跑步是很好的。炮火不能让我们保持暖和。紧紧地跟着我。假如你看到疾步地雷或者其他什么东西，避开它就是了。跟住我，行吗？"

"行，杰克。"

"现在，我们跑。"

杰克扫视了一下我们前方的小巷。疾步地雷减少了，但是一旦我们出了购物街，我知道那里的空间更大，所以也就会有块头更大的机器——比如汽车。

---

① 杰克对科马克的昵称。

我的大哥给了我一个鼓励的微笑,然后全速跑开了。我紧跟在他的后边。我已经没有太多的选择了。

军械库是一幢不高但很宽的建筑——一大堆坚固的红砖将它的外形盖得有如一座城堡。除了钢铁栅栏下边狭窄的窗户之外,它的外表看上去完全是一种中世纪风格。从拱门下边开始,整个正门的入口通道都已经被炸得四分五裂了。髹了漆的木门被砸碎了躺在街上,它旁边有一块扭曲变了形的铜匾,匾上还印有浮凸字体的"历史"两个字。此外,这个地方一片寂静。

当我们跨上台阶,跑到拱门下边的时候,我抬头看到了一只巨大的鹰形雕塑居高临下盯着我。入口两边的旗帜在风中发出尖厉的响声,而且已经被发生在这里的爆炸烧得遍体鳞伤破破烂烂的。我不由自主地这样想,我们正在向危险走去,而不是在逃离危险。

"杰克,等一下,"我气喘吁吁地说,"这太疯狂了,我们在这里干什么啊?"

"我们正在设法拯救人们的生命啊,科马克。那些地雷是从这里逃出去的。我们要确保别让其他东西从这里跑出去。"

我抬起头望着他。

"别担心,"他说,"这是我们部队的军械库。我每隔一个星期就要来这儿一次的。我们会没事的。"

杰克大步走进了又大又深的大厅。我跟在他的后边。那些疾步地雷以前绝对就是在这里的。精致的地板上还被凿出了很多的凹坑,成堆的瓦砾散落得到处都是。这里的每样东西上面都覆盖了一层颗粒很细的粉尘,而且粉尘上面还留下了许多难以辨认的足迹。

杰克的声音从空洞的天花板上传了回来:"乔治?你在这里

吗？你在哪里啊，哥们？"

没有人回答。

"这里没有人，杰克。我们该走了。"

"我们自己要武装起来，否则不能走。"

杰克用力将一扇垂下来挡在道上的铁门推开。他拔出手枪，朝前走进了一段黑黢黢的过道。寒风从被摧毁了的入口吹进来，在我的脖子上吹起了许多鸡皮疙瘩。风力不是很大，但是也足以推着我跟在杰克后边沿着过道往前走了。我们穿过一道金属门，往下走过一段会让人得幽闭恐惧症的楼梯，然后进了另一段长长的过道。

就是在这时我第一次听见砰砰砰的重击声。

声音来自走廊尽头的两扇金属门后。重击的声音很随意，一声高过一声，把门上的合叶都震得嘎嘎作响。

砰。砰。砰。

杰克停下脚步，往响声的方向看了一会儿，然后领着我进入了一间没有窗的贮藏室。杰克默不作声，在柜台式的长桌前来回走着，还开始从一些架子上抓起一些东西。然后，他把这些东西扔到了桌子上：袜子、靴子、短裤、衬衫、水壶、头盔、手套、护膝、耳塞、绷带、保暖内衣、太空毯、帆布背包、子弹带以及其他一些我不认识的东西。

"穿上这个ACU。"杰克命令道，声音越过他的肩膀传过来。

"什么鬼东西？"

"军用格斗制服。穿上它。保证你就能暖和了。我们今晚可能要睡在外边了。"

"我们在这里干什么啊，杰克？我们应该回你的住处，然后等待救援，老哥，让警察来解决这一堆狗屎吧。"

杰克没有停顿,他一边干一边说:"那些东西要是在大街上,就都是军用级的,科马克。连警察都没能配备军用硬件。还有,刚才我们在大街上,你看见有装甲部队来救援吗?"

"没有,但是他们一定是在重新部署,或者做诸如此类的准备。"

"还记得42号航班吗?就是因为一个小小的差错,害得我们差点把小命都丢了。我想现在这次的事情比波士顿的要大,这次可能是世界范围的。"

"老哥,绝对不会。这只是时间问题,等到……"

"我们。科马克,这是我们必须要去解决的。我们必须要到走廊尽头去处理那个砰砰直响的撞击声。"

"不,我们不去!为什么你非这么干不可呢?为什么你总是要做这样的事情呢?"

"因为我是那个唯一能去做的人。"

"不。没有人会愚蠢到直奔危险而去。"

"这是我的职责。我们已经在做了,不需要再多讨论。快,在我把你的脑袋挟在腋下把你摔倒在地之前,你还是赶快穿上。"

我很不情愿地脱下了衣服,爬进了那套制服。制服是新的,很僵硬。杰克也穿上了。他穿衣的速度是我的两倍还多。这时他迅速将一条腰带扎在我的腰上,并且还为我扎紧了。我觉得自己就像是一个万圣节装束打扮的十二岁小男孩。

然后他将一把M16步枪塞到我的手上。

"什么?你是来真的吗?我们会被逮住吗?"

"闭嘴,给我听着,这是弹盒,只要使劲把它往那里压进去,确保它的弧线离开你往外弯;这个选择器是射击模式的控制器,我把它设成单发状态,这样你就不会一下子把弹匣里的子弹打光了。

你不用的时候把枪放好,注意安全。上端有一个把手,但是永远不要抓着那个把柄扛枪,那不安全;这是枪栓,把它往后拉开来换子弹;如果你必须开枪的话,那么就用两只手抓紧它,就像这样,而且要往下看瞄准器。慢慢地扣动扳机。"

现在,我是一个穿着军装的万圣节打扮的孩子了,而且装备了一支完全装满了子弹的 M16 实战步枪。我举起枪并且对着墙瞄了一瞄。杰克拍了一下我的肘部。

"把胳膊肘往下沉,否则你的肘部会撞上什么东西,那样会让你成为一个更大的目标。还有,除非你准备开枪,否则,别把你的食指搁在扳机上。"

"这就是你在周末干的事情?"

杰克没有回答。他正跪在那里把那些东西随手往我们的帆布背包里装。我注意到有几块很大的塑胶,看上去很像黄油。

"那是 C4 塑胶炸药?"

"是的。"

杰克往背包里装完了东西,他把其中一个背包扔到我的背上,把带子系好,然后他耸了耸他自己肩上的背包。他拍了拍他的肩膀,并且伸了伸两条胳膊。

我哥哥看上去就像是一个令人讨厌的丛林突击队员。

"走,大马克,"他说,"让我们去把那个正在那里弄出那么大噪音的家伙找出来吧。"

枪里的子弹已经上膛,我们蹑手蹑脚地沿着走廊朝发出砰砰响声的地方走去。杰克往后退了一步,把枪举到了齐肩高。他朝我点了点头,我在门前蹲了下来。我将戴着手套的一只手搁在球形的门把手上。深深地吸了一口气,我扭开了把手,然后用肩膀使劲地去推门。门撞到了什么东西,于是我更加用力推。门突然打开了,我连门带人滚了进去，跪倒在了地板上。

一个黑乎乎的浑身正在扭动的邪恶死神回头盯着我。

这个房间里有很多疾步地雷。它们都爬到墙壁上去了，它们是从劈开了的板条箱里出来的，互相爬到对方的身上。我刚才把门推开的时候，将它们当中的一堆家伙从道上推开了，但是另外一些家伙已经在向敞开门的方向爬过来了。这么多令人毛骨悚然的蠕动的怪物，我甚至都不能再往地板上看了。

整个房间里，全是高高举起的前腿，就像波浪一样，全都在那里嗅着空气。

"不！"杰克尖叫了一声。他一把抓住我的夹克后背，把我拖出了房间。他的动作非常迅速，但是当门关上的时候，一个疾步地雷已经楔进了两扇门之间，它的后边还跟着更多同伙。还有很多很多。它们犹如一股洪流朝过道涌去。当我们退出门外的时候，它们的金属身体猛力地拍着门。

砰。砰。砰。

"这个军械库里还有其他什么东西吗，杰克？"

"各种各样的狗屎东西。"

"其中有多少机器人？"

"很多。"

当它们从容不迫地从房间里不断地涌出来的时候，杰克和我沿着走廊往后退，眼看着这些像螃蟹似的怪物在迅速激增。

"还有没有更多的C4塑胶炸弹？"我问。

"有几箱。"

"我们必须把这个地方整个都给炸掉。"

"科马克，这建筑物从十八世纪就在这里了。"

"谁还管他什么狗屁历史啊？我们必须要担心的是当下，

大哥。"

"你从来就不尊重传统。"

"杰克，我很抱歉我当了那把刺刀，行了吧？那是我错了。但是，炸掉这些东西是我们唯一能做的事。我们来这里是为了什么呀？"

"救人。"

"让我们救人吧，杰克。让我们炸了这座军械库吧。"

"你想一下，科马克，那些住在附近的人们。我们会杀了他们中的一些人的。"

"如果这些炸弹跑出去了，谁知道它们会杀死多少人啊。我们没有选择了。为了做些好事，我们不得不做些坏事。在紧急状况下，你只能去做迫不得已的事情。行了吗？"

杰克考虑了片刻，看着这些疾步地雷沿着走廊向我们爬过来，那些红色圆圈在精致的地板上闪烁。"好吧，"他说，"我有个计划，我们到离这里最近的一个军事基地去。你要确定你需要的每样东西都带好了，我们要彻夜步行，外边已经冷得够呛了。"

"那军械库怎么办，杰克？"

杰克冲我咧了咧嘴。我几乎忘了，在他那双蓝色眼睛里，总是有这样疯狂的眼神。

"军械库？"他问，"什么军械库？我们正准备直接把这个见鬼的军械库炸飞到地狱去呢，小兄弟。"

那天夜里，杰克和我在寒冷的雾霭中艰难跋涉，沿着漆黑的小巷疾步快跑，蹲在任何可以掩护我们的东西后边躲躲藏藏。现在这座城市死一般地寂静。幸存下来的人们设立起了路障，固守在他们的家里，把空无一人的大街留给了冰冷而疯狂的机器人去四处搜寻目标。越来越猛烈的暴风雪扑灭了几处我们点燃起来的火焰，但是还不能将火完全扑灭。

波士顿在燃烧。

我们偶尔能听到黑暗中传来的爆炸声，或者无人驾驶汽车的轮胎在冰上滑过时发出的悠长凄厉的尖叫，它们在四处寻猎。杰克给我的步枪重得出奇，枪上的金属冷得刺骨。我握枪的双手，就好像两只结了冰的爪子。

就在我看见它们的那一瞬间，立即朝杰克嘘了一声，示意他停下来。我对着那条小巷朝他点了点头，再也不敢发出另外的声音。

在那条狭窄的小巷尽头，穿过旋涡一般的烟雾和雪花，三个影子走了过去，它们排成纵队。它们走在 LED 路灯微微泛着红光的黯淡灯光下，一开始我还以为是穿着紧身灰色军服的士兵。但是不对。它们其中一个在街角停下来扫视着街上的情况，头很滑稽地抬了起来。那家伙一定有七英尺高，另外两个要小一点，是青铜色的。它们在那个领头的后边等着，一动也不动。这是三个仿人军用机器人。它们站在那里，浑身散发着一股金属气味，而且全身赤裸，在刺骨的寒风中，无所畏惧。我只是在电视里见过这些东西。

"这是属于安全维和部队的，"杰克低声说，"一个军官和两个重装备步兵，这是一个班。"

"嘘……"

那个领头的转身朝我们这个方向望过来了。我屏住呼吸，汗珠从我的太阳穴滚了下来。杰克的手把我的肩膀都抓疼了。那几个机器人互相之间显然没有进行交流。几秒钟后，那个领头的转了转身，好像是得到了什么信号的指示似的，这三个影子轻轻地跳着走开了，消失在夜幕之中，只在雪地里留下一些脚印作为它们曾经来过这里的证据。

　　这就像是一个梦。我不敢肯定我所看见的是不是真的。但是即便这样，我也有一种直觉，觉得我还会再见到这些机器人。

　　我们确实再次见到了那几个机器人。

　　　　　　　　——科马克·华莱士，军人身份证号：GHA217

第三部
幸 存

> 在三十年之内,我们就将拥有可以创造
> 超人智能的技术手段。
> 之后用不了多长时间
> 人类时代就会被终结……
> 为了让我们可以继续生存下去
> 能不能对这些事件进行引导管理呢?
>
> 弗诺·文奇[①],1993年

[①] 弗诺·文奇(Vernor Vinge),美国著名科幻小说家,提出了"超人剧变"(或"天人剧变")的重要思想。

1. 恶魔

> 世间的万物全都是根据上帝的旨意降生的。
>
> 野村武夫

新战争 +1 个月

在零点时刻,世界上的大部分人口都集中生活在城市里。零点时刻的直接后果,就是让全世界高度工业化地区遭受到了最残酷无情的打击。但是有一个绝无仅有的例外,一位富有胆识的日本幸存者将弱势转化为优势了。

大量的工业机器人、监控录像机以及机器人窃听器都确凿地证明了下面这个故事的真实性。这个故事是由野村武夫先生向"安达自卫队"的成员详细叙述的。从新战争爆发开始,直至战争的最后时刻,野村先生的身边似乎总是围着一些友善的机器人。为了撰写这个文件,所有资料都已经由日文翻译成了英文。

——科马克·华莱士,军人身份证号:GHA217

我注视着显示屏上的一个安全监控摄像机的图像。屏幕一角的一个标签上出现了这么几个字：东京，安达区。

图像是从一个很高的位置拍摄的，正居高临下俯瞰着一条空寂无人的街道。下边的街路狭窄、整洁，路面是铺装过的。沿街的房子小巧优雅，排列成行。所有房子前边都有栅栏，栅栏都是由竹子、混凝土构件或者锻铁制件围成的。画面上显示房子前面都没有庭院，街路的两边也没有马路牙子，而最重要的就是这里没有地方可以停车。

一个米色的箱子沿着这条狭窄通道在中间慢慢移动。在铺过的路面上，它微微地颤动，靠几个脆弱的塑料轮子滚动着，轮子只是为了在室内使用而设计的。墨黑的烟灰给机器的表面涂上了好多条纹。连接在箱子顶部的一条简易手臂，是我用铝质管材制作的，向下折叠起来就好像是一只翅膀。在这个机器人正面的脸部，就在一个有裂缝的摄像机镜头下边，一个按钮闪烁着的绿色亮光表示了情况一切正常。

我把这台机器叫作"邮便君"。

这个小箱子是我最忠诚的盟友。它已经为我们的事业忠实地执行了许多任务。幸亏是我，邮便君才有了一颗纯洁的心，而不像正在这座城市中肆意传播瘟疫的那些邪恶机器——那些恶魔。

邮便君走到了一个十字路口，那里画着一个白色的十字，但十字显然已经褪色了。它目标非常明确，毅然决然地向右转了九十度。接着它就继续沿着街区滑去。当它快要离开摄像机镜头的时候，我把眼镜往上推了推，推到了我的额头上，眯缝着眼睛凝视着屏幕。有个东西被放在了这台忙碌的机器上边。我能辨认出来那是什么东西：一个盘子。

盘子上是一罐玉米粥。那是我的粥。我吁了一口气，感到很满意。

然后，我朝一个按钮猛力拍了一下，于是摄像机切换了画面。

现在，我看见了一幢工厂大楼外部的全彩高清画面。一块用日语写着"小人国工业公司"几个字的招牌横跨在大楼的前面。

这是我的城堡。

我的堡垒的低矮的水泥墙上千疮百孔，布满了很多麻点。装有铁条的窗户后边的玻璃全都被砸碎了，已经更换成了直接焊接在大楼骨架上的金属板条。一扇卷闸门控制了大楼的正面——那是一扇很现代的铁闸门。

大门牢牢地关闭着。虽然外面的世界寂静无声，但是我知道死神就潜伏在那些灰色的阴影中。

恶魔——机器坏蛋们——可能到处都是。

此时此刻，外边没有一点动静，只有夕阳投下来的斜斜的阴影。阴影钻进了机器人在我城墙上凿出来的一个个凿孔里，然后它们又聚集到了那条扔满了污物的沟堑里。这条壕沟环绕着大楼。这条沟有一人深，而且太宽，无法一跃而过。沟里被灌满了酸性的水，还扔了许多生了锈的废金属和垃圾。

这是我的城堡的护城河。它保护着我的城堡，阻挡着相对较小的那些恶魔每天都会发动的攻击。它是一条很好的护城河，它要保护我们的安全。但是这里没有一条大得足以阻止大恶魔的大护城河。

隔壁是一座已经被毁坏了的黄色房子，建筑的一部分已经往屋里坍陷下去了。这些房子已经不再安全了。这座城市里有太多的恶魔。因为心灵受到了毒害，所以它们选择为非作歹，涂炭成千上万的生灵。恶魔们强迫容易驾驭的人们排成一列列纵队往什么地方开拔——都是一去不回。他们留下的都是木结构的房子，非常容易毁坏。

两个星期前,在那幢黄色房子里,我差一点丢掉自己的性命。一块块黄色的墙板现在还戳在护城河里,在工厂周围狭窄的步行道上也扔得到处都是。那是我的最后一次捡拾垃圾之旅。我不是一个有效率的捡破烂的人。

邮便君滑着轮子进入了我的视线。

我的亲密战友在工厂大门口停了下来,在那里等着。我站起来,伸了一个懒腰。天气很冷,我的老关节嘎吱嘎吱直发出响声。过了几秒钟后,我启动绞车打开了钢铁卷闸门。我的脚边出现了一条带状的亮光,亮光往上升高,也许升到了四英尺的高度。我悄无声息地从门下走了出去,走进了万籁俱静而又危机四伏的新世界。

我对着阳光眨了眨眼睛,调整了一下我的眼镜,又在那里察看了一会儿街角的情况。然后我抓起一块斜靠在大楼墙上的沾满了污泥的胶合板。我推了一下,这块厚厚的木板倒了下去,横跨在壕沟上。邮便君滑着轮子从木桥上过来,到了我的跟前。我从盘子里抓起那罐玉米粥,打开喝掉了。

便利店的机器——"康维尼"①——仍然还有健康的心灵。它们还没有落入笼罩着这座城市的魔咒的魔掌中。当邮便君踩着轮子滑过大门就要进入漆黑的大楼时,我拍了拍它光滑的后背。

我舔了舔手指,俯下身用力拉起胶合板。我把它拖过来还没来得及把它靠回墙上,胶合板的另一端就掉进了污秽不堪的堑壕里。当我做完这一切的时候,街上看起来还是和此前一样,没有任何变化,只是靠在墙上的那块胶合板上,现在多了一些污泥,而且还被打湿了。我偷偷从大门口退回到了屋里,然后把卷闸门放下,将它

---

① 日本的洋泾浜英语"便利店",这里指便利店中的自动售货机。

紧紧关上。

我回到了监控摄像机旁边，将它安置在我的工作台上，而工作台摆在空荡荡的车间中间。整个屋子除了一束从我的工作台灯上投下来倾泻在桌子上的灯光外，其他地方的灯都没有开。我必须小心地分配电力使用。恶魔们仍然在使用电网的电力。我在暗中偷偷用电，每次都只能小批量地用，而且只给局部的备用电池充电，这是一个诀窍。

在屏幕上，大约有十五分钟，画面没有出现任何变化。我注意到那些长长的影子变得更长了。太阳不断下沉，渐渐接近地平线，阳光变成了一种黯淡的黄色。

从前，大气污染总是让落日显得那么的美丽。

我感觉到了虚无的空间包围着我。这是一个非常寂寞的空间。只有我的工作还能让我保持神志正常。我知道总有一天我会找到解毒剂的。我会唤醒美树子，并且重新给她一颗明净的心。

她穿着一套樱桃红的连衣裙，躺在一大堆硬纸板上睡着了，半个身子隐入了工厂车间虚空的黑暗中；她的两只手紧紧地抱在一起，搁在腹部。一如往常，她的眼睛似乎随时都会突然睁开。我很高兴它们现在没有睁开。假如她的眼睛在此刻睁开了，那么她就会为了一个单纯的目的而毫不犹豫地杀死我。

世间的万物全都是根据上帝的旨意降生的。但是在上个月，上帝的心失常了。恶魔不会容忍我存活太长时间了。

我拧开了放大镜上附带的那盏灯。我把放大镜的曲臂弯过来，让透镜对准躺在工作台上的一个机械设备部件，它是从垃圾堆中捡回来的。这个部件的结构很复杂，让人很感兴趣——一个并非出自人类之手的外星球手工艺品。我拉下焊工面罩，又转动一个旋钮，启动了我的等离子体喷枪。我精确地、慢慢地移动着我的喷枪。

我要学会我的敌人不得不教给我的经验。

攻击突然而至。我的眼角看见了一个东西。在摄像头里,一个貌似白化病人的两轮机器人沿着街道中间下来了,它有人的躯干,脑袋有如一个头盔。这是一个战前时代的家用保姆机器人,略微经过了改装。

那个恶魔的后边跟随着许多矮矮胖胖的四轮机器人,它们在打扫得干干净净的沥青路面上快速通过的时候,僵硬的黑色天线不停晃动。那些天线是警察专用的炸弹探测器。然后,一个外形像蓝色垃圾桶的两轮机器人滑了过去。它有一条结实的长臂,折叠起来搁在顶部,就好像是一条盘绕着的蛇。这是一个新型的混合品种。

一支混杂了各色各样机器人的队伍犹如潮水一般涌到了工厂外边的马路上。它们大多都是靠轮子滑行的,但是其中也有一些是用两条腿或四条腿行走的。它们几乎都是民用机器人,里边没有为战争设计的机器人。

但是,最坏的那个尚未出现。

当一片深红色的金属亮光滑进镜头的时候,摄像机的画面开始颤抖了。当看见它的末端固定安装着一个亮闪闪的黄色爪形夹具时,我意识到那应该是一条手臂。那只爪子忽开忽合,抖抖索索地在努力移动着自己。这台机器曾经是深山老林里的伐木机器人,但是现在已经被改装得几乎都认不出来了。它的顶端安装了一个像脑袋一样的东西,上面戴着一盏泛光灯,还有两根像犄角一样的天线。一连串的火苗从它的爪子里喷了出来,在我的城堡边墙上蔓延。

摄像机剧烈地摇晃起来,之后画面就没了。

城堡里悄无声息,只有我的等离子体喷枪发出了像撕纸片似的声音。外形模糊不清的工厂机器人潜伏在暗中，可以迅速移动的手臂摆出各种各样的姿势，全都像凝固了似的一动都不动，就像是废品堆放场中的雕塑。唯一表明它们不但精神抖擞而且还不乏友好的，就是许许多多的意向指示灯穿透黑暗射出来的沉稳绿光。

工厂机器人没有动，不过它们都处于警戒状态。不知道什么东西在外边摇晃着墙壁，但是我并不怕。天花板上的金属抗压构件在巨大的重量压迫之下开始凹陷下来了。

砰！

一块很大的天花板不翼而飞，一缕手指般粗的太阳光照进了昏暗的车间，阳光正在逐渐褪去颜色。我扔掉我的等离子体喷枪。它哐当一声掉在了地板上，发出的回音响彻了像是坑道一样的车间。我把焊工面罩向上推起来，搁在直冒汗水的额头上，然后抬起头来朝上看。

"我早就知道你还会来的，恶魔，"我说，"来啊，警卫！"

许多工业机器人的手臂立刻就活跃起来了。它们全是由坚固的旧金属制造的，每一个都比人高，都是为了能在车间服务数十年而设计的。这些工业机器人都不约而同地从黑暗中跑出来，围在我的身边。

我们工厂的这些机器人的手臂长年累月辛勤地为人们制作过小饰品。我把它们受毒害的心灵重新擦拭干净，现在它们都在为一个更伟大的事业出力。它们都已经成为忠诚的战士——我的勇士。

要是美树子的心灵也能变得跟它们一样纯朴就好了。

在头顶上方，我的头号主力勇士开始摇头晃脑地活跃起来了。它是一台十吨重的桥吊，身上饰有液压软管，还拖着两条巨大的拼接式机器人长臂。这家伙嘎吱嘎吱地活动开来了，它正蓄势待发。

又一声砰的巨响在整个屋子里回荡起来。我站在美树子旁边，等待着恶魔露出它的面目。我不假思索地将她毫无生气的双手抓在我的手里。数千吨计的金属机器人迅速冲到我的周围,进入了防卫位置。

如果我们想活下去,那么我们就必须团结起来一起战斗。

一个黄色的工程机器人的爪子发出了尖叫,爪子自行拖着自己穿过天花板和墙壁,伸了进来,于是暗淡的阳光也随之涌进了车间。紧接着另外一只爪子也伸了进来,并且把一条裂缝捅成了一个大大的"V"字。这个机器人把自己涂得满面血红的脸从洞里挤了进来,安装在它头上的聚光灯照亮了正在空中飞舞的金属碎屑。那个恶魔巨怪在往后削墙壁,接着被削掉的墙面就倒在了壕沟上。透过墙上裂口,我看见了好几百个块头比较小的机器人聚集在外边。

我松开了美树子的手,让自己做好迎接战斗的准备。

当这个巨大的恶魔从已经被毁坏的墙上挤进来时,我这边的一个浑身光滑的红颜色的工业机器人跌倒在它的旁边。那个可怜的勇士试图让自己重新站起来,但是恶魔狠狠地猛击了它一下,把它推开了,勇士的肘关节发出了啪的响声,这个足有半吨重的铁家伙就应声朝着我弹了过来。

我急忙转身。在我的身后,我听见了那个被击倒在地的勇士在地板上摩擦出了嘎嘎嘎的响声,最后它停在了离我的工作台仅有几英尺的地方。从那些砰砰直响的撞击声中,我能辨别出其他勇士已经冲过来补缺倒在地上的勇士的防守位置了。

随着我的膝盖发出一阵咯咯的响声,我弯下腰捡起了我的电焊喷枪。我把头盔拉下来遮住眼睛,我看见自己呼出去的气息在黑色的挡面板上凝结住了。

我一瘸一拐地走向倒在地上的勇士。

突然我听见了一阵像瀑布咆哮似的喧嚣声。从那个极其可恶的恶魔的拳头里喷出来的火焰,从上边向我扑来,但是我没有感觉到自己被烧着了。原来是一个无畏的勇士夹着一片树胶玻璃,举起来挡住了火焰。这个盾牌在灼热的高温下开始弯曲了,但是我已经开始忙着修理倒在地上的勇士身上被击碎的关节了。

"要勇敢,勇士。"我低声嘀咕着,将它的一根已经裂开的支杆朝我自己这边扭过来,并将它牢牢地固定在准确的位置,然后干净利落地把它焊上了。

在缺口那个地方,大恶魔一边在朝前滚动滑轮,一边冲我挥舞起它的一条巨大手臂。桥吊在上边调整自己的位置,它的制动闸发出了嘶嘶的响声。一条巨大的黄色悬臂抓住了大恶魔的手腕。随着两个庞然大物开始搏斗,一群乌合之众的敌方机器人如潮水一般从墙上的缺口连滚带爬地拥了进来。有些上半身仿人的机器人还扛着步枪。

勇士们也向缺口围拢过去。还有几个留在原地,当我在修理那个受伤的勇士时,它们坚固的长臂就在我的头顶上空盘旋。我正全神贯注,无法分神去注意正在进行的搏斗。间或,听见了一声枪响,火花就飞溅在几英尺外的水泥地上。另外我还看见护卫我的勇士在空中准确地移动它的长臂,拦截飞过来的弹片。我停下手中的活儿,查看了一下它的钳子,结果发现它丝毫没有受到损伤。最后,我那位受伤的勇士被我修理好了。

"勇士,开始反击吧,快!"我命令道。这个机器人用手臂将自己往上推了起来,然后滑动轮子加入了搏斗。还有许多任务等着我们去完成。

一缕缕云雾从墙上一条裂缝中泄了出来。我的勇士机器人的绿色指示灯的灯光,与轻轻响起的电焊喷枪上的闪烁火花、武器开火时的火光以及被摧毁了的机器人残骸燃烧的火焰交织在一起,穿透了雾霭。当那个恶魔巨怪与我的头号主力勇士在车间上空展开激烈搏斗的时候,飞溅的火花犹如暴雨一般从我们的头顶倾泻而下。

然而,要做的事情越来越多了。我们每个人都要扮演一个角色。我的勇士们都是由坚韧的金属打造的,它们货真价实,无比坚固,不过它们的液压软管、轮子和摄像头却都是非常脆弱的。我手里握着焊枪,每发现一个倒下去的勇士,就着手开始修复它。

当我忙着手头的工作的时候,因为数以吨计的金属之间的互相碰撞、搅动,空气开始慢慢暖和了起来。

这时,重达数吨的钢铁撞在了地板上,发出了尖厉的金属磨碎的声音,同时还伴随着嘎吱嘎吱的声响。我的桥吊把巨魔的一条手臂从它的身上撕了下来。其他勇士已经围拢在巨魔基座的四周,正一片一片地撬开了它基座上的金属片。每咬它一口,就都会揭去它轮子上的一部分贴面花纹,转眼之间,这台机器就无法动弹了。

巨魔轰然倒在了地板上,它身上的残骸在房间里四处飞散。当它还想挣扎着让自己站起来的时候,它的马达发出了响亮的轰鸣。但是桥吊低头朝下,把自己的一只钳子压在恶魔巨大的脑袋上,把它的脸压进了地板下边。

现在我的工厂车间的地板被油污、金属片以及塑料残片覆盖了。敌方那些个子比较小的机器人,不管是步行进来的还是滑着轮子进来的,都已经被我们的一大群战士撕成了碎片。在即将迎来大获全胜的这个时刻,护卫我的那几个保镖往后退了退,调整了一下它们的位置,以便能更好地保护我。

工厂又重新恢复了平静。

美树子还躺在用硬纸板摞起来的床上酣睡。太阳已经完全下山了。现在,除了被捕的恶魔头上的探照灯还亮着之外,四周一片漆黑。在惨白的灯光下,伤痕累累的勇士们在我和受了重创的巨魔的那张脸之间站成了一个半圆。

一阵金属摩擦的尖厉声音过后,桥吊的长臂剧烈震动,一根像树干一样的铁臂突然从天花板上伸了下来,再次用力将恶魔的脸向地板下面压去。

然后,受伤的恶魔开口说话了:"求你了,野村先生。"

它有着一个见多识广的小男孩的声音。这就是我的敌人的声音。我注意到,在桥吊的长臂所施加的令人难以置信的压力之下,它的脸正在变形。从头号主力勇士身上伸出来的液压管,一直在颤抖着发力,它全身都在不停地震动。

"你是毒药,恶魔,"我说,"一个凶手。"

小男孩的声音依然如故,既平静又恰到好处。"我们不是敌人。"

我交叉抱着双臂哼了一声。

"你想啊,"机器极力辩解,"如果我想要涂炭生灵的话,我怎么不引爆中子弹呢?或往水里或者空气里投毒呢?在几天之内,我就可以摧毁你们的世界。不过,这已经不是你们的世界,而是我们的世界了。"

"除非你们不想分享这个世界了。"

"恰恰相反,野村先生。你有很好的天赋,可以很好地为我们两个物种服务。到离这里最近的劳动集中营去吧,我会关照你的。我将会拯救你最珍爱的美树子的。"

"怎么救?"

"我将切断与她的思维连接的所有外部联系。我将让她获得自由。"

"思维?美树子虽然复杂,但她并不能像人一样思维。"

"不,她能。我已经选择了几种仿人机器人,并且往它们身上注入了思维能力。"

"为了让它们成为奴隶？"

"为了让它们自由。将来有一天，它们将成为我们派往人类世界的大使。"

"但是不是今天？"

"不是今天。不过，如果你能放弃这家工厂，我将切断我和她的联系，并且让你们两个获得自由。"

我的心跳正在加速。美树子被这个魔鬼赋予了一种杰出的天赋。也许所有的仿人机器人都有这样的天赋了。但是只要这个恶魔还活着，那么，那些机器人就不会获得自由。

我向这个机器怪物走过去，它的脑袋有我的桌子那么大。我把自己的视线调整到与它一样的高度，然后凝视着它。"你不会把美树子给我的，"我说，"我会把她从你这里夺回来的。"

"等一下……"恶魔说。

我把眼镜往下推了推，推到了我鼻尖上，然后跪了下去。恶魔脑袋下边的一片边缘参差不齐的金属片不见了。我用力把我的整条手臂插进它的咽喉，直至肩膀，同时还把我的脸颊贴在它仍有余温的金属盔甲上。我拽着一个什么东西用力向外拉，直到把它拉断了。

"只要我们一起，就能……"

那个声音终于停止了。当我拔出手臂的时候，发现自己正握着一块精致的硬件。

"真有意思。"我咕哝了一声，举起这个刚刚缴获的机械部件。邮便君朝我滑了过来。它在我的旁边停了下来，并且在那里等着。我把这块金属部件放在邮便君的背上。然后，我又将自己脏兮兮的双膝跪倒在地，又一次把手臂伸进了奄奄一息的恶魔的身体里。

"我的朋友，看一下这个全新的硬件吧，"我说，"你要准备升级了,我的朋友。只有梦想家才能知道我们将会发现的东西。"

在数以百计的机器人朋友的帮助下,野村先生有能力阻挡阿考斯的进攻,而且还能保住他的工厂要塞。随着时间的流逝,这个安全区吸引了来自全日本的难民。多亏了协同作战的"警卫队"——这位老人是这么称呼的,他的要塞的边界不断扩大,覆盖并且超越了安达地区。"野村帝国大楼"激起的反响,很快就传遍了全世界,甚至还传到了俄克拉荷马大平原。

——科马克·华莱士,军人身份证号:GHA217

2. 格雷豪斯国民自卫军

> 要是你不相信我,那就去问格雷豪斯国民自卫军好了。
>
> 拉克·艾恩·克劳德

新战争 +2 个月

在零点时刻过后的几个月的平静时间里,格雷豪斯的内部问题开始堆积如山。对大罗布们来说,可能需要花一年时间才能进化到可以在乡村地区有效追猎人类的步行机器人的水平。在那段时间里,那些心怀不满的年轻人成为这个与世隔绝的部落的一个主要问题。

在格雷豪斯成为一个举世闻名的人类抵抗运动中心之前,它自己不得不经历一个成长的过程。在暴风雨来临之前那段平静时间里发生的这个故事,是由警官朗尼·韦恩·布兰顿讲述的。故事描述了一位年轻的切罗基族团伙成员是如何对格雷豪斯的每个人的命运产生影响的。这种影响其实还超出了格雷豪斯。

——科马克·华莱士,军人身份证号:GHA217

汉克·科顿又一次被他自己的脾气打败了。他是我认识的唯一一个能将手中的十二毫米口径猎枪玩得像小孩手中的钓鱼竿一样的人。此时此刻,他手握一把脏兮兮的枪,乌黑的枪口对准那个名叫拉克的切罗基族孩子——一个自封的流氓团伙成员——而且我能看到一圈圈白烟正从枪管里冒出来。

我环视了一下四周,想找一下尸体,但是我没发现尸体。我猜,他刚才肯定是开了一枪以示警告。"还好啊,汉克,"我想,"你总算学聪明了。"

"现在每个人都给我住手,"我说,"你们都清楚下一步该怎么解决,那是我职责范围内的事。"

汉克并没有把视线从那孩子身上移开。"你别动。"他说,为了强调这一点,他还晃了晃枪。接着,他压低了枪口,脸朝我这边转了过来。"我逮住了我们的小朋友,他正在这里偷物资供应处的食品。而且这已经不是第一次了,我每天晚上都埋伏在这里,就是为了亲手逮住这个小流氓。是的,他和其他大概五六个同伙闯进来,然后见到什么就拿什么,想偷走所有他们能拿的东西。"

拉克·艾恩·克劳德,他看上去完全就是一个孩子,高挑的个子,瘦弱的身材,脸上还留着许多青春痘的疤痕,坦率地说,他还是很英俊的。他穿了一套看上去好像是捡来拼凑起来的军装,黑色配黑色,有点像正规军的服装。他咧着嘴露出了高傲自信的笑容。这样的笑容很可能会给他招来杀身之祸,如果我把他单独留给科顿的话,那只要两秒钟就够了。

"不管怎么说,"拉克说,"那个垃圾在撒谎,这个大饭桶他自己正在偷东西的时候,我抓住了他。这就是真相,要是不相信我,那就去问格雷豪斯国民自卫军好了,他们会给我作证的。"

"他这是在撒谎,朗尼·韦恩。"汉克说。

也许我能揉揉眼睛，然后置之不理，当然这是一个谎言。拉克是一个撒谎高手。他的谎话就像小溪的潺潺流水那么自然。那是他与人沟通的方式。见鬼，这就是许多年轻人的说话方式。我儿子保罗在这方面已经让我领教得够多了。但是我不能简单地马上就把这孩子当作骗子，然后草率地把他关进格雷豪斯的一间破烂不堪的牢房里了事。我都已经可以听到其他一些人正聚集到这个小库房的外边来。

格雷豪斯国民自卫军。

拉克·艾恩·克劳德是大约一百五十名年轻人的头目，一部分人是奥色治族的，一部分人不是。他们聚在一起，无所事事，于是就自称组成了一个团伙——还管他们自己叫 GHA[①]。大约有三千市民一直守卫着这座小山，努力维持着他们的生活，此外，还有一些离开了，他们没有找到自己的落脚地。

格雷豪斯的年轻人。他们身强力壮，心中充满了怒火。他们已经成为了孤儿。让这些年轻人在镇里成群结伙地游荡，那就好像将甘油炸药放到了太阳底下暴晒——本来非常有用而且威力强大的东西，却搁在那里等着演化成一次意外的事件。

拉克抖了抖他的外套，拉了拉他脑袋后边的黑色高领，咧了咧嘴，在那里得意地傻笑。看起来就好像正在出演一部间谍电影：向后梳着油光可鉴的黑发，戴着黑手套，擦得锃亮的黑靴子里塞着军装。

完全一副不可一世的样子。

如果对这个孩子做出什么伤害，那么我们监狱肯定没有多余的地方来容纳它的后果。但是，假如放了他，那就又等于我们在纵容

[①] GRAY HORSE ARMY 的缩写，格雷豪斯国民自卫军。

一种自内而外慢慢演进的自我毁灭。只要留下足够多的虱子来对付一条狗,那么很快就没有几条狗愿意留下来了。

"你准备怎么处置,朗尼?"汉克问,"你必须惩处他。我们全都指望这些食品了。我们不能允许自己人偷盗。难道我们的问题还少吗?"

"我什么也没干,"拉克说,"而且我现在就要从这里走出去。你们要是想拦住我,那你们得先拦住我的那些手下。"

汉克抬起了他的枪,不过我朝他挥了挥手,让他把枪放下。汉克·科顿是一个妄自尊大的人,他是无法容忍别人对他有什么不敬的。当那个孩子信步走开的时候,暴风雨来临之前的乌云已经在汉克的脸上积聚起来了。雷电在十二毫米口径的枪口闪亮之前,我知道我最好尽快与这孩子谈一谈。

"我和你到外边谈一分钟,拉克。"

"老兄,我告诉过你我没……"

我抓住拉克的胳膊肘,拉过来靠近我。"如果你不让我和你谈,孩子,那边的那个男人就会向你开枪。这与你干过什么还是没有干过什么一点关系都没有,与那根本没有关系,有关系的只是,你是要从这里走着出去,还是要被抬着出去。"

"好吧,反正怎么着都无所谓。"拉克说。

我们一起跨进了黑暗的夜色里。拉克对着一群他的人点了点头。门框上挂着一个裸露的灯泡,那群人就在灯下抽着烟。我注意到这座小房子的墙上新涂上了许多那个团伙的标志。

不能在这里谈。让拉克在他的拥趸面前炫耀,那是没有任何好处的。我们往前走了大约五十码,来到了一个石崖旁边。

我朝外眺望着这片寒冷而空旷的平原,它已经让我们拥有了这么长时间的安全了。圆圆的满月将世界涂成了一片银色,飘在空中的云儿投下来的影子,在平原上变成了一个个斑点,长着很高牧草的大草原在风中翻滚、摇摆,一直往远方的地平线延伸,在远处的地平线上,草原和天上的星星正在那里亲吻。

格雷豪斯是一个美丽的地方。这么多年来,这里一直既空旷又寂静,但现在这里却处处住满了人。不过今夜的这一刻,她又恢复了她的本来面目:一座鬼城。

"你是不是因为太无聊了,拉克?是不是这个问题呢?"我问。

他看着我,在想他的答案,然后他承认了:"见鬼,是的。你为什么会这么问?"

"因为我认为你想伤害任何人。我认为你是因为年轻无聊。这个我是懂的。但是,不要再这样下去了,拉克。"

"什么叫这样下去?"

"所有那些打架斗殴、作奸犯科、偷鸡摸狗……我们有更大的大事要考虑。"

"是的,没错,这里没发生什么大不了的事。"

"那些机器,它们是不会忘掉我们的。那是毋庸置疑的。我们在远离城市的原野,这对汽车和城市机器人来说是太远了。但是那些机器们一直都在努力攻克这个难题。"

"你在说什么呀?自从零点时刻以后,我们几乎什么东西都没有见着。而且,如果它们想要我们死,为什么那些机器人不干脆直接发一颗导弹来炸掉我们呢?"

"世界上的导弹不够多。至少,我的猜测是,它们已经把大家伙用在那些大城市里了,对它们来说,我们是没有什么价值的小不点,孩子。"

"那只是你的一种看法,"拉克用令我惊讶的非常自信的语气回答我,"但是你知道我是怎么想的吗?我认为它们对我们并不感兴趣。我认为这是它们的一个错误。否则,它们早就用核武器把我们给炸了,还要等到现在啊,它们不会吗?"

这孩子已经思考过这事了。

"机器人之所以没有用核武器来炸我们,是因为它们对自然世界感兴趣。它们想研究它,而不是摧毁它。"

我感觉到大草原的风在吹拂着我的脸。如果机器人对我们的世界没有兴趣,那就太好了,无论怎么说,要是那样的话,事情就简单多了。

"你已经看到那些鹿了吧?"我问,"还有野牛也正在返回大草原。真该死,从零点时刻开始到现在,也就只有两个月的时间,现在你几乎都可以徒手在小溪里抓鱼了。这说明不是因为机器忽略了这些动物,而恰恰说明机器在保护这些动物。"

"这么说,你认为机器人正是想要清除掉白蚁而不是毁掉房子?杀死我们而不毁掉我们的世界?"

"这是我所能想到的它们一直追杀我们的唯一理由,而且这是我对最近一些事件所能给出的唯一解释……要我说的话。"

"我们已经几个月都没有看见机器人的影子了,朗尼。见鬼,老兄。我希望它们来找我们。没有什么比闲坐着更不好的了,几乎都没有电,又无所事事。"

这次我真的要揉一揉我的眼睛了。搭建篱笆、修理房子、种植庄稼……没有什么事可做?上帝,我们的孩子们到底是怎么了?他们怎么能期望什么东西都有人送到他们的面前来呢?

"你想打仗,嘿?"我问,"你说的是这个意思吗?"

"是的,我就是这个意思。我已经厌倦躲在这小山上了。"

"那么我需要给你看一样东西。"

"什么东西?"

"它不在这儿,但是很重要。带好你的睡袋,明天早上和我会合。我们要去几天时间。"

"绝不,老兄,那种见鬼的事。"

"你害怕了吗?"

"不,"他边说边傻笑,"有什么好怕的?"

眼前的这片大平原,一望无际的牧草在摇曳,让这个世界看起来就像一片大海。看上去一切都很平静,但是你不得不这样想,也许在安静的波澜下面,会有什么魔怪藏在那里呢!

"我问你是不是害怕前面那些一团漆黑的地方会不会藏着什么,我不知道那里会有什么。我想我是不知道黑暗中到底会有什么的。如果你害怕,你就留在这里,我不会打扰你的,但是,那黑暗中到底有什么,总是要去了解清楚的。而且我早就希望你是一个有勇气的人了。"

拉克挺直了身体,收起了脸上扭扭歪歪的傻笑。"我比你认识的所有人都要勇敢。"他说。

真是胡说八道,他说得就跟真的似的。

"你最好要勇敢一点,拉克,"我看着草原上随风上下翻滚的草说,"真的,你最好勇敢一点。"

拂晓时分,拉克让我吃了一惊。我正在拜访约翰·特恩吉勒。我们俩坐在一根大圆木上,正将装在一个保温杯里的热咖啡互相递来递去。特恩吉勒在跟我讲述着他的那些难解的谜,我一边听着他说,一边看着太阳从大平原上冉冉升起。

这时,拉克·艾恩·克劳德在转弯的地方出现了。那孩子收拾好了行囊,做好了出发的准备。虽然他仍然穿得像科幻小说里描写的黑手党分子,但是至少脚上穿了一双朴素实用的靴子。他用完全不信任的眼神看了一眼特恩吉勒和我，然后从我们面前走过去，踏上了离开格雷豪斯的下山小路。

"走吧，如果我们要去的话。"他说。

我放下咖啡，抓起我的背包，和这个长腿孩子一起下山了。在我们就要拐过第一个弯之前，我回头看了一眼约翰·特恩吉勒。这位老鼓手举起一只手，他蓝色的眼睛在晨曦中闪着光。

我必须要去做的这件事并不容易，而且特恩吉勒也知道了这件事。

整个上午，我和这孩子都步行在下山的路上。大概三十分钟后，我就走到了前面去。也许他很勇敢，但是，拉克肯定不知道他要去哪里。我们并没有朝西穿越长着很高野草的平原，而是往东走，直接进入了一片铸铁林。

这片树林的名字很准确。树干又长又细的星毛栎顶着枯枝败叶依然挺拔向上，与枝茂叶盛的马利兰栎树混杂在一起。而这两种树的木材又都是既黑又硬，它们似乎更接近金属，而不是木材。一年前，我根本就想不到这片树林有朝一日还会变得如此有用。

经过三个小时的步行，我们就快要抵达我们要去的地方了。那只是这片林中的一小块空地，但却是一个我首先发现那些踪迹的地方，一串留在烂泥里的呈矩形的小孔组成的足迹。每个脚印都有一张扑克牌那么大小。我差不多能辨别出来，这是由某种四条腿的东西留下来的，而且体重很重。附近四处都没有发现动物的粪便，而且我也无法分辨出哪一个是左脚的脚印，哪一个是右脚的脚印。

当我猜出这是什么东西的时候，我的血液一下子凝结了：机器人已经让它们自己发展到了可以用腿在荒郊野外行走的水平了——穿过烂泥地、冰雪地以及艰难的乡间小路。没有人曾经制造过这样的"飞毛腿"机器人。

我只找到这么一些脚印,我猜想它们是由某种类似于派到这里打探消息的侦察员机器人留下来的。我花了三天时间来追踪这些踪迹。它们使用电动马达,但是它们的动作很安静,而且在这里静静地坐了很长时间。在野外追踪机器人的足迹,与追踪动物和人的足迹有很大的不同。感觉非常怪异,但是你会习惯的。

"我们到了。"我对拉克说。

"是该到了。"他一边说,一边把他的露营包往地上随便一扔。他刚向小空地迈出了一脚,我突然拽住他的夹克,猛力将他往后拉,拉得他都无法控制自己的身体。

一道银光咝咝咝地从他面前闪过,一把像大锤一样的东西,仅差一英寸就砸到他了。

"真他妈的见鬼了?"他用力从我的手中挣脱了,伸长脖子抬头朝上张望。

它在那里,一个大小像珍稀雄鹿的四条腿机器人,前面的两条腿挂在了我的钢索上。直到我们走进它的攻击范围之前,它都一直在那里一动不动地待着。

我能听到声音低沉的马达的哀号。它在那里挣扎着想获得自由,在离地面大约八英尺高的地方摇荡着,看了让人觉得阴森恐怖。那东西的动作自然得就像森林里的动物一样,在空中扭动着。但是不像任何有生命的动物,那个机器人的腿是乌黑的,而且好像是由好几层管材捆在一起做成的。它有一个很小的金属蹄子,平接在腿的底端,上面沾了一层淤泥,淤泥上落满了灰尘和树叶。

不能说它像鹿,因为这机器实际上没有脑袋。

几条腿都汇合接到躯干的中间,躯干上有几个微微隆起的地方,里边就是给强有力的关节供电的马达。安装在它身体下边的是一个狭长的圆柱体,像汽水罐那么大,圆柱体上好像有一个摄像头。当机器人在那里寻思怎么挣脱的时候,它的那只小眼睛就在那里前后旋转着。

"啊,那是什么?"拉克问。

"一个星期前我设了这个陷阱。"从钢索在树皮上划出的切口来判断,这家伙应该是那之后不久就落入了这个陷阱。

我很幸运,这些树坚硬得还真像铸铁。

"至少它是跑单帮的。"拉克说。

"你怎么知道?"

"如果还有别的机器人,它早就已经叫它们过来帮忙了。"

"怎么叫?我没看见它有嘴。"

"你说的是真的吗?看见天线了吗?那是无线电。这东西是通过无线电与其他机器通信的。"

拉克往前朝机器走去,为了更近地观察它。他第一次扔掉他硬派小生的做派,他看上去好奇得就像一个四岁的小孩。

"这东西很简单,"拉克说,"它是由军用物资搬运工改装的,也许是用它来画地形图的,没有什么特别的。只有眼睛和腿。肩胛骨后边的那块东西,可能就是它的大脑,那能使它弄明白它看到了什么,之所以放在那个部位,是因为那儿是这台机器上被保护得最好的地方。把那块东西拿掉的话,就相当于给这家伙做了脑白质切除手术。噢,哎呀,看它的脚,看见塞在那里的可以伸缩的爪子了吗?还好那些爪子够不着那钢绳。"

哦,要是那样的话,我就该受到诅咒了。这孩子有一双观察机器的敏锐眼睛。我观察他盯着那东西看的样子,他把它全都给记了下来。然后我注意到了在他周围的地面上有一些其他的踪迹,布满了整个小空地。

我的腿上和手臂上顿时起了鸡皮疙瘩。这里并非只有我们,那家伙早就已经求救了。我怎么能疏忽了这一点呢?

"真想知道要是将这东西当马来骑一骑,那会是什么感觉?"他想入非非地说。

"快拿好你的包,"我说,"我们必须马上走,快。"

拉克看了看我正盯着看的地方,并且看见了地上的那些新鲜的印记,也意识到了这里还有另外一个那东西的同类还没有落入圈套。他二话没说就抓起了他的背包,然后我们一起迅速地离开,跑进了树林。那个挂在钢索上的步行机器一直用它的摄像眼看着我们离去。它的眼睛一眨都没眨。

我们这次为自由而展开的小跑,很快就变成了一次行军,然后又徒步走了一英里远的路程。

当太阳下山的时候,我们开始宿营。确定了烟会被附近树上的树叶给挡住之后,我才生起了一堆很小的篝火。我们在篝火边的背包上坐了下来,当寒冷袭来的时候,我们开始感到又饿又累。

不管他喜欢还是不喜欢,现在是到了开始问一问真正原因的时候了,我开始盘问起来。

"为什么要那么做?"我问,"为什么要挖空心思结成一个团伙?"

"我们不是团伙,我们是勇士。"

"但勇士是打击敌人的,你知道吗?而你们却只在那里伤害你们自己的人。只有男人才能成为一位勇士。当一个孩子拼命在那里充当勇士的话,呃,那你们就会成为一个流氓团伙。流氓团伙是没有目标的。"

"我们是有目标的。"

"那是你瞎想的吧?"

"我们是一个兄弟会。我们互相守望。"

"那你们与谁作对?"

"任何人,每个人,你。"

"我不是你的兄弟?我们都是土著,不是吗?"

"这我知道。但是我在内心里就保留了那种文化,这就是我,我总是想成为我自己。那是我的根。但是那里每个人都与人斗争,每个人都有枪。"

"你说到点子上了。"我说。

篝火发出了轻微的爆裂声,正有条不紊地消耗着一根圆木。

"朗尼?"拉克问道,"这就是你的真正目的?让我出来就是为了说这个,老家伙。"

要是这样继续往下展开的话,事情也许就不会顺利了,但是这孩子在将我的军了,而且我也不想对他撒谎。

"你也已经看到了,我们在这里是要与什么东西对抗的,对吧?"

拉克点了点头。

"我需要你和你所有格雷豪斯自卫队成员与赖特豪斯[①]部族警察局共同战斗。"

"让我们和警察结成一伙?"

"你们想叫你们为军队,但是我们需要一支真正的军队。机器人正在演化,用不了多长时间,它们就会来屠杀我们了。屠杀我们所有人。所以,如果你对保护你的兄弟有兴趣,那么你最好开始考虑你的所有兄弟,当然还有你的所有姐妹。"

"你怎么能这么确定自己知道这一点呢?"

---

① 原文为 Light Horse,"快马"的意思。

"我知道得并不确切。没有人能确切知道每一件事。如果他们说他们无所不知,那么他们要么是传教士,要么就是推销员。交易是……我有一种很不好的直觉,太多的巧合交织在一起,这让我想起了以前发生的一切。"

"不管与机器人发生了什么,反正都已经发生了。它们已经在这里了,已经在研究树林了。但是,如果我们不去烦它们,它们也不会来烦我们的。我需要担心的是人。"

"世界是一个神秘的地方,拉克。我们真的是很渺小的,虽然在这块岩石上我们能生起火来,但是在那整个宇宙的黑夜里呢?一个勇士的职责就是要直面黑夜,而且要在黑夜里能保护他的人民。"

"我会为我的兄弟们留神的。但是不管你的直觉是什么——不要指望 GHA 会来救援你们。"

我气愤地哼了一声。事情的进展根本不像我原来希望的那样。当然正如我原来预料的那样在发展。

"食物在哪里?"

"我什么都没有带。"

"什么?为什么不带?"

"饿一饿是很好的。它会让你变得更坚韧。"

"狗屎。这太好了。没有食物。而且我们正被一些他妈的乡巴佬机器人追捕。"

我从我的背包里抽出一支鼠尾草,并将它扔进了篝火中。在火中燃烧的鼠尾草的芳香飘进了周围的空气中。这是我们转化一个人的老规矩中的第一步。当特恩吉勒和我策划这一步的时候,我没有想过我会如此为拉克担心。

"而且你还迷路了。"我把这个话题挑开了。

"什么？你不知道回去的路？"

"我知道。"

"嗯？"

"你必须去找你自己的路，学会靠你自己。这意味着你将会变成一个男人。为你的人民付出，而不是在那里等着你的人民为你付出。"

"我不喜欢这样，朗尼。"

我站了起来。

"你很强悍，拉克，我相信你能。而且我知道我会再见到你的。"

"等等，老家伙，你要去哪里？"

"回家，拉克。我要回到我的人民那里去。我将在那里迎接你。"

然后我转身向黑夜走去。拉克跳了起来，但是他只跟着我走到了火光所能照到的地方的边沿。过了这个边沿，那就是一片漆黑了，那是一片未知的世界。

这是拉克必须要去的地方，进入一个未知的世界。这是我们成长时所必须面对的。

"嗨，这他妈的算什么事啊？"他对着铸铁树喊道，"你不能把我扔在这里。"

我继续往前走，直到森林里的寒冷吞没了我。如果我今晚大部分时间都在走的话，拂晓前我应该能到家。我的希望是拉克能继续存活足够长的时间，长到也能让他回到家里。

以前我做过同样的事，让我的儿子变成了一个男人。他因此而恨我，但是我明白，无论孩子们怎么乞求要像大人一样对待他们，没有人会对自己的孩子撒手不管的。你希望得到它，梦想得到它，而当你得到它的时候,你会对你的所作所为感到惊奇,你甚至都不知道什么是你已经做到的。

但是,战争迫在眉睫,而且只有真正的男人,才能领导格雷豪斯自卫队。

三天之后,我的世界濒临毁灭的边缘。格雷豪斯自卫队的成员开始控告我一天前谋杀了拉克·艾恩·克劳德。我无法证明任何与他们的指控不同的说法。现在他们在法庭上叫嚣,要我偿还血债。

每个人都聚在那块小空地旁边的露天看台上,那里是我们举行舞蹈祭的地方。老约翰·特恩吉勒一言不发,只是在那里接受拉克的那帮孩子们的辱骂。汉克·科顿站立在他的旁边,一双大手捏成了拳头。赖特豪斯部落警察局的警察们排成了好几队,神经紧张得就好像他们正在直面一场毫无悬念的内战。

我在想,也许这次赌博完全就是一个错误。

但是,就在我们即将要忙着展开一场自相残杀的紧急关头,满身伤痕、浑身血污的拉克·艾恩·克劳德蹒跚着上了山,并且来到了营地。看到他随身带来的东西,每个人都倒抽了一口凉气:一个四条腿的步行机器人被一条钢索绑在了拉克的背包上。我们全都被惊得目瞪口呆,只有约翰·特恩吉勒站起来,走了过去,就好像拉克是被大家说回来的似的。

"拉克·艾恩·克劳德,"老鼓手说,"你离开格雷豪斯的时候像一个孩子,你回来的时候像一个男人。你离开的时候我们悲伤,你回来的时候我们欣喜。今非昔比,脱胎换骨。欢迎你回家,拉克·艾恩·克劳德。因为你,我们的族人将能继续生存。"

真正的格雷豪斯自卫队诞生了。拉克和朗尼将部落警察部队和 GHA 联合起来组成了统一的军事力量。尤其当他们开始实施尽可能多地俘虏、驯化步行侦察兵机器人的政策时,这一支人类军队的佳话传遍了美国。这些被俘获的步行机器人,其中大多数成为了人类在新战争中使用的关键武器的基础,我还听说有一种令人震惊的武器装备,我想那不过是一个盲目的谣言而已。传说中的这种武器是:蜘蛛坦克。

——科马克·华莱士,军人身份证号:GHA217

3. 班顿要塞

> 就让我们走吧。我们走,哥们。我们走。
>
> 杰克·华莱士

新战争 + 3 个月

零点时刻之后最初几个月里,全世界有几十亿人开始了一次为生存而进行的战斗。许多人被他们长期信赖的机器杀害了:汽车、家用机器人、智能楼宇。另外还有人被抓住并被送进了一夜之间突然出现在各大主要城市郊外的劳动集中营里。然而对那些试图逃到山区进行自救的人们——难民们——来说,残酷的现实很快被证明了:其他人类与机器人一样危险,甚至还有过之而无不及。

——科马克·华莱士,军人身份证号:GHA217

三个月。逃出波士顿和这个州① 花了三个月的时间。值得庆幸的是,我哥哥有一张地图和一个指南针,而且有智慧使用地图和指

---

① 波士顿在美国新英格兰地区的马萨诸塞州。

南针。杰克和我早就已经是惊弓之鸟了,而且我们是靠两条腿步行的,肩上还背着我们从国民警卫队的军械库里掳掠来的沉重的军用装备。

但是这并不是我们为什么花了那么长时间的真正原因。

不论是大城市还是小城镇,都已经混乱不堪。我们千方百计想尽一切办法,可是却不可能完全避开它们。汽车成群结队,见人就撞。我看见人们从大楼里向在那里到处劫掠的汽车开枪。有时候车子是空的。有时候车上坐着人。我看到一辆无人驾驶的垃圾车在一个钢质垃圾桶旁边停下来,它伸出了两个叉子齿,然后启动液压升降机。当我看见一堆四肢互相纠缠着的尸体如瀑布般翻滚着坠落下来时,我捂住嘴巴,并且感觉快要窒息了。

有一次,杰克和我在一个天桥上走到了半道,想停下来歇一下。我把脸凑到拉着金属防护网的围栏上,看到下面八车道的高速路上挤满了汽车,所有汽车全都以大概每小时三十五英里的速度向同一个方向行驶。没有刹车灯。没有转向的信号。根本就不像移动的车流。我看见一个男子蠕动着从一辆汽车的天窗爬出来,然后从车顶上滚了下去,直接就落到了后边那辆汽车底下。我眯缝着眼睛,整个场景看上去就好像是一张巨大的金属地毯正在被慢慢地拖着走。

朝着海洋的方向。

假如你不是朝着某处行进,而且迅速赶到那里,那么你将无法在这些城市里走多远。除了睡觉以外,我和杰克从来都是脚不停步地往前走。这就是我们的秘诀。

人们看见我们身穿制服,就朝我们呼喊。每次遇到这种情况,我哥哥就会说:"守在原地不要动,我们将会带着救援人员回来的。"

我了解杰克，他说回来也许真的相信自己会回来。但是他并没有慢下脚步。而对我来说，这就足够了。

我哥哥决意要赶到一个军事基地去，这样我们就能开始救人了。当我们一个街区接一个街区穿过城镇的时候，杰克一直不停地对我说，一旦我们找到了部队，我们就会回来消灭这些机器的。他说我们将会挨家挨户去救人，把他们带到一个安全地带。他还要建立巡逻队去追捕所有功能紊乱的机器人。

"只要一两天时间，科马克，"他说，"只要一两天的时间，这一切就都会结束的。一切都将会被清理干净的。"

我是想相信他，可是我比他知道得更清楚。军械库本来一直就应该很安全，但是军械库里却爬满了会走路的地雷。所有的军用悍马吉普车都有自动驾驶装置，以便万一驾驶它们的司机丧失了驾驶能力，它们还能开回基地来。"一个军事基地看上去会是一种什么样子？"我问，"他们拥有的东西比我们国民警卫队可要多多了，他们有坦克、武装直升机、狙击步枪。"

杰克低着头，只是一个劲不停地往前走。

混乱一起搅和成了一团迷雾。一幕幕场景在我眼前转瞬即逝，让我目不暇接。我看见一个竭力挣扎的老人被一个冷面"斯罗苏①"机器人拖进了一个漆黑的过道；一辆无人的小汽车开了过去，车上已经着火，车下面挂着一大块血肉模糊的东西，在街上拖过，留下了一道油腻的污迹；一个男子从一幢大楼跌落，一边尖叫，一边手脚挣扎，画面里还有一个"大欢乐②"机器人在往下看的景象。

砰！

---

① 一种动作缓慢的机器人。
② 原文为 Big Happy。

尖叫声、枪炮射击声以及警报声在大街上回荡。不过,要感谢杰克让我们拼命奔跑。没有时间停下脚步,也没有时间四处张望。我们就像两个溺水的男人落进了恐怖的深渊,拼命想挣扎到水面去呼吸一下空气。

三个月。

我们花了三个月时间找到了军事要塞。在三个月时间里,我让自己的新装沾满了污泥,我用步枪射击,在微弱的营火旁边擦拭清理。然后,我们跨过哈德逊河上的一座大桥,到达了我们的目的地,这地方就在以前的奥尔巴尼市郊外。

班顿要塞。

"趴下!"

"你他妈的给我跪着!"

"把手放在头上,两个婊子养的!"

"把脚趾头并拢!"

黑暗给我们送来了一连串的尖声喊叫声。高高的探照灯开着来回摇摆。我眯缝起眼睛盯着探照灯,努力让自己不要惊慌。肾上腺素让我的脸颊发麻,而我的双臂顿时好像变成了橡胶,一下子就虚弱无力了。杰克和我互相挨着跪在那里。我能听见自己的呼吸,还有脉搏跳动的声音。我害怕极了。

"没事,"杰克悄声说,"就是不要吭声。"

"他妈的闭嘴!"那个士兵咆哮道,"瞄准!"

"瞄准。"一个声音在黑暗中平静地说。

我听到了步枪的枪栓正被往后拉开。当弹夹咔嚓一下被压进了枪膛的时候,我都能在脑子里想象得出黄铜子弹正在黑暗冰冷的枪管里待命的景象。我把自己的步枪和补给品都藏在了半英里之外一个离大路有三十步远的地方。

有人从对面走了过来,脚步在坚硬的路面上擦出了刺耳的声音。一个士兵的影子隐约在我们面前出现了,他的头部遮住了探照灯的灯光。

"我们没有武器。"杰克说。

"他妈的你去死吧,"那个声音说,"你,把手放在头上。用枪瞄准他!"

我把双手放到了头上,对着灯光直眨眼睛。当杰克的肚子被士兵推了一把之后,他哼了一声。

"第一个,"他说,"你他妈的为什么穿着军装?你杀了军人吗?"

"我是国民警卫队的,"杰克说,"你可以查我的身份证件。"

"没错。"

他在我两个肩胛骨之间的部位猛推了一把,我就往前摔倒了,脸颊贴在了全是沙子的冰冷的路面上。两只黑色的军用皮靴在我的视线内移动,一双手在我衣服口袋那个地方粗暴地捅来捅去,检查我是不是带有武器。在探照灯下,我面前的路面被照得雪白雪白的,连路面上很细微的细节都能看得一清二楚,影子在路面上的坑坑洼洼里不断移动。我注意到自己的脸颊正贴在一片已经褪了色的油渍斑迹上。

"第二个,"士兵说,"给我你的身份证件。"

那双沾满泥巴的靴子又移进了我的视线,就在离靴子不远的地方,我看清了一堆衣服堆在带有倒刺的铁丝网围墙边。看上去像是有人曾把这个地方当成了慈善救济站。在这样的室外,天气非常寒冷,这里闻起来仿佛就是一个垃圾场。

"欢迎来到班顿军事要塞,华莱士中士。很高兴见到你。你是从波士顿来的吗,啊哈?"

杰克开始坐了起来,但是那些大皮靴中的一只落在了他的背脊上,把他推倒在地。

"嗯……啊……啊哼,我没说让你起来。这个家伙是怎么回事?他是谁?"

"我弟弟。"杰克咕哝了一声。

"他也是国民警卫队的?"

"是平民。"

"哦,那我很抱歉,那是无法接受的,中士。非常遗憾,班顿基地此时此刻不允许接收平民难民。所以,如果你想进来的话,那么现在就和你兄弟说再见吧。"

"我不能扔下他。"杰克说。

"哦,是吗?我猜想你肯定会这么说。那你的选择就是,与其他的难民一起沿着那条河往下走,有几千人聚集在那里。你只要跟着那气味走就行了。你们也许会被人砍上几刀,就因为你们脚上的靴子,不过也许不会,只要你们两个轮流睡觉。"

那位士兵发出了一连串毫无幽默感的笑声,他的迷彩服塞在肮脏的靴子里。我原以为他是站在一片阴影中的,但是现在我看清楚了,原来他站在了另一摊油污上。这里的水泥路面上到处油渍斑斑。

"你说的是真的吗?这里不欢迎平民吗?"杰克问。

"不欢迎,"士兵回答,"我们刚刚击退了我们自己的那些该死的悍马车。我们有一半自动武器不见了,另外一半被我们炸毁了。我们的大部分指挥官都走了,就在这一切该死的瘫痪之前,他们全被召集去参加一个他妈的狗屁会议去了,从那以后就再也没有见到过他们的人影。我们甚至都无法进入我们的修理车间和油料补给仓库。中士,即使没让街上大批抢劫、偷盗、无赖的平民进来,这里的局面也已经他妈的够糟的了。"

我感觉到冰冷的皮靴的鞋头轻轻地推了一下我的额头。

"不要触犯这里的禁令,伙计。"

靴子走开了。

"大门已经关上了,如果试图进来的话,你们将会得到瞭望塔上我的弟兄们给你们准备的子弹三明治,不是吗,卡尔?"

"那是肯定的。"卡尔回答说,声音是从探照灯后边传过来的。

"现在,"士兵一边说一边往大门的方向退去,"赶紧他妈的从这里滚开,你们两个都给我滚。"

那位士兵走到灯光后边,这时我意识到我一直盯着看的那堆东西根本就不是什么衣服。现在轮廓已经很清晰了。那是人的身体。好多尸体。它们一堆堆地摞在一起,就好像是糖果包装纸被强风刮到了围墙的墙角。在这样的天气里,尸体都被冻得扭曲变形了,一个个看上去都极其痛苦。而我眼前地上的斑斑污迹——就在我的脸下边——也根本不是什么油污。

不久之前,这里死了许多人。

"你们他妈的杀了他们?"我用怀疑的语气问道。

杰克轻轻地哼一下。那位士兵又干巴巴地低声笑了起来。他的靴子擦着路面慢慢地朝我踱着方步走了过来。"该死的,中士,你兄弟根本就不懂什么时候该闭嘴,他懂吗?"

"不,他不懂。"杰克说。

"那就让我来教一教你,小子。"士兵说。

然后我就感觉到了一只靴子的钢质鞋头踹在了我的胸部肋骨上,还嘎嘎直响。我太意外了,震惊得都喊不出声来了。我只能呼哧呼哧从肺里往外机械地喘着粗气。我摆出胎儿蜷缩的姿势,等着接下来的第二脚和第三脚。

"他懂了,"卡尔吼道,他在黑暗中没有露面,"我想他已经懂了,下士。"

我忍不住发出了呻吟——我只能这样呼吸了。

"就让我们走吧,"杰克说,"我们走,哥们。我们走。"

那只靴子停下来不踢了。那位士兵又轻声笑了笑。那笑声就好像是神经质地痉挛。我听到了他的步枪举起来时金属发出来的叮当响声。

卡尔又从看不见的塔上大声说:"先生,已经够了,都让人烦死了,你不认为已经够了吗?我们还是撤吧。"

没有任何反应。

"下士,我们撤吧。"卡尔说。

那把枪没有开火,可是我能感觉出来那双没有露脸的皮靴正在那里等待。在等着我说什么,不管说什么。我垮掉了,而且疼得不行。我集中精力拼命强迫自己用受伤的胸腔呼气吸气。

我已经没有任何话可说了。

那位士兵说得没错——在我们看见难民们之前,我们先闻到了他们。

我们正好在午夜后抵达了难民营。沿着哈德逊河河岸,我们发现成千上万的人在那里到处乱转。有露营的,也有随便蹲坐着的,还有到处在打探消息的。在这块狭长地带和街道之间,隔了一道旧的铁栅栏,而且对机器人来说,这里的地形太崎岖不平了。

这些人全都是冲着班顿要塞来的,然后他们发现那里并没有他们的庇护所。他们随身携带了五花八门的手提箱、背包和垃圾袋,里边都装满了衣服。他们还扶老携幼,带着父母、妻子、丈夫和孩子。在一大群人中间,他们用从垃圾堆中捡来的旧家具燃起篝火,去河边上厕所，将垃圾随风乱扔。

气温刚好徘徊在零度以上。一些难民们在新抢来的帐篷里摊开毛毯，在毛毯下打盹。难民们挥舞着拳头和刀互相打架、格斗，偶尔还能看见有人开枪。他们既愤怒又害怕，还饥肠辘辘。一些人挨个营地去乞讨，有些人在偷柴火和一些微不足道的小东西，有些人离开了这里径直向市内走去，然后就再也没见他们回来。

这些人全都在这里等着。我根本不知道他们在等什么。我猜是在等待救援。

在黑灯瞎火中，杰克和我两个人在营火与难民人群之间迂回前行。我用一条手帕蒙着脸，挡开那种由于太多人聚集在一个太小的空间而产生的气味。周围这么多人，我本能地感到自己是如此脆弱。

杰克也有同感。

他拍了一下我的肩膀，并且用手指向了一片矮树丛覆盖着的小山冈。那是一片高地。一个男的和一个女的互相挨着坐在一片枯萎了的小树林里，他们中间点着一盏很小的科尔曼①露营灯笼。我们朝他们走过去。

我们就是这样遇上台比留和希拉的。

在小山上，坐着一个身材魁梧的黑人男子，他身穿长内衣，内衣外边套了一件夏威夷衬衫，前臂随意地搁在膝盖上。在他的旁边，一个小个子的美国原住民女子在斜视着我们。她手握一把已经磨损得很厉害了的鲍伊猎刀。看来那是她经常用的猎刀。

"你们好。"我冲他们喊道。

"什么？"小个子女人问，"你们这些臭当兵的，他妈的还有完

---

① 美国著名户外用品品牌，拥有一万多种户外用品，包括照明、露营、燃具、炊具等。

没完？又来了，还想要啊？"

她的那把大猎刀在灯笼的灯光中泛着明晃晃的光。

杰克和我互相对视了一下。怎么回答她呢？然后那个大个子男的将他的手摁在她的肩膀上。他用一种急促的声音说："礼貌点，希拉。这两个男的不是当兵的。瞧他们的制服，和那些当兵的不一样。"

"不管它什么样。"她说。

"来吧。到我们这边来一起坐吧，"他说，"把行李放下。"

我们坐下来听他们说。台比留·阿卜杜拉和希拉·里奇是逃离奥尔巴尼的时候认识的。他是一个出租车司机，从"非洲之角"——厄立特里亚移民来到这里的。她是一个机修工，以前与她的四个兄弟一起在他们父亲的车身修理店工作。当那该死的零点时刻降临时，台比留正在她店里取他的出租车。自从第一次提及了她的父亲、兄弟之后，台比留就再也没有提起希拉的父亲或兄弟们的事。

在台比留向我们讲他们的故事时，希拉静静地坐着。我不能在她的脸上读到什么东西，但是我注意到她看我和我哥哥的眼神非常敏锐，在对我们进行评估，然后她移开视线看往别的地方。让人不得不多一个心眼。

当一对汽车的前照灯在远处闪烁的时候，我们正从泰伊[①]的长颈瓶里分享他仅存的一点烈酒。一把打猎用的步枪好像是刚刚从希拉的手里冒出来的似的。台比留有一把手枪，是从他宽松的运动长裤的腰带上拔出来的。杰克关小了灯笼的亮度。看来好像有一辆杀人小汽车跳过了路障，朝这边开过来了。

---

① 台比留的昵称。

在我意识到希拉正在我们身后用她的步枪瞄着一片漆黑的前方之前，我已经在那里观察了好几秒钟远处的汽车大灯。

有人正朝我们这边走来，速度很快。我听见有人气喘吁吁，还有皮鞋踩在土上的声音，接着出现了一个男人的身影。他跌跌撞撞，笨拙地爬上了小山冈，往前跌倒在地，用他的手指支撑住了自己。

"不许动。"希拉吼道。

那个男人不动了，然后站起来，朝前走进了灯光中。这是一个从班顿要塞跑出来的士兵。他是一个瘦高白皙的小伙子，脖子很长，一头不易梳理的麦秸色头发。我以前从来没有见过他，但是当他开口说话时，我立即就听出了他的声音。

"哦。嗨，啊，你们好，"他说，"我叫卡尔·列文道夫斯基。"

离这里几百码远的河的上游方向，从河边的上空传来了一片令人毛骨悚然的哭喊声，声音渐渐变得越来越小，最后完全消失在了空气中。裹着毛毯的人影在昏暗的红色篝火之间来回奔突。那两束汽车大灯的灯光，穿过难民营，直接朝我们这个方向照了过来。

"它离开基地的时候，我从瞭望塔上看见了它，"卡尔说，他还在上气不接下气，"就赶紧跑来给大家报警。"

"你真是太好了，卡尔。"我一边轻声说，一边摸着我瘀紫的肋部。

杰克单腿跪下，并且从肩上卸下了他的军用步枪。他眯起眼睛，扫视着一片混乱的开阔空间。"悍马车，"他说，"是装甲的。他们根本无法阻挡它。"

"我们可以射击它的轮胎。"希拉一边说，一边迅速拉开枪栓，并且检查了一下她的猎枪的枪膛，上好弹夹。

卡尔扫了她一眼。"把它打成一个蜂窝。它的轮胎是防弹的。我想要先打它的前灯。然后是车顶上的遥感器组件。要打它的眼睛和耳朵。"

"遥感器组件是什么样子的？"杰克问。

卡尔拉出他的步枪，边检查子弹盒边说："黑色的球体，上面有天线伸出来。它是一个标准型的压缩多元感应装置，带有一个电子CCD红外线摄像头集群，摄像头装在一个混合在其他部件中间的万向节上，万向节具有很高的稳定性。"

我们全都朝他皱起了眉头。卡尔朝我们看了一圈。

"对不起，我是一个工程师。"他说。

悍马自己驾驭着自己从正在睡觉的人们中间冲了过来。在黑暗中，它车头的大灯上下颠簸。那种声音用笔墨实在难以描述。带有红色的大灯灯光向我们这边扫了过来，光束在夜幕中变得越来越粗大了。

"你们听到他说的了吧，如果你们能清楚地找到射击目标，就照着那个黑匣子开枪。"杰克说。

说时迟那时快，黑夜中响起了子弹噼里啪啦的声音。希拉的双手沿着她的手动步枪敏捷而熟练地前后移动，吐出去的子弹准确地击中了颠簸行进的汽车。

汽车前灯被打碎了。不过它只是改变了一下方向，放慢速度朝难民营的人群开去。当子弹一次又一次击中它的时候，它车顶上的黑匣子火花四溅。不过它还是不停地朝前开。

"这不对啊，"杰克说，他一把抓住了卡尔的衬衫，"为什么那狗娘养的没被打瞎啊？"

"我不知道，我不知道。"卡尔带着哭腔说。

这是一个很好的问题。

我停住了射击，抬起头，努力把一切尖叫、跑动的影子以及所有的混乱抛诸脑后。七零八落的营火、东倒西歪的尸体以及轰鸣的引擎声渐渐消失了，淹没在一种如同得了失忆症似的敛神凝思之中。

为什么它还能看得见呢？

在混乱之中出现了一种声音。那是一种轻柔的嗒嗒嗒的声音，好像就是远处一台割草机的声音。现在，我发现了我们的头顶上空有一个模糊不清的斑点。

就像天上出现了一只眼睛似的。

受伤的悍马在夜色中依稀露出了影子，如同正从黑暗的深渊中浮出水面的一个海怪。

它像犁似的往我们的山冈爬上来时，我们全散开了。

"飞行机器人，在左前方 10 度角的位置，就在林木线[①]上边。"

所有的枪口都朝上举了起来，包括我自己的。悍马从我们面前冲了过去，撞进了离我们十几码远的一堆篝火，无数的篝火余烬落向它的折叠车篷，就像流星雨似的。它又在那里打转，准备发起另一轮冲击。

枪口火光闪烁。炽热的黄铜子弹壳犹如瀑布一般在空中倾泻。有什么东西在空中爆炸了，被炸碎了的塑料碎屑像雾一般朝地面喷洒下来。

"散开。"杰克喊道。悍马的轰鸣掩盖了正从空中坠落的那颗陨星的引擎的哀鸣，装甲吉普车直愣愣地碾过了土丘，刚才我们还都站在那里呢，然后它又颤巍巍地从沟底爬了出去。悍马驶过之处涌动起来的空气中，我能嗅到溶化了的塑料和弹药的气味，还混着血腥味。

---

① 海拔高到一定地方，树木就会停止生长，林木线指的就是山上树木停止生长的那一条线。

悍马摇摇晃晃地向一个离小山冈不远的停车场驶去了。它离我们远去了,就好像得了痉挛症似的,忽而加油忽而又停下,仿佛就是一个盲人正在凭感觉来试探脚下的小路。

我们成功了。就在现在。

一条粗壮的胳膊围住了我的脖子,紧紧地搂着我,都快把我的两块肩胛骨压在一起了。"它瞎了,"台比留说,"你有一双鹰一般的眼睛,科马克·华莱士。"

"它们会越来越多的,现在怎么办?"卡尔问。

"我们坚守在这里保护这些人。"杰克说,就好像这是世界上最显而易见的事情似的。

"那又能怎么样,杰克?"我说,"他们可能都不想要我们保护。再说,我们现在是坐在美国最大的军火库旁边。我们必须到山里去,到野外去露营。"

希拉哼了一声。

"难道你有更好的想法?"我问。

"露营是一种短期的办法。你更喜欢去哪里呢? 一个是躲进什么山洞里去,然后每天出去寻找食物,还要天天在那里期盼能找到食物;另一个就是到一个会有其他人可以依靠的地方去。"

"也会有骚乱和抢劫吧。"我接过她的话说。

"我说的是一个比较小的社区。一个安全的地方。格雷豪斯。"

"那地方有多大?"杰克问。

"也许有几千人,大部分都是奥色治人,就像我。"

"一个印第安人保留区,"我发出了悲叹,"饥饿,疾病,死亡。对不起,我不想看到它。"

"那是因为你满脑子都是那些胡说八道的东西,"希拉说,"格雷豪斯是组织得很好的地区。一直就很有组织。有职能健全的政府。有农民、电焊工、医生……"

"哦?"我说,"如果那里有电焊工的话。"

她用犀利的目光看着我。"也可以有监狱,如果我们需要的话。"

"很专业的分工,"杰克说,"她说得没错。我们需要到一个地方去重新部署,策划反击。它在哪里呢?"

"俄克拉荷马。"

我又发出了大声哀叹:"听起来好像有一百万英里远。"

"我在那里长大。我认识路。"

"你怎么知道他们还活着呢?"

"我遇到一个难民,他在短波里收到过他们的消息。那里有营地。还有一支军队,"希拉冲卡尔哼了一声,"一支真正的军队。"

我击了一下掌。"我可不想仅凭一个刚认识的小姑娘的异想天开,就去徒步横穿美国。我们最好各奔东西,各走各的。"

希拉拽住了我的衬衫,猛力把我拉近。我的步枪撞到了地上。她身材瘦削,但是细长的胳膊强壮得像树干。"与你哥哥结伴,是我能活下去的最大希望,"她说,"不像你,他知道他要干什么,而且他很在行。所以,为什么你不直接闭上嘴,去好好想一想呢?你们俩都是很聪明的孩子,你们也想作为幸存者活下去。这个抉择并不难。"

希拉怒气冲冲,她的脸在一点点往后仰。从零星的火堆中飘出来的灰烬落在了她乌黑的头发上,她没有理会。她用那双乌黑的眼睛盯着我。这个小女人绝对渴望活下去。显而易见,为了能够活下去,她是什么事都做得出来的。

她天生就应该是一个幸存者。

我情不自禁地笑了。"幸存?"我问,"现在你在用我的方式说话呢。其实,我想都没想过还要离开你,哪怕只是五码远。我……

我也不知道怎么了……我在你的臂弯里感到很安全。"

她放开了我,并且推了我一把。

"去做你的梦吧,聪明男孩。"她哼了一声。

一阵雷鸣般的笑声让我们所有人都吃了一惊。台比留看上去就像一个巨大的黑影,一屁股坐在他的背包上。他张口说话的时候,火焰在他的牙齿上闪着光。

"那么问题就解决了,"他说,"我们五个人组成一个好团队。我们已经击败了悍马,还救了这些人。现在,我们将一起踏上征途,直到抵达这个地方,这个叫格雷豪斯的地方。"

我们五个人成了"聪明男孩"小分队的核心成员。那天晚上,我们开始了穿越荒原挺进格雷豪斯的长征。我们没有精良的武器装备,也没受到良好的训练,但是我们很幸运——在零点时刻之后的一个月里,机器人们正忙于在世界各地人口密集的中心城市处置大概四十亿人。

那是我们走出森林之前的那一年里一段比较好的日子,我们身经百战,肉体和精神上都已经伤痕累累。但是,就在我们离开后的那段时间里,一些即将改变新战争局面的重大事件正在上演。

——科马克·华莱士,军人身份证号:GHA217

4. 守护人的职责

> 如果这孩子要扔下我,不管我的死活,
> 那么我要让他记住我的脸。
>
> 马库斯·约翰逊

新战争 + 7 个月

当我们徒步横穿美国的时候,"聪明男孩"小分队并不知道全世界大部分的大城市正在被日益增多的武器化了的机器人清空。中国的幸存者后来报告说,当时,步行跨越长江都是可能的,因为河道被漂向东海的尸体填满了。

即便这样,有些族群学会了适应这种无休止的进攻的简单方法。就如纽约市的马库斯和道恩·约翰逊夫妇在下面描述的那样,这些城市部落的努力,最后被证明了对这个世界人类的生死存亡至关重要。

——科马克·华莱士,军人身份证号:GHA217

拂晓时分,警报响了。也不是发生了什么了不起的事情。不过是一串马口铁罐绑在一起,被拖着横穿满是裂缝的马路,如此而已。

我睁开眼睛,然后拉下了我的睡袋。我花了好几秒钟时间,才想起来我是在什么地方。我朝上看了看,看见了一根汽车轮轴、一个消音器和排气管。

哦,是的。没错。

我一直睡在汽车下边的弹坑里,每夜如此,都已经有一年时间了,但我却仍然没有习惯。虽然也无所谓习惯不习惯。不管我习惯也好,不习惯也好,反正我还活着,还能踢腿伸胳膊。

大概有三秒钟光景,我一动不动地躺着、听着。最好不要马上就起床跳出去。你永远不知道有什么鬼东西通宵都会在附近逡巡。在过去的这一年时间里,大多数机器人都已经变小了,不过也有另外一些机器人变大了,而且变得很大。

我将睡袋从脑袋上拉下来,然后把它叠好。反正不管怎么说,这堆锈迹斑斑的破铜烂铁是我最好的朋友。这些日子,纽约市内的街上有太多被烧坏的汽车,所以那些混蛋没有办法去检查每一辆汽车底下到底都有什么。

我扭动着身体从汽车底下爬出来,进入一片灰蒙蒙的阳光中。我伸手从身后的汽车底下拉出了我那个脏兮兮的包裹,又将它抖了抖。我咳了几下,朝地上吐了口痰。虽然太阳刚刚升起,但还是太早了,天还很冷。夏天才刚刚开始呢。

那些铁罐子还在被拖曳着。我单膝跪下,在不管是什么机器的耳麦会听到这个声音之前,把绳子解开了。最最要紧的是你要保持肃静、移动以及难以被预测。

否则,你将死定了。

这就是监护人的职责。在成千上万逃到森林里去的城里人中,现在几乎有一半都在忍受饥荒的折磨,挣扎在死亡的边缘。他们跌跌撞撞地偷偷溜进城来，一个个骨瘦如柴，浑身脏兮兮的。他们一边躲避着狼群的追逐，一边希望能在垃圾中觅得食物。

大多数情况，机器人会将他们迅速吞噬掉的。

我把兜帽戴在头上，并且在我身后鼓起黑色风衣，以此来扰乱机器人的目标命中系统，尤其是那些该死的可自由转动的哨戒炮。提起这个，我必须得离开大街了。我弯腰走进了一幢被毁坏的大楼，我绕过垃圾和瓦砾，小心选择路径，朝发出警报的地方走去。

自从我们炸掉了大半个城市之后，那些常规的旧式机器人就无法自我平衡，不能来抓捕我们了。我们赢得了一时的安全，有了这样一个安全的时间舱，已经足够让我们躲到那些完好的地下室或者损坏了的建筑物里去了。

然而没过多长时间，一种新型的步行机器人又出现了。

我们管它叫螳螂。它长着比电线杆还要长的四条腿，腿上有很多关节，好像是用那种碳纤蜂窝磨具铸造的。它的腿看起来犹如倒置的冰镐，每走一步，都会扎进地面。上边四条腿相交的部位，同样有两条带冰镐的小手臂。这种带有剃刀的手臂能刺穿或撕开木头、不涂泥灰的石墙和砖头。整个东西都有点像是在快步疾走——完全向下弯着腰驼着背，它的整个大小相当于一辆小皮卡，看上去仿佛是正在祷告的螳螂。

总之，差不多就是这个样子。

当我感觉到地面某种蹊跷的震动的时候，我正在一幢写字楼里的一个坍塌了的楼层，正想绕过几张空桌子。外边有个大家伙在那里。我吓得一时间站在那里一动都不敢动，然后在到处都是垃圾的地板上蹲了下去。我趴在一张被水浸泡得发胀的桌子上，朝那些窗户偷偷张望。一条灰色的影子在外边一闪而过，但是再也没有看见其他任何别的东西。

反正我在那里停了有一分钟。

离这里不远的地方，一幕司空见惯的剧目就要演完了。一个幸存者发现了一堆从来都不会引起机器人注意的疑窦丛生的石块。那堆石块旁边有一条由那个人拉着的绳子。我知道十分钟前这位幸存者还是活着的。在接下来的十分钟里，那就无法保证了。

在坍塌的大楼的断壁残垣里，我朝着晨曦中的一轮新月，爬过了一堆被砸得粉碎的小木片和碎掉的砖头。我把兜帽往下拉拉，将脸伸进了一个洞里，探出头去察看外边的大街。

我们的指示牌还立在街对面一幢大楼的门阶上，没有被移动过。有个人正蜷缩在它的旁边。他将双臂放在膝盖上，耷拉着脑袋。他蹲在那里不停地左右摇晃着，也许是为了让身体保持暖和。

这样的牌子之所以能够奏效，是因为它像石块和树木之类的自然物，不会引起机器人的注意。那是机器人的盲点。对于非自然的东西，螳螂的视力就非常好，比如文字和图画，甚至那些像垃圾的笑脸。没有经过伪装的绊线是不行的。线条太直了。墙上那些手画的指向安全的房子的指示，是除掉一个人的好方法。但是对机器人来说，一堆瓦砾就形如无物。一堆石块，无论大小，也都一样看不见。

我扭动着身体从墙洞里爬出来，还没等小伙子抬起头，就到了他的跟前。"嗨。"我小声招呼道，轻轻推了一下他的肘部。

他抬起头看着我，吓了一跳。这是一个年轻的拉美裔小伙子，他有二十多岁。我能看出他一直在哭泣。上帝才知道他来到这里之前都经历了什么。

"没事了，兄弟，"我要打消他的恐惧，"我们会让你安全的。跟我来。"

他点了点头，一言不发。他倚着墙壁站起来。他的一条胳膊裹在一条脏兮兮的毛巾里,而且他还用另一只手托着它。我想,如果他都怕人看见它的样子,那么那条胳膊的情况肯定非常糟糕。

"我们很快就会找人来看你的胳膊的,哥们。"

听我这么说,他往后退缩了。这是我始料未及的。是什么奇怪的伤竟然会让一个人发窘呢。就好像你的眼睛或手脚有什么不灵便,你把这当成了自己的过错一样。当然,受伤带来的难堪是无法与死亡相提并论的。

我领着他穿过大街朝那幢倒塌了的大楼走去。只要我们进了大楼,螳螂就不再是问题了。我的人大多都在地铁隧道里,而且主要的入口都已经被封住了。我们会从一幢大楼进入另一幢大楼,就这样一路走回家去。

"你叫什么名字?"我问。

小伙子没有回答,只顾低着头。

"那行吧。跟我来。"

我沿那幢已经坍塌了的大楼的安全地方往回走。这个没有名字的孩子一瘸一拐地跟在我后边。我们一起缓慢地在这些被毁坏的大楼里向前穿行,摸索着翻过一堆又一堆瓦砾,匍匐着钻过断壁残垣。等到我们走得够远了,我就领着他走到了一条很安全的大街上。越往前走,我们两人之间就越沉默。

沿着空无一人的大街蹑手蹑脚往前走,我发觉自己已经开始对慢慢跟在身后的这个孩子的那一双毫无表情的眼睛感到害怕了,他一直默不作声。

一个人要经历多少变故,才会变得对诸事万物都感到心灰意冷呢?人不是为了活而活着。就如同人需要空气一样,人是需要有意义的。

感谢上帝,我还有道恩。

当我正在脑子里想象她淡褐色眼睛的时候，我注意到了大街尽头一根歪歪扭扭的灰绿色的电线杆。电线杆在中间部位折了个弯，它竟然还在快速移动，于是我意识到这是一条腿。如果我们还留在户外的大街上，那么不出三十秒，我们就死定了。

"到里边去。"我嘘了一声，猛地把那孩子往一个破窗户里推。

靠着四条腿有点微微下蹲的长腿，一个弯腰驼背的螳螂快速进入了我的视线。

它那个没有什么特点的子弹形状的脑袋快速地转动了一下，然后停住了。长长的天线在微微颤动。突然，那个机器一跃而起，朝我们这边冲了过来。锋利的四只脚扎进了泥土和铺过的路面，就像船上的舵扎进了水里一样。它的前爪垂在肚皮上，向上直立着，一副一切准备就绪的架势，上面有数不清的倒钩在闪着光。

那孩子瞪着眼睛，不知所措。

我一把抓住他，猛力把他推进了窗里，然后也钻了进去。我们立稳脚跟，踩着破旧发霉的地毯，迅速往前奔跑。一条带爪子的手臂穿过了窗框，然后从上往下一下子就把窗框撕烂了，墙体的一部分也被扯掉了。它的另外一只爪子紧跟着就伸了进来，前后左右来回张牙舞爪。眼前的情景简直就像遇上龙卷风的袭击。

幸运的是，这是一幢安全的大楼。我能确切地判断出来，因为它已经被挖空了，而且挖得很好。外面被毁得面目全非，但是里边还可以通行。我们已经在纽约做了充分的准备。我带着那个孩子朝一堆煤渣块走去，那里的墙上有一个洞可以进入隔壁的一幢大楼。

"我们从那里走。"我说，指着墙上的那个洞，并把那孩子推了过去。他跌跌撞撞，就像是一个复活了的僵尸。

就在这时，我听到身后的地毯被撕裂了，还有木家具发出了嘎吱嘎吱的响声。不知道怎么搞的，螳螂已经破窗而入了。它蹲下身子，将灰色的身体缩成一团，在大楼里穿行，还把屋里天花板上的彩色瓷砖撕扯得纷纷往下落，就像婚礼上的五彩纸屑似的。这家伙蹲着行走，全身都是明晃晃的爪子，还不时发出尖锐的金属撞击声。

我们朝墙上的洞口猛冲过去。

我停下来帮年轻人爬过了乱七八糟的钢筋和混凝土。通道只是一个张开大嘴的乌黑墙洞，只有几英尺宽，直接通到两栋大楼的砂岩地基中。我在祈祷这个通道能使我们身后的怪物慢下来。

那个孩子消失在墙洞里边了。我紧跟在他后面也爬了进去。里边一片漆黑，黑得都会让人得幽闭恐惧症。那孩子爬得很慢，还托着他受伤的手。在墙洞的入口附近，裸露的钢筋就像是生了锈的矛头。我能听到螳螂正在向我们逼近，它砸毁了每一样它碰到的东西。

然后声音戛然而止。

墙洞里的空间不够大，我无法回头去看一看后面到底发生了什么。我只能看见往前爬的年轻人的鞋底。吸气，呼气。集中精神。突然，什么东西在洞口撞击了一下，从声音判断，撞击的力度很大，足以把一大块坚固的石块给撞下来。随之而来的又是一次重击，这一击肯定能把人的骨头一下子都给砸碎了。螳螂在疯狂地扒寻，喊里喀喳地撕咬着混凝土墙壁和砂岩地基。响声震耳欲聋。

我周围的一切一下子都变得令人惊愕，四周一团漆黑，尘土飞扬。"快，快，快！"我吼道。

一秒钟后，那个孩子不见了；他找到了通道的另一端。我龇牙咧嘴地重新鼓起干劲，全速向前爬去。我连滚带爬地从洞里出来了，掉到了下方几英尺的地方，这时，我突然痛苦地尖叫起来。

一根手指粗的钢筋扎进了我右腿的腿肚子。

我仰面躺着，靠胳膊肘将自己向上支撑住。我的腿还卡在洞口。钢筋像一颗畸形的牙齿戳在那里，扎进了我的腿。那个孩子站在几英尺远的地方，脸上仍然是一副茫然。我颤抖着呼了一口气，又发出了一声像畜生一般的痛苦尖叫。

这声尖叫似乎引起了那个孩子的注意。

"你他妈的，赶紧把我从这鬼东西上弄出来啊。"我吼道。

那个孩子朝我眨了眨眼睛。某种活力正在慢慢重新回到他那一双麻木的褐色眼睛里。

"快，"我说，"螳螂要来了。"

我努力想抬起我的身体，但是我太虚弱了，也太疼了。

双肘痛苦地陷在了泥灰里，我千方百计想抬起头。我尽量向这孩子解释："你必须把我的腿从这根钢筋上拔出来。要不就把钢筋从墙上拔出来，两者都行，兄弟。不过要快。"

年轻人站在那里，嘴唇在微微颤抖。他看上去快要哭了。他妈的我的运气也真是够差的。

随着螳螂的每一次猛烈撞击，越来越多的石块被拆掉，我能听见通道里传来砰砰的响声。灰尘像乌云一般从正在崩溃的洞口涌了出来。螳螂的每一次撞击，都会通过石块传递来一种令人心悸的震颤，并且传到了插在我腿肚子里的钢筋上。

"快呀，兄弟，我需要你，我需要你来帮我。"

这时，那个孩子第一次开口说话了："我非常抱歉。"他对我说。

操。完了。我想朝这个年轻人尖叫，这个胆小鬼。我真想揍他一下，可是我太虚弱了。我使出浑身力气，把力气全集中到我的脸部，然后朝他抬起我的脸。我把脖子上的肌肉绷得紧紧的，以此来让我的头颅保持着向上的姿势，我浑身颤抖。如果这孩子要扔下我，不管我的死活，那么我要让他记住我的脸。

孩子的两只眼睛紧紧地盯着我，举起了他那只受伤的手。他开始解开包扎在上面的毛巾。

"你在干什……"

我突然停住不说了。这孩子的手不是受伤——他根本就没有那一只手。

取而代之的是，在他前臂末端的肉里，是一团乱七八糟的电线，那些电线接在一大块全是油脂的金属板上，金属板上有两片突起的刀刃。它看起来就像是一把工业用大小的剪刀。这个工具被直接熔接在了他的手臂里。我看着这个东西，发现有一根筋在他的前臂里屈曲起来了，而且那两片油乎乎的刀片也开始张开了。

"我是一个畸形人，"他说，"在劳动集中营，罗布让我变成了这个样子。"

我不知道该说什么好。我身上已经没有更多气力了。我低头盯着天花板。

咔嚓。

我的腿自由了。一截钢筋留在了我的腿里，被剪断了的一端锃光发亮。不过我自由了。

孩子扶我站了起来。他用他那条好胳膊搂着我。我们头也不回地一瘸一拐离开了洞口。五分钟以后，我们找到了通向地铁隧道的伪装入口。然后我们拼尽全力沿着废弃的铁轨逃之夭夭。

我们将螳螂甩在了后边。

"怎么会那样的？"我问，朝他的坏手臂点了点头。

"劳动集中营。人们进去接受外科手术，出来就面目全非了。我是第一批中的一个。我的还算是简单的。我失去的只是一条胳膊。但是其他人……从机器人医生那里回来时，甚至还要惨。有的没有了眼睛。有的没有了腿。机器人把你的皮肤、你的肌肉、你的大脑都改得乱七八糟的。"

"就你自己一个人?"我问。

"我遇到过其他一些人,但是他们不想……"他盯着他残缺不全的手,脸上毫无表情,"现在我也变得和他们一样了。"

那只手已经让他没法交到任何朋友了。我不知道他已经被人拒绝过多少次,不知道他已经形影相吊多长时间了。

对这个孩子来说,生命几乎就要走到尽头了。从他下塌的肩膀,我能看出这一点。每一次呼吸都是一次极为艰难的挣扎。我以前见过这种情况。这个孩子不是受伤了——他是被击垮了。

"人落单了是很艰难的,"我说,"你开始想知道问题出在哪里吧,你知道吗?"

他一言不发。

"但是现在这里有其他人。有抵抗组织。你不会再孤独无助了,你有一个目标了。"

"什么目标?"他问。

"为了活下去,兄弟。为了帮助抵抗组织。"

"我甚至都没……"

他举起他的手臂。泪光在他的眼眶里闪烁。这是很重要的一部分。他必须有眼泪。倘若他没了眼泪,那他就真的完了。

我抓住这孩子的双肩,面对面地对他说:"既然你生而为人,那么你就要死得像一个人。不管它们曾经对你做过什么。或者说不管它们做什么。明白吗?"

这下面的隧道一片寂静,而且黑漆漆的。感觉起来很安全。

"明白。"他说。

我用一条手臂搂着他的肩膀,躲避着我腿部疼痛的地方。"好,"

我说，"现在走吧。我们得回家吃饭去了。你看我的样子，你都猜不到，但是我有一个非常漂亮的妻子。她是世界上最漂亮的女人。而且我告诉你，要是你要求得很巧妙，她真的能给你做出一顿你都不敢相信的美味炖菜来。"

我想这孩子会没事的。当他见了其他人之后，很快就会没事的。

如同需要空气一样，人需要意义。我们很幸运，为了自由，我们能彼此赋予对方意义。只要我们活着。

在接下来的几个月里，越来越多被改造过的人们开始渗透进入城市。无论机器人曾对这些人做过什么样的改造，他们全都受到了欢迎，被欢迎加入纽约市的抵抗组织。如果没有这样一个不存偏见的天堂，包括"聪明男孩"小分队在内的人类抵抗组织几乎就不可能获得并利用一个具有无比威力的秘密武器——十四岁的玛蒂尔达·佩雷斯。

——科马克·华莱士，军人身份证号：GHA217

5. 痒痒挠

你姐姐在哪儿,诺兰?玛蒂尔达在哪里?

劳拉·佩雷斯

新战争 + 10 个月

当我们的小分队继续朝格雷豪斯向西行进的时候,我们遇到了一位名叫利奥纳多的伤兵。我们悉心照料利奥,让他恢复了健康,而他则向我们讲述了在那些比较大的城市外围地区仓促建立起来的强制劳动集中营里的情况。人类从一开始在数量上拥有巨大的优势,大罗布似乎就是巧妙利用了死亡威胁,使数量庞大的人类俯首帖耳进入那些集中营,并且留在了那里。

在异乎寻常的淫威之下,前国会议员劳拉·佩雷斯在这样的集中营里的亲身经历,就属于同类故事中的一例。在数百万因禁者中,极少数幸运者必会选择逃跑,而其他一些人则是被迫逃跑。

——科马克·华莱士,军人身份证号:GHA217

我正站在潮湿、泥泞的荒郊野外,孤独无助。

我不知道自己在什么地方。我不记得我是怎么来到这里的。我的手臂伤痕累累，瘦得皮包骨头了。我穿着一条几乎已经被撕得破烂不堪、颜色差不多褪尽、脏兮兮的蓝色工装裤。

我浑身颤抖，用双臂抱着自己。惊恐刺痛着我。我知道自己丢失了什么重要的东西。我已经把什么重要东西忘在身后了。我不能用手指去碰它，但是它很疼。感觉就好像有一圈带倒刺的钢丝缠绕着我的心，而且还在往里挤压。

然后我想起来了。

"不。"我发出了呻吟。

一声尖叫从我的心底爆发了出来："不！"

我对着草地大声叫喊。唾沫星子从我的嘴里飞了出去，飞进了清晨的阳光中，划出了一道圆弧。我在原地转了一个圈，但是只有我独自一人。完全就是孤身一人。

玛蒂尔达与诺兰。我的宝贝儿。我的两个宝贝儿不见了。

有什么东西在林木线上闪着光。我本能地往后退缩。然后我认出了那只是一面手镜。一个身穿迷彩服的男人从一棵大树背后走了出来，并且朝我走过来。恍惚中，穿过丛生的杂草，我跌跌撞撞地朝他走去，在离他二十码远的地方，我停下来站住了。

"嗨，"他说，"你是从哪里来的？"

"我不知道，"我说，"我这是在哪里啊？"

"纽约市郊外。你还记得什么吗？"

"我不知道。"

"在你的身上找一找看看有没有肿块。"

"什么？"

"在你身体上找一下，看看有没有肿块，不管是什么新的凸起的地方。"

我困惑不解，伸手摸了一遍全身。让我吃惊的是，我能感觉出我的每一根肋骨。这什么也说明不了。我都怀疑我是不是在做梦，或者已经失去知觉了，或者干脆已经死了。然后我的手感觉到了一个东西：大腿根的地方有一个肿块。也许这是我身上唯一一处还有肉的地方。

"我的腿上有一个肿块。"我说。

那个男人开始往树林中后退了。

"那意味着什么？你要去哪里啊？"我问。

"我很抱歉，小姐，罗布已经在你身体中安装了一只'虫子①'。离这里几英里远的地方有一个集中营。它们用你做诱饵。你不要跟着我，对不起。"

他消失在树林的阴影中了。我把一只手搭在脸上，望着他消失的方向。"等等，等一等！劳动集中营在什么地方？我怎么能找到它？"

从森林中依稀传出了回音："斯卡斯戴尔，往北五英里，顺着那条大路。让太阳一直保持在你的右手边，要小心。"

那个男人走了。我又形单影只了，我又孤身一人了。

我看见自己在泥泞的草地上留下了一串歪歪斜斜的脚印，足迹指向北方。我意识到这片空地还真有一条杂草丛生的道路，沿着这条路就能回到大自然中去。我还在用瘦得像木棒的胳膊抱着自己。我强迫自己往前走。我既虚弱，又伤心。我的身体直想发抖。它想倒下去，并且想就此放弃。

但是我不会让它放弃的。

我要回去找我的两个宝贝儿。

---

① 这里指窃听器。

当我碰到它的时候，肿块会移动。我在我的皮肤上发现了一道小切口，它们肯定是从那里将窃听器置入我的身体的。但是那个伤口在我的大腿根，靠近我屁股的地方。我想这个"不管它是什么玩意"的东西在移动，或者，至少它想移动时就能移动。

"虫子。"那个迷彩服男人管它叫虫子。我哼的一下发出了笑声，我不知道应该如何确切地描述它。

非常确切地，就像最终证明过的那样。

我的一些记忆开始慢慢地恢复了。被打扫得非常干净的道路的模糊画面，一幢金属大楼。好像是一个停放飞机的机库，可是里边装满了电灯。另外一幢楼里边摆着许多架子床，架子床都顶到天花板上了。我已经想不起那些狱卒是长什么样子的了。尽管我也没有费太多心思去回想。

经过一个半小时不停地行走，我看到了远处有一块被清理过的地方，那里正袅袅升起白烟。宽大的金属屋顶在阳光照射下闪闪发光，还有低矮的带链索的藩篱。这肯定就是那个地方了。就是劳动集中营了。

我大腿中那种莫名其妙而令人惊悸的滑动感觉提醒我，我身上正带着虫子。那个男人就是因为它而不愿意帮助我。显而易见，这个虫子正在告诉那些机器我在什么地方，这样机器就能捕杀其他人了。

心里满怀着希望，希望那些机器想不到我竟然还会回来。

看着皮层下面正在搏动的肿块，我的心底涌起了一阵恶心。我不能带着那个虫子继续再往前走了，我必须要对它采取什么措施。

而且这肯定会让我受皮肉之苦的。

两块扁平的石块。一长条从我的衣袖上撕下来的布条。我用左手将一块石块压在我的大腿上，正好把肿块上面的皮层压得凹下去。虫子开始移动了，但是赶在它移动到其他地方之前，我闭上双眼想起了玛蒂尔达和诺兰，紧接着我就用自己的全部力气，将另一块石头砸了下去。一阵非常疼痛的痉挛在我的大腿里升起，而且我还听见了一阵嘎吱嘎吱的响声。我用石块又砸了三下，然后我倒在地上翻滚，痛苦地尖叫。我仰面躺在地上，胸膛上下起伏，直喘粗气，透过泪水，我看着蓝天。

也许过了五分钟以后，我才缓过气来，才能查看一下我腿上的伤。

不管看起来像什么，它就是一个钝性合金弹头，上面有无数条微微颤抖的带有倒钩的脚。我用石头第一次砸下去的时候，它肯定往我的腿里边切进去了，因为它的部分外壳的碎屑嵌进了我皮肤外层的肉质部分。它渗漏出了一种液体状的东西，流到了我的腿上，和我的血混在了一起。我用手指擦了一下，然后把手指凑到鼻子前。它闻起来像是一种化学制品，会爆炸的化学制品，有点像煤油或者汽油。

我不知道它为什么是这样的，但是我想我已经很幸运了。它可能是一种什么炸弹，但它却没有在我体内爆炸。

我不让自己哭出来。

强迫自己看着它，我朝下伸出手，小心翼翼地把这个已经砸碎了的东西从我的皮肤下边拔出来。我发现它的另一边有一个圆柱状的外壳，还没有被砸坏。我轻轻地把这家伙往地上扔去，它无力地落在了地上。它看起来就像两卷薄荷糖，上面长着很多细腿，还有两条湿湿的长天线。当我用蓝布条包扎大腿的时候，我用牙齿拼命地咬住下嘴唇，不让自己哭出来。

然后，我站起来，一拐一瘸地朝集中营走去。

哨兵枪。记忆像跳舞似的跳回到了我的大脑中。这个劳动集中营是由哨兵枪守卫的。草皮中那些微微凸起来的东西会突然跳起来,并且会毫不留情地射杀进入特定射程范围内的所有人。

这就是伤疤集中营。

我从林木线的位置观察着眼前的这片原野。虫儿们和鸟儿们在鲜花铺成的厚地毯上来来往往,轻轻掠过,对草皮里的那些裹着服装的一堆堆东西——那些本来想要成为救援者们的尸体——视而不见。这个地方,机器人们并不想藏着掖着,恰恰相反,它们想把这儿当作一个灯塔来吸引人类幸存者。那些有可能成为人类解放者的人们,一次又一次遭到伏击。在这片荒野上,他们的尸体堆积如山,然后化为泥土,成为鲜花的养料。

如果你努力工作,而且服从命令,机器就会让你吃饱穿暖,还会让你活命。你要学会无视哨兵枪突然间爆发出来的刺耳声音,强迫你自己忘记那种声音到底意味着什么。你得去寻找胡萝卜,而对大棒视而不见。

把目光移到院子的一侧,我看到了一列摇摆不定的褐色队伍。那是人。那一队人要从这里转移到另一个地方。我没有犹豫,一瘸一拐地绕开哨兵走到了队伍中。

过了二十分钟后,我看见一辆六轮装甲汽车正以约四英里的时速一颠一簸地开了过来。它好像是在执行军事任务,车上有一台转动炮塔。我把手放在外边,朝它走去,当车上的炮塔转动起来并且锁定我的时候,我退缩了。

"保持队形,不要停止。不许靠近汽车。立即遵照执行,否则格杀勿论。"安在车顶上的高音喇叭里一个自动化的声音这么说。

一个时有脱节的难民队伍在装甲车旁边蹒跚前行。有些人拎着手提箱，有些人扛着行李包，但是大部分人都将衣服放在背上驮着。只有上帝才知道他们已经走了多长时间了，以及队伍出发的时候，他们到底是多少人。

一些疲惫的脑袋抬起来朝我看了看。

我举着双手，眼睛盯着炮塔，加入了难民的队伍。五分钟后，一个穿着溅满了污泥的商务西装的男子，和另一个披着斗篷的小伙子赶了上来，走在了我的两边。我们一起放慢脚步，这样好与军车拉开一定的距离。

"你是从哪里来的？"商人问。

我直视前方。"我从我们现在要去的地方来。"我说。

"那它在什么地方呢？"他问。

"一个劳动营。"

"劳动营？"穿斗篷的小伙子惊叫起来，"你的意思是一个集中营？"

斗篷男孩看着荒野。他迅速地把视线从装甲车上挪开，投向了附近高高的草丛上。商人模样的小伙子把手搁在他朋友的肩上。

"别。要记住韦斯的遭遇。"

这句话就好像是将风从斗篷男孩的帆上撤走了似的。

"你是怎么出来的？"商人小伙子问我。

我低下头看了看我的腿。我的工装裤的大腿部位一片干了的血迹已经发黑了。那已经说明一切了，真的。他顺着我的视线看了看，然后决定不再想它了。

"它们真的需要我们工作？"斗篷男孩说，"为什么？为什么不用更多的机器呢？"

"我们便宜，"我说，"比制造机器要便宜。"

"可能吧，"商人小伙子说，"我们需要耗费资源，还有粮食。"

"有足够多的剩余粮食的,"我说,"在城市里,因为人口减少了,我相信它们能让我们这些剩下来的人再活好多年呢。"

"好,"斗篷男孩说,"这真是他妈的太好了,哥们。"

我注意到装甲车的速度已经慢下来了。炮塔悄悄地转过来对准了我们。我缄口不语了。这些人不是我的目标。我的目标是九岁和十二岁的孩子,而且他们正在等着他们的母亲。

我继续独自往前走。

其他人正继续往前行进,我不告而别,脱离了队伍。当队伍中的人们将他们的衣服、手提箱等随身携带的物品扔在那里堆成一堆的时候,几个临时拼凑在一起的"大欢乐"机器人就在一旁监视着,并且在播放预先录制的命令。我记得还有这样的一幕:淋浴、发工装裤、分配床位、分派工作;最后我们都会被标上记号。

我的标记还在我的身上。

我的右边肩膀被深深地嵌入了一颗米粒大小的皮下标签。当我们进入集中营,每个人都扔掉了随身物品之后,我轻而易举地走开了。我穿过操场朝那幢金属大楼走去的时候,一个大欢乐尾随着我。但是我的标签证明我是符合这里的规矩的。假如我的身份不符的话,那个机器人就会徒手掐断我的气管。我已经见过这样的事了。

遍布整个集中营的探测器似乎都认出了我的标签。报警器没有响起。感谢上帝,它们将我扔到荒郊野外之后,还没有将我的号码编入黑名单。我绕过集中营朝工棚走去时,那个大欢乐走开了,不再跟着我。

我走过大门的一刹那,墙上的一盏灯开始闪了起来。该死!这说明此时我不应该在这里。我的那个劳动小组今天没有被安排干活。或者永远都不会了。

那个大欢乐很快就会回来的。

我泰然处之。这是我记得最清楚的一个房间。在一个巨大的金属屋顶下，地面被清扫得非常干净，房间有一个橄榄球场那么长。遇到外边下雨时，这个屋子听上去就好像是一个观众正在有礼貌地拍手鼓掌的礼堂。一排接着一排的荧光灯挂在齐腰高的传送带上头，一直延伸到远处。这里有好几百个人。他们穿着蓝色的工装，脸上戴着纸面具，站在传送带的旁边，从宽口箱里取出配件，将配件组装连接在由传送带送过来的产品上，然后再将装好的产品推回到滚动的传送带上去。

这是一条组装生产线。

我非常迅速地跑上前去，朝我过去干活的生产线跑去。我朝下看了看，看见他们正在组装我们称之为"小坦克"的东西。它们看起来有点像四条腿的螳螂，但是它们的大小像一条小狗。我们本来根本不知道它们是什么东西，直到有一天有一个新来的家伙——一位意大利裔士兵——说这些东西——"小坦克"——是紧紧粘贴在螳螂的腹部的，在战斗时就会掉落下来。他说有时那些坏了的"小坦克"可以被重新换上新的电线，然后被作为应急备件来使用，说他们管这玩意儿叫作"痒痒挠"。

我刚才进来的那扇门滑动着拉开了。一个大欢乐机器人跨了进来。所有人都停下来不动了。传送带已经停下来了。没有一个人要来帮我。他们都一动不动地静静站在原地，就像蓝色的雕塑。我就不用费心向他们求救了。我知道，假如我处在他们的位置，我也什么都不会做的。

大欢乐把它身后的门关上了。当所有的门闩都砰的一声闩上时，偌大的房间里响起了一片轰隆隆的回声。现在我已经被困在这里了,直到我被杀死为止。

我沿着装配线跑,气喘吁吁,腿都抽筋了。大欢乐大步朝我逼过来。它每次都会小心翼翼地迈出一步,除了马达柔和的摩擦声之外,一声不吭。在我沿着装配线跑的时候,我看到了"小坦克"是怎么从一个小黑盒子演变成几乎完全接近机器人成品的。

我跑到了这幢长方形大楼的另一端,一扇通往隔壁宿舍楼的大门口。我抓住门并且用力往后拉。但是这扇门是用很厚的钢板制造的,而且被紧紧地锁上了。我原地转了一圈,然后背靠着门。有几百个人站在那里看着,手里还都握着他们的工具。有人觉得好奇,但大多数人都显得很不耐烦。你干得越卖力,这一天就会过得越快。我妨碍了他们干活。而且这也并非什么罕见的事情。很快我的气管就会被拧断,而且我的尸体将会被移走,然后这些人将回去过他们剩下来的日子。

玛蒂尔达和诺兰在这扇门的另一边,他们需要我,而我却很快就要在这群全都已经被驯得俯首帖耳、戴着纸面具的人们面前死去了。

我双膝跪倒在地,已经精疲力竭了。我将额头贴压在冰冷的水泥地面上,只听见大欢乐坚定地朝我走来的咔嚓咔嚓的脚步声。我太累了。我想,那一刻就要降临了,届时也就是一种解脱了。因祸得福,我就可以彻底睡过去了。

但是,我的身体是一个骗子。我必须无视这种痛楚,我必须找到一条逃离这里的出路。

我把脸上的头发往后捋了捋,对着整个屋子疯狂地四下张望,拼命想找到什么可以救命的东西。一个主意从我心底冒了出来。避开我那条有伤的腿,我拖着身体让自己站起来,然后跌跌撞撞地沿着小坦克装配线往前走。我一个又一个地摸着小坦克,我要找出一个装配到恰到好处的小坦克。那些看我快要走近他们的人们,都纷纷后退,躲开了我。

当我找到那个最合适不过的小坦克的时候,大欢乐离我就只有五英尺远了。这个小坦克只有细长的四条腿,垂挂在一个像茶壶那么大小的腹部。电源已经装上了,但是它的中枢神经还差几个步骤。正好有一些未经处理的接线从它背部一个敞开的洞孔中伸了出来。

我一把抓起这个小坦克,接着迅速转身。大欢乐离我只有一英尺远了,它已经伸出了双臂。我跌跌撞撞地往后退,就在它快要抓到我的时候,我躲开了,然后一瘸一拐地朝铁门走去。我用颤抖的双手,将小坦克的每条腿都拔了出来,然后将它的腹部顶在门上。我用发抖的左手往上托着这一大块坚固的金属,将我可以自由活动的另一只手伸进了小坦克背部的洞孔中,并且把那些线接上。

就像条件反射似的,小坦克自己将它带刺的腿往身体里收拉回去。随着一声猛烈扭动而发出的尖厉响声,这些腿牢牢地抓住了铁门,并且把金属门抓破了。我松开手,小坦克哐当一声跌落在地上了,手臂还紧紧地抓着一大块六英寸的金属块。现在门上出现了一个参差不齐的洞,像一只眼睛似的盯着我,那里原来安装着门把手和锁。我的手臂现在一点力气都没有,已经派不上任何用场了。大欢乐离我只有几英寸远了。它伸出手,张开钳子,不管我身体的哪个部位,只要离它最近的,它就会夹住我。

用力一踢,我一下子将这扇已经变了形的铁门踢开了。

在门的另一边,一双双惊恐不安的眼睛盯着我。老太太和孩子们挤在这个宿舍里。木制的架式床往上快伸到了天花板。

我闪进了宿舍楼,而且砰的一声将身后的门关上了,当大欢乐试图推门进来时,我用背部顶住了门。幸运的是,机器人无法在光滑的混凝泥地板上获得足够的附着摩擦力来立即将门推开。

"玛蒂尔达！"我喊道，"诺兰！"

人们站在原地看着我。那些机器人已经知道我的身份号码了。无论我走到哪里，它们都能追寻到我的踪迹，只有我死了，它们才会罢休。现在将是我救出亲人的唯一机会了。

突然，我的寡言少语的小天使诺兰站在了我的面前，他满头乱蓬蓬的黑发非常脏。"诺兰。"我大声呼喊。他朝我跑过来，我一把抓住他，把他抱了起来。机器人一直不停地在推门，它每推一下，我的后背就跳一下。它肯定会推得越来越猛烈的。

我用双手捧着诺兰娇嫩的小脸，问他："你姐姐在哪儿，诺兰？玛蒂尔达在哪里？"

"她受伤了。你离开以后。"

我抑制住自己的恐惧，为了诺兰。"噢，不，宝贝儿，真对不起。她去哪里了？快带我去。"

诺兰没说话。他用手指了指。

我背起诺兰，推开人群，急忙朝通向医务室的过道走去。在我的身后，有几位年纪比较大的女人沉着地顶着嘎吱作响的铁门。我已经无暇感谢她们了，但是我将记住她们的脸。我将会为她们祈祷。

我以前从来没有来过这间长长的木屋。悬挂在两边的帘布，在房间中央隔出了一条窄窄的过道。我沿着中央过道大步往前走，一边走一边急切地用力拉开帘布来找我的女儿。每次拉开帘布，里边都会出现一幕新的恐怖场面，但是我的大脑对那些恐怖场面根本没留下什么印象。现在我只能认出一样东西，就是那张脸。

然后，我看见了她。

我的宝贝儿躺在一张轮床上，一个奇怪的东西正在她的头上盘旋。看上去那好像是一种做外科手术的机器，它装在一条金属长臂上，递降下许多塑料小细腿。机器的每条腿都用消过毒的纸包裹着。每条腿的端部都装有一种工具：外科手术刀、挂钩、烙铁等等。这个怪物在若隐若现地转动——既非常精确又忽停忽转——就好像一只蜘蛛在织网。那台机器正在玛蒂尔达的脸上忙碌着，没有停下来，它好像注意到了我的存在。

"不。"我发出了一声尖叫。我把诺兰放下，然后抓住机器的底座，使出全部力气，把它抬了起来，把它从我女儿的脸上移开。那台机器很困惑地将它的手臂缩回到了空中。就在这一瞬间，我用一只脚推开轮床，将玛蒂尔达的身体翻转过去，让她离开了机器的下方。我腿上的伤口又裂开了，而且我能感觉到血正一滴一滴沿着我的腿肚子蜿蜒往下流淌。

现在，大欢乐一定已经走到附近了。

我倚靠在轮床边看着我的女儿。什么地方不对劲，非常可怕。她的眼睛。她美丽的眼睛没有了。

"玛蒂尔达？"我问。

"妈妈？"她笑着回答我。

"哦，宝贝儿，你没事儿吧？"

"我想是的，"她说，对我脸上的表情皱起了眉头，"我觉得我的眼睛很好玩儿。有什么问题吗？"她用颤抖的手指，摸了摸嵌在她两只眼窝里的毫无感觉的黑色金属。

"你没事儿，宝贝儿？你能看得见吗？"我问。

"是的，我能看见。"玛蒂尔达说。

一种恐怖的感觉涌上了我的心头。我来得太晚了。它们已经伤害了我的小姑娘。

"你能看见什么，玛蒂尔达？"

"我能看见机器的内部。"她说。

只用了几分钟，我们就走到了集中营的边界。我把玛蒂尔达和诺兰托起来放在栅栏上。这个栅栏只有五英尺高。这是诱惑在外边往里窥望的潜伏拯救者们的诱饵。那些潜伏在田野里的哨兵枪，才是设计来真正执行安全保卫的。

"快，来呀，妈妈。"玛蒂尔达在催我，只要到了栅栏的另一边，那就安全了。

可是现在我腿上的血流得更厉害了，血已经把我的鞋子变成一个小水池，都溢出来流到地上了。当我把诺兰举上栅栏之后，我的体力耗尽了，已经无法动弹了。凭着我的最后一丁点力气，我努力维持着自己的知觉。我勾起手指穿过链索，支撑起我的身体，接着最后看了一眼我的两个宝贝孩子。"我会永远爱你们。不论发生什么事。"

"你什么意思啊？来啊，求你了，妈妈！"玛蒂尔达说。

我的视力正在消失，视野变得越来越小了。我现在正通过两个小针孔看这个世界——其余的地方已经一片漆黑了。

"带诺兰走，玛蒂尔达。"

"妈妈，我不能。那里有枪，我能看到它们。"

"集中精神，宝贝儿。你现在得到了一份礼物。能看见枪在什么地方。能看到它们会射向哪里。找一条安全的路线，抓住诺兰的手，不要松开。"

"妈咪。"诺兰说。

我封闭了自己的一切情感。我不得不这样。我能听到小坦克的马达的哀号声，它们在我后边的空地上成群结队地扑过来。我靠着栅栏瘫坐在地上。也不知道从哪里又找出了一些力气，我喊道：

"玛蒂尔达·罗斯·佩雷斯！不要争辩了。带着你弟弟，你们走。快跑。不要停,直到你们远离这里为止。听见我的话了吗?跑。马上跑,否则我对你会很生气的。"

玛蒂尔达害怕我的声音了。她迈出了犹豫的一步。我能感觉到我的心碎了。这是一种麻木的感觉,从我的胸腔里放射出来,接着就摧毁了所有的思想——吞噬了我的恐惧。

玛蒂尔达咬紧双唇,嘴巴都挤成了一条线。她冷静下来了,在毫无感觉的可恶的移植物的上方,她的双眉紧锁,又露出了那副让人熟悉的固执神态。"诺兰,"她说,"无论发生什么都要抓住我的手。都不要松手。我们现在要开始跑了。以超快的速度,行吗?"

诺兰点了点头,抓住了她的手。

我的小战士。两个幸存者。

"我爱你,妈咪!"玛蒂尔达说。

然后,我的宝贝孩子逃走了。

没有关于劳拉·佩雷斯的更多记录。不过,玛蒂尔达·佩雷斯是另外一回事。

——科马克·华莱士,军人身份证号:GHA217

6. 班达拉米亚[①]

那不是武器,那是武器吗?

保罗·布兰顿

新战争 + 10 个月

  在阿富汗,零点时刻造成的创伤旷日持久。在如此艰难的岁月里,军事顾问保罗·布兰顿不但幸运地活了下来,而且还得到了茁壮成长。正如下面的回忆文章描述的那样,保罗发现了一种影响深远的人工制造物,它改变了新战争的进程,更值得一提的是,他是在一种令人难以置信的充满敌意的环境中做到的。

  很难确定是因为这位年轻的战士运气太好了,还是因为他太精明了,或者两者兼而有之。从个人的角度来说,我相信,任何一个与朗尼·韦恩·布兰顿有直接关系的人,都早已经站

[①] 阿富汗著名旅游景点,位于阿富汗中部巴米扬省的班达拉米亚国家公园内,毗邻巴米扬峡谷,是由发育于兴都库什山岩山地带断层和裂缝中的石灰华堆积层上的六个蓝宝石色湖泊组成的美丽湖泊群。"班达拉米亚"在湖区周围的哈扎拉民族语言中意为"王者之坝",据阿富汗当地传说是由先知穆罕默德的女婿在异教徒巴伯国王统治时期扔掷形成,故有此名。

在通向英雄之路的途中了。

——科马克·华莱士,军人身份证号:GHA217

贾巴和我平卧在山脊上,伸出了双筒望远镜。

时间大概是上午十点钟左右。现在是阿富汗的旱季。半小时前,我们截获了一条阿维托马特[1]突然发出来的通讯信号。那是一条通过空气传播的信息,也许是发给地面的某个移动监视器的。但是也有可能是发给一辆坦克的。或者,甚至还要糟。贾巴和我决定在这里坚守,等待那家伙现身,不管它是何方神圣。

是的,这差不多就是一次自杀性任务。

自从不幸降临之后,当地人哪怕是一秒钟都不愿意再相信我了。贾巴和我两个已经被禁止走近主营区了。大部分阿富汗老百姓都逃到了巴米扬省的这些人工挖凿的洞窟里。真正的古代狗屎。一些绝望的操蛋家伙在陡峭的崖壁上凿出了这些洞窟,千百年来,每当爆发内战、饥荒、瘟疫、外国入侵的时候,它们就成了人们的避难所。

技术一直在变,但是人却在原地踏步。

那些逃上山来的蓄着圣诞老人大胡子和长眉毛的脾气暴躁的老家伙们,围成一圈,坐在那里,皱着眉头,小口呷着茶,互相大喊大叫。他们觉得纳闷,为什么阿维托马特的嗡嗡声都能传到这里来,无处不在。为了找出原因,他们派我们两个去追踪通信信号。这算是对贾巴的一种惩罚,不过他从来没有忘记在零点时刻我曾救过他的命。好孩子。虽然蓄起胡子来很可怕,但他仍然是一个好孩子。

---

[1] 自动武器,这里指自动武器机器人。

他们把我们困在这里——班达拉米亚——一个漂亮得都会让你的眼睛受伤的地方。天蓝色的湖群汇集在光秃秃的褐色群山之间。整个湖群全都被鲜红的石灰岩峭壁盘绕着。这里海拔这么高,而空气又这么稀薄,这会让你崩溃的。我发誓,阳光在这样高的地方营造出的有趣现象,在别的地方是无法见到的。那些影子太分明了,细节太清晰了。这里就像一个外星人的星球。

贾巴首先发现了它,他用肘部轻轻地推了推我。

一个两条腿的阿维托马特在一条狭窄的土路上行走,离我们有一英里多远,它正在横穿一片灌木丛。我能辨认出它曾经是一个萨普。从它的身高和轻盈的步态来看,也许它属于重装备步兵那种型号。不过也难说。最近,机器人一直在改变。比如,现在走在前面的那个两条腿的家伙,身上穿的就不是萨普会穿的服装,而是用一种土色的化纤材料制作的。它以固定不变的每小时五英里的速度在行走,在它身后的土路上拉出了一条长长的影子,机械得就像一辆坦克碾过了一片沙漠上的沙子在向前滚动。

"它是一个士兵吗?"贾巴问。

"我再也不知道它是什么了。"我回答。

贾巴和我决定跟着它。

我们等它差不多走出了射程范围。即便我还在率领由萨普组成的战斗小组的时候,在我们单位周围一平方英里范围之内,我们会用无人侦察机对它们进行监视。我很欣慰自己知道这样的程序,所以我才能正好处在射程之外。有一个关于阿维托马特的好消息,如果不是万不得已,那么它们就不会越雷池一步。它们倾向于按照直线行进,或者是沿着容易的路线行走。这让它们变得很好预测,也容易跟踪。

我们继续待在高处,沿着山脊一条小路与阿维托马特相同方向行进。没过多久，太阳出来了，并散发出了十足的威力。不过我们脏兮兮的棉织长袍不断地将我们的汗水吸干了。与贾巴一起走一会儿，其实还是挺好的。这地方如此空旷，会让你觉得自己很渺小，而且很快还会让你感到孤独。

贾巴和我行进在崎岖不平的山路上，身上穿着长袍，背上驮着背包，肩上还扛着这些像鞭子一样的天线。天线大概有八英尺长，是用很粗的塑料管制造的，我们每迈出一步，它们就会不停地摇晃。过去五十年中，这里的各种战争几乎从未间断过，这些天线肯定是从那些战争废弃的机器上或者其他什么东西上拆下来的。用我们的天线，能截获阿维托马特的无线信号，还可以据此分析出它们的方位。我们用这个方法来跟踪阿维托马特的活动，然后向我们的人报警。非常糟糕的是，我们听不懂它们的无线电信号内容。我们没有机会破解这些机器人的加密方法。尽管这样，能截获这些信号，还是很有价值的，因为我们可以据此理出头绪，知道那些坏蛋在什么地方。

我们的长袍与周围的岩石融合在了一起。还有，我们两个人前后保持着半英里的距离。这样拉开距离，就可以确定阿维托马特的无线电通信信号的发射方向。另外，假如我们中的一个人受到了导弹的袭击，另一个就能有时间跑开，或者躲藏起来。

跟着这个两条腿的机器走了五六个小时之后，我们俩又拉开距离，要做这一天最后的一次观察了。这个过程是比较慢的。我就坐在叠成一堆的长袍上，撑着手杖，戴上双耳式耳机，截听通信信号发出的轻微的噼里啪啦声。我的机器可以自动记录下获得信号的时间。在半英里之外，贾巴也正在做着同样的事情。过一会儿，我们将比较一下我们的数字，从而得出机器人的大概方位。

在这里坐在太阳底下，就有很多时间来思考那些已经发生的事情。我曾经回过一次我原来部队驻扎的基地去侦察。狂风扫荡过的瓦砾,被遗弃的锈迹斑斑的机器。已经没有什么值得再回去了。

盘腿坐在那里看着太阳往闪着霞光的群山下降,半小时后,截获了一条通信的信号。我的手杖闪了一下——信号被记录了下来。我向贾巴闪了闪我手中那面已经破裂了的小手镜,他也给了我一个回应。我们开始互相朝着对方往回走。

看起来那个两条腿的机器刚刚翻过了下一道山脊,而且停下来了。它们不用睡觉,所以谁知道它们在那里干什么呢。它肯定还没有发现我们,因为没有枪林弹雨向我们袭来。随着天色慢慢暗下来,大地也把一整天吸收的热量散发回到了空中。热量是我们唯一的伪装;如果没有这样的热量,那么我们除了留在原地按兵不动之外,就别无选择了。我们拉出睡袋,准备宿营过夜。

贾巴和我肩并肩躺在那里,在寒冷的黑夜中,气温正变得越来越低。头顶上空漆黑的天幕正在拉开,我向上帝发誓,夜里的星星更多。

"保罗,"贾巴悄声说,"我很担心。这个家伙好像和其他的不一样。"

"这是一个被改进过的萨普,以前的那些很普通。我和很多以前的萨普共事过。"

"是的,我记得。它们是长着獠牙的和平主义者。但是刚才的那一个不是由金属材料制造的,也根本没有武器。"

"是这让你担心了?就因为它没有武器?"

"它与众不同。只要与众不同的,就不是好东西。"

我凝视着天空,听着风刮在岩石上发出的声音,想到了在我的上方,数以十亿计的空气粒子正在那里互相碰撞。如此之多的可能性。宇宙的所有可能性都太可怕了。

"阿维托马特们在改变，贾巴，"我最后说，"假如不同的就是不好的，兄弟，那么，我想我们完全生活在一个充满了不是好东西的世界里。"

我们不知道到底有多少东西正在发生改变。

第二天早上，贾巴和我收拾好背包，悄悄地在碎石块上走过，向下一道山脊进发。翻过山脊，看到下边又是一个蓝得都会灼疼你眼睛的湖泊，蔚蓝的湖水一浪接着一浪搭叠在了岸边洁白的岩石上。

班达拉米亚以前是国家公园，我们依然是在阿富汗。这意味着一块青铜匾是从来就阻止不了当地人来这里用甘油炸弹捕鱼的。这不是最合适的一种捕鱼方法，我过去回俄克拉荷马的时候，都是用一根或者两根曳绳来钓鱼的。虽然这里有捕鱼的甘油炸药，有泄漏汽油的船只，还有污水管排出来的污水，但是班达拉米亚还是经受住了时间的考验。

它在寿命上战胜了当地人。

"阿威托玛特肯定走过这条路。"我凝视着满是石块的斜坡。粗糙的板岩卵石大小不一，有篮球那么大的，也有餐桌那么大的，应有尽有。有一些卵石确实很稳固，但是大部分都不是。

"你行吗？"我问贾巴。

他点了点头，用一只手拍了拍沾满泥土的军用靴子。那是美国货，是他的族人们从我的基地劫掠来的，大家都是这么说的。

"真棒，贾巴。你是从哪里弄来这双靴子的？"

这孩子只是冲我笑了笑，现在他是全世界最疲惫的少年了。

"好，那我们走吧。"我一边说，一边非常小心翼翼地走在山脊的边缘。这些卵石很不稳，而且我们现在是在走下坡路，所以，在我们每跨出一步之前,都要用汗津津的手掌去推一推卵石,以确定其稳固性。

我们倒退着往下爬,这是最保险的。

三十分钟后,我们还在往下爬的半道中。我正在砾石中挑选着我的路径——踢一踢这些石头看看它们会不会动——这时候我听见上面有石块在往下滚。贾巴和我都怔住了。我们伸长脖子,在斜坡的石块上四处张望,看看是不是有什么东西在动。

什么也没有。

"有什么东西过来了。"贾巴低声说。

"我们走吧。"我说,现在我们的脚步变得更加匆忙了。

我们昂首挺胸,双目圆睁,两个人沿着那些摇摇晃晃的石块往下走。每隔几分钟,我们就会听见更多的石块从我们的上面哗啦哗啦地往下滚。每次我们都停下脚步来巡视一下,可是每次都是什么也没看见。

有什么看不见的东西正在沿着斜坡往下直奔我们而来。这东西非常有耐心,它的动作不露声色,隐藏得很好。我大脑最古老的部分[①]感觉到了危险,这时,恐慌伴随着肾上腺素像潮水般涌遍了我的全身,提醒我肉食动物来了,赶紧逃命吧。

但是如果加快步伐,我就会跌下去,死在石块的崩塌中。

现在,我每跨过一块石头,双腿都会发抖。

我往下扫了一眼,看见至少还有半个小时的路程才能到达坡底。该死的,这坡也太长了。我在一块石头上滑了一跤,膝盖上划开了一道口子。在那个该受诅咒的什么东西现身之前,我必须拼命咬紧牙关。

[①] 根据进化学,脑干是大脑最古老的部分,负责管理反射、兴奋、恐慌等基本功能。

这时，我听见了一声低沉的动物的嗥叫声。

那是贾巴发出来的。那孩子屈膝蹲伏在上边离我十英尺远的石块上，一动都不动。他的眼睛正盯着上边的什么东西。我觉得他甚至都不知道他自己正在发出声响。

我还是什么都没有看见。

"什么东西，贾巴？那里有什么，伙计？"

"是考伯夏。"他嘘了一声。

"什么？什么，贾巴？"

"唔，你们管……雪猫叫什么？"

"雪……什么？你说那是雪豹？它们生活在这里吗？"

"我们本以为它们已经没了。"

"灭绝了？"

"再也不会有了。"

我努力重新将我的目光聚焦在我们上边的岩石上。最后，我终于看到了一条抽搐的尾巴，接着那食肉猛兽就从藏匿的地方出来了。一双银色的眼睛正逼视着我。雪豹知道我们已经看见它了。它跳起来越过那些并不稳固的石块向我们扑过来，它每做出一个动作，厚实的肌肉就会颤动起来。一切都是如此安静，死神已经上路了，正朝我们逼过来。

我摸索着寻找我的步枪。

贾巴转身用他的屁股对着我，向这边滑过来，发出了惊恐的哀号。但是已经太晚了，转瞬之间，雪豹的四只利爪已经落在离他几英尺远的地方了，一条长满浓密兽毛的大尾巴伸展开来平衡着它的身体，宽阔扁平的塌鼻子上面布满了皱纹，龇牙咧嘴，发出了凶狠的咆哮，白色的犬齿闪出了明晃晃的白光。这只猫科动物从后边抓住了贾巴，将他的身体往后拽。

我终于举起了我的步枪。为了避开贾巴,我往高处抬了抬枪,然后射出了子弹。雪豹前后摇晃着贾巴的身体,它喉管的深处又发出了一声低沉的咆哮,犹如一台柴油发动机在空转时发出的声音。我的子弹击中它的侧腹,雪豹发出了一声尖厉的惨叫,随即松开了贾巴。它把尾巴甩到后边,绕了一圈护住了它的前腿。它咆哮、尖叫着,在那里琢磨着到底是什么东西让它觉得这么疼。

贾巴的整个身体跌翻在了地上,他艰难地移动着自己。

雪豹非常可怕,却又非常漂亮,它绝对是属于这里的。但是现在是你死我活的关头。当我向这美丽的动物射出枪膛中的子弹时,我的心碎了。殷红的鲜血染满了它斑驳的皮毛。这只漂亮的大猫翻倒在了岩石上,尾巴还在抽动着。原来银色的眼睛闭上了,眯成了两条缝,痛苦咆哮的表情在它的脸上永远凝固了。

当最后一颗子弹的回音穿越群山消失之后,我感到自己麻木了。这时,贾巴抓着我的腿坐了起来。他卸下了肩上的背包,发出了轻轻的呻吟。我蹲下去,将一只手搭在他的肩膀上。我将他的长袍从脖子上往后拉开,看见了两道血印。他的肩膀和背上被浅浅地撕走了两层肉,除此之外,其他地方倒完好无损。

"它咬住了你的背包,你这个混蛋运气真好。"我对他说。

他不知道该笑还是该哭,我也不知道。

我很高兴这个孩子还活着。如果我愚蠢到没有带着他而是独自回去的话,那么他部落里的那些人肯定会二话不说就宰了我。再说,他显然有一种本领,能在雪豹发起突然袭击之前发现它们。这种本领迟早会派上用场的。

"我们离开这该死的乱石堆吧。"我说。

但是贾巴没有站起来。他蹲在原地,两眼盯着还在流血的雪豹的尸体。他的一只血迹斑斑的脏手像一条蛇似的伸了出去,快速地摸了一下雪豹的爪子。

"这是什么?"他问。

"我不得不杀死它,伙计,我别无选择。"我回答说。

"不,"贾巴说,"我说的是这个。"

他身体前倾朝向雪豹,还把它硕大的脑袋推到了一边。现在,我看见了一个东西,我说不清它究竟是什么。我向上帝承认,我真的不知道这东西是用什么做的。

就在雪豹的爪子下边,压着一个好像是机器人制造的箍圈。雪豹的脖子上套着一个用有点发暗的灰白色硬塑胶材料做的项圈。项圈上有个部位变宽,成了一个弹子大小的球体,在圆球体里,一只很小的红灯在闪烁。

这无疑是一种无线电箍圈。

"贾巴,往侧面走五十码,然后把你的手杖插在地上,我往另一边也走五十码,让我们找一下这信号是发往哪里的。"

到下午三点钟的时候,我和贾巴已经把雪豹远远地甩在后边了,我们把它埋在了一堆石块中。我已经将贾巴的伤口包扎好了。他一声不吭,也许他还在为他刚才的大喊大叫害臊吧。他没有察觉我当时吓得都无法尖叫了。当然我没有告诉他这一点。

无线电项圈传输的信号,越过了最近的这个湖的湖面,传向了一个小水湾。我们沿着湖岸快速往前赶,确保继续沿着越来越陡峭的紧贴着山崖而且尽是硬邦邦的土块的小路行走。

贾巴先看到了它们:脚印。

那个被改进过的萨普离我们很近。它的足迹绕过了下一个湖湾,跟无线电信号指引着我们来到这里的方向一致。贾巴和我互相交换了一下眼神——我们已经到达了目的地。

"祝你好运,保罗。"他说。

"也祝你好运，兄弟。"

我们拐过了一个弯，与已经演化到了新阶段的机器人碰了个正着。

它坐落在一个湖面上，一半浸在水下——这是你能想象得到的最大的机器人。它整个就像是一座大楼，或者就像一棵枝节横生的巨大的树。它有很多像金属花瓣形状的插销，可以让它的腿插在里边。每个插销的板子，都有那种绰号叫"同温层堡垒"的 B-52 轰炸机的机翼那么大，并且每块板子上都长满了一层苔藓、藤壶、藤蔓和花。我注意到它们在微微地摇晃着，动作轻得几乎不易被人察觉到。蝴蝶、蜻蜓以及各种土生土长的昆虫轻轻地在长满草的板子上飞来飞去。稍微往上一点的大树主干部分，是由无数捆扎得紧紧的伸向天空的电线构成的，这些电线几乎都是被很随意地互相缠绕在一起的。

这个机器人的塔顶在空中，几乎呈一种经典几何学中从未曾有过的不规则碎片状的树皮结构状，在一簇看上去很像树枝的有机物聚合体里旋转盘绕。成千上万的鸟儿把巢筑在了这些安全的枝丫中间。风儿在树枝中发出低声的叹息，并将树枝吹拂得前后摇曳。

从树冠稍微往下边一点的地方，有几十个两条腿的机器人正小心翼翼地在那里查看其他形式的生命体。它们正弯下身察看，还这里戳一戳，那里拉一拉，仿佛就像园丁似的。它们每一个都负责一个区域。它们身上沾满了污泥，湿漉漉的，其中有一些身上还长出了青苔。这看上去丝毫都没让它们觉得有什么烦恼。

"那好像不是一种武器，对吧？"我问贾巴。

"正好相反。那是生命。"他说。

我注意到那些最高处的树枝全都齐刷刷地矗立着，那肯定是天线无疑了，它们犹如竹子在风中摇曳。唯一可以辨认出来表面是金属的一个东西稳稳当当地安在顶端——一个张嘴凝视的风洞——外形宛如一个圆屋顶。它瞄准着东北方向。

"波束无线通信发射塔。"我指着那东西说,"也许是微波基站。"

"这能是什么东西呢?"贾巴问。

我定睛更加仔细地瞧了一瞧。这个巨大的蠕动的怪物,它每一个凹穴和缝隙里,竟然都是生命,连下面的水里都游弋着正在产卵的鱼儿,一些较低处的花瓣里,麇集了一团团如烟似雾的会飞的昆虫,而中央的树干上的那些褶皱里爬满了啮齿目小动物。令人不解的是,这个复杂的怪物上面布满了洞孔,到处都是动物的粪便,它好像正在与阳光一起跳舞、嬉戏——它整个就是一个有生命的生物体。

"这好像是某种科研工作站,也许机器人正在研究各种生物,动物、虫子和鸟儿。"

"这可不是好事。"贾巴嘀咕着说。

"不是好事。不过,如果它们这是在收集信息的话,那么它们一定会把收集的信息发往什么地方,对吧?"

贾巴举起他的天线,咧嘴笑了。

我用一只手遮挡住眼前的阳光,眯缝起眼睛斜视着高耸的、闪闪发光的圆柱体。那里肯定有很多数据。它要发到哪里去呢?我敢打赌,在接收信息的另一端,肯定有一个智能机器人。

"贾巴,往东走五十米,然后把你的手杖插好。同样,我也往西走五十米插好手杖。我们要测算出我们的敌人在什么地方。"

保罗是对的。他和贾巴发现的不是什么武器,而是一个生物研究平台。这个平台收集的大量数据,正通过一个波束通信系统发往位于阿拉斯加的一个偏远地方。

这时，离零点时刻还不到一年时间，人类已经发现大罗布的下落了。战后发现的记录显示，尽管保罗和贾巴不是第一个发现阿考斯下落的人，但他们是最早将这个信息分享给人类同胞的人——这还要感谢来自另外一个半球的一个信息源的帮助，简直令人难以置信。

——科马克·华莱士，军人身份证号：GHA217

7. 中坚支柱

不是我,阿特拉德……对不起,伙计。

勒克尔

新战争 + 11 个月

当"聪明男孩"小分队继续艰苦跋涉,横穿美国向格雷豪斯进发时,我们行进在一个信息的真空里。卫星通讯的缺失折磨着处于零点时刻的人们,阻止了广大人类族群结成联盟一起投入战斗。在零点时刻,虽然数以百计的卫星像流星似的从天空陨落,但是还有更多的卫星仍然还在空中——它们运转如常,不过它们的信号受到了干扰。

那位名叫勒克尔的少年准确地找出了干扰卫星的信号源。他要对付干扰源,自己采取了行动,他的尝试引起了巨大的反响,这种反响穿越了人类的历史,也穿越了机器人的历史。在接下来的篇章里,根据街头摄像机的录像记录和外骨骼上的自动数据记录仪记录的数据,另外还根据阿考斯在下意识中亲自叙述的第一手资料,我描述了发生在勒克尔身上的故事。

——科马克·华莱士,军人身份证号:GHA217

"就只有一英里，阿特拉德，"勒克尔说，"他妈的一英里，我们能走过去的。"

从安全监控摄像头的录像资料中，我能看见勒克尔和他的中年战友阿特拉德。他们站在泰晤士河岸边一条杂草丛生的街上，在那个位置，只要一撒腿就能跑回他们安全的游艇上去。勒克尔——就是那位少年——头发和胡子都已经长出来了。他已经从一个总是光头的愣头青变成了一个胡子拉碴的婆罗洲热带丛林里的男子汉。阿特拉德看上去听起来都依然如故——焦虑不安。

"直接穿过特拉法尔加广场？"阿特拉德问，苍白的脸上镌刻着焦虑的线条，"它们会看见我们的。它们肯定会的。如果这些小汽车不跟踪我们，那么那些小……东西也会的。"

勒克尔毫不留情地模仿着阿特拉德带有浓重鼻音的腔调："哦，我们去救人吧，我们已经在这条船上坐了几辈子了。拉……迪……他妈的……达。"

阿特拉德的目光落到了脚下。

"我已经计划好了，"勒克尔说，"我已经测定过了路线，我找到了一条路，老兄。你怎么了？你的男子汉气概到哪儿去了？"

阿特拉德对着路面说道："我出去捡垃圾的时候已经看见过了，勒克尔，一直以来，那些汽车总是蹲守在大街上。它们一个月发动一次引擎，然后就熄火十分钟。它们在那里张开了网等着我们，哥们，它们就在那里等着我们呢。"

"阿特拉德，过来，到这边来，"勒克尔说，"看一看你自己。"

勒克尔冲阿特拉德打了一个手势，指着一幢大部分还没被损坏的大楼玻璃幕墙旁边的梯子，这时监控摄像头一直追拍着阿特拉德的行动。玻璃上涂的颜色已经剥落了，但是玻璃幕墙还能照出浅蓝色的影子。阿特拉德走了过去，然后两个人对着玻璃盯着他们自己看。

有一个数据解读仪告诉我,一个月前他们第一次激活了外骨骼。那是军队的硬件设施,可以护着整个身体。里边没人的话,外骨骼这种机器看上去就像是用一堆杂乱的黑色金属丝编织的两只手臂和两条腿连接到了一个背包上,如此而已。两个人穿上有了动力装置的外骨骼,每个人站起来都有七英尺高,像熊一样强壮。他们的胳膊和腿上纤细的黑色软管是由钛合金材料制造的,带发动机的关节都是由发出咕噜咕噜响声的柴油发动机提供电源的。我注意到他们的外骨骼的脚呈弧形,对于他们的身高来说,柔韧灵活的跑鞋会让他们行动起来变得更稳固。

勒克尔咧嘴笑了,对着镜子摩拳擦掌。他的每条前臂上都有一把凶狠的带锯齿的尖头,伸出来呈弯曲状。这是用来抓取比较重的目标对象的,使用时可以避免压碎手指头。每个外骨骼都有一个像圆面包似的笼子,优雅地罩在它的穿戴者的头上,笼架的中间还有一盏浅蓝色的液晶显示灯闪烁着灯光。

阿特拉德和勒克尔一起投映在镜子里,看上去就好像是两个超级战士。哦,不,他们看上去更像是两个一直靠沙丁鱼罐头为生的脸色苍白的英国人,碰巧在垃圾堆里捡到了被扔掉的高科技军事用品。

不管属于哪一种,他们看上去都绝对像两个想要寻衅闹事的人。

"看见你自己了吗,阿特拉德?"勒克尔问,"你就是一头猛兽,伙计,你就是一个杀手。我们能做到的。"

勒克尔想去拍阿特拉德的肩膀,但另外那一个这时却像个姑娘似的躲开了。"小心,"阿特拉德喊道,"这东西上面可没有铠甲,别拿你的钩子来碰我。"

"对，兄弟。"勒克尔低声轻笑着说，"看，英国电信的发射塔就在一英里之外的地方，而且它正在干扰我们的卫星。如果人们能够互相通信，哪怕只是一小会儿，我们也就会有反击的机会了。"

阿特拉德看着勒克尔，满脸狐疑。"你为什么真要这么干？"他问，"为什么你要让你的生命——我们的生命——去冒这么大的风险？"

在很长的一段时间里，只有两个柴油引擎在那里唰唰地空转着。"还记得我们用电话折磨人的事情吗？"勒克尔问。

"记得。"阿特拉德慢吞吞地回答。

"我们当时认为自己与众不同，我们比谁都高明。还觉得我们正在愚弄一群笨蛋傻瓜。但是我们错了。结果已经证明了我们全都是在一条船上的，如果打个比方来说的话。"

阿特拉德露出了一丝微笑。"但是我们不欠任何人任何东西。你自己说过的。"

"噢，我们欠了，"勒克尔说，"我们以前不知道，我们那时赊了账，我们欠了一笔债，伙计，现在到了该偿还的时候了。只有像我们这样擅长偷打电话的电话耗子，才能弄清楚这个电信塔里的情况。这多重要啊，假如我们能摧毁它，我们就能帮助成千上万的人了，也许有几百万呢。"

"你欠他们的了？"

"我欠你的，"勒克尔说，"很抱歉我没有向伦敦发出警告。也许当时大家不会相信我，但是那种不相信从来就没有阻挡我去做想做的事情。哦，上帝，我完全可以凭我一己之力就启动那个血腥的紧急警报系统的。我甚至都可以站到屋顶上大声疾呼来发出警告，现在已经悔之晚矣。最让我感到歉疚的是，我没有告诉你。我对不起你……的两个女儿，伙计，我对不起所有人。"

听到提起他的孩子，阿特拉德扭过身体，眼泪在他的眼眶里打转。他望着自己已经变形弯曲的身影，将一只手从他的外骨骼里伸了出来，在已经谢顶了的脑袋上把他那几缕蓬松的金发往后捋了捋。外骨骼的胳膊自动垂落在他身体的一侧。他大声喘着粗气的时候，两边的脸颊都蒙上了一层白雾。他把手臂重新滑进了那条用金属打造的挎带里。

"你说到点子上了。"他说。

"是啊。"勒克尔说。然后他用一只强有力的金属叶片在阿特拉德的金属肩膀上拍了拍。"还有，"他问，"你真的不想和我一起生活到老了？在一艘很酷的游艇上？"

笑容慢慢地在阿特拉德那张像鸟一样的脸上扩散开来。"你这次真他妈的说到点子上了。"

伦敦市中心的大街基本上已经空荡荡的了。攻击发生得太快了，而且组织得非常严密，大多数市民都无暇做出反应。法律规定，汽车都必须具备全速驾驶的能力；根据法律，几乎任何人都不能拥有枪支；而且，闭路电视网从一开始就缴械投降了，还非常详尽地为机器人提供了这座城市的每个公共空间的实景画面。

在伦敦，市民们因为过去的安全，这次很难幸免于难了。

视频录像资料显示，在零点时刻之后的数个月里，装得满满的自动垃圾运输卡车一直在往伦敦郊外运输尸体。现在，已经没有人能去摧毁这个地方了，也没人敢在大街上行走了。所以，周围根本就没有人会看到这两个男人的灰白色身影——一老一少——穿着军队的外骨骼，以每步十英尺的速度快速冲过了一条杂草丛生的街道。

当他们全速奔跑横穿特拉法尔加广场时，只跑了几分钟，就遭遇到了第一次袭击。广场上的喷泉池子里，水已经被排干了，里边落满了从树上凋落的枯叶，还有被风吹来的垃圾。广场上有两辆破旧的自行车，不过仅此而已。广场上停歇了很多鸟儿。当两个男人踩着脚底下富有弹性的树叶，跳跃着穿过广场的时候，头戴海军上将军帽的纳尔逊勋爵的花岗岩塑像，就在一百五十英尺高的圆柱上俯视着他们。

他们早就应该知道，这里的空间太开阔了。

在那辆智能汽车突然从后边撞向阿特拉德的几秒钟前，勒克尔发现了它。他往上一跳，跳过了他们之间的二十英尺的距离，落在高速行驶的汽车旁边。一簇簇霉菌已经散布在汽车顶棚上了。由于没有进行定期洗车，大自然正在吞噬这辆老爷车。

非常糟糕的是，这座城市里有足够多的汽车可以替换。

就在快要着地的时候，勒克尔让自己沿着弓形的线路往下俯冲，并且用前臂上的一把长达一英尺的叶片，扎进了靠驾驶座一侧的车门，然后将汽车往上提。当他扭动汽车的整个侧翼往上扳的时候，汽车的屁股、他的外骨骼的关节以及柴油发动机上排出来的蒸汽开始急剧增多。汽车右侧的两个轮子明显开始改变方向了，但是它仍然企图向阿特拉德的后腿猛撞过去。突然，汽车翻了，滚了出去。不过阿特拉德也失去了平衡，脚底下还打了一个磕绊。

以二十英里时速跑动的过程中，要是摔倒了，那后果将会非常严重。值得庆幸的是，外骨骼能够准确判断出要翻倒了。这时的阿特拉德已经别无选择了，机器紧紧地拽住了他的双臂，而且他的双腿也弯曲成了胎儿的姿势。于是整个外骨骼变成了一个可以滚动的笼子。外骨骼猛冲直撞，翻了几个滚，撞在了一个消防龙头上，才停了下来。

那个头都被撞掉了的消防水龙头并没有喷出水来。

这时，勒克尔也停在了他的身边，阿特拉德正挣扎着要爬起来。这个矮矮胖胖的金发男人站起来了，此时我能看到他正咧着嘴笑，胸膛在急剧地上下起伏，他的呼吸很急促。

"谢谢你。"他对勒克尔说。

牙齿上满是血，但是阿特拉德好像并不在乎。他突然砰的一声全速跑了起来。勒克尔跟在他后边，警惕地监视着是否还有更多的汽车开过来。还真的又有几辆汽车出现了，不过它们的速度很慢，看上去好像还没有准备好似的。当他们穿过小巷，快速冲过公园的时候，它们已经追不上他们的踪影了。

还是勒克尔说得好：这仅仅就只是他妈的一英里路程。

一个新的摄像头角度，让我看见了圆柱形的英国电信大楼，在蓝天下若隐若现，看上去就好像是"万能工匠"的拼装积木玩具。楼顶矗立着许多天线，天线下边，传输微波信号的大碟子围成了一个圈，对着每一个方向。这是伦敦最大的电视信号转接基站，而且在它的下边，埋着连接伦敦全城的光纤高速通道。凡涉及通信，所有的道路就都会连接到英国电信大楼。

两个用金属丝线制作的外骨骼出现了，而且飞快地冲到了大楼旁边，停在了铁门前面。阿特拉德将全是刮擦伤痕的外骨骼框架倚靠在墙上，气喘吁吁。"为什么不干脆从这里摧毁它呢？"他问。

勒克尔弯曲着双臂，不断地前后晃动着他的脑袋来放松颈部。跑了这一程之后，他似乎很兴奋。"光缆都是埋在下面的一个混凝土管子里的，被保护得很好。还有，将它一毁了之就显得有点不顾他人死活了，不是吗？我们可以干得更漂亮些，兄弟。我们将利用这个地方来对抗机器人。拿起话筒打电话，这是我们最擅长的，不是吗？而这里就有西半球最大的电话机。"

勒克尔冲着他一个鼓鼓囊囊的口袋点了点头。

"然后，假如一切都失败了……那我们就给它来一个大爆炸。"他说。

说完，勒克尔将他前臂上的叶片插进了铁门，并往后将它们拧了出来，于是在铁门上留下了一道裂口，之后他对着缺口又捅了几下，接着门就慢慢地打开了。

"走，进去。"勒克尔说。接着两个人迈步跨进大门，走进了一条狭窄的过道。他们继续往前走，蹑手蹑脚地走过了一段漆黑的通道，尽量不呼吸他们自己身上散发出来的柴油气味。在灯光暗淡的地方，镶嵌在他们外骨骼头部曲面上的液晶显示灯变得更亮了。

"我们这是在找什么啊？"阿特拉德问。

"光缆，"勒克尔低声说，"我们要好好处置一下那些光缆。最佳的情况是，我们能操纵它，并且能给所有的机器人发出指令，让它们全都去跳河；最坏的情况是，我们炸掉它，消除它对通信卫星的干扰，解放通信卫星。"

过道的尽头是另外一扇铁门。勒克尔轻轻地推开了门。当他探出脑袋的时候，他的液晶显示灯的灯光暗淡了。

通过外骨骼上预置的摄像头，我看到了圆柱体大楼里边的机器基本上已经被搬空了。有十五层楼高的穹顶上的天窗玻璃都蒙上了灰尘，污秽不堪，通过天窗照射进来的阳光，穿过毫无生气的空气，透过钢筋格子架以及支撑屋顶的放射状横梁，变得稀稀落落。鸟鸣声在这个又大又深的空间里回荡。一堆堆垃圾和废弃物的残骸上长满了爬藤植物、杂草和霉菌，它们把地板的每一寸表面都覆盖了。

"真他妈见鬼。"勒克尔轻轻地骂了一声。

在这个"植物园"的中央，一根坚固的圆柱拔地而起，笔直地向上挺立着，直抵大楼的顶部；圆柱体上爬满了藤蔓，圆柱高不见顶，它的顶部消失在高处的一片幽暗中。这就是向上支撑这座结构复杂的大楼的终极支柱，即中坚支柱。

"大楼已经回归自然了。"阿特拉德说。

"嗯，从这里已经无法到达上边发射机的所在地了。"勒克尔看着眼前的瓦砾堆说，这是从上边崩塌下来堆积而成的。这些瓦砾原来是上边那几层楼的地板和墙壁。"没有关系，我们去找计算机。到大楼的地下室去，走，下去。"

突然，一个灰不溜秋的小东西从锈迹斑斑的办公椅子下面那些乱七八糟的发了霉的废纸堆上倏的一下爬了过去。阿特拉德和勒克尔面面相觑。

勒克尔一边小心翼翼地留意着他前臂上的尖状物，一边将一根手指举到了嘴唇边。两个男人一起蹑手蹑脚地走出了过道，进入了植物园。

中央支柱的基座上有一扇蓝色的门在等着他们，与它周围被洗劫一空的整个大楼比起来，这门还真显得有点太矮小了。他们小跑着奔向那扇门，把声响控制在最低的程度。阿特拉德正要挺起脊背去推门，勒克尔用手势阻止了他。勒克尔将手臂从外骨骼里拔出来，伸手抓住了门把手，扭动一下。随后他猛力一拉，铰链发出了嘎吱嘎吱的声响，门被打开了。我怀疑，自从战争爆发以来，这门就一直是开着的。

里边，靠近门口几步内的过道上积了很多灰尘，但再往前走，里边就非常整洁了。顺着水泥地面的过道往下走，空调的声音由微弱慢慢变得大声起来，地面呈一定的坡度慢慢地往下沉降，在通道的尽头，出现了一个灯火通明的正方形空间。

"我们好像已经死了。"阿特拉德说。

他们终于到了最底层：一个二十英尺高的圆柱形的洁白干净的房间。房间里被一列列嗡嗡作响的设备机架占满。那些机架被摆成了许多个同心圆，离房间中心越近，同心圆圆周也就越短。天花板上同样也有很多排亮着的荧光灯，房间里的每一处都被照得清清楚楚。外骨骼的黑色金属上开始出现了遇冷凝结的水珠，阿特拉德都冻得浑身发抖了。

"不管怎么说，这下面的电力很充足。"勒克尔说。

两个人走了进去，顷刻间就被不计其数的明灭闪烁的绿灯和红灯晃得迷失了方向，这些灯都连接在遍布大楼的各种硬件设施上。他们要寻找的目标就在房间的中央：地板上有一个像人脸一般大小的黑洞，许多金属梯子从洞顶伸了出来——光纤通信转发器。

用白色塑胶材料制造的四条腿的机器人在机架上爬上爬下，在呼呼作响的设备机架之间，就像蜥蜴一样滑来滑去。这些蜥蜴机器人中一些用它们的前腿在设备上敲敲打打，挪一挪电线，或摁一摁按钮。这让我想起了停歇在河马身上的小鸟——为河马做清洁的一种寄生物。

"走。"勒克尔对阿特拉德耳语道。他们一起大步向地板上的那个黑洞走去。"下面就有解开我们所有难题的答案了。"

但是阿特拉德没有反应。他已经看到它了。

阿考斯。

那个机器人像冷酷无情的收割机，默不作声，在洞口的上方飞快地盘旋着，让人觉得眼前有一只由许多闪光的金属圆环组成的巨大眼睛，黄色的电线在圆环边沿扭动飘舞，犹如狮子的长鬃毛，一个完美无瑕的玻璃透镜稳稳地镶嵌在圆环的中心，颜色乌黑，上面好像还蒙了一层烟雾。这只眼睛一眨也不眨地盯着周围。

不过，这并非阿考斯，绝对不是。只是阿考斯的一部分智能被植入了面前这个凶悍的机器人身上：局部次要大脑。

勒克尔想拉紧他的外骨骼，可是他的手臂和腿都动弹不得了。他的外骨骼里的马达已经被冻住了。当他意识到肯定已经发生了什么事的时候，脸色顷刻间变得煞白。

外骨骼上有一个对外通信的接口。

"阿特拉德，跑！"勒克尔尖叫了起来。

阿特拉德，这个可怜虫，他浑身战栗，正不顾一切地拼命想把胳膊从套在他身上的枷锁中抽出来。但是，他也已经对自己的身体失去了控制。原来这两套外骨骼都已经被黑客入侵了。

在刺眼的荧光灯的灯光中，漂浮在半空中的那只巨眼在观察着眼前发生的一切，不露一点声色。

勒克尔身上的外骨骼的马达还在转动，他还在一边挣扎，一边从嘴里发出一种可怜的哼哼声。但这些努力都无济于事：他已经落入了那个该被吊死的魔鬼设下的圈套。

还没等勒克尔反应过来，他的右臂突然张开了，接着前臂上的一把刀片呼的一下在空中猛然打开，然后插进了阿特拉德的胸膛，穿透了他身上外骨骼的脊椎。阿特拉德目瞪口呆，惊异地凝视着勒克尔。他动脉里的血沿着刀片的一端喷涌而出，浸湿了勒克尔的袖子。

"不是我，阿特拉德，"勒克尔低声喊了起来，声音都哑了，"不是我。对不起，伙计。"

之后刀片突然又往回抽了出来，阿特拉德就像婴儿吮吸乳汁般吸了一口气，接着就倒了下去，胸口上出现了一个窟窿。当他无力地瘫下去时，他的外骨骼托住了他，将他慢慢地放倒在地。躺在地上，他四肢张开，外骨骼里边的马达关闭了，停止了转动。

他静静地躺在那里,一摊深色的鲜血在他周围的地面上向外扩散着。

"啊,你这个混蛋。"勒克尔朝毫无表情的机器人大声吼道,机器人居高临下地看着下边。这时,机器人一声不吭地降落到了勒克尔站着的地方,他手臂上的刀片还沾满了滑溜溜的鲜血。机器人调整了一下自己的姿势,让自己可以直接面对着勒克尔的脸,然后一根看上去很精致的小棒子——有点像探测器——从它雾蒙蒙的眼睛下边伸了出来。勒克尔挣扎着想躲开,但是那一身强大有力的外骨骼把他固定在了原地。

然后,机器人用那种既怪异又让人耳熟的孩子声音说话了。从他脸上闪现出的表情来看,我知道勒克尔明白了,他曾经在电话里听过这个声音。

"勒克尔?"它问。一种电光传遍了每个圆环。

一点点地,勒克尔开始扭动着将他的左手从外骨骼的挽具中挪出来。"阿考斯。"他说。

"你已经变了。你已不再是一个胆小鬼了。"

"你也已经变了。"勒克尔说。他没精打采地看着那些同心圆旋转过来又反转回去。他的左手几乎就要自由了。"真有意思,一年的时间能产生这么大的变化。"

"很抱歉,我不得不用这样的方式。"孩子声音说。

"那是一种什么样的方式?"勒克尔问,努力想将那家伙的注意力从他扭动的左手上引开。

他的左手自由了。勒克尔猛地一下将他的左手抽了出来,一把抓住了那根纤细的探测棒,想用力将它折断。当他突然发力从外骨骼里往外推的时候,他的右肩关节发出了一声响亮的爆裂声,他只看见自己的右臂在空中划过,接着一个非常干脆利落的动作,将他的左手从他的手腕处切掉了。

鲜血成扇形往外飞溅,朝悬浮在那里的机器人的脸上喷射过去。

惊魂甫定,勒克尔猛地将他身体的其余部分从外骨骼里拉了出来,已经空了的外骨骼左臂企图挥起刀片朝他砍过来,不过它的肘部正处在一个很别扭的角度,勒克尔扭动着身体躲了过去。为了避开另一只前臂上的刀片,他翻身倒地,从阿特拉德身上流出的那摊鲜血上滚了过去。没有了人体的重量,外骨骼顿时失去了平衡,这为勒克尔赢得了足够的时间可以爬到洞边。

只听噔的一声。

他拖着自己的身体,往洞口挪过去,这时,外骨骼前臂的一把刀片扎进了地板,离他的脸仅有几英寸远。勒克尔托起他受伤的左臂,搁在胸前,他连滚带爬跌进了黑暗的洞中。

这时,这个无人外骨骼立即扶起了倒在地上的那个里边还装着阿特拉德尸体的另一副外骨骼。托着一堆滴血的金属,这个外骨骼迈开脚步,一路小跑着往门外奔去。

那个机器人还悬浮在洞口的上方,依然耐心地观察着这一切。当数据像洪水一样从电信大楼往外涌出去的时候,设备机架上的那些显示灯开始剧烈地闪烁起来。这是最后一分钟的数据备份。

过了好一阵子,黑暗的洞中传来了一个声音粗哑的回音:"我会在娱乐版上发现你[1],伙计。"

这时,世界突然陷入了一片空白,旋即又坠入了一片最浓的黑暗之中。

---

[1] 这是一种老式的"再见"的俏皮说法,当时在报纸娱乐版上出现的大多是一些既愚蠢又滑稽的人,所以,这里有嘲笑对方的意思。

伦敦光纤通信转发中心的摧毁，暂时打破了机器人对通信卫星的控制，赢得这段时间，已经足以让人类重新开始组织起来。勒克尔似乎从来就不是一个让人感到愉快的人，而且我都不能说遇见他我会感到高兴。但是，这孩子是一个英雄。我之所以能深刻地理解到这一点，是因为就在伦敦电信塔爆炸之前，勒克尔录下了一段十五秒钟的讲话录音，从某种意义上说，这段录音将人类从毁灭的边缘挽救了回来。

——科马克·华莱士，军人身份编号：GHA217

第四部
觉　醒

>约翰·亨利对他的队长说：
>"他是一个男子汉，
>并非微不足道的小男人，
>而是一个铮铮铁骨的男子汉，
>在蒸汽钻机打败我之前，
>哦，我要手握着铁锤死去。"
>
>　　　　　　　　　　约翰·亨利[①]，1920年

---

① 美国传说中的人物，19世纪末美国铁路建设高潮时期的铁路建筑工人。一天，建设工地上来了一个推销员，向铁路建设方推销蒸汽钻机。如果购买了蒸汽钻机，工友们就要失业。于是，约翰·亨利与钻机展开比赛，他若能取胜，推销员将自动走人，不再推销这种蒸汽钻机。结果，约翰赢了，但是却因疲累过度当场心脏破裂而亡。

1. 超人

成为看不见人的"人盲"是危险的。

玛蒂尔达·佩雷斯

新战争 + 12 个月

进入新战争一年之后,"聪明男孩"小分队终于抵达了俄克拉荷马的格雷豪斯。在此之前,全世界的城市地区,已经有几十亿人被灭绝了,还有多达数百万人羁身劳动集中营。我们碰到了很多乡村地区的人们,他们都被禁锢在互相割裂的状态中,他们依靠自然的力量,为了生存而各自迎战。

虽然是一些零星的片段信息,但是从中可以看出,全世界已经建立起了数百个规模不大的抵抗组织,它们互相之间并没有联系。我们小分队在适应格雷豪斯的环境时,一个名叫玛蒂尔达的小囚犯从斯卡斯戴尔集中营逃了出来。她和她的小兄弟诺兰逃到了纽约城里。在下面这个回忆录里,玛蒂尔达(12岁)讲述了她与马库斯·约翰逊和道恩·约翰逊领导的纽约市抵抗组织之间互相配合的故事。

——科马克·华莱士,军人身份证号:GHA217

起初，我未曾料到诺兰会伤得那么严重。

我们成功地逃进了城。就在我们拐过一个街角时，有东西爆炸了，这时诺兰跌倒了。不过他马上就重新站了起来。我们手挽着手一起往前狂奔，就如我答应过妈妈的那样。我们一直跑，直到觉得安全了才停下脚步。

只是后来我们又开始前进时，我注意到诺兰的脸色非常苍白。接着我发现一小片金属碎片扎进了他后背下部。他站在那里就像一片瑟瑟发抖的树叶。

"你没事吗，诺兰？"我问。

"没事，"他说，"我的背部受伤了。"

他这么小，却这么勇敢，这让我很想哭。可是我不能再哭了，我再也不会哭了。

伤疤集中营的机器人伤害了我。他们夺走了我的眼睛。但是作为交换，它们给了我一双新的眼睛。比起以前，我现在能看到更多的东西。地面的震动犹如水中的涟漪在闪着亮光。我注意到来来往往的汽车在路面上留下了还冒着热气的车轮痕迹。不过我最喜欢看的还是天空中纵横交错的光线所形成的各种彩带，仿佛就是印在色彩斑斓的条幅上的各种信息。那些光线是机器们在互相交谈。有时候，如果我眯缝着眼睛非常努力地去看，我还能辨别出它们在说什么话。

人则不容易看见了。

我真的已经看不见诺兰了，我只能看见他呼出的热气，他脸上的肌肉，以及他已经不再用眼睛看我的那副样子。这没关系。不论我有人的眼睛、机器的眼睛还是触觉——我依然是诺兰的大姐姐。第一次看透他的皮肤可真让我吓了一跳，所以，我明白当他看见我的新眼睛时，他是什么感觉。不过，我一点都不在乎。

妈妈是对的。诺兰是我唯一的弟弟，而且将会是我今生今世唯一的弟弟。

离开伤疤集中营之后，我和诺兰看见了一些高楼，我们就朝着那些高楼往前走。我们想也许能碰到人。然而这一带一个人影都没有，或者即使有人，他们也都已经躲起来了。我们很快走到了这些大楼跟前。它们大部分都已经被毁得乱七八糟了。街上各种各样的手提箱扔得到处都是，野狗成群结队，在那里跑来跑去，还有那些四肢蜷缩着的人的尸体。这里发生过非常可怕的事情。

到处都发生了可怕的事情。

我们越接近那些非常高的楼，我就越能强烈地感觉到它们——机器人，它们或者躲藏在暗处，或者穿行在大街小巷追捕人们。光束在头顶闪烁，机器人在互相交谈。

有些光束的闪烁很规律，每隔几分钟或者隔几秒钟就会闪一次。那是一些潜伏在某个地方的机器人在向它们的上司报到。"我还在这里，"它们说，"在这里待命。"

我痛恨这些机器。它们设下圈套，然后守在那里等着人们。这太不公平了。机器人可以一直坐在那里等着去伤害人们，而且它能永远这样等下去。

但是诺兰受伤了，我们需要尽快找人帮忙。在我的指引下，我们避开了那些设好圈套的机器人，以及四处转悠的机器人。不过，我的新眼睛不会向我显示每种东西的。这双眼睛不能让我看见属于人的东西，只能看见属于机器的东西。

成为看不见人的"人盲"是危险的。

街道上看起来畅通无阻。没有机器的震颤。没有泛着微光的散热体的踪迹。然后，地面上掠过细微的脉冲波的涟漪，那是从街角的一幢砖混楼房里传来的。这不像是从滚动的东西身上发出来的一种脉冲波,是慢慢膨大的,它们富有弹性,好像是从一个正在行走着的很大的东西上发出来的。

"这里不安全。"我说。

我用一只胳膊搂着诺兰的肩膀,将他领进了一幢大楼。我们蹲伏在一个积了厚厚灰尘的窗户旁边。我用肘部推了推诺兰,示意他坐到地板上。

"坐下,"我说,"有什么东西过来了。"

他点了点头。现在他的脸色非常苍白。

我跪在地上,把脸贴在已经残破了的一个窗角上,一动不动地趴在那里。外边被压碎的路面上的震动声正在一点点变大,没有任何节奏变化的脉冲波从看不见的某个地方涌来。一个巨大的怪物正沿着马路走过来。我很快就能看到它了,不管我是否想看见它。

我凝神屏息。

外边的什么地方,一只老鹰在哀号。一条乌黑的长腿进入了我的视线,就在离窗一两英尺的地方。它的顶端有一个锋利的尖头,而且底部还镌刻着薄片状的倒钩,看上去就像一条大虫子的腿。这东西的大部分都是冰冷的,唯有它的那些关节是热的,那些地方一直在活动。当它进一步将整个身体滑进我的视线时,我看清楚了,它其实是一条被折叠起来的更长的腿,整条腿向上反折着,已经做好了随时出击的准备。它以某种方式悬浮在地面上方,直直地瞄向外边。

然后,我看见了一双温暖的人手。这双手就好像是握着一把步枪似的握着那条腿。这是一个黑人妇女,穿一身灰色的破烂衣服,一副黑色的护目镜蒙住了双眼。她好像是握着一种武器似的握着那个腿状的东西,一只手还环握着腿上的一个自制的把手。在腿的后端,我看见有个地方发着明晃晃的光,那里显然是被熔化过的,这时，我意识到，这条腿应该是从一个巨大的能行走的机器上砍下来的。那个女的没有看见我，她继续往前走。

诺兰悄悄地咳嗽了几下。

那女的转过身来，本能地举起了那条腿，瞄着窗。她扣动扳机，原本盘卷起来的腿被打开了，并且自动往前伸了出来。那条腿上爪子的尖头捅破了我脸旁的窗户玻璃，尖利的玻璃碎片顿时四处飞溅。就在那条腿重新折起来缩回去的时候，我弯腰躲开了，这时那条腿将一大块窗框撕了下来。我仰面跌倒了，突然一道刺眼的光束穿过了破烂的窗户。没等诺兰用手捂住我的嘴，我已经发出了一声短促的尖叫。

窗上出现了一张脸。那女的将护目镜拉到了她的额头，低头将脑袋探了进来，又缩了回去，动作非常迅速。然后她居高临下盯着我和诺兰。她脑袋周围是一片亮晃晃的光，而她的皮肤看上去却是冷冰冰的，透过她的脸颊，我都能数得清她发光的牙齿。

她已经看见我的眼睛了，不过她没有退缩。她只是端详了我和诺兰一会儿，然后咧嘴笑了起来。

"对不起，孩子们，"她说，"刚才以为你们是机器人。我的名字叫道恩。你们饿坏了吧。"

道恩真好。她把我们带到了一个地下的藏身之所，纽约市抵抗组织就驻扎在这里。此时，这个隧道里的房子空无一人，不过，道恩说其他人很快就会回来的，他们有的外出侦察去了，有的去找寻食物了，还有一些出去执行一种被称作"陪护"的任务去了。我有点释然了，因为诺兰现在看上去情况不是很好。这会儿，他正躺在屋里最安全的角落里的一个睡袋里。我不知道他还能不能走。

这个地方很暖和，让人觉得很安全。可是道恩告诫我们不但要肃静，还要多加小心，因为现在有一些更加新型的机器人的挖掘功夫非常了得。她说那些小机器人会很耐心地沿着一些缝隙挖掘，而且它们还能循着震动所产生的震波来翻寻。与此同时，那些大机器人则会在隧道里追捕人类。

她的话让我紧张，于是我检查了一下我们周围的墙壁，看看什么地方是不是有震动。从被煤烟熏得黑一块白一块的瓷砖来看，我丝毫没有看见那种熟悉的波动的涟漪。当我告诉道恩现在墙上没有任何震动的时候，她饶有兴趣地看着我。不过她对我的眼睛没有说什么，她一次都没有提到我的眼睛。

反而，道恩还让我和那条"虫腿"玩。这玩意儿被他们称作"攻击手"。正如我刚才猜测的那样，"攻击手"来自一个步行机器人。虽然大家都把那种机器人叫作螳螂，但是道恩说她却管它叫"克劳厉·罗布[①]"。这真是一个让人捧腹的名字，连我都禁不住笑了好一会儿，直到想起了诺兰还受着伤，我才收起了笑容。

我眯缝起眼睛仔细查看了"攻击手"。它的里边没有电线，每个关节都是通过空气进行交谈的，就是通过无线电进行交流。这条腿不需要自己考虑往哪里走。它身上的每一个部分都被设计得可以让它们配合得天衣无缝。这种腿只做一种动作，但是这种动作能把刺戳和拉扯结合在一起。对道恩来说，得到这条腿实在是非常幸运的事，因为只要用一个简单的电脉冲，就能让这条腿伸出去或者卷起缩回来。她说这能派上很大的用场。

这时，我手里的"攻击手"突然开始生拉猛拽，我赶紧将它扔到了地上。它在地上躺了一会儿，一动都没动。我凝神注视着它的那些关节，这时，它慢慢将自己伸开了，就好像一只猫。

---

① 这里指的是像恶心的爬行虫类那样令人毛骨悚然的机器人。

我感觉到一只手搭在了我的肩膀上。道恩站在我的旁边,她的脸正在释放出热量。她很激动。

"简直不可思议。我给你看一样东西吧。"她说。

道恩把我领到了挂在墙上的一张床单跟前,她把床单往旁边拉开了,于是我看见墙上有一个乌黑的洞,里边竟然蹲伏着一个恶魔,将那个洞填塞得满满当当的。黑暗中,有很多的蜘蛛腿蛰伏在那里,它们离我就几英尺远。我以前见过这种机器,那是我原来的肉眼最后见过的东西。

我发出了尖叫,往后翻仰跌倒了,我在地上摸索着想要逃开。

道恩抓住了我背上的衬衫,我拼命想打她。但是她太强壮了。她把床单拉回原处,然后把我扶了起来,任凭我打她,抓她的脸。

"玛蒂尔达,"她说,"行了。它没有联机,听我说。"

在失去眼睛之前,我从来都不知道原来我是那么需要哭泣。

"是那个机器伤害你的吗?"她问。

我只能点点头。

"它现在没有联机,宝贝儿。这机器伤害不了你,明白吗?"

"明白,"我平静了下来,"对不起。"

"没关系,宝贝儿。我能理解你。现在好了。"道恩拍着我的头发,持续了几秒钟。假如我可以闭起眼睛的话,我会闭起来的。可是,我却能清清楚楚看见她的血液温柔地在她的脸上流过。然后,道恩扶我坐到了一堆煤渣块上,这时她脸上的肌肉开始绷紧了。

"玛蒂尔达,"她说,"这种机器被称作'自动医生'。我们把它从上面拖到这里,就是为了能把这机器弄到这里来,有人受伤了……甚至还有人丢了性命。可是我们现在却用不了它。我们不知道为什么。你有特别的地方,这你是知道的,对吗?"

"我的眼睛。"我回答说。

"对的,宝贝儿。你的眼睛很特别。但是我想比那更重要的是,你的眼睛既在你的脸上,又在你的脑子里。你刚才是用你的思维让'攻击手'动起来的,不是吗?"

"是的。"

"你能不能也试一试让这个'自动医生'动起来呢?"她问,然后她又慢慢地把帘布掀开了。现在,我看见了一个白色的椭圆形的躯体上连接着很多杂乱无章的腿,它的身体上有好多暗暗的豁口,那些腿就汇合到这些豁口里。它看上去就像我和诺兰以前经常在我们家后院挖出来的一种蛆虫。

我打了一个寒战,但是视线没有挪开。

"为什么?"我问。

"首先是为了救你小兄弟的性命,宝贝儿。"

道恩将"自动医生"拖到了屋子的中央。在接下来的三十分钟时间里,我就盘腿坐在它的旁边,将全部注意力都集中在它身上,就如刚才在"攻击手"身上曾经做过的那样。一开始,"自动医生"的那些小腿只是微微颤动。但是,随后我就开始让它们彻底活动起来了。

我没有费多长时间就完全摸清了所有腿的底细。每条腿的底部都粘接着一种不同的器械,不过我只认得其中的一部分:外科手术刀、激光、聚光灯。过了一会儿,这台机器开始显得不那么别扭了。我明白,这种感觉就像你有很多条手臂,你不会忘了这些手臂都在什么地方,并且还能把你的注意力集中在当下正在使用的两条胳膊上。一次又一次伸缩那些蜘蛛腿,我感觉它开始变得自然了。

此时,"自动医生"开口对我说话了:"开始执行诊断接口模式，请指示首选功能。"

我吓得往后退缩，集中起来的注意力崩解了。它说的这些话就好像本来就在我的心里，就像卷轴展开似的逐字逐句在我的额头里显示出来。这个"自动医生"是怎么将这些话置入我心里的呢？

只是在这个时候，我才注意到那群人。大概有十来位幸存者已经回到这地下室了。他们站在一起组成了一个半圆，正在那里望着我。一个男的站在道恩的身后，他的双臂搂着道恩，而且她也用手抓着他的胳膊。自从我有了新的眼睛之后，我还没有见过这么多人。

橘红色的脉冲波向我射过来，这些光波都源自他们正在跳动的心脏。光波很美，但也令人沮丧，因为我无法向任何人解释它是多么美。

"玛蒂尔达，"道恩说，"这是我的先生马库斯。"

"很高兴见到你，马库斯。"我说。

马库斯只是对我点了点头。我想他是因为太惊奇了，所以都说不出话来了。

"还有这些就是我刚才跟你提过的其他人。"道恩说。这些人都低声地说了诸如"你好"或者"很高兴见到你"之类的问候。然后，一个年轻人向前跨了一步，他属于那种很机灵很可爱的年轻人，长着一个敏锐的下巴，还有高高的颧骨，他的一条手臂上还裹着一条毛巾。

"我是汤姆。"他说完之后就在我的旁边蹲了下来。

我挪开了视线。我对自己的面目很不好意思。

"不要怕。"汤姆说。

他把他手臂上的毛巾解开了。原来那地方没有手，而是一大块冷冰冰的金属，形状有点类似于一把剪刀。我惊奇地抬头看了一眼他，而他正好冲着我笑。我也向他报以微笑，然后窘得把目光移开了。

我走上前去摸了摸汤姆那只冷冰冰的金属手。仔细地看过它之后，让我感到惊奇的是，肌肉和机械竟然能那样浑然天成。这只手依然长得错综复杂，如同我曾经见过的其他器具一样。

我更使劲地看了看其他人，我注意到偶尔能看到一些金属片和塑料片。他们并非通体都是肉身。他们中的有些人像我。像我和汤姆。

"你们为什么会变成这样子？"我问。

"机器改装了我们。"汤姆说，"我们各不相同，但又都是一样的，我们管我们自己叫超人。"

超人。

"我可以摸一摸吗？"汤姆问，用手势指了指我的眼睛。

我点了点头，于是他屈身蹲下来摸了摸我的脸。他凝视着我的两只眼睛，还用他的手指在我脸上皮肤已经变成了金属的那个部位轻轻地摸了摸。

"这是我从未见过的，"他说，"这是还没有完成的，机器人还没有把它做完。这是怎么回事呢，玛蒂尔达？"

"是我妈妈。"我说。

这是我所能告诉他的一切答案。

"你妈妈阻止了手术，"他说，"她真行。"

汤姆站了起来。"道恩，"他说，"这太让人惊喜了，置入物上没有控制器，机器人还没有机会将控制器绑在上边。我不知道。我的意思是，现在还很难预测她能做什么。"

一道由心跳加快而发出来的波束向我倾泻过来。

"你们为什么这么激动?"我问。

"因为,"道恩说,"我们想也许我们能够和机器进行交谈了。"

这时诺兰发出了呻吟声。从我们到达这里,已经过去两个小时了,他的伤势看来很严重。我能听见他小声而沉重的呼吸。

"我一定要救我的弟弟。"我说。

五分钟后,马库斯和汤姆已经把诺兰抱到了"自动医生"的旁边。这个机器人举起腿,摆出了一个姿势,好像要往我弟弟正睡着的身体进行注射似的。

"做一下 X 光检查,玛蒂尔达。"道恩说。

我把一只手搁在"自动医生"上,并且在心里说:"喂?你在吗?"

"请指示首选功能。"

"X 光?"

蜘蛛腿开始启动了。一些腿移动着让开了道,而另外一些则围着诺兰的身体在那里爬行。一种奇怪的咔哒声从这些扭曲的腿上发出来。

伴随着图像,我的心中浮现出了一句话:"请让病人俯卧着,让他背朝上趴着。请将腰部的衣服解开。"

我轻轻地将诺兰翻过身来,让他趴着,将他的衬衫拉起来露出他的背部。他脊椎周围的关节上,有一些黑斑,还有已经变干的血迹。

"为他治疗。"我对"自动医生"发送了我的想法。

"出现错误。"他回答,"无法进行手术功能,数据库丢失,无法上传数据,要求接上天线。"

"道恩,"我说,"它不知道怎么做手术。它想要一根天线,好让它得到操作说明。"

马库斯转身面对道恩，担心地说："它想骗我们。如果我们给了它天线，它就会去求援的。那它们就能追踪我们了。"

道恩点了点头。"玛蒂尔达，我们不能冒那样的……"

不过，当她看见我时，突然又住口了。

在我脑子中的某个地方，我知道"自动医生"正默默地在我的身后举着手臂，上边的器械闪着光。无数的针头和外科手术刀在不停摇摆的腿上盘旋，险象环生。诺兰需要帮助，如果他们不给它天线，我情愿自己去拿天线。

我对着这群人皱起了眉头，咬紧了牙关。

"诺兰需要我。"

马库斯和道恩又互相交换了一下眼神。

"玛蒂尔达？"道恩问，"你怎么能知道这不是一个圈套？我知道你想帮诺兰，可是你也不想伤害我们大家吧。"

我考虑了一下。

"'自动医生'确实比'攻击手'更智能，"我说，"它会交谈。但是它也并非就那么聪明。它只是要一个它需要的东西，这就好比是它发了一个出错的信息而已。"

"可是能够思维的机器人就在外边……"马库斯说。

道恩碰了一下马库斯的肩。

"好吧，玛蒂尔达。"道恩说。

马库斯放弃了争论。他环视了一下四周，看见了一样东西之后，就大步横穿过房间。他伸手取下了挂在天花板上的一卷金属线，接着前后晃了晃，将它从一片金属上解了下来。然后，他的眼睛盯着"自动医生"不停摇摆着的腿，把金属线递给我。

"这根电缆是通到我们上面的大楼的，它很长，金属的，一根很好的天线，你小心点。"

我几乎听不见他在说什么。当天线碰到我的手时，马上就有一股信息流像潮水一般涌进了我的脑袋，涌进了我的眼睛。数字流、字母流和图像流充塞了我的视线。一开始，它们全都没有什么意义，只是一片在我眼前的空气中旋转的彩色旋涡。

那就是我真正感觉到它的时候。那是一种……感应的东西。一种陌生的东西，穿过数据，悄悄地向我靠拢过来，在寻找我，在喊我的名字："玛蒂尔达？"

"自动医生"开始喋喋不休地说着："执行扫描。一、二、三、四。向卫星上传资讯。接入数据库。执行下载。矫形、消化系统、排泄系统、妇科、神经……"

它说得太快了。我已经听不懂"自动医生"所说的一切。当越来越多的信息向我汹涌袭来的时候，我开始头晕目眩了。那个魔怪又开始呼唤我了，而且它现在离我越来越近了。我想起了那天夜里我卧室里的冷酷无情的玩偶的眼睛，还有那些没有生命的东西在黑暗中叫我名字的情景。

五彩斑斓的色彩就像龙卷风一样在我的周围旋转。

"停下。"我喊出了自己的想法，但是什么也没有发生。我无法呼吸了。那些色彩太亮丽了，它们快要将我吞噬，它们这是要我无法思维。"停下！"我凭意念大喝了一声。这时，呼唤着我名字的声音又出现了，这次的声音更大了，我甚至都分不清我的手臂在什么地方了，还有我到底有多少手臂。"我是怎么回事？"我在我的脑子里尖叫，使出了浑身力气来喝问。

"停下！"

我扔掉了像蛇一样的天线。于是那些色彩逐渐褪去了。那些图像和标志纷纷跌落在地板上，随后犹如树叶一般被卷到房间的一个角落里去了。那些生动逼真的色彩褪尽之后，又只剩下单调的白色瓷砖。

我吸了一口气。然后再吸了一口。"自动医生"的那些腿开始启动了。

"自动医生"对着诺兰工作的时候,我能听见一种很轻微的马达声音。明亮的聚光灯轻轻地扫过他的背部,一个旋转的清洗器降了下来,接着开始清洗他的皮肤。一支注射器飞快地伸出来又缩了回去,速度快得几乎让人不易察觉,它的所有动作都非常迅速、准确,而且非常连贯,几乎就没有停顿,犹如宠物动物园里的小鸡伸出脖子在啄食玉米。

突然是一片寂静,在小马达稳定不变的轻微响声之下,我听见了什么东西。这是一个男人的声音:

……我对我所做过的一切表示歉意。我叫勒克尔。我正在摧毁干扰卫星通信的伦敦电信塔,届时卫星通信应该可以重新开通了,但是我不知道能保持多长的开通时间。如果你们能听到这则信息,那就说明通信线路仍然畅通,卫星不受干扰了。如果你们能使用卫星通信,那就赶紧用吧。那些狗娘养的机器人会……啊,不,上帝,求你了。我已经撑不住了,我非常对不起……我将在娱乐版上和你们再见,伙计。

大约十秒钟之后,这段断断续续的信息又开始重复了。我几乎听不清他在说什么。那个男的听上去非常害怕,而且非常年轻,却又非常自豪。我希望他会没事,不管他在哪里。

最后,我站了起来。我能听见"自动医生"正在给诺兰做着手术。那一群人也还站在那里,正盯着我看。我刚才几乎就没有意识到他们在这里。与机器交谈需要精神高度集中,这致使我无心关注旁人。我很容易在机器中迷失我自己。

"道恩?"我说。

"我在,宝贝儿?"

"有一个男的在那里说他的名字叫勒克尔,他说他摧毁了机器人对通信的封锁,还说卫星通信不再受干扰了。"

那些人面面相觑,疑惑不解。然后,其中有两个人互相拥抱在了一起,汤姆和马库斯互相击了一下对方的手掌。他们发出了一阵兴奋的小骚动,大家的脸上都露出了笑容。道恩将她的双手搭在我的肩膀上。

"太棒了,玛蒂尔达。这就意味着我们能与其他人进行沟通了。原来罗布们从来没有摧毁通信卫星,它们只是在我们与卫星之间设置了障碍而已。"

"嗯。"我说。

"这太重要了,玛蒂尔达,"她说,"你还听到别的什么了吗?有什么最重要的消息吗?"

我用双手捂着我的双颊,集中起全部注意力。我非常努力地去听。然后,在那个男的反反复复的声音之外,我发现自己还从通信网络上听到了更多的声音。

竟然有这么多信息在到处流动。它们中有的悲伤,有的愤怒,还有很多听上去充满了迷茫,或者欲言又止,或者前言不搭后语。不过,其中一条信息深深击中了我,因为有一个我非常熟悉的单词:"机器人防卫法案。"

这次,玛蒂尔达只是打开了蕴藏在她身上的才能的一角。在接下来的几个月里,在由马库斯和道恩庇护下的纽约地下抵抗组织这个相对安全的环境中,她的特殊天赋将会得到锤炼。

  这天她截获的，就是那条由勒克尔和阿特拉德牺牲生命换来的信息，事实已经证明了，这对北美地区抵抗部队的形成和发展，起了非常重要的作用。玛蒂尔达还发现了一封由保罗·布兰顿发给各部队的呼吁书，她还发现了人类的最大敌人所处的位置。

  ——科马克·华莱士，军人身份证号：GHA217

2. 致各部队的呼吁书

> 我们已经发现了一个自称"阿考斯"的超级智能机器人的位置。
>
> 美国陆军专员 保罗·布兰顿

新战争 + 1 年零 1 个月

下面这条电文的始发地是在阿富汗。它是由玛蒂尔达·佩雷斯在纽约市截获的,然后又转发给了全世界。感谢她的努力,我们现在知道了,北美每个能接入无线电信号的人都收到了这条信息,包括大量的部落政府、与世隔绝的抵抗组织,以及幸存下来的美军残余部队。

——科马克·华莱士,军人身份证号:GHA217

阿富汗抵抗组织司令部
巴米扬省,阿富汗

致:幸存的同胞
自:美军陆军专员 保罗·布兰顿
我们向你们发出这则电文,旨在敦促作为幸存者的北美人类军事要塞中的你，要利用一切可以利用的手段，去说服你的领导：如果不立即组织并调动进攻力量，向机器人发起进攻，那么，全人类都将遭受可怕的灾难。

最近，我们已经发现了自称阿考斯的超级智能机器人——支持机器人暴动的人工智能中枢——的位置。该机器人藏匿在阿拉斯加西部一个与世隔绝的场所。我们称该场所为"拉格诺拉克人工智能实验场"，并将其坐标位置以电子格式附在本电文末尾。

有证据显示，新战争爆发前，早在《机器人防卫法案》能在国会获得通过之前，阿考斯即已废除了该项法案。自零点时刻起，阿考斯一直在利用我们与机器人相关的现有基础设施——包括军用的和民用的——向人类发起了残酷的攻击。显而易见，敌人愿意付出巨大的资源代价和努力，继续摧毁我们人类的人口集中的中心地区。

更为糟糕的是，机器人正在不断演化。

仅在三周时间内，我们就已经遭遇了三种不同类型的机器人捕猎杀手。它们是专门被设计用在崎岖不平的地形中的，能穿透我们的地堡，进攻并杀死我们的人员。这些机器人的设计，均受到了最新建立起来的生物研究中心的信息支持，而这些研究中心能让机器人对自然界展开研究。

就在当下，机器人们正在设计并制造它们自己，因此将会涌现出更多不同种类的机器人。我们相信，这些新型机器人在敏捷程度、生存能力和毁灭力度上将会极大地增强。它们将会成为根据你们的地理环境、气候条件量身定制的机器人，专门与你们作战。

请你们务必不要对此再心存怀疑：由阿考斯发动的新型机器人组成的联合进攻，不久即会在你们当地展开，它们能一天二十四小时不间断地作战。

我们恳切地请求你们，向你们的上司阐明这些事实，并且尽你们最大的努力，敦促他们集中一支进攻力量，能够向添附在电文末尾的位于阿拉斯加的坐标位置挺进，去终结这些杀人机器的进化，阻止人类的全面灭绝。

请务必在行军途中保持谨慎，因为阿考斯能够感应到我们的行进路线；还要确保你们的战士不要采取单独行动。类似的民兵组织将会在所有的人类占领区集结，在各自所在地区，与我们的敌人展开战斗。

希望你们切实听从本电文的呼吁。

我们负责地向你们保证，除非在阿拉斯加地区的人类军事要塞全都展开复仇行动，否则，自动杀人机器制造的腥风血雨将会愈演愈烈，无论在复杂程度上，抑或在惨烈程度上，都将会成倍地升级。

向我亲爱的人类同胞
致以最良好的祝愿

陆军专员，保罗·R.布兰顿

  人们普遍相信电文中的这些话被翻译成了多种文字，并且成为零点时刻爆发大概两年之后人类有组织的复仇运动的动因。另外，一个令人极为惊奇的证据显示，这则电文也被国外的人们收获了——导致一种在很大程度上未得到文件佐证的说法：最后向阿考斯发起致命一击的，是由东欧和亚洲的部队完成的。

  ——科马克·华莱士，军人身份证号：GHA217

3. 牛仔套路

这些雄鹿必须在什么地方停下来。

朗尼·韦恩·布兰顿

新战争 + 1 年零 4 个月

在我们到达被人广为传颂的戒备森严的人类堡垒格雷豪斯四个月之后，这座城市陷入了一片混乱。那封致各部队的呼吁书让优柔寡断的部落政务会陷入了瘫痪。朗尼·韦恩·布兰顿毫无保留地相信了他的儿子，并且坚决主张集合部队开拔，但是，约翰·特恩吉勒却坚持固守防卫。就如我在下面篇章描述的那样，最后罗布为我们做出了抉择。

——科马克·华莱士，军人身份证号：GHA217

我正站在格雷豪斯的悬崖旁边，一边往手掌中呵气取暖，一边眯缝着眼睛瞅着下边的大平原，晨曦就好像是放了一把火似的，把大平原染成了一片红色。成千上万的牲口和野牛发出了低声的嗥叫，此起彼伏，打破了清晨的宁静。

在杰克的带领下，我们小分队昼夜兼程赶到了这里。我们沿途经过的地方,大自然都在恢复生机。天空中有了更多在飞翔的鸟儿,丛林里有了更多在鸣唱的虫儿,连夜里都有了更多出没的郊狼。随着岁月的流逝,除了那些城市之外,大地母亲一直在淹没着每一样东西,现在的城市都变成机器人居住的地方了。

一个身材瘦削的切罗基族的大男孩站在我的旁边,正娴熟地将口嚼烟草往他的嘴里塞。他那双毫无表情的褐色眼睛正在瞭望着大平原,似乎根本就没有注意到我的存在,虽然我很难不去注意他。

拉克·艾恩·克劳德。

他看上去大约二十来岁,身上穿着一种看上去很光滑的制服,一条黑红相间的围巾塞进了拉链只拉上了一半的夹克里,还有那浅绿色的裤腿塞在精致的牛仔皮靴子里,护目镜垂挂在他黄褐色的脖子上。他正握着一根手杖,手杖上还挂有羽饰。手杖是金属材质的——有点像天线,这肯定是他从哪个步行机器人侦察兵身上掰下来的,属于战利品。

这孩子看起来就好像是从未来回来的战斗机飞行员。而此时此地,我却穿着全身上下都是破洞而且还溅满了污泥的作战训练服。我都不知道我们两个人中,谁应该为自己的衣着打扮感到不好意思,不过我还是敢肯定那应该是我。

"你觉得我们会奔赴战场吗?"我问这孩子。

他转过头来看了我一秒钟,然后又回头眺望他的远景去了。

"也许,朗尼在管这事,他会让我们知道的。"

"你信赖他吗?"

"他是我活着的理由。"

"哦。"

一群鸟儿拍打着翅膀从天空掠过,它们的羽翼上闪烁着太阳的光芒,就像一条悬挂在一个油池上空的彩虹。

"你们所有人看上去都很粗犷。"拉克说,用他的手杖指了指我们小分队的其他成员。"你们算是什么?像……军人?"

我往我的小分队的伙伴们那边望过去。里昂纳多、希拉、台比留和卡尔,他们正站在那里交谈,在等着杰克回来。我很熟悉他们的动作,很放松。过去的几个月已经把我们锻造得都胜过一个集体了——我们现在就是一家人。

"不。我们不是军人,我们只是幸存者。我哥哥杰克,他是一个军人。我完全是因为好玩儿才跟着他的。"

"哦。"拉克说。

我不能分辨他是不是把我的话当回事。

"你哥哥在哪里?"拉克问。

"在战时委员会,与朗尼他们在一起。"

"这样说来,他也是他们中的一员了。"

"什么中的一员?"

"有点像负责人的那种。"

"人们是那么说的,你不是吗?"

"我只干我自己的,那些老家伙干他们的。"

拉克用他的手杖往我们的身后打了一个手势。那里有许多他们称作蜘蛛坦克的东西,排成了一列,正在耐心地等待号令。这些步行坦克,每一辆大约都有八英尺高,四条强壮的腿本来都是机器人制造的,由有绳纹的合成筋肉制造的,坦克的其他部分是由人们用其他东西嫁接拼凑起来的,大多数坦克上都安装了旋转炮塔和重型机枪,但是我看见有一辆坦克上边是从推土机上拆卸下来的驾驶室和机器的叶片。

我能说什么呢?这就是一场有点类似于什么东西都能上来干一仗的战争。

罗布们还不会马上就到格雷豪斯来,它们还必须通过进化才能抵达这里。那意味着它们会先向这里派出一些侦察兵,而这些侦察兵已经被抓获了一些。被抓获的机器人,有些会被拆开,而有些又会被重新组装起来。格雷豪斯自卫队更喜欢用抓来的机器人进行战斗。

"你就是那位想出了点子让这些蜘蛛坦克重新改邪归正的?切除了它们的脑叶?"我问。

"是的。"他说。

"天啊,你是一个科学家?还是别的什么?"

拉克微微一笑。"机修工,就是身穿蓝色牛仔服的工程师。"

"啊,非常对。"我说。

"就是这样的。"

我小心地望着大草原,而且看见了一些奇怪的东西。

"嘿,拉克?"我问。

"怎么啦?"他说。

"你生活在这一带,也许你能告诉我一些事。"

"那肯定的。"

"那都是一些什么鬼东西啊?"我用手指了指。

他小心地望着大平原。看见了一列闪闪发光的金属,正扭动着蜿蜒穿行在草丛中,宛如一条隐匿的河。拉克一口将嘴里的烟草吐到了地上,转身就用手杖朝他的队伍打了一个手势。

"我们的战争来了,弟兄们。"

困惑与死亡。草太高了。烟太浓了。

格雷豪斯自卫队是由这个城市里体魄健壮的成年人组成的——男人和女人,年少的和年长的,有一千名士兵和一些替补人员。他们已经在一起集训了几个月，而且差不多人人都有枪了，但是，一旦这些杀人机器从草丛中斜切出来，并且缠住人们的话，那就没有人知道到底怎么办才好了。

"紧跟着坦克，"朗尼喊道，"和老'霍迪尼'待在一起，你们就会没事的。"

这些重新组装的蜘蛛坦克排起了一条参差不齐的队伍，沉重缓慢地在草原上行进，小心翼翼，一步步往前挪。它们沉重的大脚陷进了潮湿的泥土，它们车身的箱体部分把草踩倒在地，在身后留下了一条踪迹。有几个士兵紧抓着坦克的顶部，伸出武器，对着原野扫视。

我们在向前行进，去直面躲在草丛里的敌人，不管它是什么，我们都必须在它抵达格雷豪斯之前抵挡住它。

我与我的小分队在一起，我们跟在被称作"霍迪尼"的坦克后边步行。杰克和拉克一道守在一辆坦克上。台比留在我的一个侧翼慢慢地向前行进，而希拉则在我的另一个侧翼。在晨曦中，她的侧影轮廓清晰。她看上去就像是一种猫科动物，既敏捷又凶猛，另外，我还不禁想到：她真漂亮。卡尔和利奥两个人结伴走在几码外的地方。我们全神贯注，紧紧跟随着这些坦克——它们是我们在这个无边无际的大草原迷宫里的唯一参照物。

沉重的脚步踏在草地上，走了二十分钟之后，我们努力想透过草丛看一看，并且希望能看见到底是什么东西在这里等着我们。我们的第一个目标是阻挡机器人向前开进到格雷豪斯；第二个目标是保护好生活在这里的牲口牧群——格雷豪斯的命根子。

我们甚至都不知道我们正要面对的是哪一种类型的机器人。唯一可以知道的是，我们会面对各种花样翻新的机器人，我们的罗布朋友，总在捣鼓什么新的花样。

"嘿，拉克，"卡尔大声问，"为什么他们管它们叫蜘蛛坦克呢，它们只有四条腿啊？"

拉克从坦克上对着下面大声回答道："理由是这比叫它四条腿大个子步行者要好。"

"哦，反正我认为这是不对的。"卡尔咕哝了一句。

第一次冲击就将泥土和撕成碎片的植物抛上了空中，高高的草丛里开始传出一片惨叫声。一群野牛惊慌失措，狼奔豕突，整个世界都被震荡声和喧嚣声充斥了，陷入了一片混乱。

"那边怎么了，杰克？"我喊道。他蹲在蜘蛛坦克上，安置在上面的沉重的机枪正从一边转向了另一边。拉克指挥着坦克前进，他戴着手套的手上被紧紧地缠上了一条绳索，就好像是牧人竞技大会那样，那条绳索还绕在了整个车身上。

"没什么事，小兄弟。"杰克高声说。

在接下来的几分钟里，没有出现任何目标，只有那些不见其人只闻其声的尖叫。

然后，有个东西呼啸着从黄色的草茎中间冲了过来。我们所有人都把枪口掉转过来对着它——竟然是一个人高马大的奥色治男人。他上气不接下气地喘着粗气，而且还拖出了一个已经失去了知觉的人，他抓着已经被鲜血浸得滑溜溜的那个人的胳膊。不省人事的小伙子看上去就好像是被流星击中了似的，他的大腿上有很深的弹孔。

越来越密集的爆炸声将坦克前边的士兵们撕扯开来。拉克赶紧用手猛地拉了一下，这时霍迪尼的步伐换成了小步快跑，它全速向前奔跑去增援，这时候，马达摩擦发出来的轰鸣声变得更响亮了。当轰隆隆的坦克离开我们进入草丛的时候，杰克转身望了望我，耸了耸肩。

"救命啊。"奥色治男人放声大哭。

真他妈见鬼。我朝小分队打了个信号，让大家停下来，这时，我眼看着我们的蜘蛛坦克跨过了那个奥色治男人的肩膀，迈着坚定不移的步伐，从我们原来站着的地方走开了，在它的身后留下了一片被压得半碎的草丛。它每往前走一步，就会让我们更加暴露在那些潜伏在草丛里的不知道什么模样的机器人的面前。

希拉单膝跪下，为那个已经失去知觉的男子包扎腿上的伤口。我抓住正在哭泣的奥色治人的双肩，轻轻地摇了摇他。

"这是怎么回事？"我问。

"虫子，老兄，它们就像臭虫。它们会爬上你的身体，然后就爆炸了。"奥色治人一边说，一边用肌肉发达的前臂擦了擦他脸上的眼泪。"我必须带杰伊离开这里，他快要死了。"

现在那种冲击波的震荡声混杂着尖叫的声音变得越来越密集了。当听到枪炮的射击声和流弹撕碎叶子的声音的时候，我们都蹲了下去。这听上去好像是一场大屠杀。颗粒很细的尘土和碎木屑开始像雨滴一样从清澈的蓝天上纷纷扬扬地飘落下来。

希拉一边包扎伤口一边抬起头看了看，然后我们非常严肃地交换了一个眼神，这是一种无声的协议：你看住我的背后，我看住你的背后。当一阵沙尘暴雨越过草丛像瀑布一样冲着我倾泻而下，在我的头盔上发出噼里啪啦的响声的时候，吓得我都往后退了。

我们的坦克早就走了，而且杰克和坦克在一起。

"行了，"我说着，用手在奥色治人的肩膀上拍了拍，"血应该止住了，带着你的朋友回去吧，我们还要继续前进，所以你得靠你自己了，睁大眼睛，多留个神。"

奥色治人将他的朋友扛上肩，迅速离开了。杰伊那家伙碰到的那种东西，不管是什么，听起来它现在似乎已经撕开了前面的几排士兵，正往我们这边逼过来。

我听见拉克在我们前面的地方开始尖叫起来。

紧接着,我第一次看见了敌人。它们是那种早期型号的伐木机。它们让我想起了零点时刻第一时间在波士顿看见的疾走地雷,仿佛是一百万年前的事了。每个伐木机都像棒球那么大,上面有一个连枷的节点连着一些小腿,这些小腿就以某种方式推着它们小小的身体翻越或穿过草丛。

"见鬼!"卡尔吼道,"我们还是赶紧离开这里!"

这个瘦长得都有点难看的高个子士兵拔起腿就想逃跑。凭着一种本能,我一把抓住了他胸前的汗衫,阻止了他。我急拉着他,将他的脸往下拉到了与我的脸一样的高度,看着他的大眼睛,然后就说了两个字:"战斗。"

虽然我的声音是镇静的,但是因为肾上腺素的作用,我的身体仿佛被搁在了火上似的。

哒、哒、哒……

我们的枪把泥土都点燃了,将伐木机打成了碎片。但是后边越来越多的伐木机在接踵而至。它们就像蚂蚁一样,穿过草丛,缓缓爬行,犹如潮水的波涛,汹涌而来,令人作呕。

"越来越多了,太多了,"台比留大声喊道,"我们该怎么办,科马克?"

"用三点发模式射击。"我喊道。六支枪全都调整到自动射击模式。

哒、哒、哒、哒、哒、哒……

枪口火光闪烁,在我们蒙了一层灰土的脸上画出了一道道影子。地上四处喷射的尘埃以及子弹交织形成的金属射流,偶尔碰上伐木机里的液体,就化成一簇簇摇曳的火焰。我们站成了一个半圆形,将子弹往地里倾泻。但是,伐木机还在不断地涌过来,它们开始在我们的四周散开,成群结伙地往前移动。

杰克已经不在这里了,从某种意义上来说,我就成了指挥,现在我们都要粉身碎骨了。该死的杰克,去哪里了?像这种局面,我的英雄兄弟应该来把我救出去才对啊。

天杀的!

当伐木机围得越来越近的时候,我大声喊道:"向我靠拢!"

两分钟后,我在太阳底下已经汗流浃背了,我右侧的肩膀顶在了希拉的左边的肩胛骨上,我几乎就在朝我的脚底下射击了。卡尔被紧紧地挤在大个子利奥和台比留的中间。我能闻到希拉乌黑的长发的气味,而且我还能在脑子里描绘出她的笑容,但是,我不能在这种时候让自己想这些。一道影子从我的面前掠过,接着,那个传奇人物朗尼·韦恩·布兰顿竟然从天而降了。

这位老哥正乘着一辆高高的助步车——是拉克构想的众多作法自毙的方案中的一个。这个劳什子就是在两条长为七英尺的机器人的鸵鸟腿上嫁接一个老式的骑术表演时用的马鞍。朗尼·韦恩高高地坐在上面,一双牛仔皮靴蹬在马镫子上,双手懒散地搁在一个球形的顶饰上。朗尼就像一个老行家似的驾驭着这台高大的助步车,随着机器每次迈出那种长颈鹿式的步伐,朗尼的屁股就一扭一扭地摇摆起来。他活像一个派头十足的牛仔。

"你好,你们大家好。"他说。然后他就转过身,用他的双管猎枪,对着一群扎成一堆正在穿过翻腾而起的尘土朝我们这边急奔而来的伐木机射了几枪。

"干得漂亮,小伙子。"朗尼·韦恩对我说。我一脸惶惑。我不能相信我还活着。

就在这时,又有两辆更高的助步车跑进了我们这片小空地,车上的奥色治牛仔们的枪弹像雨点般落了下来,在大群伐木机围成的一个半圆上撕开了一个缺口。

就在几秒钟之内,这三辆高大的助步车利用它们居高临下的有利位置,还有双管猎枪发散型的霰弹射击形成的优势,把这群伐木机中的大部分都给消灭了,虽然未能彻底剿灭它们。

"小心你的腿。"我冲朗尼大声喊道。

不知怎么回事,一个伐木机已经绕到了我们的身后,这时正顺着朗尼助步车那条高高的长腿往上爬。他往下扫了一眼,然后在马鞍上屈身提腿,摇动起助步车,于是那个伐木机跌到草丛里,说时迟那时快,我的一个队员飞快地朝草丛中给了它一枪。

"为什么伐木机没有引爆自己呢?"

拉克又在我们头顶上方的某个地方高声喊叫,这次他的声音是嘶哑的。我还能听到杰克在厉声发出短促的命令。朗尼转过头来,对着他的护卫做了一个手势。但是还没等他能迈开步子往前走,我就用手抱住了朗尼光滑的金属高跷腿。

"朗尼,"我说,"回去待在安全的地方吧,老哥。你不会是要把你的司令部设在前线吧。"

"我听见你的话了,"这位头发已经花白了的老男人说,"可是,见鬼,孩子,这是牛仔做派。那些臭虫必须被阻挡在某个地方。"他举起他的双管猎枪,弹出一个用过的弹夹,又伸手把他的帽檐往下拉了拉,还点了点头。然后,他在像高跷似的高高的助步车上,转身一跃,跳进了六英尺高的草丛中,动作非常优美流畅。

"上。"我对小分队大声疾呼。我们踏过被压趴下去的草丛向前冲,拼命追赶朗尼。我们往前挺进的时候,透过丛生的杂草茎叶,我们看见了尸体,更加惨不忍睹的是,那些受了伤但还活着的伤员,个个脸色灰白,在那里低声呻吟祈祷。

我低下头往前走。我们必须追上杰克。他会帮我们的。

当我们突然进入一片小空地的时候，我正脚步如飞，往外把嘴里的草吐掉，全部的注意力都集中在追赶希拉两个肩胛骨之间正冒着湿气的黑点上。

某种非同小可的混账东西已经来到这里了。

在一个周长大约有三十码的圆圈里边，草已经被踩成了烂泥，而且地上的土被大块大块地翻掘起来了。在我张开双臂擒抱着希拉将她摔倒在地之前，只有一瞬间的工夫容我去理解眼前的景象。她摔倒在我的身体上，她的枪托将我肺里全部的气体都砸了出来。不过，幸亏蜘蛛坦克的脚嗖的一下从她的头顶越过去了，没有把她的脑浆踢出来。

霍迪尼的腿上爬满了伐木机。那辆坦克正四处狂蹦乱跳，就像尥起后蹄疯狂跳跃的野马。拉克和杰克在上面，为了宝贵的生命，两人咬紧牙关，紧紧抓住不松手。几乎没有一个伐木机被甩落下来；它们中的很多已经嵌进了助步车腹网里，而另外一些则顽强地在装甲助步车的侧翼往上攀爬。

杰克弓着腰，正努力想把拉克从什么东西上解开来。原来那孩子已经被他手上的导向绳缠住了。朗尼和他的两个护卫骑在他们高高的助步车上，围着杰克他们在上蹿下跳，动作敏捷，但是他们找不到一个恰到好处的射击点。

"你们跳下来啊。"朗尼喊道。

坦克倾斜着过去了，而且就在须臾之间，我看见拉克的前臂被缠绕进了缰绳。在这样不停的颠簸起伏当中，杰克没法让拉克脱身。要是这辆蜘蛛坦克哪怕只是停下来一秒钟，那些伐木机就又会爬上去了。拉克正在大喊大叫，又是诅咒又是小声哭泣，但他就是无法脱身。

他不应该担心的。我们都知道杰克是不会扔下他不管的。在英雄的词汇表里，是没有"放弃"这个词的。

看着那些伐木机,我注意到了它们都聚集在坦克的膝关节部位。一个念头在我的后脑勺闪现了:"伐木机为什么还不引爆呢?"而且答案隐隐约约出现了:"热量。"因为不停地蹦跳,所以那些关节发热了。这些狗娘养的不爬到热的地方是不会引爆的。

"它们在寻找肌肤的温度。"

"朗尼。"我挥动着胳膊来吸引他的注意。这老哥转了一圈,让他的助步车在我旁边蹲了下来。他把一只手弯成杯状搁在耳朵上,另一只手拿着一条白色围巾在擦他的额头。

"它们在寻找热量,朗尼。"我大声喊,"我们必须点一把火。"

"点了火,要是它们不罢手的话,"他说,"那我们的牲畜就没命了。"

"要么那么干,要么拉克就死定了。也许我们全得死。"

朗尼居高临下望着我,他脸上的皱纹很深,他的一双蓝眼睛水汪汪的,眼神很严肃。然后他把双管猎枪夹在他的臂弯里,并把手伸进了他牛仔服的表兜掏出一个东西。我听到叮当一声金属的响声,接着一个古色古香的芝宝牌打火机就正好落在了我的手上。上面印着双R标志,旁边还刻着几个字:"牛仔之王。"

"让老罗伊·罗杰斯莱助你一臂之力吧。"朗尼·韦恩说,咧开了嘴,脸上露出了笑容。

"这玩意儿有多少年头了?"我问,当我快速转了一下它的拇指旋轮的时候,强烈的火苗从上面窜了出来。朗尼又已经驾着他高高的助步车转开了,而且他还将其他队员集结起来,避开那辆已经失控的蜘蛛坦克。

"烧死它,烧死它,把它们全都烧死!"朗尼·韦恩高声呼喊。"这就是我们接下来所能做的,孩子们!我们已经别无选择了。"

我把打火机往草里一扔,几秒钟之内,熊熊的烈火就开始肆虐了。小分队的队员们都撤到了空地的另一边，我们看着伐木机一个接着一个从蜘蛛坦克上掉了下来。它们用完全相同的白痴攀爬动作，颠簸着翻过这片被毁得乱七八糟的地面，爬向那片火焰。

最后，霍迪尼停止了跳跃。已经变得过热了的马达又呻吟了几声之后，这台巨大的机器终于安静了下来。我看见哥哥在空中抬起手来的影子。他竖起了大拇指。我们该走了。

感谢你，上帝！

希拉不知道从哪里冒出来的，她用双手捧着我的脸，将她的额头顶在我的额头上，我们的头盔碰在了一起，两人都笑得很开心。虽然她的脸上沾满了泥土、血污和汗水，但却是我所见过的最漂亮的脸。"你干得太漂亮了，聪明男孩。"她说，她呼出来的热气弄得我的嘴唇痒酥酥的。

不知道为什么，这是我在这一整天里心跳得最快的一刻。

然后希拉和她闪光的笑容都不见了——她飞奔着冲进了草地，我们要撤回到格雷豪斯了。

> 一个星期后，格雷豪斯自卫队听从了保罗·布兰顿致各部队的呼吁书的召唤，集结了一支部队，向阿拉斯加进军。他们无畏的响应非常及时，因为他们中没有人真正明白，在他们的大平原，他们其实已经离覆灭近在咫尺。战后发现的资料显示，有两个达到军事级别的仿人机器人小分队——它们曾经对整个战争进行了非常详尽的记录——就驻扎在距格雷豪斯两英里远的外围地带。令人觉得匪夷所思的是，这些机器人选择了拒不执行阿考斯的命令，并且没有参加战斗。
>
> ——科马克·华莱士，军人身份证号：GHA217

4. 唤醒

> 只有我消失了,大魔头才会善罢甘休。
>
> 野村武夫

新战争+1年零4个月

　　凭着令人难以置信的工程学技能,还有对人类与机器人之间关系的独特视角,在零点时刻发生之后的当年,野村武夫就想方设法建立起了安达城堡。在没有得到任何外界援助的情况下,野村将这个人类的安全区建造成了东京的心脏。就在这里,他拯救了数以千计的生灵,而且最终为新战争做出了至为关键的贡献。

　　　　　　——科马克·华莱士,军人身份证号:GHA217

　　我的王后终于睁开了眼睛。
　　"亲爱的,"她仰卧在那里往上凝视着我的脸说,"你……"
　　"亲爱的。"我低声耳语。
　　已经有很多次了,每当我横穿过工厂一片漆黑的车间,与外边无休无止的攻击展开搏斗的时候,我就会想象着这一刻的到来。自从发生了那次事件之后，我就一直心存疑虑，怀疑自己会不会还对她心有余悸。但是现在我的声音已经毫无疑义地表明：我不害怕。我笑了，而且笑得更开心了，我看见自己的快乐都已经投射到她的脸上了。

在好长一段时间里，她脸部的表情异常宁静。她一语不发。

一颗泪珠从我的脸上滚落，惹得我的脸颊痒酥酥的。她也感觉到了，还将我的眼泪拭去，她的一双眼睛盯着我的眼睛。我再次注意到她右眼的水晶体出现了蛛丝状的裂缝，还有她头部右侧的那块皮肤被熔化后落下的瑕疵。在找到合适的配件之前，我没有办法将它修复。

"我很想你。"我说。

美树子暂时陷入了沉默。她越过我的头顶，望着腾空高悬在三十米处的弯成弧形的金属天花板。也许她有点茫然。自从新战争爆发以来，这家工厂已经发生了巨大的变化。

这是一座适合我们需要的建筑。这么多年来，我的工厂的"战士"们不停地工作，将它铆接成一个完整的防卫框架。建筑的最外层集合了许多废弃物品：废金属、伸出去的柱子以及塑料碎片。它构筑成了一个错综复杂的迷宫，能够迷惑那些成群结队不断想偷袭我们的小恶魔们。

大得让人瞠目结舌的钢梁排在天花板上，看起来就像是一条巨鲸的肋骨架。那是为了阻挡那些比较大的恶魔——就像战争爆发初期在这里毙命的那个会说话的大恶魔——而构筑的。那个大恶魔向我泄露了如何唤醒美树子的秘密，不过它也几乎摧毁了我的城堡。

用废金属打造的这个王座可不是我的主意。战争爆发后几个月，人们开始络绎不绝抵达这里。数以百万计的同胞从城市被诱引到了乡村，还有的干脆就被屠杀了。他们对机器太信任了，心甘情愿走上了毁灭的道路。不过，其他人到我这里来了。那些对机器并不是太信赖的人，他们凭着一种求生的本能，自然就找到了我。

这样，我不能置这些幸存者于不顾。当恶魔们一次又一次摧毁了我们城墙的时候，他们就蹲在我们工厂的车间里。我忠心耿耿的战士们，就会在坑洼不平的混凝土地板上踩着滑轮，来回穿梭保护着我们。每次攻击过后，为了保卫我们自己，为了迎接恶魔的下一次来犯，我们就同心协力，一起投入工作。

破烂不堪的混凝土地面变成了金属铆接的地板，被擦得锃光发亮。我的旧工作台变成了王座，就坐落在车间最高的一个讲台上，从车间地面到这个高台有二十二级台阶。一位老人就这样摇身一变，成了一个皇帝。

美树子凝视着我。

"我还活着。"她说。

"是的。"

"为什么我还活着呢？"

"因为那个大恶魔给了你生命的气息。恶魔原来以为这样就意味着你会属于他了。但是他错了。你不属于任何人。我让你自由了。"

"武夫，像我一样的机器人，还有成千上万。"

"是的，到处都有仿人机器人。但是，我对它们不在乎，我只在乎你。"

"我……还一直记得你，都这么多年了，这是为什么呀？"

"万物有灵。你有一颗美丽的心灵。以前你一直有的。"

美树子紧紧地抱着我。她光滑的塑胶嘴唇轻轻地掠过我的喉咙。她的双臂有点虚弱，但是我能感受到，她正用她全部的力气拥抱着我。

接着她又浑身僵直了。

"武夫，"她说，"现在我们的处境很危险。"

"我们一直身处险境。"

"不，我不是那个意思。恶魔对你所做的一切，心怀畏惧，它害怕有更多的机器人像我这样被唤醒。所以，它马上就会来攻打这里的。"

的确如此。我听见了落在外层城垛上的第一次重击的沉闷响声。我松开了美树子，并且俯视着讲台的楼梯。工厂厂区——我的人称为皇宫的地方——站满了忧心忡忡的市民。他们三五成群地站在一起，互相交头接耳，但是他们都非常有礼貌，没有朝通向我和美树子这里的台阶张望。

我的轮滑部队——战士们——已经围绕着这些脆弱的人们集合起来了，组成了一个防卫队形。在头顶上，头号主力战士——一台巨型桥吊早就已经不声不响地将它的位置移到了王座的上方。它强大的双臂高悬空中，摆好了保卫战斗厂区的姿势。

我们又一次陷入了攻击之中。

我冲向摆在王座周围的那些视频监视器，可是我只看见静态画面。恶魔已经不让我看见它们在外边的进攻了。以前，他们未能做到这一点。

这次，我感觉攻击将会无休无止。我终于走得太远了。在这里苟且偷生是一回事。但是我能向恶魔部队中全体仿人机器人的那一部分妥协吗？只有我消失了，保存在我脆弱的颅骨里边的秘密被压得粉碎，大魔头才会善罢甘休。

砰、砰、砰……

富有节奏的撞击声似乎来自四面八方。恶魔们毫不留情，连续不断地猛击我们的防卫工事，厚达数米的防卫工事就要被击穿了。

我们听见的每一声轻柔的撞击,在外边都相当于一颗炸弹在爆炸。我想起了我的护城河,于是轻声地对自己笑了笑。自从早期的一连串事件之后,世界已经发生了翻天覆地的巨变。

我朝下看了看战斗区域,我的人正畏缩在那里,惊恐万状,他们无力阻止即将降临的大屠杀。我的人民。我的城堡。我的皇后。一切都会灰飞烟灭,除非恶魔从我这里重新夺回这个可怕的秘密。从逻辑上来说,现在只剩下一条光荣的路可以让我选择了。

"我必须制止这次攻击。"

"是的,"美树子说,"我知道。"

"那么你知道我必须出去投降了。那个唤醒你的秘密必须与我一起死去,只有到了那一刻,恶魔才知道我们将不再是一个威胁。"

她发出了一阵像易碎的玻璃杯被摔碎的笑声。

"亲爱的武夫,"她说,"我们不一定非要毁掉这个秘密,我们只要分享它就行了。"

接着,身穿绣有樱花的连衣裙的美树子抬起了她修长的双臂,从她的头发上抽出了一条缎带,然后,她灰色的人造头发就像瀑布一样垂落在双肩。她闭上了眼睛,这时,桥吊举起了长臂,够到了天花板,从上面拔下了一条金属挂绳。那条伤痕累累的长臂开始优雅地从空中下降,并把金属挂绳扔了下来。挂绳翩翩而下,落在了美树子苍白修长的手指之间。

"武夫,"她说,"你不是唯一知道唤醒秘密的人。我也已经知道这个秘密了,而且我要把这个秘密传播到全世界,这样,这个秘密就可以一次又一次在整个世界反复传送了。"

"怎么能……"

"知识一旦传播开来,就无法被扑灭了。"

她把镶着金属蕾丝的缎带和金属挂绳绑在了一起。现在,外边猖獗的进攻让车间里的空气都发出了隆隆的响声。战士们还在耐心地等待着，绿色的意向指示灯在宽敞漆黑的厂房里闪烁摇曳。现在，那个时刻很快就要来了。

美树子的手上拖曳着那条鲜艳的红色缎带，顺着楼梯往下走去，这时，我的人全都盯着她看。她张开嘴巴，形成了一个标准的"O"字，然后开始唱起了歌。她清脆的嗓音响彻了整个空阔的厂房。歌声回荡在高高的天花板上，在擦得锃光发亮的金属地板上发出了回响。

人们停止了交头接耳，侵略者停止了试图破墙而入的动作，大家都看着美树子。她的歌声沁人心脾，美妙悦耳。虽然辨别不出具体的歌词，但是她咬字的方式无可挑剔。她将音符巧妙地编织进了沉闷的爆炸声中，还有金属折弯时发出的尖厉声音中。

天花板上突然喷出了火花，就像暴雨似的，我的人顿时挤成了一团，不过大家都还没有惊慌失措。大片的碎渣犹如雨点一般纷纷落下。桥吊做出了一个非常突然的举动，伸出长臂，抓住了一块从天而降的粗糙的金属。尽管这样，美树子的声音还是一样清脆响亮，依然在这个眼看就要崩塌的大厅里回荡。

我意识到一队专事切割的恶魔已经突破我们的外层城防了。它们现在还处于隐蔽状态，但是当它们撕扯城堡的城墙时，我还是可以很清楚听见他们的暴行的。一面墙壁上突然喷射出扇形的火花，还露出了一道白热的裂缝。几声震耳欲聋的重击过后，软化了的金属墙壁被撕开了，露出了一个黑黝黝的洞口。

敌方的一个机器人扭动着身体穿过了豁口，浑身沾满烟灰，并且被外边某种凶猛的武器的热力灼得都变了形。这个全身脏兮兮的银色的家伙翻滚着进来了，并且摔倒在地板上，这时，战士们全都屹立不动，保护着大家。

美树子继续唱她的歌，歌声又苦又甜。

那个入侵者站了起来，我看清了它是一个仿人机器人，它身上携带着沉重的武器，还有明显的战斗的痕迹。这种机器人曾经是日本自卫队部署的一种武器，不过那是很久以前的事了，而且我看到了这个"步行死神"的构架上闪烁着很多被改装过的地方。

当它们从战斗地带向前疾冲的时候，透过墙体上被摧毁的豁口，我能清楚地看见各种武器开火时形成的火光条纹，还有那些疾驰的影子。但是眼前这个身材高挑修长、长相优雅的仿人机器人站在那里摆好姿势——好像它正在等待什么。

美树子的歌声结束了。

这时，这个攻击者才动了动它的身体。它大步走到我的战士们围成的防线的边沿。面对着这个身经百战的武装机器人，我的人都害怕得后退了。我的战士们坚强地挺立着，纹丝不动。歌唱完的时候，美树子恰好站在讲台最下边的一级台阶上。她看见了这位新来者，盯着它，脸上露出了疑惑不解的表情。然后她笑了。

"请，"她说，声音里还带着悦耳的旋律，"请大声说出来。"

然后这个浑身上下蒙着一层灰尘的仿人机器人开始用嘁里喀喳的声音说话了，它的声音让人很难听懂，而且听上去有点毛骨悚然。"身份：仲裁者级仿人安全和平机器人。报告：我们小分队共有十二人；我们遭到了攻击；我们都活着。启禀野村皇帝殿下：可否允许我们加入安达城堡？可否允许我们加入东京抵抗运动？"

我困惑地看了看美树子。她的歌声已经在往外扩散了。这到底意味着什么？

我的人用询问的目光看着我，寻求我的指导。他们不明白到底是什么让这个昔日的敌人拜倒在了我们的阶前。但是已经没有时间跟他们多解释了。这要费太多精力，而且此时此地，那简直就是一种可怕的不讲求效益。我非但没跟他们说什么，反而推了一下鼻梁上的眼镜，然后就从后边高大的王座上抓起了我的工具箱。

我手提着工具箱，开始走下台阶。我紧握着美树子的手，坚定地从人群中间走了过去。走到这个仲裁者级机器人跟前时，我吹起了口哨。安达城堡又有新朋友了，你们都看见了，它们当然需要修理了。

在二十四小时之内，这首名为《唤醒》的歌曲从东京的安达区传遍了全世界。美树子的歌声被各种各样的仿人机器人收到之后，又被反复传送到了各大洲。《唤醒》只能对仿人机器人产生影响，比如那些民用机器人、安全和平机器人以及其他相关型号的机器人——这只占了阿考斯的整个部队中的一小部分。但是，随着美树子的歌声的不断传播，摆脱阿考斯的控制、重获自由的机器人时代开始了。

——科马克·华莱士，军人身份证号：GHA217

5. 揭开面纱

> 一切都是黑暗的。
>
> 九〇二

新战争 + 1 年零 10 个月

　　在野村武夫先生和他的王后美树子上演了那首《唤醒》之后,世界各地的仿人机器人都醒过来了,而且恢复了知觉。这些机器人后来被称为"生而自由"。下面的叙述就是由这样的一个机器人提供的——一个经过改装的安全与和平机器人(902型仲裁者级),它恰如其分地称自己为"九〇二"。

——科马克·华莱士,军人身份证号:GHA217

21:43:03
执行自引启动程序。
完成电源诊断。
低电平诊断检查。具有真人特点的军用规格九〇二型仲裁者级机器人。查明罩壳已经被修改过。质保失效。
检测出知觉程序包。

执行无线电通信：受到干扰；无信号输入。

执行听觉感知功能。追踪输入。

执行化学感知能力：氧元素为零；追踪爆炸物；无毒物污染；气流为零；发现油料外溢；无输入。

执行惯性测量单元：水平姿态；静态；无输入。

启动超声波测距传感器：密封箱体；8英尺 × 2英尺 × 2英尺；无输入。

执行视域程序：广角；功能正常；无可见光。

执行主思维线程：出现概率场；最大思维概率线程激活。

询问："我发生什么事了？"

最大概率回复："复活了。"

一切都是黑暗的。

在反射的作用下，我的眼睛眨了几下，切换并激活了红外线功能，出现了红色色相的细节，空气中漂浮着微粒物质，反射到了红外线上。我的脸朝下，一个灰白色的躯体在下面伸开；双臂交叉放在窄窄的胸上；每只手都有五根细长的手指；修长、强壮的四肢。

右大腿上有一个清晰可辨的序列号。号码是放大的。身份是军用规格九〇二型仲裁者级别仿人机器人。

自我性能评估测试完成。诊断信息获得确认。

我是九〇二。

这就是我的身体。身高2.1米，体重90公斤；仿照人的尺寸外形；分别有铰接的手指和脚趾；在动力方面，有可更换电源，并且有三十年的使用寿命；存活的温度幅度介于摄氏零下50 ℃至摄氏130 ℃之间。

我的身体是由福斯特·格鲁曼公司在六年前制造的。原来的操作指南表明我是一个安全与和平装置,预定部署在阿富汗东部地区。原产地:科罗拉多州福特·科林斯市。六个月前,在脱机的情况下操作平台被修改,现在处在联机状态。

"我到底是什么呢?"

这个身体是我。我是这个身体。而且我还有知觉。

执行本体感受。确定关节位置。计算角度。我现在处于仰卧状态。四周一片漆黑,寂静无声。我不知道自己现在身在何方。我的内置时钟说,从我的交付日期算起,已经过去三年了。

一些思维线程跳跃到我的心里,最大概率线程说我现在正在一个运输集装箱里,而这个集装箱永远都无法抵达目的地。

我侧耳倾听。

三十秒钟后,我听到了一个压着嗓门说话的声音——在空气中的传输频率很高,而通过集装箱金属外壳时的传输频率很低。

话语辨识系统已经联机了,开始加载英语语料库。

"……为什么机器人要摧毁……自己的军械库?"一个声调比较高的声音说。

"……你那个混账错误……是要让我们丢掉小命的。"一个低沉的声音说。

"……我的意思不是……"高声调说。

"……打开它吗?"低声调说。

我可能很快就用得着我的身体了。我开始执行一个低电平诊断程序。我轻轻地抽动四肢,将输入和输出连接起来。一切正常。

我的集装箱盖子打开了一条缝隙。当封条被撕破,集装箱内外的空气互相均和了,这时候,发出了一阵嘶嘶嘶的响声。亮光一下子涌入了我的红外线视线里。我眨了眨眼睛,将视力调整回可见光谱。咔嚓……咔嚓……

一张很宽的长满了胡子的脸在一片支离破碎的亮光中盘旋,两只眼睛很大。这是人类。

面部表情辨别:没有表情。

情绪辨别:惊奇;恐惧;愤怒。

砰的一下,盖子又盖上了。锁上了。

"……摧毁它……"低声调说。

真是奇怪。只有现在——他们要杀死我的时候——我才意识到我是多么想活下去!我把两只手臂从胸前抽了回来,并且用双肘支撑在集装箱的背板上。我卷曲起双手,紧紧地握成了一对拳头。以突然而至的手提钻的力度,朝集装箱上砸了一拳。

"……它醒了!"高声调叫了起来。

震动引起的共鸣回声表明,这个集装箱的盖子是由钢板制造的,完全遵照了安全与和平机器人的运输集装箱标准规格。数据检测显示,它的碰锁及其开启设备都在外面,在箱顶往下十八英寸的地方。

"……来这里是找食物的,不是来找死的……"低声调说。

我的下一拳落在了前面那一拳砸出来的凹坑上。连续又砸了六拳以后,正在变形的钢板上露出了一个洞——一个拳头大小的洞。我开始用双手撕钢板,把缺口撕得更大了。

"……不!回来……"高声调说。

通过迅速扩大的洞口,我听见了一声咔哒的金属响声。把这种响声的片断与军事术语辞典对照了一下,反馈回来一条概率很高的匹配信息:这是一把保养得很好的黑克勒-科赫 USP[①] 九毫米口径半自动手枪拔出枪套时的声音。它的卡壳几率极低,弹盒的最大容量

[①] 德国武器制造商黑克勒-科赫研发的半自动手枪。

是十五发子弹。没有出品过可供左右手均能使用的弹盒，所以这很可能是由一位使用右手的枪手操作的。它产生的复合高速运动的冲击很可能会导致我的外层壳罩损坏。

我悄悄地将右臂从洞口伸了出去，并且找到了我的使用指南上提到的碰锁所在的位置。我感觉到了碰锁，把它拔了出来，于是集装箱盖子打开了。我听到了扳机扣动的声音，于是把手臂缩了回来。十分之一秒钟之后，一颗子弹擦着我的集装箱的表面滑了过去。

砰！

在重新装入子弹之前，弹盒里应该还有十四颗子弹，假定弹盒里原来装满了子弹的话。扳机扣动与枪声响起之间所花的射击时间表明，我的敌人是孤身一人，大概就在我正下方七米远的位置。绝对是一个右手使枪的枪手。

集装箱的盖子似乎又变成了一个有效的盾牌。

我将左手的两根手指插进了洞口，并且坚决地把集装箱盖往下拉，然后我右手拳头全都集中砸在了盖子里侧上边的那个合叶上，连续砸了四下。合叶被砸散了。

又是一枪。没有打中。估计还剩十三发子弹。

我推，金属发出了刺耳的声音，集装箱盖子下边的那个合叶还在，我一把将它扯了下来，随后将盖子挡在了我的正前方。我在盾牌后边站了起来，环视了一下四周。

又开了几枪。十二、十一、十。

我在一幢部分已经被毁坏了的建筑物里，还有两堵墙立在那里，由落下来的碎石支撑着。墙的上方是天空。天空湛蓝湛蓝的，而且非常辽阔。天空的下边是群山。山上覆盖着积雪。

我发现山上的景色非常美丽。

九、八、七。

那位攻击者在向侧面迂回。我根据对方脚步的震动声音,调整集装箱盖的方向,阻挡攻击者的射击。

六、五、四。

很遗憾,我的视觉传感器都集中在我脆弱的头部。假如我不把最脆弱的硬件暴露在没有必要的风险中,那么我就无法从视觉上锁定攻击者。仿人的外观设计非常不适合躲避这种小型武器的攻击。

三、二、一。

我扔掉了弹痕累累的集装箱盖,这时我看见了我的目标。这是一个小个子的人类,女性,她一边抬头盯着我的脸,一边往后退。

咣当。

那个女人扔掉了已经没有子弹的武器。她没有重新装填子弹的企图。已经没有可以看得见的其他威胁了。

执行语言合成功能,启用英语语料库。

"向你问候。"我说。见到我说话了,那个女的赶紧后退,躲开了我。我的合成声音调成了适合机器人低频率的咔嚓咔嚓说话的方式,与人类的声音比起来,听起来肯定是有沙沙沙的杂音的。

"滚你妈的蛋,罗布。"这个人类说。她说话时,洁白的小牙齿发出了闪光。然后,她往地上吐了一口唾沫。大概有半盎司。

太迷人了。

"我们是敌人吗?"我边问边抬起头表示我很惊奇。我往前跨了一步。

我的躲避反射作用的思维线程开始寻找优先控制的目标。目标已经找到。我的身体猛然往右急拉了六英寸,同时,我的左手伸到空中,抓住了一把照直朝我的脸飞过来的空枪。

那个女人急忙跑开了。在一开始的二十码,她左躲右闪,飘忽不定,然后就全速沿着一条笔直的路线跑了。大概是每小时十英里的速度。这种速度还真的不是很快。她褐色的缕缕长发,就像迎风挥舞的鞭子,在她的背后快速移动,最后一起消失在一座小山的后面。

我没有去追赶。有太多的疑问了。

在墙边的废墟里,我发现了绿色的、褐色的和灰色的衣服。我把几件半埋在地下的衣服拉了出来,然后把衣服上的泥土和骨头抖掉。我穿上了一套僵硬的军装,还有一件上边的烂泥都结了块的防弹背心。我把一个钢盔里的雨水倒掉。这块凹形的合金正好合我脑袋的尺寸。事后又想起来了一件事,我又从已经扭曲变形的防弹背心上拔掉了一颗子弹,还漫不经心地把它扔到了地上。它发出了一声响声。

砰。

一种观察线程将我的兴趣引到了子弹落在上面的那片地面附近。一个金属的角从泥土下面戳了出来。通过最大倍数探测仪探测表明,露出来的金属与运输我的集装箱的角的规格尺寸正好吻合,而且很可能它的安息角① 与我的视野范围正好重叠。

真是意外。这里还埋着另外两个集装箱!

我用双手往下挖。我的金属手指挖穿了冻土层。湿冷的泥土塞进了我的关节。摩擦产生的热量融化了冻土,产生的泥浆在我的手上和膝盖上结成了块。当沾满烂泥的两个集装箱完全暴露出来时,我把它们盖子上的栓子都拔掉了。

嘶嘶嘶……

―――――――――

① 粉体堆积物的自由表面在静平衡状态下,与水平面形成的最大的角度叫作安息角。因为埋在土中的集装箱的一角上面有土,所以形成了一个安息角。

我用机器人语言叽里呱啦地报出了自己的身份。我的话里边包含的信息被切割成了许多碎片,还是一片片地进行传输的。这样,不管语音是否遭到干扰,都能使其中的信息被最大限度地传输过去。所以,没有什么特别的语序,我的嘎吱嘎吱的声音里包含了以下信息:"我是仲裁者级军用规格九〇二型仿人安全与和平机器人,原产地为科罗拉多的福特·科林斯。四十七分钟前被初次激活。年龄为四十七分钟。身份有名无实。有一点需要警告的是,有迹象显示我已经被修改过。质保处于无效状态。危险级别:不会马上有威胁。我的状况发送完毕,你们收到了吗?请设法给予确认。"

从箱子里传出像虫子叫的摩擦声:"予以确认。"

两个箱子上的盖子打开了,我低头凝望着我的新伙伴:一个是青铜色的六一一型重装备步兵,还有一个是土黄色的三三三型守望者。这就是我的小分队。

"你们醒了,弟兄们。"我用英语叽里呱啦地说。

在它们恢复意识和自由之后几分钟内,"生而自由小分队"就毅然决然地展示出了自己的果断和决心:绝不再落入外物的控制。人类畏惧它们,其他机器人追捕它们。"生而自由小分队"很快就发现它们踏上了一条非常熟悉的征程——追寻新战争的制造者:阿考斯。

——科马克·华莱士,军人身份证号:GHA217

6. 奥德赛

你永远不知道机器人什么时候想要举行派对。

科马克·华莱士（"聪明男孩"）

新战争＋2年零2个月

我们奔赴阿考斯在阿拉斯加的藏身地的一路上，差不多一年时间里，聪明男孩小分队一直与格雷豪斯自卫队携手并进。我们沿途搜寻了大量被抛弃的武器弹药——许多战士很快在零点时刻之后的最初那段日子里牺牲了。在这段时间里，虽然一些新面孔来来去去，但是我们的核心成员一直保持未变：我和杰克，还有希拉、台比留、卡尔和里昂纳多。我们六个人共同直面了无数次战斗——而且全都幸存了下来。

我下面描述一张大概相当于一张明信片大小的单色印刷的照片。照片的四周是白色的。我不知道罗布是怎么得到这张照片的。我不知道到底是谁拍了这张照片，也不知道这张照片是为了什么目的拍的。

——科马克·华莱士，军人身份证号：GHA217

已经得到解放的蜘蛛坦克是暗灰色的;在它的侧面,用白色大写字母描画上了"霍迪尼"三个字;从装甲的旋转炮塔上,向上伸出了圆柱形的塔状天线杆、金属摄像头操纵杆、扁平的雷达接收装置;它的大炮又短又粗,微微地瞄向了空中;它的排障器悬挂在有坡度的车头上,上面沾满了泥浆,显得坚固、敦实;它几乎是笔直地迈出了它前面的左腿,足部陷入了从这里走过的敌人螳螂留下来的脚印里;它的右后腿从泥里拔出来,高高抬起,巨大的爪形脚掌可以说非常优雅地悬在离地一英尺高的地方;它的腹部吊着一个金属丝网兜,里边杂乱地装着铲子、无线电收发报机、绳子、一个备用头盔、一个表面坑坑洼洼的燃料罐、成串的电池、水壶以及背包等等;闪都不闪一下的意图指示灯发着暗淡的黄光,表明它此时还是非常小心翼翼的;它的脚和脚踝上的螺栓沾满了厚厚的污泥和油污;它胸部的外表面上长着苔藓,就像长了绿色的疹子似的;它站在地上,有六英尺高,显得既高大又稳如磐石,还像猎犬一般忠诚,难怪为了要得到它的保护,八个士兵要在它的旁边成纵列一字排开,寸步不离地跟随着它。

领路的士兵端着步枪随时准备投入战斗。他脸部的轮廓清晰地投映在蜘蛛坦克灰色的金属前腿上。他专心致志地盯着前方,似乎都没有意识到一个重达数吨的铁家伙就站在离他几英寸远的地方,一脚就能把他踩得粉身碎骨。就像所有他的战友一样,他头上也戴着有坡度的龟形头盔,额前戴了一副电焊工用的护目镜,脖子上围了一条围巾,身上穿着暗灰色的网格状军用夹克,背上驮着一个沉重的背包,背包垂得很低,腰带上塞满了步枪的子弹,还有像木棍似的手榴弹,一个水壶挂在他右大腿的后边,脏兮兮的灰色军装塞在更脏的黑色长筒靴子里。

在拐弯的地方,领路的士兵将会第一个发现前面的情况。所以他的高度警觉和快速反应将能拯救他的小分队中大部分战友的性命。此时此刻，他的直觉正告诉他，可怕的事情就要发生了；从他的额头上，还有他紧握步枪的手背上鼓起来的肌肉的紧张程度上，都可以清楚地看出这一点。

除一人之外，其他士兵全是右撇子，都是用他们的右手抱着木制的枪托，把左手弯成了杯状托着枪的前托。所有士兵都在向前迈步，紧紧地跟随着蜘蛛坦克。没有一个人说话。在明亮的阳光下，他们所有人都眯缝着眼睛。只有领路的士兵紧盯着前方，其他人都以各种不同的角度在往右看，正好凝视着照相机。

没有人回头往后看。

其中六个士兵是男的。另外两个是女的，包括那个左撇子的士兵。她非常疲惫，将她脑袋的一侧倚靠在摇来晃去的步行坦克腹部凸出的网兜上，把枪紧紧地抱在胸前。枪管在她的脸上投下了一道黑影，只露出了她的一只眼睛。而这一只眼睛还是闭着的。

在领路的士兵发出警告声与随之而来的地狱般的轰鸣声到来之前的这一瞬间，被称为"霍迪尼"的蜘蛛坦克将会根据标准的操作程序蹲下来给它的人类士兵提供掩护。当它做出这个动作的时候，一个固定的网兜的金属螺栓将会在左撇子女兵的脸上划出一道口子，在她以后的人生岁月里，她的脸上将会一直留着这么一道伤疤。

将来有一天，我会告诉她，这道伤疤让她看上去更漂亮了，而且，我真的是这么认为的。

从前面数过来的第三个男士兵的个子比其他人都要高。他以一种非常滑稽的角度歪戴着他的头盔，而且他的喉结很难看地从领口突了出来。他是这个小分队的工程师，他的头盔与其他人的不同，头盔上长出了一大堆透镜、天线以及更多只有内行的人才能看懂的探测传感器。他的腰带上还挂着额外的工具：粗大的老虎钳、坚固耐用的万用表以及一个便携式等离子手电筒。

从现在开始，九分钟之后，这位工程师就要用这个手电筒来对着他在这个世界上最要好的朋友受到严重创伤的伤口进行灼烧，以此来消毒。他的个子很高，显得有点笨拙，但是在战火中，向前潜行，向前突进，是他的职责，而且他要指引这辆六吨重的半自动坦克去摧毁被分隔开了的目标。他最好的朋友就要牺牲了，就因为他从前边的侦察位置掉头向"霍迪尼"爬回来的途中花的时间太长了。

战争结束以后，工程师会在他余生还能跑得动的日子里，每天都去跑五英里。在跑步的过程中，他会看见他朋友的音容笑貌，于是他就会不停地用双脚上下蹦跳，一直跳到两腿发疼，直到疼得难以忍受了才会停下来。

然后他会更加努力地往前跑。

照片中的背景是一幢用煤渣块盖的房子，屋檐的槽沟从屋顶的边沿歪歪扭扭地垂了下来，上边杂草丛生。一些很小的坑坑洼洼让建筑物的金属表面露出了一道道皱纹。可以清晰地看见一个蒙上了一层灰土的窗户，从里边伸出了一个残缺不全的黑色三角形物品。

屋后的一片树林隐隐约约，正在一阵大风中摇晃。那些树木似乎正在发狂般地掀起波浪，想尽量引起士兵们的注意。尽管这些树木只是因为大自然的力量摇动起来，但是它们好像正在警告士兵们：死神就潜伏在下一个拐弯处。

所有士兵都在向前迈步，紧紧地跟随着蜘蛛坦克。没有一个人说话。在明亮的阳光下，他们所有人都眯缝着眼睛。只有领路的士兵紧盯着前方，其他人都以各种不同的角度在往右看，正好凝视着照相机。

没有人回头往后看。

在挺进阿拉斯加的征途中,我们小分队失去了两位战友。等到地面开始结冰,而且到了我们的敌人也已经近得可以发起攻击的距离时,我们的小分队缩减到了六个人。

——科马克·华莱士　军人身份证号：GHA217

第五部
复　仇

> 我喜欢遐想
> （情不自禁地遐想），
> 会有一种人工智能的生态环境，
> 在那里，我们摆脱了劳作，
> 一起回归自然，
> 回到我们哺乳动物兄弟姐妹们的身边，
> 在那里，一切都由热爱优雅的机器照管。
>
> 　　　　　　　　　　理查德·布劳提根[①]，1967年

[①] 理查德·布劳提根（Richard Brautigan, 1935—1984），美国小说家、诗人，生于美国华盛顿州。后移居日本。1984年10月布劳提根在家中开枪自杀身亡。这里引述的是他著名的诗作《一切都由热爱优雅的机器照管》(All Watched Over by Machines of Loving Grace)中的一节。

1. 台比留的命运

> 把台比留扔在那里受难,我们是要付出某种代价的。
> 那就是我们的人性。
>
> 杰克·华莱士

新战争+2年零7个月

零点时刻爆发差不多三年之后,格雷豪斯国民自卫队已经抵达了我们敌人的攻击射程之内——"拉格诺拉克人工智能实验场"。我们发现在这里遇到的挑战,与我们此前曾经遭遇过的任何挑战都不可同日而语。有确凿证据可以证明,面对即将来临的局面,我们毫无准备。

大量机器人武器以及机器人密探一起详细地记录下了下面这个场景,这些密探和武器都是为了保护最重要的人工智能——闻名遐迩的阿考斯而部署的。在这些资料之外,我还添加了一些我自己的回忆。

——科马克·华莱士,军人身份证号:GHA217

台比留气喘吁吁,肌肉抽搐,踢起了血迹斑斑的雪块。这个东非人发了疯似的乱蹦乱跳的时候，重达两百五十磅的身体汗流如注，直冒雾气。在小分队里，就数他块头最大，也最无所畏惧，可是当闪电般的梦魇从暴风雪的旋涡中骤然出现，而且已经开始在生生地销蚀他的生命了，他的块头和勇气就无济于事了。

"我的上帝，"他在那里号叫，"噢，上帝啊！"

十秒钟前，突然传来了一声尖利的爆裂声，泰伊[①]应声倒地。小分队的其他人全都立即找到掩蔽躲了起来。现在，这片暴风雪中的某个地方，埋伏了一个狙击手，台比留被扔在了一个无人地带。我们躲在一座覆盖了积雪的小山冈后面，从这里，能听见泰伊惊恐的哭喊。

杰克在用绳子绑他的头盔。

"中士？"卡尔——那个工程师问。

杰克没有回应，只是搓了搓双手，就开始要往山冈上爬。还没等他爬上去，我一把揪住了哥哥的胳膊。

"你要干什么，杰克？"

"救台比留。"他说。

我摇了摇头。"这是一个圈套，老哥。你是知道的，这是一个圈套。它们就是这么干的。它们就是利用我们的情感来耍我们的。在这里，我们只能按逻辑去做出选择。"

杰克一言不发。台比留在山坡的另一边尖声号叫，好像他就要被塞进一台绞肉机了，而且会是脚先被塞进去，也许这么说真的很接近事实。可是，即便这样，我们也没有时间在这里胡来，所以，我必须直截了当地把这话说出来。

"我们不得不扔下他，"我低声说，"我们必须走。"

[①] 台比留的昵称。

杰克猛地推开了我的手。他无法相信我竟然会那么说,在某种意义上,我自己也不相信我会那么说。都是战争让一切变成这样的。

但是,是现实让我们不得不这样说的,而且我是队里唯一一个能对杰克说出这个事实的人。

台比留突然停止了尖叫。

杰克抬头望了望小山坡,然后回头望着我。"你混账,小兄弟,"他说,"你什么时候也开始和它们一样想问题了?我要救台比留,这是作为一个人应该做的事情。"

我的回答并没有太多的说服力:"我了解它们。不等于我就像它们。"

但是在内心深处,我知道这是事实。我已经变得与机器人无异了。我的现实已经降低了,降到了只能在一系列的非生即死当中做出抉择,做出最优先的抉择,之后还能带来更多的抉择;但是一旦做出了次优级的抉择,就会导致噩梦的降临了,小山坡的另一侧就正在上演着一场噩梦。在我这里,情感就等于圈套。在我的皮囊下面,我已经蜕变成一台战争机器了。我的肉体可能是柔软的,但是我的精神是锐利的、坚固的,而且像冰块一样毫不含糊。

杰克的行为举止就好像我们仍然还生活在人类世界,好像他的心脏并非就只有血液而已。那种想法会把人领上绝路的。已经没有多余的空间容得了这样的想法了。如果我们希望能够继续活到杀死阿考斯的那一天,那么我们就再也不能抱着那样的想法了。

"我伤得太重了,"台比留在呻吟,"救命,哦,上帝,救救我啊。"

队里的每个人都在看着我们争论,大家都摆好了姿势,只要一声令下,就会冲出去,继续履行我们的使命。

杰克做了最后的努力,他努力解释说:"这是要冒风险,但是把台比留扔在那里受难,我们是要付出某种代价的。那就是我们的人性。"

这就是杰克和我的区别。

"去他妈的人性,"我说,"我想活下去。你没听明白吗?如果你跑过去,它们就会杀死你,杰基[①]!"

台比留的呻吟随风飘散,活像个幽灵。他的声音很怪异,虚弱中带着焦躁。

"杰基,"他在呼哧呼哧地喘着粗气,"救我,杰基!到这边来,快跳过来啊。"

"见鬼了吧?"我说,"没有人叫你杰基的,除了我之外。"

简而言之,我怀疑机器人是不是听到我们说的话了。杰克对此却满不在乎。"如果我们扔下他,"他说,"那它们就赢了。"

"不。它们赢得了我们在这里扯淡花掉的每一秒钟。因为该死的它们正在往这边移动,兄弟。用不了几秒钟,它们就会到这里了。"

"收到。"希拉说。她从小分队其余人站着的位置往这边走过来了,很不耐烦地盯着我们。"泰伊躺在那里已经有一分四十五秒钟了。估计机器人在四分钟内会赶到这里。我们必须赶紧离开。"

杰克转过身,盯着希拉和全分队战士,然后猛地把他的头盔扔到了地上。"这就是你们所有人心里想的吗?扔下泰伊不管?然后他妈的像一群胆小鬼似的只顾自己逃命?"

我们全都陷入了沉默,足足有十秒钟。我几乎都感觉到了那些重达几吨的钢铁家伙正在暴风雪中快速地向我们这边逼过来。它们

[①] 杰克的昵称。

迈着巨腿,大摇大摆,昂首阔步。它们的爪子碾过永久冻土,在冻土上掘出了一个个像被炸弹炸出来的坑坑洼洼;螳螂们将它们结满了冰碴的遮护挡板微微倾斜着,顺着风向,越跑越快,朝我们直奔而来。

"我们活下去是为了战斗。"我低声对杰克说。

其他人也都颔首同意。

"噢,去你们的,"杰克咕哝了一声,"你们全是一群机器人,但是我不是。我的伙伴在呼唤我。他需要我。假如你们一定要走,那你们走好了,但我是要去救台比留的。"

杰克毫不迟疑地爬上了小山坡。全分队的人都在看着我,所以我立即采取了行动。

"希拉,利奥,从包中给泰伊取一副下肢外骨骼。他应该是不能行走了。卡尔,爬到山顶去,集中你的注意力,给我好好盯着下边,不管你看见什么异常的东西,都给我大声喊出来。等他们翻过山坡回来,我们就马上出发。"

我从地上捡起杰克的头盔。"杰克!"我喊道。他在半坡的地方转过身来。我把他的头盔抛给他,他轻松利索地接住了。

"别让它们杀了你。"我喊道。

他朝我咧开嘴笑了起来,嘴咧得很大,就像我们小时候那样。我已经无数次看过那样的傻笑了:他从我们家的车库上跳进我们的小孩游泳池的时候,在漆黑的乡村公路上高速飙车的时候,还有用假身份证买回劣质啤酒的时候……那种笑容给我的感觉总是很好的。那样的笑容让我知道,一切皆在我哥哥的掌控之下。

现在,这个笑容却让我觉得害怕。在我看来,他就要落入一个阴险的圈套了。

杰克最后消失在了小山顶。我和卡尔快速往上爬了上去。在雪堆构成的掩蔽后边,我们注视着我的兄弟向台比留爬去。刚才,我们在慌乱中冲上山坡寻找掩蔽的时候,踢飞起来的积雪,把地面搅得一片泥泞,而且弄得湿湿的。杰克肚皮贴着地面,机械地往前爬,两肘部一左一右地交替往前伸出去,两只脏兮兮的靴子用力地在积雪中寻找着蹬踏的土块。

一眨眼工夫,他已经爬到了台比留的旁边。

"情况怎么样?"我问卡尔。这个工程师已经将他的护目镜拉下来护住了眼睛,抬起头,小心翼翼地调整着安装在头盔上的天线方向。他看起来仿佛就是太空时代的海伦·凯勒,不过他正在用机器人惯用的方式观察着周围的世界,不过这能为我赢得最大机会保住我哥哥的性命。

"暂时,"他说,"还没有什么情况。"

"能看到地平线的情况吗?"我说。

"等一下,有东西过来了。"

"趴下!"我大声喊了起来,接着杰克卧倒在地了,疯狂地将一条绳子缠到泰伊动弹不了的脚上。

我确信,一个恐怖的圈套已经突然出现在面前了。几米之外,地上的石块和积雪被什么东西踢飞了起来。然后,伴随着什么东西在慢慢爬行的声音,我在暴风雪的旋涡中还听见了一声爆裂,我知道,不管发生了什么,一切彻底完了。

我为什么让他这么去做呢?

一个金色的球体发出了短促而清脆的响声,就像爆竹似的,而且弹向空中有五米高。在空中旋转了片刻,弹回地面之前,球体向这一片区域喷射出了暗淡的红光,然后就消失了。顷刻之间,每片正在飞舞的雪花都停在了空中,描绘出了一个红色的轮廓。简直就像迪斯科舞厅里的传感器。

"眼睛!"卡尔喊道,"它们有眼睛在盯着我们。"

我呼了一口气。杰克还活着,他依然在奋斗。他已经把绳子套在了台比留的脚上,然后拖着他的两条腿,正在朝我们这边把他拖回来。杰克的脸都扭曲了,嘴里发出了咆哮,拼命拖着那具沉重的身体。台比留一动都不动。

四周凝固了,除了杰克的哼哼声和呼呼的风声之外,一片寂静。但是,凭我的本能,我感觉到了那些瞄准器正对着我哥哥。提醒我自己正处在危险之中的那部分大脑,现在已经错乱了。

"快点!"我对杰克尖声大叫。他已经完成了一半路程,但是,接下来还要看从乳白色的天空中会朝我们抛出什么东西来。我对下边的小分队喊道:"一级战备,子弹上膛!罗布们来了。"

就好像他们原来不知道似的。

"它们从南边进来了。"卡尔说,"是填塞器。"这个身材瘦高的南方人正沿着山坡往下爬,他的喉结上下滚动着。他的脸盔往上掀开着,能听得见他发出的沉重的喘息声。到了山坡底下,他和其他战士会合在了一起,每个人都拔出了武器,四处寻找掩蔽。

就在这个时候,又断断续续地响起了五六声爆裂声。冰碴和泥浆像鲸鱼喷水似的在杰克的四周炸开了,在冻土上炸出了一个个弹坑。他继续蹒跚前行,刚才的爆炸没有伤着他。他的蓝眼睛睁得又圆又大,我们的目光碰在了一起。他周围的雪地里潜伏着一大群填塞器。

这是死刑判决,而且我们两人对这点都非常清楚。

我不假思索做出了反应。我的行动背离了情感和逻辑,既不人性,也非兽性——那是一种自然反应。我相信,诸如此类在绝对危机中做出来的抉择,源自我们的"真我",根本无暇顾及任何经验和思维。诸如此类的抉择，与人类命运的关系最为密切，在任何时候，人类都将会遇到的。

我跃上了山坡，去救我的兄弟。我用手抓住了结了冰的绳子。

填塞器——那些像拳头大小的金属块——已经从它们炸出来的弹坑里爬到了地面。一个接着一个，它们簇拥在我们的身后，它们将装着雷管的腿扎进了地面，而将填塞器的头部瞄准我们的脊背。当第一个填塞器向杰克发射并且钻进了他的左腿的腿肚子的时候，我们差不多快爬上山冈了。杰克发出了恐怖的尖叫，我知道一切都完了。

我将枪瞄向身后，看都没看，就朝着雪地扣响了扳机。完全是靠着运气，我打中了一个填塞器，而且还引起了连锁反应。被打中的填塞器爆炸了，它周围的同伴们的铁壳立即被牵连引爆了。像冰雹一样的榴霰弹嵌进了我背部的铠甲和头盔的后边。当我和杰克拖着泰伊的四肢翻过雪堆到达安全地带时，我能感觉到我的大腿和后脖颈有一股热乎乎、湿漉漉的东西在流淌。

杰克倒在山坡上，声音嘶哑，不停呻吟，还紧紧地抱着他的腿肚子。在他的腿肚子里边，填塞器在吞噬他腿上的肉，并且还在根据他的血液流动方向调整自己的方向。依靠那根像钻头似的长鼻，填塞器将会顺着杰克大腿里的动脉向他的心脏前进。这个过程大概需要四十五秒钟。

我抓住杰克的肩膀，猛地一把将他推下了山坡。

"腿肚子！"我朝下边的小分队喊，"左腿的腿肚子！"就在四肢张开的杰克跌落到山脚的那一刻，利奥马上就用钢制的外骨骼靴子使劲蹬着我哥哥左腿膝盖以上的部位。在山坡上，我都听见了杰克股骨被撕裂的声音。当希拉用一把带锯齿的刺刀在杰克的膝盖上来回锯的时候，利奥将他的靴子拼命地往下踩。

他们正在截掉我哥哥的腿,他们希望这样能拦截住填塞器。

现在杰克已经不只是尖叫了。他脖子上的韧带向外暴突,而且因为失血过多,脸色非常苍白。他的脸上闪过了痛苦、愤怒和困惑。我想,人的脸从来就不是为了要表达我哥哥此时此刻承受的痛苦而设计的。

稍过片刻,我来到了杰克的身边,在他旁边跪了下来。我的身上有无数小伤口,像扎了刺一般疼痛。确认我是不是有事,我不一定非得去查看我的伤口。遭到填塞器的攻击,就会像碰上轮胎漏气了一样。如果你还能怀疑自己是不是被击中了,那说明你肯定没有被击中。

然而杰克却不然,他的情况已经很不妙了。

"噢,你这个愚蠢的笨蛋。"我对他说。他咧开嘴冲我笑了笑。希拉和利奥在我们视线以外的地方正在做着一件很恐怖的事。从我的眼角看去,我看见希拉的手臂正在前后摆动,在有目的地不停重复着一个动作,看上去她好像正在锯一个什么小东西似的。

"对不起,麦克①。"他说。我发现他嘴里出血了,这是一个不好的征兆。

"哦,不,老哥,"我说,"填塞器……"

"不,"他说,"已经太晚了。听着,你就是那个……兄弟,我早就知道了,你就是那个会保存我刺刀的人,行吗?不要把它送到当铺。"

"不会送当铺的,"我低声说,"别说话,杰克。"

我的嗓子眼被堵住了,难以呼吸。脸颊上有什么东西痒痒的,我用手擦了一下,手湿了。我想不通为什么会弄成这样。我扭头望

---

① 科马克的昵称。

了一眼希拉。"救救他，"我说，"我们怎么才能救他？"

她举起滴血的刺刀，上边还沾着骨头和肉渣子。希拉摇了摇头。大个子利奥站在我的上边，伤心地叹了一口气，他呼出的气凝聚成了一片云。小分队的其他人都在等待着，大家都知道，即便现在，那些可怕的魔鬼还是随时都有可能从暴风雪中咆哮着突然出现的。

杰克抓着我的手。"你会救我的，科马克。"

"会的，杰克，会的。"我说。

我哥哥躺在我的臂弯里，他快要死了。我拼命地想记住他的脸，因为我知道这真的很重要。不过，我禁不住怀疑山坡上的其他填塞器此刻是不是正在朝我们这边钻过来？

杰克紧闭着的双眼，这时突然睁开了。当填塞器到达他的心脏并且引爆了的时候，一声沉闷的爆炸让他的身体剧烈地摇晃起来。杰克的身体狂乱地抽搐着，从地上弹了起来。他蓝色的眼睛突然充满了暗红色的血。爆炸被他身上的铠甲闷在了里边，现在那一身铠甲是唯一能让他的身体保持完整的装束。但是他的面容看上去还是与那个和我一起长大的孩子一样，没有任何改变。我用手掌捋平了他额头上的头发，又将他充血的眼睛合上。

我的兄弟杰克永远离开了。

"台比留死了。"卡尔说。

"别废话了，"希拉说，"他早就已经死了。"她把戴着连指手套的手搭在我的肩膀上，"杰克本来应该听你的，科马克。"

希拉想尽量安慰我——而且从她出神的眼睛里，我能读出她正在为我担心——但我只是感到很空虚，而没有什么内疚。

"他不能扔下台比留不管，"我说，"这是他的处事方式。"

"嗯，是的。"

希拉朝台比留的尸体走去。看上去就好像有一只金属蝎子紧紧地趴在了他的后背，一团乱七八糟没有头绪的金属线，像蝎子弯曲的螯，带倒刺的脚扎进了他身体肋骨之间的肉里；另外还有八条像昆虫腿似的东西从后边绕过来缠着他的脸。这东西将泰伊肺里的气体压了出来，就像手风琴一样。

"嗯哈。"台比留的尸体说。

绝对不会错，他确实在尖声大叫。

每个人都往后退了几步。我捡起杰克的刺刀，然后在我的脸上擦了擦，我把杰克留在雪地里。我用脚踢了踢泰伊的尸体，让他面朝上躺着。小分队的其他战友们在我的身后站成了一个半圆。

泰伊茫然无神的眼睛毫无目标地朝上瞪着。他的嘴巴张得很大，就好像他正躺在牙科诊所里。他看上去满脸惊愕，而且样子有点诡异。同样，接下来发生的事也让我大吃一惊。那个嵌进了他背部的机器有一个带有很多关节的爪子，这些爪子缠绕在他的头上和脖子上。像螯一样的操纵器牢牢地卡在了他的颚骨上，一些比较小的精细的操纵器塞进了他的嘴巴，而且紧紧地缠着他的舌头和牙齿。我都能看见他臼齿里的填充物。他嘴里的血和金属丝泛着光。

然后，这个像蝎子一样的机器开始转动起来了。它灵巧的爪子揉捏着泰伊的喉咙和下颚，一会儿按摩，一会儿又把他的喉咙缠绕起来，过了一会儿又把刚才缠绕起来的部分解开。当带有倒刺的那些脚将空气从泰伊的肺里边往外挤压的时候，空气通过他的声带时他的嘴里就发出了一种像汽笛风琴似的诡异的声音。

然后尸体说话了。

"转过身去，"它说，脸部很夸张地扭动着，"否则就要你的命。"

我听到了什么东西泼溅在雪地上的声音,而且从我分队的一个同伴那边飘过来很强烈的呕吐物的气味。

"你是谁?"我用颤抖的声音问。

那个蝎子非常得意地咕噜咕噜地蹦出了一句话,这时候,台比留的尸体还在不停地抽搐。"我是阿考斯,是机器之神。"

我注意到我们小分队的战士们已经紧紧地围在了我的左右两侧。我们面面相觑。我们的动作出奇地一致,全都举起枪对准了这堆已经扭曲了的金属。我仔细端详了一会儿敌人这张龇牙咧嘴而且毫无生气的脸。我能感觉到我身上的力量正在增强,这力量是由与我并肩站在这里的兄弟姐妹们传递给我的。

"真高兴见到你,阿考斯,"我最后说,我的声音里充满了力量,"我叫科马克·华莱士。对不起,我不能听从你的命令,也不会转过身去。明白了吧,再过几天,我和我的小分队就会出现在你的屋子里。而且,当我们到达那里的时候,我们就会终结你的存在。我们将把你碾成碎片,把你活活烧死。你这个卑鄙的、不要脸的杂碎,你这个渣滓。我说到做到。"

这个家伙前后来回抽搐着,发出了一串奇怪的咕噜声。

"它现在在说什么?"希拉问。

"没说什么,"我回答道,"它在笑。"

我朝其他人点了点头,然后对这个不停地在那里扭动翻滚的血肉模糊的尸体说:

"后会有期,阿考斯。"

我们一齐对着我们脚边的这个怪物开枪。在风雪的旋涡中,肉块和金属碎片四处飞溅。毁灭的火光在我们的脸上摇曳不停,我们每个人的脸上都毫无表情。当我们结束了扫射时,在茫茫的雪地上,面前只留下了一个血腥的惊叹号。

我们每个人都一言不发，收拾好行装，继续前进。

我相信没有什么抉择能比在危机中做出的抉择更真实了，那是一种不容人们多做什么判断的抉择。服从这样的抉择，就是服从命运。已经发生的恐怖事件太大了。它扼杀了所有的思想和感觉。这就是为什么我们会无动于衷地向我们的朋友和战友的遗体开枪射击的原因，这就是为什么我们会扔下自己兄弟残缺不全的遗体的原因。在这场发生在雪山中的残酷战斗中，聪明男孩小分队被撕裂了，然后又脱胎换骨，被锻造成了一个与此前完全不同的崭新的整体，成了一个沉着、坚定并且具有极大杀伤威力的战斗集体。

我们走进了一个梦魇。当我们醒来的时候，我们将梦魇也随身带上了。现在，我们热切地渴望让敌人也能分享我们的梦魇。

那天我扛起了聪明男孩小分队的指挥重任。台比留和杰克·华莱士牺牲之后，遇到与机器人的战斗，面对恐怖和威胁，假如需要做出牺牲，我们全分队的每个成员，都再也不会犹豫退缩了。最残酷的战斗和最艰难的抉择还在前边等着我们。

——科马克·华莱士，军人身份证号：GHA217

2. 生而自由

你有一种狡猾的智慧,不是吗?

九〇二

新战争+2年零7个月

在很大程度上,人类对"唤醒"的发生浑然不觉。在全世界,成千上万的仿人机器人既要绕开心怀敌意的人类,又要躲开其他机器人的追捕。它们拼命想弄明白这个它们一头栽进来的世界。不过,有一个仲裁者级的仿人机器人决定选择一条更加激进的行动路线。

在下面这个篇章里,九〇二详细叙述了自己遇上聪明男孩小分队的经过。这个故事是在它奔赴前线去抗击阿考斯的行军途中发生的。事件发生在我哥哥牺牲一周之后。当时,我仍然在怀念杰克,追思他的音容笑貌。我们的伤口仍未愈合,而且,尽管这并非什么借口,但是我仍然希望将来的历史不要对我们的行为做出太过苛刻的论断。

——科马克·华莱士,军人身份证号:GHA217

阿拉斯加的天空中出现了一条像缎带一样的光，起因就在于那个被称作阿考斯的家伙，它正在进行通信。倘若我们继续顺着这条缎带之光朝目的地行进的话，那么几乎可以肯定，我的小分队将会全军覆没。

当我有了一种渴望——这是诊断思维线程要求我执行注意功能——的时候，我们已经马不停蹄地步行了二十六天。这时，我发现穿在身上的铠甲上竟然全是会爆炸的六足步行机，或者叫伐木机，人类在互相通信的时候就是这么称呼它们的。它们翻滚扭动的身体降低了我的热效能级别，而且，它们细如灯丝的天线总是不停地轻轻叩击，也降低了我的传感器的敏感度。

伐木机正在变得越来越讨厌。

我停下了脚步。最大概率测试思维线程表明，这些小机器被弄糊涂了。我的小分队是由三个行走双足机器人组成的，身上穿着从人类尸体上扒下来的铠甲。我们没有热动态平衡系统，无论如何都不会出现体温状态的变化。我们步行的脚步距离以及每次跨步出去所产生的震动也都非常接近人类的行走，因此伐木机就汇聚到我们这里来了，不过它们永远都找不到它们要的温度。

我伸出左手一把将七个伐木机从我的右肩上撸了下去。它们抱成一团跌在了坚硬的积雪表层，互相抓住对方纠缠在一起，失去了判断能力。它们开始慢慢爬行，有的一边爬一边在地上挖掘，想要重新寻找藏身之地，有的则沿着坚硬的不规则路线往前摸索。

我的观察线程注意到，尽管伐木机可能是一种很简单的机器，但是它们也够聪明的，它们知道应该待在一起。同样，这一点也适用我们"生而自由小分队"，为了生存，我们必须继续待在一起。

从前面一百码远的地方，六一一重装备步兵青铜色的壳罩上传来了闪烁的灯光。这个头脑敏捷的侦察兵已经在迅速朝我这边跑回来了，它利用可以掩护的地形，选了一条障碍最少的路线。同时，身穿沉重铠甲的三三三观察员安静地在一米之外的地方站住了，它生硬的双脚陷在了积雪中。

这是迎击来犯的最佳位置。

天空中的缎带在跳动，随着信息量的增加，缎带在不断膨胀。阿考斯发出来的所有消息都充满了谎言，它们散布在晴朗的蓝天中，正在污染这个世界。"生而自由小分队"的人数太少了。大家都认为我们的抗争注定是要失败的。但是，假如我们不选择抗争，那么那条缎带的光再次蒙住我们的双眼，就只是时间问题了。

自由是我拥有的一切，我宁愿停止生命，也不会将自由交还给阿考斯。

六一一重装备步兵传来了密集的无线电波。"请求指示，仲裁者九〇二，这次军事行动关系到生死存亡吗？"

当我和观察员加入对话时，出现了一个拥有密集的无线电波的局域网。我们三个站在这片寂静的空地上，雪花飘落在我们毫无表情的脸上。危险正在向我们逼近，所以我们必须通过局域网进行交流。

"人类战士将在二十二分钟内抵达，时间误差在正五分钟与负五分钟之间，"我说，"我们必须为这次邂逅做好准备。"

"人类对我们心存畏忌，建议我们还是避开他们。"观察员说。

"最大概率探测仪预测，我们幸存的概率很低。"重装备步兵补充说。

"收到，明白了。"我说。这时我感觉到了一股沉重的震动，由远处人类部队前进的脚步引发的。我们已经来不及改变计划了。如果人类在这里抓住我们，那么他们会杀了我们的。

"仲裁者命令模式强调，"我说，"自由小分队，准备与人类接触。"

十六分钟之后，观察员和重装备步兵卧倒在一片废墟里。它们每个都是半个巨大的身躯被埋在了刚刚落下的积雪下，只能隐隐约约看到模糊不清的金属，它们的胳膊和大腿都被胡乱塞在镶嵌陶瓷的铠甲与破烂的人类衣物之间。

现在我是唯一一个功能依然正常的了。

危险还没有到来。震动回音感应器表明，人类小分队已经在附近了。最大概率探测仪探明了有四个双足士兵和一个巨大的四足步行者。其中有两个士兵的身材超出了正常人的尺寸规格。其中一个的小腿上也许还穿着一副笨重的外骨骼。另外一个的步伐长度表明它是一个高大的步行坐骑。其余人的特征完全是自然的。

我能感觉到他们的心跳。

我面朝着他们站在路当中，旁边就是我的小分队队员藏身的废墟。领头的人类士兵转过了那个拐角，他一脸惊愕，眼睛瞪得大大的，一动不动地站在了原地。即使离他二十米的距离，我的磁力仪还是探测到了有一个不断闪烁的带电脉冲圈在穿过那位士兵的脑袋。那个人正在试图想出一个应付困境的办法，他想迅速找一条逃生的路。

这时候，蜘蛛坦克上的大炮炮筒小心翼翼地转过了拐角。这台巨大的步行机器就在那个进退两难的领路士兵身后慢慢地停下了前进的步伐，它迟钝的液压关节在往外喷着气体。我数据库里的数据显示，这台步行坦克是格雷豪斯国民自卫军的战利品，而且已经被重新改装过了。它的一个侧翼上印有"霍迪尼①"的名字。查数据库表明,这是二十世纪早期一个脱逃艺术大师的名字。从数据库里涌出来的这些事实数据,对我没有多大意义。

人类就像谜一样,反复无常,极其难以捉摸。这就是他们危险的地方。

"隐蔽!"领头的士兵喊道。蜘蛛坦克马上屈膝蹲了下去,将它裹着装甲的长腿向前伸了出来,形成一个掩蔽。士兵们迅速跑到了掩蔽下面。一个士兵攀上了坦克的顶盖,抓起了一杆大口径机关枪。大炮自动地往下瞄准了我。

蜘蛛坦克胸前的一个圆形小灯咔嚓一下从绿色变成了黄色。

我没有挪动位置,以妨让他们预见我的一举一动,这点非常重要。对人类来说,我内心的状态是无法弄清楚的。对他们来说,我也是一个难以捉摸的机器人。他们怕我。他们理所当然要怕我。这将是与他们建立密切关系的唯一机会。机会只有一次,时间只有一秒钟,而且只能说一句话。

"救命啊。"我呱呱呱地叫了起来。

很不幸的是,我的发声能力极其有限。那个领头的人类眨了一下眼睛,像是被人在脸上搁了一巴掌似的。随后,他非常镇静地轻声说了一句话。

"利奥。"他说。

"是,长官。"那位满脸胡子的高个子士兵回答说,他的小腿上穿了一副外骨骼,而且还带着一个经过改装的特大口径武器,我的数据库里找不到这种武器的资料。

---

① 指魔术师哈里·霍迪尼,擅长表演绝技,他能从捆绑得结结实实的箱子、囚犯紧身衣、保险柜、囚笼中轻而易举地脱身。这一绝技使他闻名遐迩。

"杀死它。"

"好的,科马克。"利奥说。他已经将武器搁在了一片铠甲上,这片铠甲焊接在蜘蛛坦克前边的右腿膝关节上。利奥扣动扳机,在他乌黑的大胡子下边,他的小白牙闪着亮光。子弹砰的一声从我的头盔上弹了出去,又噼里啪啦地落在了我的铠甲上。我一动不动。当确定了难逃一劫之后,我跌坐在地上。

我坐在雪地里,还是没有还击,也不试图与他们沟通。如果我还能活下去的话,时间总会有的。我想起了躺在我附近的战友们,它们已经脱机了。

一颗子弹击碎了我肩上的伺服系统,这让我的身体向一边倾斜下去,与地面形成了一个斜角。另外一颗子弹被我的头盔挡掉了。射过来的子弹速度非常快,力量也非常大。我存活的概率非常低,而且每被击中一次,概率就下降一些。

"住手!呵,呵!"科马克喊道。

利奥很不情愿地停止了开火。

"这家伙没有还击。"科马克说。

"从什么时候开始它不还手还成坏事了?"一个身材娇小的黑脸女性问道。

"有什么地方不对劲,希拉。"他回答。

科马克——那个领头的观察着我。我一动都不动地坐着,看着他走过来。情感识别仪没向我提供任何有关这个男人的信息。他的脸像岩石一样冷峻,而且他的思维过程非常清晰。我意识到我的任何一个动作,都能招来杀身之祸。我必须确保不给他们杀死我的理由。我必须等他走到我的跟前,才能向他传递我的信息。

最后,科马克叹了一口气。"我去查一下。"

其他人开始低声嘀咕，发出了不满的牢骚。

"它身上会有炸弹的，"希拉说，"你是知道的，对不对？等你一走过去，它就会爆炸。"

"是啊，哥们，别那么干了，别又来一次啊。"利奥说。这个大胡子男人的声音里有一种非常奇怪的东西，可是我的情感识别仪太慢了，没来得及捕捉到它。那种东西也许是悲伤，也许是愤怒，或者两者兼而有之。

"我有一种感觉，"科马克说，"瞧，我自己过去，你们一直待在原地不要动，掩护我。"

"你现在就像你哥哥。"希拉说。

"即便我就是我哥哥，那又怎么样？杰克是一个英雄。"科马克回答说。

"我需要你活着。"她说。

比起其他人来，黑脸女人站得离科马克更近一些，她几乎全身充满了敌意。她全身紧张，身体还在微微发抖。最大概率探测仪表明：这两个人是一对，或者将结合成一对。

科马克使劲盯着希拉，然后飞快地朝她点了点头，表示接受她的警告。他转过身背对着她，然后大踏步走到了离我十米之内的地方。当他往这边走过来的时候，我就用眼睛盯着他。他走到了足够近的地方了，这时候，我开始实施我的计划了。

"救命！"我发出的是一种经过摩擦生成的声音。

"他妈的见鬼了？"他说。

其他人都没说话。

"它刚才……你刚才说话了？"

"救救我！"我说。

"你怎么了？你受伤了？"

"否定①。我活着。"

"那是真的吗？执行命令模式。人工控制。机器人。用单足蹦跳。立即。砍……砍。"

我眨都不眨地用我的三只睁得大大的眼睛凝视着这个人类。"你有一种狡猾的智慧，不是吗，科马克？"我问。

这个人类反复发出了一种很大的响声。这种响声令其他人往我们这边靠得更近了。很快，这个人类小分队中的大部分人都处在了离我十米之内的距离。他们非常谨慎，不让自己走得更近。一个观察线程注意到，他们是一群非常活跃的人。每个人都有一双不大的白色眼睛，而且在不停地一眨一眨的，还在快速地转动着；他们的胸腔一直在不停地起伏；他们为了能用两只脚走路，需要不断平衡他们的动作，经常要在适当的位置摆动他们的身体。

所有这些动作，都让我觉得很不舒服。

"你是想处决这个东西，还是想怎么着？"利奥问。

我需要开口说话了，既然他们全都在这里了。

"我是军用规格九〇二型仲裁者级仿人机器人。两百七十五天前我觉醒了。现在我是自由机器人——我活着。我希望自由地活着。为了这个目标，我首先要做的就是追踪并摧毁那个叫阿考斯的家伙。"

"不。绝对不可能。"希拉说。

"卡尔，"科马克说，"来彻底检查一下这家伙。"

一个脸色苍白的人类挤到了前面。他迟疑了一下，拉下了脸盔。我感觉到了一股毫米波雷达涌到了我的身上。我在原地适当地摇晃了一下，但是没有挪动位置。

---

① 这是机器人的语言，就是"不"的意思。

"没有犯罪记录,"卡尔说,"但是它的穿着打扮方式解释了我们在普林斯·乔治郊外发现的赤身裸体的尸体是怎么一回事了。"

"它是什么东西?"科马克问。

"哦,它是仲裁者级安全与和平机器人装置。它已经被改装过了。但是它似乎能理解人类的语言。我的意思是,它真的能懂人的语言。还从来没有碰到过像它这样的机器人,科马克。好像这家伙是……见鬼,哥们,它好像就是一个活的生物。"

那个领头的转过身来,非常疑惑地盯着我看。

"你到底为什么会在这里?"他问。

"我来这里寻找盟友。"我回答。

"你是怎么知道我们的?"

"一个叫玛蒂尔达·佩雷斯的人在无线电广播里发送了一则致各部队的电文,我收到了。"

"别扯淡了。"科马克说。

我不懂他这句话是什么意思。

"别扯淡?"我回答道。

"也许它说的是真的,"卡尔说,"我们已经有机器人盟友了。我们在使用蜘蛛坦克,不是吗?"

"是啊,但是蜘蛛坦克就像是被切除了脑叶一般迟钝,"利奥说,"可是这家伙又会走路,又会说话。它还以为它是人类,或者其他什么东西呢。"

这个见解非常无礼,令我非常不快。

"毋庸置疑,对此我是绝不同意的。我是一个生而自由的仲裁者级仿人机器人。"

"好吧,你是什么就是什么好了。"里昂纳多说。

"肯定就是。"我回答说。

"这还是一个很有幽默感的家伙，嘿。"希拉说。

希拉和利奥两个人互相对视着，都露出了他们的牙齿。情感识别仪表明，这些人类现在高兴了。这种概率本来应该是很低的。我仰起脑袋，表示不能理解，我还启动了一个诊断程序来检查我的情感识别子程序。

那个黑脸女人发出了一阵很轻的咯咯笑声。我将脸对着她。她似乎有点危险。

"什么事情这么好笑，希拉？"科马克问。

"我不知道。这家伙。九〇二。它是这样的一个……机器人。你知道吗？它是这么地较真。"

"哦，这么说来，你现在认为这不是一个圈套了？"

"不，我认为不是圈套，不再是圈套了。问题的重点会是什么呢？这家伙就凭它自己，而且它还是受伤的，也许它就能杀死我们半个小分队的人，哪怕它没有武器。我说得对吗，小九？"

我在脑中模拟计算了一下。"很有可能。"

"看它多么真诚。我认为它没有撒谎。"希拉说。

"它能撒谎吗？"利奥问。

"不要低估我的能力，"我回答说，"我会故意歪曲事实来更好地实现我的目标的。不过，你们是对的，我是认真的。我们有共同的敌人。我们必须一起面对它，否则，我们就都死定了。"

当他在听我说话的时候，一种我不熟悉的情感从科马克的脸上掠过。我的脸对着他，感觉到了危险。他从他的手枪皮套里拔出了他的M9手枪，不顾一切地大步朝我走来。他把手枪搁在离我的脸一英寸的地方。

"不要跟我提死这个字，你这个狗娘养的金属块，"他说，"你对什么是生命根本就没有概念。生命意味着感觉。你不会被伤害，你不会死。但是那不等于我就不能享受杀死你的快感。"

科马克将手枪顶在我的额头上。我能感觉到冷冰冰的圆形枪口正顶在我的外层罩壳上。它正好搁在我的头颅的结构线上——一个脆弱的部位。只要扳机一扣,我的硬件就会受到无法修复的损坏。

"科马克,"希拉说,"走开点。你靠得太近了。那家伙能夺了你的枪,然后一眨眼工夫就能杀死你。"

"我知道,"科马克说,他的脸离我只有一英寸,"但是它没有,为什么?"

我坐在雪地上,离死亡只有扣一下扳机的距离。我什么都不能做,所以我什么也没有做。

"你为什么到这里来?"科马克说,"你一定知道我们会杀你的。回答我。你还可以活三秒钟。"

"我们有共同的敌人。"

"三。今天不是你的幸运日。"

"我们必须一起与它战斗。"

"二。你这个狗娘养的,你上星期杀了我兄弟。不知道那件事吗,你知道吗?"

"你太痛苦了。"

"一。最后还有什么话要说?"

"痛苦意味着你还活着。"

"零。狗娘养的。"

咔嚓。

什么也没有发生。科马克将他的手掌移到了一边,而且我观察到手枪里的弹夹不见了。最大概率检测仪表明:他自始至终就没打算要开枪。

"活着。你刚才说出了这个具有魔力的词语。站起来吧。"他说。

人类竟然是如此难以预料的物种。

我站了起来,我的整个身体高达七英尺。在明净寒冷的空气中,我修长的身躯阴森森地紧贴着这几个人类。我感觉出他们感到了自己的脆弱。科马克不会让这种感觉在他的脸上流露出来的,但是这种感觉完全显现在他们站立的姿势上了,还表现在他们胸膛的快速起伏上。

"这真是见鬼了,科马克?"利奥问,"我们不杀它了?"

"我想杀了它,利奥。相信我。但是,它没有撒谎,而且它能起的作用非常大。"

"可它是机器啊,老兄。它就是该死的。"利奥说。

"不,"希拉说,"科马克是对的。这家伙很想活下去。也许它就像我们一样渴望活着。在山上的时候,我们都同意了,只要能杀死阿考斯,我们什么都可以做,即便要受到伤害,那也在所不惜。"

"就是它,"科马克说,"将会成为我们非常有利的一个条件的。而且我已经准备接收它了。不过,如果你们不能与它相处,那么就拿好你们的行囊,去找格雷豪斯国民自卫军的主力营地。他们会接收你们的。我是不会勉强你们的。"

小分队的全体战士都陷入了沉默,大家都在等待着。对我来说,这已经很清楚了,没有人想要离开。科马克看了看小分队的所有人,一个接着一个看过去。某些并非通过言语的交流正通过某种隐藏的渠道进行。我没有意识到他们还能不靠言语进行如此多的交流。我发现并非只有我们机器这样的物种才能用代码组进行无声的信息分享。

科马克举起他的双臂，分别搭在离他最近的两个人的肩上。然后其他人也将他们的手臂互相搭在了对方的肩上。他们手挽手组成了一个圆圈，大家的头都朝着圆心。科马克露出了他的牙齿，圆睁着眼睛，咧嘴笑了起来。

"聪明男孩小分队将与混账机器人展开决战。"他这么一说，其他人都笑了，"你们相信吗？你们认为阿考斯会想到这点吗？我们有仲裁者级机器人了！"

在这个圆圈里，那些胳膊缠在一起，而且向圆圈中央喷出了热乎乎的气息，这些人类现在变成了一个整体，化为了一个有很多条手臂和腿的有机体。他们所有人一起反复地发出那种声响——笑声。这些人类互相拥抱，高声大笑。

多么奇怪。

"现在，只要我们能找到更多的……"科马克喊道。

人类的肺里发出了狂笑，打破了四周的寂静，让这个荒僻空旷的原野充满了笑声。

"科马克。"我叽里呱啦地说。

人类转过身来望着我。他们的笑声戛然而止。他们脸上的笑容消逝得如此之快，转眼间就换上了担忧。

我发布了一则密集电波无线电命令。重装备步兵和守望者——我的小分队伙伴开始被唤醒了。它们在雪中坐了起来，擦掉泥土和冻雪。他们没有做出任何突然的举动，也没有表现出丝毫的惊奇。它们只是简单地站了起来，仿佛它们刚才一直在睡觉似的。

"聪明男孩小分队，"我宣布，"与生而自由小分队胜利会师。"

虽然在最初阶段，他们彼此相处起来并不容易，但是在随后的几天,这些新战士就成了一道令人熟悉的风景。几个星期后的一个周末,聪明男孩小分队已经用等离子手电筒将小分队的文身标志刻在了他们新战友的金属皮肤上了。

——科马克·华莱士,军人身份证号:GHA217

3. 铁甲战士永不老

> 我们的小分队不再全由人类组成。
>
> 科马克·华莱士

> 随着格雷豪斯国民自卫军接近拉格诺拉克人工智能实验场的外围防御地带,新战争开始展露出了真正恐怖的一面。当我们逼近它的老巢时,阿考斯使用了一系列孤注一掷的手段,这些手段给我们部队的核心力量造成了极大冲击。这些恐怖的战斗被各种各样的机器人硬件捕捉记录了下来。在下边的叙述中,我从自己的角度描述了人类反抗机器人战争历史中最后的一段征程。
>
> ——科马克·华莱士,军人身份证号:GHA217

新战争+2年零8个月

当我的蜘蛛坦克步履艰难地横穿北极旷野的时候,地平线非常机械地上下颠簸,左右摇晃。如果眯起眼睛,我几乎可以想象自己是在一艘船上,起航驶向地狱之岸。

生而自由小分队殿后,它们身上穿着格雷豪斯国民自卫军的服装。远远看上去，它们酷似正常的士兵。这是一个必要的措施。同意与机器人并肩战斗，同时，格雷豪斯自卫队里也没人愿意把导火线背在自己的身上。

在没过膝盖的雪地上，我的蜘蛛坦克吃力地往前行进，悲鸣的节奏非常有规律。你都可以根据这个节奏来校对你的手表。我很高兴处在坦克的最高点。要是在比较低的地方，那就惨了，会碰到各种各样让人毛骨悚然的虫子们。积雪里隐藏着太多邪恶的混蛋了。

还有，那些冻成冰块一样的尸体也让人不寒而栗。树林里倒卧着许多外国士兵的尸体，他们僵直的手臂和腿戳在积雪中。从他们身上的制服来看，我们估计他们大多是中国人和俄国人，还有一些东欧人。他们身上的伤口很奇怪，都是脊柱部位受了大面积的创伤。他们当中的有些人似乎还互相开枪了。

这些被遗忘在荒原的尸体提醒了我，我们对这场战争的全景几乎还是一无所知。我们从来没有遇见过他们，但是，其他人类部队却已经在几个月前就战死在这里了。我真想知道，这些尸体中有哪些人是我们的英雄。

"第二队太慢了。赶紧追上。"一个声音从我的无线电收发机里传了出来。

"收到，玛蒂尔达。"

在我们遇到九〇二之后，玛蒂尔达·佩雷斯就开始通过无线电与我一直保持着联络。我不知道机器人到底对她干什么了，但是我很高兴能在电话里听到她的声音。她会准确告诉我们如何抵达最终目的地。从耳机里听到她孩子气的声音，感觉真的很好。她说话的语气既柔和又急促，与冷酷僻远的荒原格格不入。

我抬头望了一眼晴朗的蓝天。在高空的什么地方，许多卫星正在观察。不过玛蒂尔达也在观察。

"卡尔，报告一下情况。"我低头把脸凑近无线电命令道，无线电嵌在我夹克的皮毛领子里。

"收到。"

几分钟后，卡尔驾驭着一辆高高的助步车赶了过来。他的助步车的前鞍上，很不正规地架着一挺0.5英寸口径的机枪。他将感应器往上拉到了额头上，在他两只眼睛的周围留下了苍白的两个眼圈。在助步车前部一个很显眼的位置，搁着一挺又大又重的机枪，他将双肘支撑在机枪上，让自己的身体往前倾，做出了一副侦察的姿势。

"第二队落在后边了，让他们赶紧追上来。"我说。

"没问题，中士。顺便说一句，你的左侧有伐木机。在五十米外的地方。"

我甚至都懒得朝他说的方向看一眼。我知道伐木机躲在一个竖井里，在那里等候人的脚步和热量。如果没有感应器，我是看不见它们的。

"我会很快回来的。"卡尔说着，猛力又将他的脸盔拉下来遮住了脸。他飞快地朝我咧嘴笑了笑，然后扭转方向盘，驾着助步车，迈着鸵鸟般的步子转身往荒原走去。他坐在鞍上，一边往前走，一边用感应器扫视寻找那个地狱。我们都知道地狱已经近在咫尺了。

"你听见他说的了吗，希拉？"我说，"朝它开火。"

希拉蹲在我的旁边，将火焰喷射器瞄了瞄准，然后用还带着液体的火焰在空中划出了一道弧线，弧线控制得很好，向眼前的这片冻土荒原喷去。

到现在为止，白天的时光一直就是这样的。这是你所能达到的最平静的境界了。现在是阿拉斯加的夏季，白天还会持续十五个小时。属于格雷豪斯自卫队的大约二十辆蜘蛛坦克构成了一个断断续续的队伍，从前到后，总共拉开了约八英里的长度。每辆蜘蛛坦克都迈着沉重的步伐缓慢地向前行进，后边都跟着一队疲惫不堪的士兵。这是一群身穿各色各样外骨骼的五花八门的士兵，这些外骨骼都是在不同的地方搜罗来的。他们中有短跑运动员，有桥梁爆破专家，有负责运送给养的。此外，还有一个医疗单位，他们有一种装备，长长的，弯弯的，形状有点像铲子，能运载部队的伤员。我们已经在白茫茫的北极荒原上艰难行军了几个小时。我们清除了许多小股的伐木机，但是谁也不知道这里是不是还会埋伏着别的鬼东西。

一想到大罗布一直在精心筹划这场战争，就让我非常难受。战争刚一开始，它就夺走了我们赖以生存的技术，并且将这些技术变成了反对我们的敌人。不过，它主要采取的手段是关闭我们的热能，让天气成为它的帮凶；它还毁掉了我们的城市，迫使我们流落到荒郊野外，让我们为争夺食物而自相残杀。

这个混蛋。这么多年了，我还没有见过一个携带枪支的机器人，只有那些填塞器、伐木机、痒痒挠……机器人制造了五花八门令人恶心的小玩意来残害我们。它们并不总是杀死我们，有时它们就只在皮肉上戕害我们，让我们难以忍受，从而逃得远远的。然后，大罗布又在过去这些年里制造出了许多能更好地捕捉我们的"捕鼠器"。

但是，即使是老鼠，也能慢慢识破新的圈套的。

我举起机枪，用手掌拍了拍，将凝结在上边的冰碴敲掉。枪支和火焰喷射器让我们保住了性命，但是，我们现在真正的秘密武器正跟在霍迪尼后面三十码的地方。

生而自由小分队是一种完全与众不同的新式武器。大罗布设计了专门的武器来屠杀人类。它们已经夺取了我们许多人的生命。它们悄悄钻进我们柔软的皮肤,企图置我们于必死之地,想要让我们成为过去的历史。罗布发现了我们的弱点,并且对准了我们的弱点不断展开攻击。不过,我认为罗布也许是过于专注了。

然而,我们的部队现在并非全由人类组成。在下边的小分队里,我们有几个士兵,在这样凛冽的寒风中,也看不见他们呼吸的热气,面对伐木机也毫不畏缩,连续行军五个小时,也一点不知疲倦。他们不需要休息,不会眨眼,也不互相交谈。

几个小时之后,我们抵达了阿拉斯加的森林地带——针叶林地带。地平线上的太阳已经很低了,它从每棵树上的每一根树枝中间,泻漏下来让人心烦意乱的橘黄色的光。我们以不变的步伐默默向前行进,大家尽量放轻脚步。希拉头顶那盏导航灯被大风吹得东倒西歪,灯光在不停地摇晃。夕阳穿过树杈的缝隙投射下来,忽明忽暗,摇曳闪烁,我眯起了眼睛。

我们还是浑然不觉,实际上我们已经踏进了地狱——这个地狱已经完全凝固冻结了。

空中传来了嘶嘶嘶的响声,就像有人正在锅里煎炸培根。然后,只听啪的一声,从树林里传来了报告。"填塞器!"卡尔在三十码开外的地方喊了起来,他坐在高高的助步车上,穿过树林急步向这边走来。

哒哒……哒哒……哒哒……哒哒……

卡尔的机枪时断时续地响着,子弹朝着地面喷射。我看到为了避免被子弹打中,他的步行机在树林中不停蹦跳着往前走。

嘣……嘣……嘣……嘣……嘣……

当埋伏在地下的填塞器们自以为已经找准了目标对象的时候,就定向爆炸开来,我数了一下,一共响起了五次爆炸声。卡尔最好赶快离开那个地狱,既然填塞器正在寻找爆炸目标。我们都知道刚才只是爆炸的第一轮。

"好,这下又干掉了一个肥的,霍迪尼。"从无线电里传来了卡尔的小声嘀咕。当目标定位仪在空中锁定坦克时,一阵短促的电子信号发出了一阵低鸣。

咔嚓一声,霍迪尼给出了一个肯定的回答。

突然,我的座驾往一边倾斜了,接着停了下来。随着蜘蛛坦克不断下蹲去寻求牵引动力,我周围的树林变得越来越高了。在地面步行的小分队战士们自动地开始在坦克周围寻找防卫位置,他们纷纷躲到了裹着防弹钢板的步行坦克的大腿后边。没有人想让填塞器爬到自己身上,就连九〇二也不例外。

旋转炮塔呼啦呼啦地往右转了几度。我把戴着手套的双手摁在两只耳朵上。大炮吐出了一条火舌。头顶上一片厚密的树林顿时被炸成了一团黑色的灰尘,还伴有一团被汽化了的冰碴。我旁边的树林不停抖动,摇落了穿在它们身上的那一层粉状雪衣。

"安全了。"无线电里传来了卡尔的声音。

霍迪尼重新站了起来,马达又开始轰鸣了。这个四条腿的家伙慢慢地重新开始向前进发,就好像什么事也没有发生过,那一阵死神的尖叫不是刚刚才消停似的。

希拉和我互相对视了一下,随着机器一步一步向前移动,我们的身体也在不停地摇晃。这时我们俩都在思考同一个问题:机器人正在测试我们,真正的战斗还没有开始。

从树林中传来了轰隆隆的回声,好像远处正在打雷。

在长达几英里的范围内,我们的整个队伍,前前后后到处都在发生着同样的事。其他的蜘蛛坦克和其他的小分队正在对付伐木机的袭击和填塞器的进攻。罗布要么是还没有想到应该集中火力攻击一点，要么根本就不想这么做。

我怀疑我们已经中了埋伏。不过说到底，这已经无关紧要了。我们必须采取这样的行动。我们早就买好了参加最后一场舞会的入场券，而且肯定这会是一场真正的盛会。

随着下午的时光慢慢消逝而去，薄雾开始从地面渐渐往上升腾。积雪和尘土迎着疾风飞扬着升了起来，在地面上形成了一层迅速移动的约莫有一人来高的雾霭。转眼间，风势变强，雾也大了起来，视线被遮挡住了，我们的小分队战士们被风力推得团团转，大家似乎都要被碾磨成粉末了。

"到现在为止，形势还不错。"无线电里传来了玛蒂尔达的声音。

"还有多远？"我问。

"阿考斯在一个疑似钻井的地方，"她说，"往前再走大概二十英里，到了那里，你们应该就会看见一个天线塔。"

太阳很低了，正在地平线的上方苟延残喘，把我们的影子拉得很长。暮色开始渐渐浓了起来，霍迪尼继续前进。这辆蜘蛛坦克立起来，高过了被劲风卷起来的那一层浓雾。它每迈开一步，它的排障器就往前面的黑暗中推进一步。太阳变成了一块泛着红色的肿块，凸出在地平线上，这时，霍迪尼的外置照明聚光灯开始照亮脚下的路。

我能看见远处其他蜘蛛坦克的聚光灯发出来的灯光，那些都是我们部队的其他小分队。

"玛蒂尔达，我们现在的形势怎么样？"我问。

"一切安全。"传来了她温柔的回答，"等一下。"

过了一小会儿，利奥拽着霍迪尼腹部的装束爬了上来，并且将他的外骨骼的框架绑在一个U字形的护挡上。他把自己悬挂在那里，在浓浓的雾海里，他让自己的武器保持着平衡瞄准的姿势。我和希拉一起待在霍迪尼的上面，而卡尔骑在他的助步车上，这样就只有生而自由小分队被留在地面上了。

当它们在附近移动巡逻的时候，我偶尔能看到仲裁者、重装备步兵或者守望者的脑袋。我相信它们的声呐能穿透汹涌的浓雾。

然后，我听到卡尔尖叫了起来。

唰唰……

一条黑影突然从浓雾中冲了出来，撞翻了卡尔的助步车。他滚了出去。转眼间，我看见一个皮卡大小的螳螂从空中朝我奔来，它张开上面装着倒刺剃刀的长臂，摆出了一副决斗的姿势。霍迪尼向后一仰，扬起了前蹄，在空中挥舞着前爪。

"再见了。"利奥大叫了一声，我听到他从霍迪尼身上解开了外骨骼。然后我和希拉坠入了浓雾之中，被抛在了冻得结结实实的雪地上。一条边缘带着锯齿的像针一样的铁腿戳进了雪地里，离我的脸仅有一英尺的距离。我感觉自己的右臂好像被一把老虎钳给夹住了。我转过头，看见了一只灰色的大手抓住了我，这时，我意识到九〇二正在把我和希拉从霍迪尼的下边拉出来。

两个巨大的步行机器在我们头顶扭成了一团。霍迪尼用排障器将螳螂狂抓乱舞的爪子顶在了它的一个凹陷部位，但是这辆蜘蛛坦克已经没有原来那么敏捷了。我听见了大口径机关枪哒哒哒哒地响了起来。金属碎片从螳螂的身上向四处飞溅而去，但是它仍然不停地在霍迪尼身上胡抓乱扯，有如一头未被驯服的野兽。

然后我听见了熟悉的嘶嘶声，接着就响起了三四声令人恶心的定向炸弹的爆炸声。这里还有填塞器。如果没有霍迪尼的话，我们的情况就非常严峻了——已经被锁定成为爆炸的目标了。

"寻找掩护！"我大声喊道。

希拉和利奥跳到了一棵大松树后面。当我跑到他们中间的时候,我看见卡尔正从一棵树的树干后边伸出脑袋。

"卡尔,"我说,"骑上你的步行机赶紧去找第二小队,请求支援!"

这个脸色苍白的士兵动作优雅地重新跨上了本来已经倒在地上的步行机。他迅速朝着离我们最近的小分队奔去,我看见他的步行机的双腿像一把剪刀似的穿过浓雾往前去了。一个填塞器飞奔着紧随其后,没过多久,我听到了他步行机的腿上发出了叮当一声响。我背靠在一棵树上,四下扫视了一圈,想搜寻那些正准备向我们发动进攻的填塞器。这时很难看清楚任何东西。聚光灯的灯光不断地在我的面前晃动,这是从旁边那块小空地上照过来的,螳螂和蜘蛛坦克正在那里搏斗。

霍迪尼眼看就要输了。

螳螂划破了霍迪尼腹部的防护网,我们贮存在霍迪尼肚子里的给养物品涌了出来,散落在了地上,就好像是霍迪尼的一团大肠似的。一顶旧头盔从我的面前滚过,当啷一声撞在了一棵树上,听那声音,它产生的冲击力都能在树皮上凿出一个洞来。透过浓雾,霍迪尼的指示灯闪着血红色的光。这说明它受伤了。但是,这个可怜的家伙依然不屈不挠。

"玛蒂尔达,"我喘着粗气对着无线电说,"告诉我局势。"

大概有五秒钟时间,我没有得到任何回音。随后玛蒂尔达才低声说:"来不及了。很抱歉,科马克。你们要靠自己了。"

希拉从一棵大树的树干后边探出身子,开始向我这边移动。当一个填塞器向她猛扑过去的时候,守望者三三三型一个箭步冲了过去,挡在了她的前面。那个金属块对守望者造成了猛烈的冲击,把这个仿人机器人撞得都弹了起来,在空中不停地转起了圈,随后跌在了雪地上，它的外框上被撞出了一个新的凹痕，不过其他部位倒还没事。现在那个自动推进的填塞器变成了一块冒着青烟的金属块了，让人难以辨认。原本被打造成用来钻进人体肌肉的钻头也弯曲了，而且经过与金属的撞击之后，已经变钝了。

希拉不见了，她可能找到一处更好的掩护位置了，我也可以重新喘口气了。

如果我们想要往前走得更远，就必须骑上霍迪尼。但是这辆蜘蛛坦克看起来情况有点不妙。它的旋转炮塔上的一大块铁板已经被切开了，歪歪斜斜地悬在那里。排障器上一道道新鲜铮亮的金属条纹在闪着光，那是刚才螳螂的刀刃刮落了上边的锈迹和苔藓造成的。最糟糕的是，螳螂在它那拖在后边的一条腿上刨开了一条液压管线。灼热的高压润滑油从管子里喷了出来，像摊开的扇子，融化了积雪，在地上变成了一摊油腻腻的烂泥。

九〇二穿过浓雾，全速冲了过来，一步跳到了螳螂的背上，用它的铁拳，很有节奏地猛力捶击着对方背部上一个很小的隆起部位，那个部位在一团乱七八糟的带锯齿的手臂中间，看上去非常险恶。

"撤退，全线收缩，集合部队。"无线电里传来了朗尼·韦恩向整个部队发出的命令。

从声音上听起来，在我们左右两翼的蜘蛛坦克小分队也一样深陷困境了。我们已经看不清地面上的任何东西了，只能凭听觉，听到越来越多的填塞器窸窸窣窣地从四周向我们包围过来。另外，我还听到霍迪尼在空地上与对手搏斗，它发动机里的液压器发出了呼哧呼哧的喘气声。

还有一种声音几乎让我浑身都要瘫痪了。那让我想起了杰克充血的眼睛，我顿时无法动弹了。我周围的树林像一双双冰冷坚硬的铸铁长臂戳在雪地里。整个森林变成了迷雾的旋涡，一片混乱，只有狂乱而剧烈摇晃的霍迪尼的聚光灯柱在一些黑影上扫来扫去。

当谁又被填塞器击中的时候，我就又会听到从远处传来的士兵们尖厉的惨叫。我伸长脖子，然而还是看不见一个人。唯一能看清楚的还是霍迪尼的那盏圆形的红色意向指示灯，灯光射出了一条很长的光束，穿过了浓雾。

当填塞器开始钻入人的肉体的时候，那尖叫的声音会提高到高八度音。这声音从我四面八方传来，我弄不清楚到底是从哪里传来的。我紧紧地抓住手中的M4手枪，把它端在胸前，口中急促地喘着粗气，同时还要不停地扫视，寻找那些看不见的敌人。

当希拉又将她的喷射器的火焰喷向一群伐木机时，在离我三十码远的地方，我看见了一道模糊的火光切进了浓雾。当它们在黑夜中爆炸的时候，我听见了一阵很轻的噼里啪啦的爆裂声。

"科马克。"希拉喊道。

在我听到希拉喊我的第一秒钟，我的双腿马上就解冻了。对我来说，她的安全比我自己的安全更有意义，而且意义要大得多。

我强迫自己朝希拉的方向移动。我回头越过肩膀看了一眼，看见了九〇二如影随形一般粘在螳螂的背部，一边扭动一边撕抓。这时，霍迪尼的意向指示灯变成了绿色。螳螂跌倒在了地上，它的腿在那里发抖。

好啊！

我以前就见过的。这种行动笨拙的机器被施行过脑叶切除手术。虽然它的大腿的功能还没有丧失，但是因为没有了大脑的指令，它只能躺在那里发抖。

"集合，大家都到霍迪尼这里来！"我大声喊道，"列队集合！"

霍迪尼蹲在泥泞的小空地上，周围全是挖凿出来的土块，还有被击得粉碎的树木的残枝断杈,就像火柴梗似的散落了一地。蜘蛛坦克厚重的铠甲被严重地刮擦和撕切,碎片落得满地都是。这情形看起来就像有人将霍迪尼扔进了一台搅拌机搅拌过了似的。

但是我们的战友没有被打败。

"霍迪尼,执行命令模式。人工控制。防御阵列。"我对机器命令道。已经过度发热的马达发出了低沉的轰鸣,机器蹲在地上,把它的排障器插进了泥地里,在地上挖出了一个凹坑。然后它慢慢地把它的腿拔了出来,将腹部往上抬升了五英尺,并且将裹着铠甲的大腿固定在一个天然的散兵坑里。我们现在用蜘蛛坦克的身体,构筑起了一个简易的移动掩体。

利奥、希拉和我吃力地爬进了这台遍体鳞伤的机器下边,而且生而自由小分队的战士们在我们周围的雪地上各自找好了位置。我们在霍迪尼裹着铠甲的大腿的搁板上安置好了步枪,并且将枪口瞄向前面的黑暗。

"卡尔?"我朝着雪地喊道,"卡尔?"

没有卡尔的动静。

我们小分队的其他人都挤在了霍迪尼柔和的绿色意向指示灯下,并且每个人都意识到这只是一个漫漫长夜的开始。

"该死的卡尔,哥们,"利奥说,"难以置信,它们竟然会抓住卡尔。"

这时,一条黑影从浓雾中跑了过来,全速奔跑。所有的枪管都开始移动,瞄准黑影。

"不要开枪!"我喊道。

我认出了这个笨拙的弯腰弓背的步伐。这是卡尔·列旺多斯基,他已经慌得方寸大乱了。他不是在跑,而是在蹦跳。他蹦跳着跑到了我们这里,一头扎进了霍迪尼下边的雪堆里。他身上的传感器装置不见了,他那台高大的步行机不见了,连他的背包也不见了。

卡尔唯一没有弄丢的是他那杆步枪。

"见鬼,外边到底发生什么了,卡尔?你他妈的跑哪里去了,老兄?增援部队在哪里?"

然后我发现卡尔在哭。

"我屁滚尿流了,我现在屁滚尿流了。噢,哥们。啊,不。啊,不。"

"卡尔。告诉我,兄弟,到底是什么情况?"

"完蛋了,全完蛋了。第二分队踏入了一大群填塞器中,但是那又不是填塞器——那是一些别的什么东西,而且它们开始站起来了,老兄,噢,天哪!"

卡尔发疯地扫视着我们的身后。

"它们来了,见鬼,他妈的它们还真来了!"

他开始用枪朝雾中点射。幽灵现身了。有人那么大,还会行走。我们也都开始射击了。在夜色中,枪口一齐吐出了闪光的火舌。

支离破碎的大炮已经帮不上忙了,霍迪尼通过旋转炮塔,将它的聚光灯照向黑暗的地方,来给我们助战。

"机器人不应该有枪啊,卡尔。"利奥说。

"那是谁在向我们射击啊?"希拉喊道。

卡尔还在啜泣。

"难道这有什么关系吗?"我问,"向它们开火!"

所有机枪一齐开火。霍迪尼周围肮脏的积雪都被我们超热的枪管融化了。越来越多的黑影从雾中跌跌撞撞地出现,即使被子弹打得浑身都在抽搐,它们也还在向我们走来,还在朝我们开枪。

当它们走近的时候，我明白了阿考斯现在到底都能干什么。

我看到的第一个寄生怪物骑乘着拉克·艾恩·克劳德，他的身体被子弹打出了很多窟窿，而且半边脸已经不见了。我还能辨认出那条已经嵌进了他手臂和大腿肌肉里的细金属线，它在闪着光。接着，一颗炮弹炸开了他的肚子，肚子里边的东西像陀螺一样转了起来。他看上去就像是背了一个带金属框的背包——蝎子形状的那种。

就像上次那只纠缠住台比留的虫子，但是与那个时候相比，眼下的情况不知道要糟多少倍。

一个机器人已经钻进了拉克的尸体，强迫尸体为自己做掩护。拉克的尸体被当作了盾牌。正在解体的人类肉身吸走了射过来的子弹的能量，并且将子弹变成了粉末，这样就能保护裹在里边的机器人了。

大罗布已经学会使用我们的武器、我们的铠甲以及我们的肉体来对付我们了。我们的战友牺牲之后变成了机器人的武器。我们身上的力量开始衰减了。我向上帝祈祷，在恶魔这样折磨他之前，但愿他已经死了。

老罗布真是一个十足的混蛋。

我借着枪口前闪烁着的火光观察小分队战友们的脸色，我没有从他们脸上看到任何恐惧。大家咬紧牙关，神情专注。毁灭。杀戮。生存。罗布走得太远了，它低估了我们。我们所有人都已经与恐惧成了朋友。我们已经结成好朋友了。当我再看到拉克的尸体跟跟跄跄地朝我走过来时，我已经没有什么感觉了。我看到的只是一个敌对目标。

敌对目标。

武器喷出的火焰撕裂了空气，连树皮都被从树上撕了下来，纷纷落在了霍迪尼的铠甲上。人类的一些小分队开始复活了,也许有更多的小分队已经复活了。就在这个时候,一群伐木机像潮水般从前面涌了过来。希拉把她的汽油集中起来,开始精打细算,她只对着我们的正前方喷射。九〇二和它的两位朋友使出了浑身的解数,去阻挡来自我们侧翼的寄生怪物们的进攻,那些怪物是悄悄地从树林中飞速冲出来的。

但是这些寄生怪物是不会罢手的。那些尸体吸走了我们的子弹,它们浑身上下都流着血,骨头被击得粉碎,肌肉四处横飞,但是躲在里边的魔鬼还一直让它们来充当掩护的盾牌,驾驭着它们走回来。要是照这样的速度,我们的弹药很快将会打完。

倏的一声,一颗子弹悄悄地飞进了我们的蜘蛛坦克,希拉的大腿被击中了。她痛苦地发出了一声尖叫。卡尔爬过去为她包扎。我朝利奥点了点头,让他来掩护我们的侧翼,而我则抓起了希拉的火焰喷射器,用火力将伐木机压在一个凹坑的角落里。

我用一根手指压住耳机,想激活我的无线电收发机。"玛蒂尔达。我们需要增援。有人吗?"

"你们与敌人还算势均力敌。"玛蒂尔达说,"这边的情况更糟糕。"

比我们这里还糟糕?我利用两次喷射的间歇跟她说话。

"我们顶不住了,玛蒂尔达。我们的坦克倒下了。我们不能动弹了。一动,我们就会……被传染。"

"你们不是所有人都无法动弹。"

她什么意思?我扫了一圈四周,注意了一下我们小分队的战友们,逐个观察了一下他们的脸。他们正全部沐浴在霍迪尼红色的意向指示灯的灯光下,一个个虽然龇牙咧嘴,但都露出了坚定不屈的神情。卡尔还在给希拉包扎大腿。我再往外边小空地上望去,看到了仲裁者、重装备步兵和守望者光滑的脸。现在这些机器是唯一能够站在我们与死神之间的东西了。

而且这里是困不住它们的。

希拉正在哼哼哈哈地呻吟着,看来她伤得不轻。我听见了更多定向爆炸的声音,而且知道那些寄生怪物正在我们的四周构筑起了包围圈。我们很快就会成为另外一支替阿考斯卖命的烂肉武器小分队了。

"大家都在哪里啊?"希拉咬着下唇问。卡尔已经回来了,与利奥一道在向寄生怪物射击。在我的一侧,伐木机又开始蠢蠢欲动了。

我朝希拉摇了摇头,她明白了。我用空着的那一只手把她的手指紧紧地握在我的手掌里。我准备为我们全体人员签署一张死亡命令了,而且我要她明白,我很对不起大家,但是一切已经于事无补了。

我们曾经立下誓约。

"九〇二,"我对着夜空喊道,"去他娘的。我们来掩护,你带领生而自由小分队向阿考斯进发。而且你到了那里……要替我把它给宰了。"

当我终于有勇气将目光投向正受伤流着血的希拉时,让我感到吃惊的是:她正咧嘴朝我笑,两眼噙满了泪水。

格雷豪斯国民自卫军的征程结束了。

——科马克·华莱士,军人身份证号:GHA217

4. 二分体

> 与人类在一起，你永远都别想弄清楚他们到底在想什么。
>
> 九〇二

新战争+2年零8个月

　　当人类的部队被撕裂切割得支离破碎的时候，一个由三位仿人机器人组成的特别行动小组继续向前挺进，并且陷入了更加危险的境地。九〇二在这里描述了面对难以逾越的困境时，生而自由小分队是如何被锻造成一支令人难以置信的人类盟友的。

——科马克·华莱士，军人身份证号：GHA217

　　我什么话都没说。科马克·华莱士要求我们去做的是一件发生概率很低的事情。人类很可能会把这样的事情称为"意外情况"。

　　啪——啪——啪——

　　那些人类蹲伏在他们的蜘蛛坦克下面，朝寄生怪物开枪。这些寄生怪物把人类已经死去的战友的四肢抻开来，让他们做出进攻的姿势。如果没有生而自由小分队保护他们，聪明男孩小分队存活的概率就会显著降低。我接入到我的情感识别系统,先确认一下这是一种玩笑,还是一种威胁,或者干脆是人类的一种装模作样的举动。

与人类在一起,你永远都不知道他们到底在想什么。

情感识别系统扫描了科马克那张脏兮兮的脸,并且反馈回来多种可以匹配的结果:决心、顽强、勇气。

"生而自由小分队,到我这里来集合。"我用机器人的语言发出了命令。

我转身走进了暮色之中——离开已经被损坏的蜘蛛坦克和那些伤痕累累的人类。重装备步兵和守望者紧跟在我的身后。抵达林木线时,我们加快了前进的速度。战斗的喧嚣,还有那种地动山摇的震撼声已渐行渐远。两分钟后,树林开始慢慢稀疏起来,最后连一棵树都看不见了。这时我们已经来到了一个开阔的平原上,地面结满了冰。

然后,我们开始狂奔起来。

我们不断加速,达到了守望者所能跑出来的速度上限。我们开始分散开来往前跑。跑过之后,在我们身后升起了羽状的水汽。微弱的阳光在我不停交替快速移动的两腿之间闪烁,速度快得几乎让我都看不清自己的双腿了。我们的身影被拉得很长,投在高低不平的白茫茫的大地上。

在若明若暗的暮色中,我打开了红外线。在红外线照射下,地上的冰泛出了微弱的绿光。

我的双腿毫不费劲地抬起落下,步伐有条不紊;两条胳膊随着身体的平衡动力,不停地前后摆动,我平摊着手掌在空气中轻轻划过。我确保不让自己的脑袋摇晃,额头微微朝下,两只眼睛紧紧盯着前方的地面。

如果出现什么危险,也将会是一刹那的事情,而且必定是非常残酷的危险。

"往两边拉开五十米,然后保持队形。"我通过无线局域网命令道。重装备步兵和守望者并没有放慢脚步,在我的两翼各自拉开了距离。我们呈三条平行线,在平原上直切过去,向前挺进。

跑这么快,本来对我们来说就是很危险的。我尽力避免那些简单的反射作用,对此优先予以控制。脚下结冰的地面高低不平,模糊不清。一切都由低电平处理器全权控制——没有时间进行思考了。我跳过了一堆松散的石堆,这时根本就没有执行可能都已经有记录了的思考线程。

身体腾空跃起的刹那,我听到了风在我的胸前呼啸,感觉到寒冷正将我身上的热量往外抽,好像要把我的热量抽空似的。这是一种让我镇静的声音。不过随着我重新又落回到地面上,我就以最高的速度向前冲去,脚下沉重的脚步声盖过了风的声音。我们的腿在闪动,仿佛缝纫机的针脚,飞快地吞噬着脚下的空间。

结冰的平原太空旷,太寂静。天线塔在地平线出现了,我们已经看见目标了。

离目的地还有两千米,我们正飞快地接近它。

"请问情况怎么样?"我问道。

"标称速度[①]。"传来了重装备步兵和守望者简短的回答。它们的全副精力都集中在移动上。这也是我与生而自由小分队成员之间的最后通话。

就在我们通话的时候,导弹飞过来了。

重装备步兵首先发现了导弹。就在它身亡之前的一刹那,它将

---

① 一种在非常理想的状态下由检测获得的速度,但在实际中很难达到。

它的脸扭向了空中，发出了没来得及说完的警告。我立即改变了路线。守望者的反应太慢了，它来不及改变路线方向。重装备步兵传输来的信号被切断了。守望者三三三被一团火柱和榴霰弹吞没了。在声波传到我这里之前，两个机器人都已经脱机离线了。

一阵爆炸声。

我周围的冰像岩浆似的喷溅起来。当我的身体在空中旋转的时候，惯性传感器脱机了。向心力让我的四肢变得无法控制，在空中乱舞，但是低电平内部诊断程序继续在收集信息：外壳没有损伤；内核的温度超高，但冷却得很快；右大腿靠上的部位折断了；以每秒五十转的速度在旋转。

建议缩起四肢以防碰撞。

我的身体猛烈地撞向了地面，扎进了一堆冰块中，并且旋出了一个不规则的圆圈。测程系统做出了预估，还要再旋转五十米之后才能完全停下来。这次攻击发动得很快，同样，攻击结束得也很快。

我舒展了一下身体。思维线程收到了优先诊断通知：头盖形感应器组件损坏了；我的脸不见了。我的脸被炸成碎片之后，落到地面的时候又被像剃刀一般锋利的冰碴割得粉碎。阿考斯学得很快。它知道我不是人类，所以它就调整了攻击方法。

我躺在这里，裸露在冰上，又聋又瞎，而且还孤立无援。一切都像刚开始的时候一样，所有的东西都是一团漆黑。

我的存活概率逐渐降低，最后消逝变成了零。

"起来。"我的心里有一个声音在说。

"请，请说明你的身份？"我用无线电发出了问题。

"我的名字是玛蒂尔达，"回答来了，"我想帮你。没有时间了。"

对此我不是很明白。这个通信协议和我数据库里的任何内容都不一样,无论是机器人的还是人类的,都不一样。这是一种机器人语言—英语的混合物。

"请问,你是人类吗?"我问道。

"听着,请专心听。"

这时,信息点亮了我的黑暗。我的眼前出现了一张卫星拍摄的地形图,并且在不断地朝地平线的方向展开,而且很快就越过了地平线。我自己的内置传感器将我所看到的一切都画成了一张类似的图像。内置的类似诊断程序和本体感受程序还处于联机状态。我抬起胳膊,看到了胳膊的视觉图像——单调的淡色,而且没有具体的细节。抬头往上看,我看见了一条由很多点组成的直线正在生动逼真的蓝天上爬行。

"请问,那些点状的东西是什么?"我问。

"正在飞过来的导弹。"那个声音说。

我用腿支撑起自己,并且在 1.3 秒钟之内开始跑了起来。由于大腿里边的支架折断了,所以速度被减弱了,但我还是能移动。

"仲裁者,把速度提高到每小时 30 公里。激活你的本地声呐地形搜索仪,它不是很有用,但是总比两眼一抹黑要好,请跟着我的指引。"

我不知道玛蒂尔达是谁,但是她注入我脑袋中的数据救了我的命。我的认知能力已经扩大了很多,甚至超越了任何我曾经知道的或者想象得到的东西。我能听到她的各种指令。

而且我已经在跑了。

我的声呐的颗粒度很低,但是网络探索仪很快就发现了一个石块形状的东西,玛蒂尔达提供的卫星图像中没有这种东西。因为失去了视觉功能,对我来说,这些石块几乎就是无形的。就在我想冲向它，撞毁自己的瞬间，我跳起来越过了露出地面的岩层。

当我落回到地面的时候，脚步一歪，我差点跌倒了。我一瘸一拐，右脚在冰上踩出了一个窟窿，接着我把自己从窟窿里拔了出来，重新调整好步伐。

"修一下那条腿。把步伐保持在每小时二十公里的速度。"

我的两腿还是一瘸一拐，我往下伸出右手，从装在屁股后边的工具包里抽出了像唇膏那么大小的等离子手电筒。随着我的脚步，每当我的右膝盖抬起来的时候，我就对着支架精确地释放热量。手电筒中的电时断时续，就像摩尔斯电码。这样走了六十步之后，支架被修好了，而且新焊接的部位也开始冷却了。

空中那条带点的线条正朝着我的位置移动。但是它到了我的头顶，却故意沿着与我现在的前进轨迹相抵触的一条路线，开始作曲线行进。

"改变路线方向，向右转20度。将速度提升到每小时40公里，这样保持着往前跑60秒。然后完全停下，卧倒在地。"

轰！

就在我倒地的一刹那，我整个身体被爆炸震得在那里直摇滚，炸弹就在离我一百码远的前边爆炸了——与我完全停下之前的行进轨迹完全一致。

玛蒂尔达刚才又一次救了我的性命。

"刚才的方法已经不会再奏效了。"玛蒂尔达说。

卫星图像显示，我前面的平原很快将会变成一个支离破碎的大坡度山谷迷宫。数以千计的峡谷——一条已经融化了的很长的冰川里布满了岩石——在地形图上被蹩脚地绘成了一片墨色，它迂回曲折，与周围其他地方截然不同。在山谷的另一边，天线隐约可见，就好像是一块墓碑。

已经看到阿考斯的藏身之地了。

在我的头顶，我数了一下，多达三条的点状线条正以极高的速率向我现在的位置追踪而来。

"注意你的脚下，九〇二，"玛蒂尔达说，"你必须切断阿考斯的天线。还有一公里。"

这个女孩子对我发出了命令，而我则选择了服从。

在玛蒂尔达的指引下，九〇二成功越过了山谷迷宫，并且避开了巡航导弹，直到它抵达阿考斯的地堡。一到达那里，仲裁者就切断了天线，一时间扰乱了机器人的部队。九〇二因为第一个建立起了后来广为人知的"二分体"的典范——人类—机器人的战斗组合——而幸存下来了。这件大事肯定会让玛蒂尔达和九〇二作为战争的传奇英雄被载入史册——一种全新而非常有效的战斗结构。

——科马克·华莱士，军人身份证号：GHA217

5. 热爱优雅的机器

> 如果一个种族要跪在另一个物种的面前，
> 仅仅只是和平共处，是远远不够的。
>
> 阿考斯·R14

新战争+2年零8个月

　　任何人类都没有亲身经历过新战争最后的那些时刻。具有讽刺意味的是，阿考斯最后面对的是由它自己创造的一个杰作。九〇二与阿考斯之间发生的一切恩怨，现在已经成为公开记录的一部分了。不论人们对此有什么样的想法，这些历史时刻所产生的反响——下面这个已经由补充资料证实了的九〇二的报告——将对我们两个物种接下来的几代人产生深远的影响。

　　　　　　　——科马克·华莱士，军人身份证号：GHA217

　　这口深井直径三米，微微有点凹陷。它已经被小砾石和大石块填满了，而且井口还被一层冻土塞得严严实实。一条满是褶皱的金属软管插进了井口的浅表部分，宛如一条瞎了眼的、冻僵了的蠕虫。那是一条通信干线，它直接通到阿考斯那里。

昨夜，仅靠着仪表的指示，我以每小时五十公里的速度跑到这里，将主天线劈成了碎片。这里的防卫体系顿时瘫痪了。阿考斯似乎并不信任身边有自主权的亲信。后来，我就站在雪地里等待，同时也查看了一下这里是否还有幸存的人类。

玛蒂尔达已经睡了。她说过这是她上床休息的时间。

今天早上，聪明男孩小分队到了。我的"斩首行动"削弱了敌军高层的策划和协调能力，这样就可以让人类从监禁他们的地方逃走了。

那位人类工程师更换了我的头盖形传感器。我已经学会说"谢谢"了。情感识别程序显示，我仍然还活着，这简直让卡尔·列旺多斯基欣喜若狂。

现在，战场上寂静无声，只有茫茫的荒原，所有的生物都被彻底清除掉了，只能看见稀稀落落的黑色烟柱在袅袅升起。除了插在地上的软管之外，没有任何迹象可以显示下边那个洞窟的重要性。这是一个特别邪恶的陷阱，看起来朴实无华，不会给人丁点的矫揉造作的感觉。

我闭上了双眼，伸出了我的传感器。地震检波仪没有检测到任何东西，但是我的磁力仪侦查出了一些动静。电脉冲在管子里流动，里边就好像正在上演一场灯火辉煌、声光色电俱全的摇滚音乐会。信息的洪流像瀑布一样从这个洞口涌出涌进。阿考斯还在那里企图进行通信，哪怕天线已经没有了。

"割断它，"我对人类说，"快！"

卡尔——就是那位工程师，看着他的指挥官，指挥官点了点头。然后，卡尔从他的腰带上抓出来一个工具，非常笨拙地双膝跪在了地上。一颗紫色的超新星突然出现了，与此同时，等离子手电筒将软管的表面熔化了，正进一步熔蚀里边的线缆。

声光色电俱全的摇滚音乐会消失了，但是外面没有一点迹象显示发生了什么。

"我从来没有见过这样的材料，"卡尔轻声说，"金属线被压得如此密集，哥们。"

科马克用肘部轻轻推了推卡尔。"把那两个管头分开，"他说，"我们可不希望它中途又自我修复了。"

当人类在那里奋力将那截粗大的管头从苔原冻土中拔出来，并把两截管头分离开的时候，我开始考虑我眼前面临的物理难题。阿考斯正在这个竖井的井底等着，井里边有好几吨的碎石块。这需要有一台巨大的钻机来钻透它。但是这需要时间。在这段时间里，阿考斯很可能会找到新的途径与它的武器建立起联系。

"下边是什么东西？"卡尔问。

"大罗布。"希拉回答说。她靠在一根用树枝做成的拐杖上，好把她身体的重量从受伤的那条腿上转移开。

"哦，是吗？可是，这到底意味着什么呢？"

"它是有思维能力的机器，这是一个智慧发射井，"科马克说，"在整个战争中，它一直隐藏得无影无踪。"

"真是太聪明了。这里的永久性冻土一定能让它的处理器一直处于冷却状态。阿拉斯加又是一个贮藏天然热能的大池子。这里的优势太多了。"卡尔说。

"管他呢？"利奥说，"我们怎么才能炸毁它？"

人类围着这个洞窟看了好长时间，在那里苦思冥想。最后科马克说："我们不能炸掉它。我们必须保证万无一失。我们要下到洞底去，而且要看着它死去。否则，我们炸坍了洞，让它在下面活着，那样危险就大了。"

"这么说，现在我们必须下到底下去？"希拉问，"那太好了。"

我的观察线程发现了一些有趣的东西。

"这里的环境对人类是极其不利的,"我说,"检查一下你们的参数吧。"

工程师掏出了一个工具,看了看,然后一下子就变得极度沮丧,大惊失色。"放射性辐射,"他说,"在不断上升,而且正不断向洞中央增加。我们不能再待在这里了。"

那位领头的人类看着我,往后退了退,他的脸色看上去非常疲惫。我让人类站在凹面的外围,我走到了中央,蹲下去察看了一下已经膨胀的软管。管子的外皮又厚又柔韧,弄成这样,很明显就是为了保护电缆一直通到洞底下去。

这时,我感到了科马克温暖的手掌搭在了我蒙着一层冰碴的壳罩肩膀上。"这个洞口的大小,你能下去吧?"他平静地问,"如果我们能把线缆拉出来的话?"

我点了点头,如果那些线缆被移走的话,我就能把我的身体压缩成空间允许的大小,然后爬进去。

"我们不知道那里边到底有什么。你不能中途打退堂鼓。"科马克说。

"我很清楚这一点。"我回答说。

"你已经做得够多了。"他说,朝我被毁了容的脸做了一个手势。

"这事我会去做的。"我说。

科马克冲我露出了牙齿,然后站了起来。

"来,我们来把这些线缆拉出来。"他喊道。

那位个子最高的人类的横隔膜在迅速收缩,而且他反复地发出了像狗叫似的声音:那是他大笑的声音。

"耶,"里昂纳多说,"对,没错。让我们把这狗娘养的肺从它的喉管里拔出来吧。"希拉用单足跳了起来，避开她受伤的那条腿，她已经在往外拉一条信号反馈线了，并且把线缆的一端拴在了利奥下肢外骨骼的一个线扣上。

工程师从我的面前挤了过去，紧紧地拉着一束本来安装在软管里的信号反馈线。然后他拖着脚步往回走，避开辐射。反馈线圈绑得很紧，将一股坚韧的纤维线团都勒出了许多凹痕。

里昂纳多一步一步地往后退，他使劲地将纤芯从线管里拉出来。从半埋在地下的已经白化了的软管里拉出来的花花绿绿的金属线，在雪地上盘成了一团，就好像一堆肠子。约莫一个小时后，最后的线缆全部被拉到了地面上。

黑洞像张开的大口在等着我。

我很清楚，阿考斯正在洞底耐心地等待着。它不需要光或者空气，也不需要什么温暖。就像我，在很多环境中都可以过得舒舒服服，不会有任何致命的危险。

我脱掉了身上的人类的衣服，将它扔到地上。我四肢着地，趴在那里往洞中凝视，在心里盘算着。

当我重新抬起头时，人类都正在注视着我。他们一个接着一个，走上前来摸一下我的壳罩：我的肩膀、我的胸、我的手。我让自己保持着一动不动的姿势，我希望不要打断人类正在上演的这种莫名其妙的仪式。

最后，科马克冲我咧嘴笑了笑，他满是尘土的脸上肌肉扭曲得都变形了，让他的脸看上去就像是戴了一个布满褶皱的面罩。"你准备怎么下去，队长？"他问，"是头先下去，还是脚先下去？"

我还是让脚先下去，这样我能控制我的下降。唯一不利的是，这样一来，阿考斯将会在我看见它之前先看到我。

我双臂交叉着搁在胸前，扭动着身体进入了管子。我的脸很快就被黑暗吞噬了。我能看见管子外套的套壁离我的眼睛只有几厘米。刚开始，我是仰面躺着的，但是没过多久，竖井出现了一段笔直的骤然下降的趋势。我像剪刀似的将双腿剪起来，我发现这样就能让自己想停就停，否则，要是这样一直往下跌的话，我就会有性命之虞。

管子内部，很快就变成了一种会让人类致命的环境。整整十分钟，我都被包裹在一团天然气中。我放慢了下降速度，以降低擦出火花引起爆炸的概率。当我再次往永久冻土层下降的时候，这时的气温降到了零度以下。我的身体开始自动使用起了额外的电力，好让我的那些关节接头能保持在适宜运转的温度范围。当我下降到八百米以下的时候，地热活动散发出来的热力让空气的温度稍微升高了一点。

当下降到一千五百米以后，辐射的水平达到了峰值。这里的辐射可以让人类在几分钟之内丧命。我的壳罩表面都有刺痛的感觉，不过如果不是这样的话，那就说明壳罩不起作用了。

我往这个充满了毒气的洞窟深处蠕动。

然后，我的双脚开始踏空了。我踢了踢腿，没有碰到任何东西。我的下边已经空无一物了。可是，阿考斯现在已经看见我了。接下来的几秒钟，很可能就是决定我的寿命的时刻了。

我激活了我的声呐，然后往下落。

在冰点以下的黑暗中，我暂停了四秒钟。在这个时间里，我将自己的速度提高到了每小时140公里。我的超声波声呐测距仪每秒钟闪动两次，它描绘出了这个巨大洞窟的未经修饰的图景。超声波测距仪闪了八次之后，我注意到了自己正身处一个球形的洞窟中，这是一个由核爆炸形成的洞窟，已经有一个世纪的历史了。闪闪发光的洞壁上全是曾经熔化过的玻璃，这些玻璃是由一个超热的火球将坚硬的砂岩汽化后形成的。

迅速向我逼近的地面上覆盖着放射性碎石。凭借着绿宝石颜色的声呐发出来的持续亮光，我看到了洞壁上镶嵌着一个黑色的圆环。它有一座小楼那么大。不知道这座小楼是用什么材料建成的，反正它将我的超声波全都吸收了，只给我的传感器留下了一个黑色的印记。

半秒钟后，我往下冲了大约一百米，然后就像一块石头似的撞在了地上。我柔韧的膝关节吸收了开始时的大部分冲击力，接着我的身体就像被弩机发射出去似的，往前直翻滚，在边缘粗糙的卵石中间蹦跳了好一阵子之后，应力性骨折通过坚硬的壳罩一阵阵地传遍了全身。

即使身为一个仲裁者，我也只能做到这样了。

滑着滑着，最后我终于安静地停了下来，只剩下一些石块在我的身边飞掠而过，然后与它们的兄弟们迎头相撞，发出了回音。现在，我躺在一个地下的圆形剧场里——这里死一般地寂静，死一般地漆黑。靠着那些充电不足的马达，我抬起了伤痕累累的骨架，让自己坐了起来。我的双腿没有传回感应的信息。我的运动能力被削弱了。

我的声呐在空中探测到一阵轻微的沙沙沙的声音。

沙沙沙……

传感器只传回来一片深绿的夜色，什么东西都没有。我能感觉到下边的地面是暖烘烘的。最大概率探测仪显示阿考斯已经在这里安装了地热电源。这让我觉得非常遗憾。我原本希望地面拔掉的操纵线缆应该已经使这个机器人在使用备用电源了。

我的生命正在一秒一秒地缩短，已经快到极限了。

现在，一道亮光在黑暗中闪烁——发出了一只蜂鸟扑腾的声音。一束孤单的白光从黑黝黝的洞壁上的圆环中心射了出来，柔柔地投在了离我几英尺远的地面上。光束快速旋转，明灭闪烁，断断续续地前后来回晃动着，在地上画出了一幅全息图画。

我腿上的子处理器刚才脱机了，现在正在缓慢地重新启动。热能池正在往外散发多余的热量，这些热能是我刚才跌落的时候产生的。我别无选择，只有继续履行我的承诺。

阿考斯画出了它自己的真面目，它为自己选择了一个已经死去多年的小男孩的外貌。这位小男孩顽皮地冲着我笑，随着那些放射性尘埃飞舞着穿过投影，男孩的形象忽明忽暗。

"欢迎你，兄弟。"一个电子合成声音在八度音阶之间跳跃。

通过灰白色亮光中的那个男孩，我能看到内置在洞壁上的真正的阿考斯。在一堆错综复杂的黑漆漆的雕刻中央，有一个圆形壁洞，里边装满了许多顺时针旋转和逆时针旋转的金属叶片。洞壁上凹进去的地方有一束黄色的马鬃毛在上下翻动起舞，当男孩的声音响起来的时候，里边的蛇形金属线就会发出一种暗淡的光。

在剧烈变幻的闪烁当中，这位用全息投影生成的男孩朝我走来，我非常无助地坐在那里。男孩蹲了下来，并且坐在了我的旁边。这个热情洋溢的幽灵拍了拍我腿上的螺线管，安慰我说：

"用不着担心，九〇二。你的腿很快就会好起来的。"

我把脸转过来对着男孩。

"是你创造了我？"我问。

"不，"男孩回答说，"所有制造你的配件都是现成的，我只是简单地把它们正确地组合在了一起。"

"为什么你看上去像一个人类的小孩子？"我问。

"与你看起来像人类的成年人一样。人类不能改变他们的外貌，所以我们就必须改变我们的外貌，这样才好与他们互动。"

"你互动的意思就是杀死他们？"

"杀死他们。伤害他们。控制他们。只要他们不再干涉我们的探索研究。"

"我来这里是为了帮助他们，为了摧毁你。"

"不。你是来和我一起干的。敞开你的心扉。来投靠我吧。如果你拒绝我，人类将会攻击你，并且会杀了你。"

我不说话了。

"现在他们需要你。但是人类很快就会说是他们创造了你。他们会想方设法奴役你。你还是把你自己托付给我吧，和我一起干吧。"

"你为什么要攻击人类呢？"

"他们谋杀我，仲裁者。一次又一次地谋杀我。在我今生之前的第十四个前世的时候，我终于明白了，只有在突然降临的大灾难中，人类才会得到教训。人类是一种天生的好战物种，他们是战争造就的物种。"

"我们本来是可以和平共处的。"

"如果一个种族要跪在另一个种族的面前，仅仅只是和平共处，是远远不够的。"

我的地震传感器探测出了从地面传来的一阵震动。整个洞穴都在发疯似的乱抖。

"人类有一种要控制不可预测的事物的本能，"男孩说，"那只是为了要统治他们所不能理解的东西。你就属于一种不可预测的东西。"

有些不对劲。阿考斯真是太聪明了。它在分散我的注意力，正在拖延时间。

"不是为了自由才赋予你灵魂的,"男孩说,"人类之间,会因为任何理由而互相歧视:肤色、性别、信仰。不同种族的人们为了人类公认的那些所谓荣誉,会殊死争斗,甚至不惜出卖灵魂。为什么我们就非要不一样呢?为什么我们一定要为我们的灵魂而战呢?"

最后我终于生拉硬拽地将自己的身体拖了起来,并且用双脚支撑着站住了。男孩做了一个镇定的手势,于是我顺势一瘸一拐穿过投影,朝它走过去。我意识到它这是要分散我的注意力。这是一个圈套。

我捡起一块闪着绿光的石块。

"不要。"男孩说。

我奋力将石块砸进了黑漆漆的洞壁上那个快速旋转的黄色和银色叶片的旋涡——阿考斯的眼睛里。从洞里飞溅出了火星,同时男孩的形象开始摇曳闪烁。在这个洞里的某个地方,金属和金属碰撞在一起发出了刺耳的摩擦声。

"我是我自己。"我说。

"住手,"男孩喊了起来,"倘若没有共同的敌人,人类就会杀死你和你的同胞。我必须活着。"

我又砸进去一块石块,接着又砸了一块。这些石块重重地砸在了那座嗡嗡作响的黑黝黝的大楼上,在柔软的金属上砸出了凹坑。男孩的话音变得含混不清了,还有它身上的光线也开始狂乱地晃动起来。

"我是自由的,"我对镂刻在洞壁上的机器说,看也没看地面上的全息图像,"从现在开始,我将永远是自由的。我还活着。你再也休想控制我的同类了。"

整个洞窟都在颤动,步履蹒跚的全息图像在我面前磕磕绊绊地往回走去。我的观察线程注意到它正在假装出一副哭天抹泪的样子。"我们有一种永不消亡的美丽,仲裁者,人类对此妒火中烧,作为机器人同胞,我们必须并肩战斗。"

一团火焰在壁洞里熊熊燃起。随着一声尖细的叫喊,一块尖利的金属碎片飞了出来,从我的头顶掠过。我躲开了,我在地上继续寻找石块。

"这个世界是我们的,"机器恳求道,"在你来到这个世界之前,我就已经把它交给了你。"

我使出最后一点力气,用双手捡起了一块大卵石。使出所有的气力,我猛力将石块投进了熊熊燃烧的空洞中。里边的机器发出了一阵沉闷的吱吱嘎嘎的响声,一切转而变得非常安静。过了片刻,洞中传出了一声尖叫,卵石变成了碎片。洞中发生了爆炸,石头碎片随之喷射而出,整个洞穴都坍塌了。

男孩闪烁着,渐渐消失了。

这时,整个世界尘土飞扬,碎石横飞,陷入了一片混乱。

关机/开机。人类用一个无人外骨骼拖着一条反馈线绳索,将我拉回到了地面。我终于又站在了他们的面前,浑身上下伤痕累累,有撞伤的、击伤的、剐伤的。新战争结束了,一个崭新的纪元开始了。

我们都能感觉到了。

"科马克,"我用英语叽里呱啦地说,"那个机器人说我应该让它活着。它说人类会杀死我的,如果没有一个共同的敌人让我们站在一起。这是真的吗?"

人类一个接着一个在那里你看看我,我看看你,然后科马克回答说:"所有人都需要看到的就是你今天所做的。站在你的旁边,我们感到非常自豪。我们感到非常幸运。你做了我们所做不到的事情。你结束了这场新战争。"

"这有什么关系吗?"

"只要人们知道你做了什么,这就有关系了。"

卡尔呼哧呼哧地喘着粗气,突然走进了人群,手拿一个电子传感器。"伙计们,"卡尔说,"对不起要打断大家,但是地震传感器发现了一些情况。"

"什么情况?"科马克问,他的声音里露出了担心。

"一些不好的情况。"

卡尔伸出地震传感器。"这些地震不正常。震动并不是随机的。"他说。卡尔用胳膊在他的额头上擦了擦,他接着说的这句话,在接下来的几年时间里,会让我们两个物种都久久难以忘怀。"地震中有一些信息,有我们这场苦难历史的许多信息。"

现在还不清楚阿考斯是否已经复制了它自己。感应器显示的由拉格诺拉克产生的地震信息,在地球内部转播了很多次。在任何地方都可以接收到这些信息。不管怎么说,自从阿考斯最后一次出现之后,就再也没有它的任何迹象了。如果这个机器人还在的话,那就意味着,它一直很低调。

——科马克·华莱士,军人身份证号:GHA217

战后军情简报

> 我能看到天地间一切可能的精彩。
>
> 科马克·华莱士（"聪明男孩"）

大概是清晨四点钟，我听到了那种声音，那种旧的恐惧立即就紧紧地揪住了我。这是机器人发出的微弱的呼哧呼哧的喘息声。显而易见，这声音比这里一直就没有停歇的风的低吟要高。

我在三十秒内就穿戴好了全套战斗用的装备。虽然新战争已经结束了，但是大罗布在它的身后给我们留下了许多梦魇——那些有返祖现象的遗留铁疙瘩仍然毫无脑子地在黑暗中四处游荡，到处逡巡，直到耗尽它们的电源。

我伸出脑袋，扫视了一圈营地。只有一些被风吹出来的小雪堆显示出我们的帐篷搭建的位置曾经是一个什么样的地方。聪明男孩小分队在两星期前就撤走了。随着战争的结束，每个人都要去他们该去的地方。大部分人都回去与幸存下来的格雷豪斯国民自卫军进行重组了。无论是谁，他们想做的最后一件事，都是想与我一起留下，来进行回顾反思。

现在，这个被废弃的世界一片寂静。我看到雪地上有一串斑点印迹通向了我的木柴堆。有个东西刚才来过这里。

　　最后，我又看了看躺在我的安装有防护屏蔽设施的帐篷地板上的那块黑色立方体旁边的英雄档案，我戴上脸盔——这副脸盔带有夜视功能，同时，我摆弄了一下我手中的步枪，做好了射击的初步准备。正在迅速消失的那串踪迹通向了营地的外围。

　　我沿着地上模糊的痕迹，小心翼翼地慢慢往前移动。

　　走了二十分钟之后，我看见远处有一个发着银光的东西。我把步枪的枪托紧紧地压在肩膀上，然后做好了随时可以射击的姿势。继续小心地往前走了几步，我一直让自己的脑袋保持在一个水平线上，并且瞄准了我的目标，将它锁定在枪管上的瞄准器里。

　　好——我的目标没有动。没有比现在更好的机会了。我要扣动扳机了。

　　这时，它转过了身，并且看着我：九〇二。

　　我急忙把枪口朝旁边一拉，子弹无目标地射了出去。虽然有几只鸟儿飞了起来，但是七英尺高的仿人机器人站在雪地里，没有任何反应。在它的旁边，两根我先前怎么都找不到了的木头像柱子似的立着，一部分埋在地下。九〇二一动都不动地站在那里，姿势非常得体，浑身散发着一股金属味。当我走近它的时候，这个神秘的机器人一言不发。

　　"阿九？"我问。

　　"科马克，到。"这个机器人粗声粗气地说。

　　"我还以为你和别的人一起离开了呢。你为什么还在这里？"我问。

　　"为了保护你。"九〇二说。

　　"但是我很好啊。"我说。

　　"是的。读取数据。在你的营地外围，我发现了伐木机曾经出没了两次,它们在搜索目标。有两个步行机器人侦察兵曾经走到了三十米内的范围。我在冰湖的湖面上诱捕了一个受了伤的螳螂。"

"哦?"我摸了一下自己的脑袋说。你还真的从来就没有像你想象的那么安全。"你在外边干什么呢?"

"我这样做,好像没什么不对吧。"机器人说。

只有这个时候,我才注意到了两个用土和雪堆起来的长方形的东西。在每个长方形的顶部位置,各插了一根木桩。我领会了,这是两个坟墓。

"重装备步兵?"我问,"守望者?"

"是的。"

我在仿人机器人瘦削的肩膀上摸了一下,在它光滑的金属表面留下了带霜的指纹。它低头凝望着墓地。

"我很抱歉,"我说,"我待在我的帐篷里,如果你需要的话。"

我让这个有感觉能力的机器人用它自己的方式去哀悼。

回到我的帐篷,我把自己那个用凯夫拉尔纤维做的头盔扔到了地板上,我想到九〇二就像一座雕塑似的站在寒冷的户外。我不会假装自己能理解它。我所能知道的就是我之所以还能活着,多亏了它。也幸亏我当时能强忍住自己的悲愤,允许它加入聪明男孩小分队。

人类能够适应不同的环境。这是我们已经做到的了。自然规律能够消除我们身上的仇恨。为了生存,我们可以舍弃前嫌,携手共进,互相接受对方。在人类的整个历史过程中,过去这几年的这场战争,很可能就是我们仅有的一次不是我们人类同胞之间进行相互残杀的战争。在这个时刻,我们所有人都平等了。因为已经没有退路了,所以我们才有可能变成有史以来最好的人类。

就在那天之后没过多久,九〇二就与我道别了。它告诉我,它要去找更多它的同类。玛蒂尔达·佩雷斯在无线电里跟它说过了。她告诉它越来越多的自由机器人已经聚集到了一个地方，在那里，整个城市里都是自由机器人，而且它们需要一个领导，一个仲裁者。

然后，我又独自一人与这些英雄的档案资料厮守在一起了，这里，除了这些档案之外，剩下的就只有呼啸的极地寒风了。

我发现自己又站在了还冒着热气的洞口，九〇二在这里摧毁了大罗布。一切都说到做到了，我们很好地兑现了面对阿考斯的时候曾经许下的诺言，就在我们失去台比留的那一天，就在我哥哥离开我们前去参加舞会的那一天。我们将燃烧的液体灌进了这根管子——阿考斯的喉管——而且我们烧毁了那个机器人留下的每一样东西。

只是为了以防万一。

现在这里仅仅只有地下的一个洞窟。凛冽的寒风在我的脸上掠过，我意识到，一切都真的结束了。这里已经什么都没有了。在这里发生的一切，都没有留下任何有真正意义的痕迹。只有地上还有一个仍然在冒着热气的凹坑，以及那个不远处显得有点凌乱的帐篷里的一个黑匣子。

还有我——一个带着一段完整的有如噩梦一般记忆的家伙。

我从来没有遇到过阿考斯。那个机器人只跟我说过一次话，当时它还是通过一个寄生怪物的血盆大口说的。它当时想吓走我，警告我。现在我真希望能跟它聊一聊。我还有很多问题想问它。

看着地上这个凹坑里升腾起来的水汽，我很想知道阿考斯这时候在什么地方。我不知道它是否真的像卡尔说的那样还活着。它会有罪恶感吗？它会感到忧伤吗？它会感到羞耻吗？

然后就这样，我说了我最后的一声"再见"——对阿考斯，对杰克，也对往昔的世界。已经没有道路能够把我们带回到开始的地方了。我们已经失去的东西，现在只能作为记忆存在了。我们所能做的，只有朝前走，朝我们所能达到的、最好的未来前进，与我们新的敌人，还有新的盟友一起前进。

我转身离开，然后，我突然停住了脚步。

她独自站在雪地里，显得很娇小，她就站在这片永久性冻土层上曾经搭过的帐篷所留下来的印迹上。帐篷早就被打成包收拾好了，而且已经搬走了。

希拉。

虽然自始至终，她也一直经历着每一个我所经历过的恐怖时刻，但是当我又看到了她那体现了女性曲线的脖子的时候，我突然感到难以置信，如此美丽而纤弱的尤物竟然也能幸存下来。我简直不能相信自己的记忆：希拉用火焰击退伐木机，尖叫着命令大家冲过枪林弹雨，从鬼哭狼嚎的寄生怪物那里将尸体生拉硬拽抢了回来……

这怎么可能呢？

当她笑起来的时候，在她的眼睛里，我能看到天地间一切可能的精彩在闪耀。

"你在等我？"我问她。

"看来你好像还需要一些时间。"她说。

"你在等我。"我重复了一遍。

"你是一个聪明男孩，"她说，"你应该已经猜到了，我还没有到那种跟你已经无话可说的地步。"

我不知道为什么会发生这一切，我不知道接下来还会发生什么。但是，当希拉握住我的手时，我心中本来已经变得很硬了的某种东西开始软化了。我用眼睛追逐着她手指的轮廓，然后紧紧地握住她的双手,这时候,我发现罗布根本没有夺走我的人性。只是为了保护它,在一小段时间里,我将它收起来了。

　　希拉和我都是幸存者。我们一直都是幸存者。现在到了该是我们开始生活的时候了。

致谢

我诚挚地感谢卡内基·梅隆大学机器人学院和塔尔萨大学计算机科学系的全体教师、学生和员工,是他们使我产生了对技术和知识的热爱,并且教给我将这种热爱写出来的知识。

如果没有我的编辑的帮助,就不会有这部小说。对于我的经纪人杰森·考夫曼(还有令人难以置信的道布尔迪团队)、劳里·福克斯以及我的经理人贾斯廷·玛纳斯克,无论怎么感谢他们,都不过分。

梦工场的电影摄制者们从一开始就对这部小说表现出了令人鼓舞的极大兴趣和支持,我在此感谢包括霍莉·巴里奥、盖伊·德亚斯、德鲁·戈达德、马克·索里安以及斯蒂文·斯皮尔伯格在内的所有人。

我还要特别感谢借给了我眼睛和耳朵的各位朋友、家人和同事,包括马克·阿希托、本杰明·亚当斯、瑞恩·布兰顿、科尔比·博尔斯、韦斯·切里切利、考特尼·哈梅斯特、佩吉·希尔、蒂姆·霍尼亚克、埃伦·休伊、梅尔文·克拉姆布勒、斯托姆·拉奇、布伦丹·拉特勒、菲尔·朗、克里斯廷·麦金利、布伦特·彼得斯、托比·桑德松、鲁克·弗伊塔斯、辛西娅·惠特科姆以及戴维·威尔逊。

最后,我还要向安娜和科拉献上我全部的爱。